洪荒战纪

THE TIMES OF GREAT ANTIQUITY

苏学军　著

中国广播影视出版社

图书在版编目（CIP）数据

洪荒战纪 / 苏学军著 . -- 北京 : 中国广播影视出版社 , 2021.5
ISBN 978-7-5043-8553-6

Ⅰ . ①洪… Ⅱ . ①苏… Ⅲ . ①幻想小说－中国－当代 Ⅳ . ① I247.5

中国版本图书馆 CIP 数据核字 (2020) 第 248805 号

洪荒战纪
苏学军　著

责任编辑	王　萱　宋蕾佳
封面设计	李宗男
内文设计	刘艳秋
插　　画	鲨鱼丹
责任校对	龚　晨
出版发行	中国广播影视出版社
电　　话	010 -86093580　010-86093583
地　　址	北京市西城区真武庙二条 9 号
邮　　编	100045
网　　址	www.crtp.com.cn
电子信箱	crtp8@sina.com
经　　销	全国各地新华书店
印　　刷	北京盛通印刷股份有限公司
开　　本	880 毫米 ×1230 毫米　1/32
字　　数	266（千）字
印　　张	12.5
版　　次	2021 年 5 月第 1 版　2021 年 5 月第 1 次印刷
书　　号	ISBN 978-7-5043-8553-6
定　　价	38.00 元

把历史与未来熬成了一锅营养粥

——《洪荒战纪》代序

沙锦飞

承蒙凌晨厚爱，委我重任，为她策划的苏学军长篇科幻小说《洪荒战纪》的出版作序。说实话，诚惶诚恐，然却之不恭。凌晨和苏学军皆是二十年的老友，虽然苏学军一向戏谑我是科幻圈外人，当然这个说法我也认可。于是惴惴承诺，利用疫情在家闭关的时间，读了数遍《洪荒战纪》，方才敢提笔，写下一点读书的体会与理解，权宜为代序吧。

之所以读了数遍，大概是平常读书太少的缘故吧，以至于理解力下降太多。在此不妨多一句闲话，各位看官有闲没闲的时候，还是多看看书吧。我觉得至少可以延缓老年痴呆的到来。尤其是读像《洪荒战纪》这样脑洞大开的恢宏之作，不读上几遍，翻来覆去地把前前后后的所有细节串通起来认真地想上一遍，还真有可能直接就晕菜了。我是晕了一下的，然后觉得似乎明白了，再然后又觉得似乎还理解得不够。平常看电影看书，顶烦剧透了，相信很多人会和我有一样的感受，所以这序挺难写的，也是拖了些时日。因为《洪荒战纪》的情节相当丰富，我希望可以尽我所能在不剧透的情况下把我的理解与体会分享给各位。

在我来看，长篇科幻小说的创作难度远大于中短篇科幻小说，甚至也常常要大于纯文学长篇。用一个新奇独特的科幻点去完成一部科幻短篇小说其实不难，只要你的这个科幻点足够新鲜且有足够的吸引力。我常常说的一点就是：科幻的独特魅力最主要就在于它展现了我们闻所未闻、见所未见的某种奇观。也就是平常我们说的作者脑洞足够大，能带给读者某种惊艳感。但仅仅一个新鲜独特的科幻点却是无法支撑一部长篇科幻小说的，只有围绕一个核心用多个科幻点无缝串联起一系列高潮迭起的精彩情节，搭建出一个奇妙的想象世界，所有的角色都在这个世界里有着出色的表演，令读者沉浸其中难以自拔，且读后还能不断地回味，这样的科幻长篇小说才算是成功的。

许是我读书尤其是科幻小说读得太少的原因吧，这么多年来就没有一部能让我动心的中文原创科幻长篇。我承认我挑剔，但更主要的是，我本人其实并不那么太在意科幻点那种不少人追捧的脑洞之类，那是为一部科幻小说加分用的，就是我前面说的独特魅力，它不是科幻小说的本质属性。我首要关注的是小说本身，然后才会为科幻所动。本身不是一部好的小说甚至有的作品连小说都不是，谈何科幻的独特魅力？是谓皮之不存，毛将焉附。20 世纪 90 年代我研究科幻的几篇论文里就一直在强调这么一个观点：如何评判一部科幻小说的优劣？首先它得是小说，具备了所有小说该具备的文学属性；然后它得是一部好小说，人物丰满、有血有肉，情感表达真实，结构精妙、情节丰富精彩、节奏张弛有度；再然后才是科幻点的设计新鲜独特，并能将科幻与文学进行最好的融合。此时我们才能说，这是一部优秀的科幻小说。因为科幻小说的根本属性是小说、是文学，而科幻是对这一类小说的分类与界定。

不知道是不是扯得有点儿远？一谈起科幻小说，我就难免会有些小情绪，因为我一向对中文原创科幻小说的创作寄予了极高的期望。还是回到《洪荒战纪》上来。

《洪荒战纪》讲了几个貌似无关联的不同时间、不同空间的故事，生生把历史与未来熬成了一锅营养粥，但它却不是一个可以简单理解为平行宇宙或者时空穿越的科幻故事。而且，我是第一次看到有人在科幻小说的创作中，把中华文明的历史、把人类文明的发展融合了进来，并且融合得非常巧妙，毫无违和感，这一点很令我震撼。其叙事结构设计独到精妙，其中的每一个故事单独拎出来也能独立成为一部科幻小说，且相互之间的时间与空间的跨度以及叙事的跨度都极大，而组合成了《洪荒战纪》之后，就令人赞叹地完美融合了。这个脑洞是我真正欣赏的大脑洞，不是那种抖个小机灵的小脑洞可以相提并论的。这对于科幻长篇小说的创作而言，我认为极其重要。

《洪荒战纪》在人物描写、情节描写等诸方面，也比我近年看到的许多作品包括一些受到追捧的作品要犹胜一筹。多的不说，各位看官自己读书去，我不剧透，但有一个是我非常想分享给大家的——在科幻小说中，我看到了一场冷兵器时代波澜壮阔、激情四射的奴隶起义战争，它还挺科幻的，而且这个科幻还与另外很科幻的故事有着紧密的内在关联性，这种惊艳感是我从来没有感受过的，给我带来一种非常感性的愉悦的阅读体验。那种向光明、向未来的热血抗争，那种英雄主义的史诗，至少在我有限的中文原创科幻小说的阅读中，没有经历过。这让我不得不重新认识一下苏学军这位二十年的老友，闷骚在内的热血与他给人的憨实外表印象实在是形成了鲜明的对比。

我说《洪荒战纪》是把历史与未来熬成了一锅营养丰富的粥，当然我觉得这锅粥可不像普通的小米粥那样容易消化，所以还是有必要点题剧透一下，也不枉我读了数遍的认真与用心。至于如何读《洪荒战纪》，如何去消化吸收，就要看各位自己的了。

我认为《洪荒战纪》是用科幻小说的方式讲述了一个人类文明起源、发展与传承的故事。这个话题恰好是我一向很关注的，对包括史前文明是否存在、文明存在的时间与空间维度、文明最终是必然走向衰落毁灭，还是会再次涅槃，等等，这些问题我都尝试过不同角度的思考，并且形成了一些很自我的观点。《洪荒战纪》的故事所表达的，在许多方面与我的观点有相当的契合，这是我在写这篇代序时顿悟的，也许恰好解释了我为什么会读了《洪荒战纪》数遍。正是因为我感知到了某种东西，我想从我的角度去深入挖掘其中的文化与文明的表达和我的思考之间的异同。

我相信基因是有意识记忆的（最新的量子力学研究似乎正在证明意识的物质存在属性），并不仅仅只是生命与生理特征的遗传，文明传承的重要基础是血脉，是带着人类的情感而延续，因此女性的双 X 结构是不是还藏着我们所不知的遗传秘密？母语为什么在很大程度上会决定了后代的思维模式与行为方式？人类四大古文明为什么只有中华文明延续至今,这其中到底有没有基因遗传学上的原因？诸如此类的种种疑惑，都等待着科学的解释。

如果《洪荒战纪》能引发我们对此做更为深度和广度的思考，这也该是这部小说与众不同的价值所在了吧。

回看苏学军二十多年的科幻创作历程，二十多篇短篇小说和两部长篇小说的创作总量不算大，且多集中在20世纪90年代及21世纪初，其中《远古的星辰》获一九九五年度第七届银河奖三等奖，《火星尘暴》获一九九六年度第八届银河奖一等奖。其后他远赴新疆工作，因事务繁重鲜有新作问世。

令人欣慰的是，苏学军从来没有放弃创作，近年来更是新作、佳作不断。2019年，他的科幻中篇小说《深蓝》获中国科幻大会“水滴奖”中长篇小说组一等奖。

这样一个老作者在中国新科幻时代到来之际，再次迸发出了巨大的创作激情，为我们奉献了《洪荒战纪》这样一部精品佳作。

期待苏学军的科幻小说创作第二春，绽放出更多更美的花朵。

2020年12月21日

@北京@青樗斋

（作者为中国科普作家协会常务理事、组织工作委员会主任）

洪荒
战纪

目录

contents

洪荒星

物质□基石。三维□□□毁。时间□□变数。

——《洪荒遗书》

第一章

小村与大屋

关键词：

诞生于小村　黑色大屋

大屋与寰宇　姬武前往洪荒世界

部落的人们

姬武出生在小村。

一片绵延的丘陵深处，有一块近乎圆形的盆地，盆地间散落着百十户人家，这就是小村。

小村很小，地图上找寻不到，史料里只字未载，普普通通，默默无闻，仿佛亘古以来就隐匿在无人知晓的角落。

小村没有名字，这里每户人家都姓姬，这个姓氏在华夏历史中占据着重要的地位，但是这些人的姓氏背后有着什么样的神秘来历和曲折故事，已经没有人能够说清了，他们只是普通的农民，日出而作，日落而息，繁华落尽，归于沉寂。

小村的生活安详、平淡，一如村边的小河，默默流淌，永恒不变。

姬武睁开眼睛，五彩斑斓的颜色透过视网膜涌入脑海，虽然他的眼睛还没有发育好，只能看到几厘米内的一些色块。

他欣喜若狂，在黑暗中行走了太久，他几乎已经忘了光明的样子，蓦然回首间却见到了它。

他迫不及待地想要了解这个世界了，可是他的身体不允许，这个时候的他只有七斤六两重，别说走了，除了蹬蹬腿儿之外，连爬都不行。嘴里面一颗牙也没有，不是掉光了，是还没长出来，只能发出一些毫无意义的咿呀声。探索世界？好吧，这是很久以后的事情了，先老老实实管好括约肌，别尿床了就好。糟糕，这也控制不住。

姬武的父母将近五十岁才老年得子，简直视若珍宝，将其呵护得无以复加。对于这种源于生物本能的爱，姬武有些不屑，但是日复一日享受着老两口无微不至的照顾，让他在被动接受之余，渐渐有了一份依恋。

姬武像个正常的孩子一样长大，一岁的时候就可以在大人的搀扶下蹒跚学步了，两岁的时候就成了家里的捣蛋鬼，今天把吃饭的碗砸了，明天又追着下蛋的母鸡满院跑。

快三岁的时候，姬武的自我意识逐渐完善，他发现了一件无法理解的事情，在他的应该如白纸一样的脑海里飘浮着许多东西，它们像是天上的云朵一般，不经意间就会汇聚成一些光怪陆离的影像，集中注意力的时候却又像被风吹过一样，烟消云散了。

直觉告诉他，这些东西很重要，甚至比自己的生命还重要，万万不可失去，可是无论他用什么办法，也不能将它们回忆起来。

父母开始觉得姬武有些不对劲，别的孩子扎堆玩乐着，他却坐在家门口的台阶上，歪着脑袋想事情，一想就是半天。原来吃饭的时候狼吞虎咽，现在吃着吃着，竟然两眼发直，筷子捅到鼻孔里也不知道。尤其是姬武的那双眼睛，鲜有原来的清澈和灵动，反而多了不应有的深沉，甚至沧桑。

这孩子不会病了吧？可别是脑子有问题！老两口忧心忡忡，带着姬武跋山涉水跑了几次县城的医院，也没查出什么问题，直到后来上了小学，姬武的学习成绩样样名列前茅，体育方面更是全班的短跑冠军，两位老人家这才放下心来。

小村的地理环境是封闭的，山外面的人很少来打扰，可是小村附近却有一处与这里的风俗民情格格不入的所在。

小村的西侧是一片坟地，坟地对面有一座黑色的大屋。小村的先民们就埋葬在坟地里。从老人的只言片语中可以得知，这片坟地似乎在小村出现之前就已经存在了，至于那时候葬的是什么人，就没有人知道了。

与小村里那些低矮简陋，用土坯和茅草搭建的民居相比，大屋确实是大，而且雄伟、厚重。大屋和周围的院墙由整齐的青砖砌成，院墙上方可以看见大屋那层层叠叠的黑色屋顶，像是一片乌云落在院里，还隐约可以看见屋檐下的雕梁画栋，紧闭的大门镶满铜钉，门前立着两座石狮子，目光凶悍地盯着外面的世界。

对于大屋，村民们的反应就奇怪了，人们时而在大屋附近的庄稼地里耕作，也有一条小路通往大屋，可是从来没有人关注过它。简而言之，大屋在村民的眼中像是空气一样，似乎它根本就不存在。而大屋也显得阴沉沉的，神秘无比，没有人知道谁住在这里，它的大门似乎永远关闭着，更没见人从里面走出来过。

小村的孩子们渐渐长大，他们的活动范围也逐渐扩展，终于他们的注意力被大屋吸引了。

起初，孩子们对大屋莫名地怀着一丝敬畏，甚至恐惧。他们只在远处探头探脑地张望。可是没过多久，好奇心便使他们将恐惧抛在脑后，他们逐渐靠近了大屋。

终于有一天，五个半大的孩子在院墙上搭起一道人梯，最上面的姬武翻身跳进了院子。

姬武落入院中之后就没了声音。过了一阵，孩子们在院墙外呼唤，可是得不到回答，又过了很长一段时间，大概有两三个小时，姬武仍然没有音信，就像是人间蒸发了一般，孩子们慌了神，恐惧的心理在蔓延，他们不断呼喊，却没有人再敢跳进院墙。太阳不知不觉间落下，黑夜降临，孩子们知道闯了祸，纷纷向村里跑去。

姬武跳进院子的时候磕破了膝盖，可是他忘记了疼痛，他被眼前的景象吸引了。

他落下的地方在院子的东南角，眼前是一片绿油油的草坪，中央种着一棵奇怪的果树。

果树的树干并不粗壮也不高大，不到两米就分裂为数不清的枝杈，向四面八方伸展开去，在中途又不断分裂为更多更细的枝杈，最终变成一个由枝杈编织而成的如同迷宫一般的巨大树冠，几乎占据了整个草坪。

更奇怪的是，这棵树没有一片树叶，每个树枝的末端都生长着一个酷似金橘的果实，满树的果实在微风中轻轻晃动，泛起一片金色的微光。

姬武好奇地走向果树，想去摘一枚果子品尝一下，可是他只走了三步，就感到一股灼人的热浪扑面袭来，那是一种让人极度恐惧的感觉，仿佛只要再前进一步就会被那些金色的果实烧成灰烬。

姬武不甘心地打量着果树，不知道是不是错觉，他发现那些盘根错节的枝杈在以肉眼可见的速度生长着，变得越来越复杂、密集，而枝头的果实散发的光芒越来越耀眼夺目，不可直视。

一向胆大的姬武也生了畏惧，他低下头，匆匆绕过果树，来到了院子的中部。

他看到，左侧是紧闭的院门，右侧是黑沉沉的大屋，而前面则是院子的另一半，那里有一个面积很大的池塘。

池塘里没有成片的莲叶，也没有悠然游动的鲤鱼，就是一塘平静的池水。也许是池塘太深，或者别的什么原因，池水的颜色竟然是纯黑的，没有波动，没有反光，好像阳光和微风都被它无声无息地吸收掉了。

姬武也没能幸免，他望向池塘的目光再也没法收回，整个人像是失去了魂魄，一步一步木然地向前走去，就在他即将跌进池塘的一刹那，一道微弱的波痕似乎在池水深处颤动了一下，姬武如遭雷击，顿时清醒过来，连退了几步，远离了池塘。

姬武真的有些害怕了。这里究竟是什么地方啊！简直比夜晚的坟地还要诡异，让人不寒而栗。但是他的目光落在右边的大屋时，另一种感觉油然而生，那是……亲切！他从来没有来过这里，也没有见过类似的建筑，但就是感觉亲切，一种说不清道不明，像是回家一样的亲切与熟悉。

他忘记了害怕，朝着大屋走去。

他的左边是深渊一样的黑色池塘，右边是金灿灿如燃烧般的果树，脚下是一条青石板铺成的甬道。

随着他的脚步，甬道上的石板渐渐有了变化，石板上的纹路像是褪色一样悄然淡去，跟着颜色也由青色转为银色，就像镜子一样映照着蓝天白云和小孩儿迈步的景象，然后石板又转为透明，直至完全虚无……

姬武并不知道脚下的变化，他走到了大屋的门前，门关着，但是轻轻一推，便应声而开。

他没有犹豫就走了进去。

大屋里面没有灯光，很是昏暗，屋里的景物都显得影影绰绰的，几缕阳光不知从哪里透射下来，像是凝固了一般。

姬武一走进大屋，眼睛就亮了起来。

屋里面摆满了古色古香的紫檀家具，那些家具呈暗红色，雕刻着繁杂精美的花纹，一看就是不知经过了多少年头的古物。

大门正对面是一张两头翘起的条案，条案上的香炉里插着三支香，几缕青烟袅袅上升，屋子里飘着淡淡的檀香。条案上方的墙壁上挂着一幅画，画的边角已经发黄，可见年代久远。画里一个弯着腰、拄着拐杖的老者二目平视，像是正在注视着他。条案前面摆着两把太师椅，太师椅的扶手因为常年的抚摸而泛着微微的红光。在房间的左右两侧则是密密麻麻排列着的博古架，上面放着数不清的古玩摆件和线装书籍。

姬武一时间忘记了一切，就在这些博古架之间流连忘返，他不知道这些东西意味着什么，甚至不知道这是些什么东西，但并不妨碍他沉迷其中，他的注意力全被这些奇妙的物体吸引，仿佛进入了一个神奇的异世界。时光在冥冥中流转，一件件静静摆放的古物仿佛活过来一般，渐渐有了生的气息，孕育其中的往事化为虚无缥缈的影像，蜃景一般在姬武眼前掠过……

一把斑斓的青铜古剑静静地横陈在木架上，古剑的剑身伤痕累累，到处都是豁口，剑尖处甚至已经断裂，它躺在这里不知多少个年头了，可是姬武的耳朵靠近时，分明从沉寂中听见古战场上金属的撞击和骤雨般的马蹄声。

姬武恍惚看见一个健壮的男子，赤裸上身，高举青铜剑，带着一往无前的气势向前冲去，在他的前方站立着一个如同小山一般庞大的怪物，男子的身形与它比较起来渺小得像是一只蚂蚁。

……

一个古朴的泥偶，只有巴掌那么大，制作的手法很拙劣，不过能看出是一个男子的形象，站在博古架上与姬武对视。

看着泥偶，姬武忽然有一种荒诞的感觉，好像自己正在照镜子。

泥偶是破碎后又拼接在一起的，上面布满裂纹，似乎轻轻触碰一下又会散落成无数碎片。

当姬武看到它的时候，心中突然一阵悸动，仿佛心底最柔软的部分被触动了，而那里深藏着他失落的记忆，现在泛起一个朦朦胧胧的画面，是一个女孩的脸庞，看不清相貌，不过那双眼睛却如星光一般明亮，正在凝视着他，目光中蕴含着说不出的情愫，有依恋、有忧郁、有不甘……

一块不规则的石板，应该是从岩石上剖下来的一半，颜色是浅灰色的，感觉上面落了厚厚的尘土，石板上刻着一只大鸟的图案。

大鸟的翅膀张开着，振翅欲飞，可是大鸟的身体却覆盖着鱼的鳞片，而大鸟的翅膀则像是透明的一般，一会儿真实，一会儿虚幻。

大鸟的形象刻得栩栩如生，与其说是图案，反而更像是化石一般，只不过这只大鸟的气势无论如何不是麻雀般大小的体型能够展现出来的。

……

不知道过了多久，姬武终于在大屋里转了一圈，回到了条案前。他抬头看着墙上的古画，古画里老人的目光像是活过来一般，不管你走到哪里，都能够看到他。

姬武忽然感到说不出的疲倦，一连打了两个哈欠，眼皮像是沉重的大山，他蜷缩在一张太师椅上沉沉睡去。

黑暗。

姬武恢复意识的时候，发现自己处于无边无际的黑暗之中。

他记得自己进入了神秘的大屋，看到了一些稀奇古怪的东西，然后在一把椅子上睡着了。可是，现在这些都消失了，周围除了黑暗，什么都没有。

奇怪的是，他并不感到害怕，也没有惊慌，更没有像个孩子一样哭泣，他反而有一种久违的感觉，似乎在某个时间，自己曾经身处同样的环境，一个人摸索着前行了很多岁月。

一些模糊的记忆泛起，也许那并不能称之为记忆，而仅仅是一些似曾相识的感觉，自己正是经历了漫长的黑暗，才最终来到了充满阳光和活力的世间，可是，自己是如何摆脱黑暗的呢？他却一点儿也想不起来。

他开始思考。

不知道过了多久，可能跨越了无尽岁月，也可能仅仅过了一秒，这里的黑暗是一片纯粹的虚无，一粒尘埃或者一缕光线也没有，更没有物质、波动、时间等物理属性，一切的一切在这里彻底归零。

他甚至感觉不到自己的身体，有的只是清醒的自我意识。

他始终找不到脱离黑暗的办法，但是有一点越来越确信：他来过这里，并从这里离开。

如何离开的呢？好像曾经是一件很容易的事，可是怎么能容易呢？自己只剩下意识，不能用眼睛观察，不能迈步行走，不能开口呼救，总不能用想象吧。

啪！他好像听到一声轻响，一道微弱的电光从虚无中划过。

没有人知道我们赖以生存的宇宙是如何产生的，更没有人知道万物产生之前的宇宙是什么样子的，这里面有无限的可能，无数个假设。

一般认为，在无尽的虚无中，所有的物质塌陷压缩为一个点，然后在某一时刻，于惊天动地的大爆炸中，那个点猛烈扩张为宇宙。

但是，是什么导致的大爆炸呢，难道仅仅因为一个念头吗？

微弱的电光转瞬而逝，然后，就没有然后了，后续仍旧归于黑暗。

姬武心里却轻松下来，虽然仅仅看到了电光，好在终于想出了办法，然后他意识一动，白天，没有反应，阳光，没有反应，地球、家、母亲、小村……统统没有反应。

他有些心急，难道方法不对吗？

孙悟空、猪八戒、唐僧、玉皇大帝、葫芦娃、铁臂阿童木、变形金刚……

虚无的黑暗无动于衷。

洪荒，这个从来没有学习过的词汇不知怎么在他的意识中闪过。

无尽的虚无渐渐有了变化，好像有一道无形的涟漪，以他为核心，向无尽头的地方荡漾而去。

一个亮点出现在黑暗中，过了一会儿，亮点扩大为一点星光，星光仍在不断扩大，又过了一会儿，变成一个月亮那么大的球体，不，不完全是球体，姬武已经逐渐看清楚了，那是一颗残缺了一半的星球。

星球仍然在急速扩大，更多的细节呈现出来。这是一颗类地行星，附近并没有恒星的照耀，奇怪的是它自身却散发着蓝色的光芒，像是晶莹剔透的水滴，它的左侧半球缺失了，像是被另一颗星球撞毁了一半，缺失的地方如同一个黑沉沉的无底深渊，在深渊上空散落着大量飘浮的陨石碎块，而它的另一半则是完好无损的，海洋、山脉、平原一一呈现出来，在黑暗的虚无中仿佛一方桃源世界，美得让人心动。

新世界扑面而来，姬武进入了它的大气层，但是，他仍然只是一团无形无质的意识，不过没有了身体的束缚，他似乎变得更加自由和随意。

他像是云朵一般在天空中飘浮，充满欣喜地俯瞰着下面的世界。

世界的东方，覆盖了三分之一的面积，是浩瀚的海洋，靠近中央大陆的地方是绵长的海岸线，汹涌的海浪在海岸线上形成一条白色的蕾丝花边，广阔的海面上是蓝天白云和一群群上下翻飞的海鸟。不过在世界的边缘，也就是与另一个缺失的半球交界的地方，海水的颜色渐渐变为墨水一般的乌黑色，海水也似乎已经停止涌动，海洋在这里几乎变成一潭死水。

这里坐落着一块巨型的大陆，除了东方被海洋阻隔之外，它的北方则是一片冰天雪地的高原，终日雪花纷飞、狂风呼啸，一派银装素裹的景象。这里是生命的禁区，绝对的零度扼杀了任何生命存活的可能。震撼的是，在千里冰原上默默站立着成千上万座雕像，有人形也有从未见过的生物，一个个惟妙惟肖，活灵活现，它们无一例外地极为巨大，高度普遍在 30 米以上，如同一根根擎天巨柱，100 多万平方千米的冰原都似乎缩小了许多。

在大陆的西方则是连绵起伏的山脉，靠近大陆边缘的地方是一簇簇的火山群，遮天蔽日的火山云中隐隐显露出暗红色的岩浆河流，在山脊间蜿蜒流淌。

此后，朝着内陆的方向，山势陡然升高，一座座万米高峰耸立而起，密密麻麻排列在一起，形成了一堵直插天际的白墙。

接下来海拔缓缓下降，生命在这里开始有了颜色，茫茫群山和连绵起伏的丘陵地带都覆盖着葱葱郁郁的原始森林，间或有一两声野兽的咆哮从林海中响起。

大陆的南方则因为地势低矮而成了一片漫无边际的大沼泽，白蒙蒙的雾气常年笼罩在这里，只是在东南季风登陆的几天时间里，雾气才会被暂时吹散。

可以看到大沼泽里星罗棋布几万个湖泊，这些湖泊有的平静得像一面镜子，有的却如海洋一般波浪翻滚，有的虽然仅仅荡漾着圈圈涟漪，却流露出恐怖的杀机。

湖泊之间弯弯曲曲相互连接着一块块平地，地面上生长着不到半米的灌木，偶尔有一两棵高大的树木孤零零耸立在灌木间，这里出奇的安静，几乎听不到任何声音，更看不到动物出没的踪迹。

看起来这完全是一个处于原始状态的洪荒世界，不过在海洋、火山、冰原、沼泽所环绕的陆地中央却有着一个不可思议的奇迹——一个生命的伊甸园。

那里是一块辽阔的平原，平原上大河奔腾，原野像是泼洒开的颜料，深绿、浅绿、翠绿、墨绿，间或点缀着五颜六色的野花，简直像一幅描绘仙境的画卷。

而真正的奇迹，是生存在平原上的生命的精灵。

黎明来临前的一刻，姬武的意识降临到平原上，大地还笼罩在一片黑暗之中，晨曦在天边游动，被映得鲜红的云彩背后投射出点点金芒，树林、原野、河流都显得影影绰绰。

姬武发现了一个人，这个人潜伏在一片灌木丛中，身上覆盖着植物编织的伪装，一动不动，完全与环境融为一体，本来根本不可能被发现。可是不知是心有灵犀还是其他原因，姬武就是看到了他，真真切切，一览无余地看到了他。

这个人赤着双脚，穿着简陋的兽皮，用藤条束紧，腰间悬着一把青铜短剑，后背是插着十几支羽箭的箭囊，从装束看是一位猎人，他留着披肩的长发，一双眼睛清澈如湖水，脸上虽有些脏兮兮的，却无法掩盖其清秀和英俊，他上唇稀疏的绒毛暴露了年龄，这不过是个十八九岁的大孩子，但从他熟练的动作以及犀利警觉的目光来看，这无疑是一位经验丰富的猎手。

姬武来到他身边，好奇地观察着，由于他只是一缕意识，猎人丝毫没有察觉，可是不可思议的是，姬武却可以清楚地感知到对方的思维意识，好像自己就是那个人一般。

洪荒世界的天气多变，一场阵雨突然落下，视线一下子变得模糊起来，但是羿的眼睛始终一动不动地盯着远处草丛，由于灌木、雨水和黑暗的诸多干扰，视野里几乎什么也看不清，但是凭借树枝的微微晃动，明暗光线下的阴影和空气中似有若无的野兽气息，羿能准确判断出猎物的一举一动。

那是一只危险狡猾的夜影刺虎，这种肉食动物主要在夜间活动，它长着一身灰色的鬃毛，可以根据光线的明暗，从浅灰到深黑变换颜色，而且它的短距离冲刺速度排在洪荒世界的前五位，如同夜色中的一道影子，在它的前额上还长着一根长矛一般的独角，一旦让它奔跑起来并撞中目标，即使皮糙肉厚的泰坦巨象也会肚烂肠断，除此之外它的利爪和獠牙无一不是极度危险的武器。

不过羿小心观察着猎物，想的却不是这些。夜影刺虎的肉鲜嫩多汁，紧致少筋，在篝火上烤过之后再撒上金月沼泽的盐巴，别提多美味了，况且它的体型有斑斓犀那么大，足够整个部落美餐一顿了。

雨下了半个多小时，终于停了，天已经大亮了，袅袅的水汽从大地上蒸腾而起，在灌木间缭绕，羿像是变成了一块岩石，丝毫没有出击的意思。

他追踪这只夜影刺虎，已经花了半个月的时间，从紫瑰花海追到黄河岸边，然后到失落之墟，再然后是落日山脉，辗转近 800 公里，几乎已经接近冰雪肆虐的极北冰原。

终于接近最后时刻，这畜生的警觉性超常，稍不留神就会功亏一篑，所以，羿并不着急，谁先沉不住气，谁就输了。

姬武却首先失去了兴趣，他从羿的记忆里看到了一连串美丽的景色，不禁神往，他离开了羿，沿着羿来时的路线行去。

一路蜿蜒曲折，但大致朝着东南方向，跨越了几百千米，中央大陆的腹地出现一块绿色的平原，平原上植物茂盛，它们大多是半人高的灌木，但是也有一些高大的树木，聚集在一起成为一片片并不稠密的树林，在平原上还蜿蜒纵横着许多条小河，这些小河都很浅，水流也不湍急，称为小溪更合适些，不过传说这里是黄河的发源地。

姬武在一条小河边看到了娲。

娲有些慵懒地来到河边，蹲下身，捧着晶亮的河水洗了一把脸，然后对着河中的倒影，用木梳仔细地把头发梳好，接下来……她就没什么事可做了，部落里像她这么五六岁的年纪，已经能够四处活动了，但是还不能帮助父母从事劳动，所以此时正是她生命中最自由的时候。

她在水边一块草地上坐下来，双手托着下巴，望着哗啦啦流淌的河水发呆，思绪也不知道跑到哪里去了。

姬武就坐在娲右侧一步远的地方，饶有兴趣地注视着她，小姑娘的眼角眉梢和面部轮廓已经隐隐显露出她长大后会展现出怎样惊人的美貌。令姬武感兴趣的是，他无法进入娲的思维意识，并不知道娲在想什么，这是唯一一个例外。

这很好，未知就代表着神秘，姬武并未感到隔阂，反而生发出几分愈加想要了解娲的兴趣，也许是因为这一点，他对娲产生了一种莫名的亲近感。

姬武和娲的距离太近了，显得有些失礼，不过他知道娲看不到他，自己只是这个世界的过客，在这美好的地方驻足，听一听，看一看，然后继续远去，甚至连足迹也无法留下。

在娲的身后不足一里的地方就是那个小小的部落，十几个矮小简陋的圆形土坯小屋坐落在一个地势较高的土丘上，小屋间的空地上由于过多的踩踏，露出了黄黑色的泥土，显示出这里的人类活动比较频繁。

姬武的意识径直向部落中央一个稍大一些的土屋行去，一个崭新的小生命已经在那里孕育了很长时间，他能够感受到那个小生命的心跳、脉动、开心或迷茫……他冥冥中感到这个即将降生的小生命对自己极为重要。

走到小屋门前的时候，姬武看到那个叫作羲的老人坐在门前。老人并不老，他的须发还是乌黑的，只是鬓角处有一两根银丝，不过他已经是这里年纪最长的人了。

羲曾经是部落的首领，在一次出猎中误食毒草，经过一番生死挣扎，虽然活了下来，眼睛却瞎了，好在人们还愿意供养他，加之这几年猎物丰富，人们还算吃得饱，所以羲还活着。

老人坐在门边，拿着一根树枝在地上写写画画，一会儿停下来冥思苦想，一会儿奋笔疾书，很是忙碌，或者看上去很忙碌。

姬武没有理会老人，他的注意力在屋内那个小生命身上，但是就在经过老人身边的时候，羲忽然抬起了头，看向姬武，虽然睁开的眼中都是混浊的白色，但是姬武却感觉心头一惊，不禁停下脚步，他难道发现了自己？只见老人看了一会儿，苦笑一声，摇了摇头，嘴中念念有词，又低头拿起树枝划拉起来。

屋里一团昏暗，只从门口漏过来几缕阳光，一位少妇躺在靠里的床铺上，所谓的床铺也不过就是地面上铺了一些柔软而干燥的蒲草。

少妇的表情有些痛苦，但是眉梢间还有着一丝喜悦，她的痛苦和喜悦都来自胀得浑圆的腹部，那个小生命正在里面拳打脚踢。

鲲还没有产生自我意识，但是应该很快了，他自虚无中诞生，一点点凝聚，每一个原子，每一段基因，每一个细胞都烙刻着特殊的印记，每一个印记里都蕴藏着海量的信息，那是来自时间的起点，来自生命源头，来自人类的祖先的记忆，以遗传的方式由鲲继承。

这些信息的绝大部分在鲲未来的一生中都不会显现，但是它们并没有灭失，它们会默默地传承下去，直到某个危急时刻，才会浮现出来，让这一支生命的种群浴火重生。

不过，在获得的遗传中，鲲已经解析了一部分信息，他知道了自己是人类的一员，有着强健的双腿可以用来奔跑，有着灵巧的双手可以改变世界，有着聪慧的大脑去认知，去探索宇宙的终极奥秘。

他还知道了自己即将诞生的世界是一个多么美丽的世界，那里充满明媚的阳光，还有巍峨的群山，波澜壮阔的大海，郁郁葱葱的原始森林和一望无际的原野。

他对这个即将前往的世界充满憧憬，他已经厌倦了周围的黑暗，他不断挣扎，可是黑暗是那么的浓重，那么的无边无际，无始无终。

好在他知道光明终会来临。

第二章

洪荒巨变

关键词：

宇宙异动　羿的不祥预感

娲在梦中见到姬武　羲的感觉与出走

鲲的初生与世界的消失　大爆炸与时间闪叠

羿走向神州　娲去往云星

羲在时间长河中徜徉　鲲被困于黑海

人不能永生，物不可永恒，宇宙莫不如此。

洪荒世界是一颗极度神秘的行星。

它的星体残缺了一半，不但没有解体或爆炸，反而维持着良好状态，另一侧完好的半球几乎没有受到陨石撞击、超级火山爆发、巨型海啸、高烈度地震等天灾的袭击，依旧绿草如茵、碧海蓝天，美得宛若童话世界。

不仅如此，明明没有恒星照耀，洪荒世界的大气层却依旧昼夜轮转，甚至春夏秋冬四季分明，大地上的动植物繁衍生息一切如常，貌似的正常之下是极度的不正常，或者说不可能，这完全违反了宇宙运转中最基本的定律与法则。

不过，从更为宏观的视角来观察，洪荒世界的种种不可思议之处就算不上什么了，因为整个宇宙都处于某种极端状态。

从初始大爆炸起，宇宙不断膨胀了四百亿年，在此期间，各种星体不断诞生与湮灭，数不清的生命或成长为超级文明或悄然消失，一时间你方唱罢我登场，宇宙间好不热闹。

可是，还有一种星体也产生了，并且像霉斑一样不断蔓延，在宇宙的直径达到七千亿光年的时候，膨胀骤然停止，这个时候，超大型黑洞已经遍布宇宙。

宇宙开始转入塌陷收缩，收缩的过程起初是极为缓慢的，二百亿年的时间里几乎没有什么变化，此后开始加速。

相反，黑洞的发展仍然势不可当，它们吞噬周围的一切，尘埃、陨石、行星、恒星、星系、星云，甚至宇宙射线、光、能量、时间，都是它们的食物，它们不断壮大，将万物化为虚无，演化出成片的超大型黑洞群。

宇宙像是被病毒感染的细胞，又或者扎破的气球，急剧萎缩，从直径七千亿光年到水滴那么大，仅仅用了二十亿年。

洪荒世界就处于宇宙的这一时期，但是由于某种未知的原因，它没有被黑洞吞噬，也没有在宇宙塌陷的过程中粉碎，而是以接近完好的形态独立于宇宙之外。

于是，在宇宙无数次的膨胀与塌陷的往复中，唯一的虚数出现了。

宇宙缺失了一部分，虽然只是微不足道的一部分。

在虚无中，宇宙与洪荒世界成了一个双生系统，宇宙将所有的质量和能量集中于一个无限接近于零的点，紧挨着它的是原本微不足道：现在看起来却无比巨大的蓝色行星——洪荒。

当然，这种双生系统是极为脆弱的，宇宙已然压缩到极限，随时可能开始下一次膨胀。

那么，在宇宙诞生的大爆炸中，洪荒世界会如何呢?

时机悄然而至。

天大亮，雨已住，笼罩原野的白色水汽正在阳光的照耀下快速消散，羿本应丧失了猎杀夜影刺虎的机会，这个时候，一只虹彩麋鹿出现在视野里。

羿和夜影刺虎都隐藏得足够好，虹彩麋鹿毫无察觉，只顾寻着美味的香草，逐渐靠近夜影刺虎的藏身地。

终于，虹彩麋鹿在异常的寂静中嗅到了一丝危险，它抬起头，警觉地向四周张望，没有发现什么，不过它还是决定离开这里，就在这个时候，夜影刺虎动了。

当虹彩麋鹿抬头的时候，夜影刺虎本已贴在地面的身体更压低了一些，同时完成了四肢的蓄势，到虹彩麋鹿跳动逃离的一刻，夜影刺虎猛然一跃而起。

它的身体如同一道闪电从空中划过，就在这电光石火的一瞬，弈猛然站起身，拉开长弓，羽箭离弦，青鸟的尾羽在箭杆上舒展，箭头上精心打磨的石镞反射起一点电光，下一刻就从夜影刺虎的耳后刺入，一声呜咽，夜影刺虎的身体无力坠地。

虹彩麋鹿那彩虹般的身影一跳一跳消失在原野上，羿仍旧保持着射箭的姿势，另一支羽箭已经搭在弦上，夜影刺虎在灌木间四腿乱蹬，渐渐没了声息。

又过了好一阵，羿才迈开脚步，缓缓向猎物靠近。近了，他已经能够看见草丛缝隙里那一抹灰白色，更近了，一大片灌木都被压倒了，核心部位，夜影刺虎侧卧在地一动不动，只有一只前爪在无意识抽搐。

羿背好弓箭，抽出腰间的短剑，从后面靠近暗夜刺虎，双方近在咫尺，羿可以看见，羽箭洞穿了夜影刺虎的咽喉，它的头部积聚出一洼血泊，这是致命的一击，看着自己的战果，羿的心头不禁有些得意。

就在这一瞬间，本应在弥留之际的夜影刺虎发动了反击，羿的羽箭确实致命，但是夜影刺虎的凶性让它保留着最后一点力量，即使死也要与敌人同归于尽，它头顶的长矛般的冲角施展了回马枪的招式，以诡异的角度从胯下刺出，直奔羿的胸口。

羿的嘴角露出一抹笑意，他对夜影刺虎的困兽犹斗早有预料，本就处于绷紧状态的背部肌肉瞬间发力，身体一下子侧了过来，同时右手的短剑向左上方挑起。

不出意外的话，夜影刺虎的冲角会擦着羿的肩头划过，而它的下颌最脆弱的部位也会正好撞上挑起的剑尖，可是一个不可思议的意外突然发生了。

天黑了。

正是早晨七点左右，大气层中光线明媚，朝霞满天，天空却一下子陷入伸手不见五指的黑暗，这个过程只持续了零点几秒，世界便恢复光明的原状，好像什么也没有发生过似的，不过在这零点几秒里，羿的剑落空了，夜影刺虎的冲角刺中了他的肩头，一人一兽滚落在灌木中。

夜影刺虎庞大的身躯把羿完全压在身下，它却一动不动，反击耗尽了它最后的力量，即便羿的短剑没有起到作用，在冲角刺中羿肩头的一刻，夜影刺虎就随之死去。

羿推开夜影刺虎小山一般的身体，却躺在地上没有起身，他望着湛蓝的天空，心里有些迷惑，刚才，天黑了？还是自己产生了错觉？

想了一会儿，也没什么结果，一骨碌爬起身，望着旁边的夜影刺虎，羿的心里又开心起来。

羿迎着朝霞向部落的方向走去。

肩上扛着的夜影刺虎简直像是一座小山，但是他一点儿也不觉得沉，心头甚至一片轻松。这么大的猎物，够整个部落的人饱餐一顿了，晚上可以开个篝火晚会，长辈们都会不断夸奖自己吧，同伴们一定羡慕得要死。

太阳渐渐升高，没有了黑暗的掩护，大部分动物都蛰伏起来，周围反而很安静，只有几只羽鹤从高空飞过，隐约传来两声鹤鸣。忽然之间，羿觉得眼前一阵恍惚，就像是整个世界产生了重影，但这只是一瞬间的事情，当羿仔细感知，一切又都恢复正常，是自己的幻觉吗？羿有些迷惑，他的心里隐隐有种不祥的感觉，像是有什么非常不好的事情发生了，他不禁加快了脚步。

同一时刻。

娲还在望着晶亮的河水，河水里倒映着一个稚气未脱，小脸儿像是红苹果一样的小女孩儿，自己还是太小了，什么时候能够长大呀！娲想入非非。

只要再长高一些，就可以跟着阿妈去采摘果子了吧。听阿妈说，女人们最近发现了一大片果树，果树上挂满了红彤彤的太阳果，那该有多好看啊。阿妈也真是的，自己虽然个子矮些，力气小点儿，可是自己已经不需要别人照顾了呀，况且自己的身子可灵活了，可以帮她们爬到树上去摘果子呀。

等到自己和阿雅姐姐一样大了，可以做很多家务了，阿妈就不用像现在那么操劳了吧。听说阿妈年轻的时候可漂亮了，现在脸上有了皱纹，手也粗糙了，都是干活累的，以后自己把这些活儿都干了，让阿妈好好享福。

哎呀，不对，那个时候阿雅姐姐也要出嫁了吧。最近总是听她说起羿哥哥，什么羿哥哥又杀死一只靠山熊啦，什么羿哥哥到过阴阳海的海边啦，说起来就没完没了，还神秘兮兮的，阿雅姐姐大概是喜欢羿哥哥吧？我要不要把这件事偷偷告诉羿哥哥呢？

自己以后是不是也要嫁人呢？那阿妈、阿爸怎么办呢？阿雅姐姐嫁人了，娲也嫁人了，阿爸阿妈会伤心的，要不，自己就不嫁人了，一直陪着，可是，蚩叔叔家的阿蛮总是来找自己玩，虽然看起来傻傻笨笨的，其实也挺可爱，要是他以后向自己求婚怎么办啊？

于是，五岁的小女孩有了烦恼，左想不是，右想也不是，想来想去便躺在河岸的草地上睡着了。

娲做了一个奇怪的梦，梦里面的环境和现实中一样，自己坐在如茵的草地上，面前是静静流淌的小河，身后不远处的部落里飘起炊烟……娲一时搞不清楚是在梦里还是现实，正在疑惑间，她突然看见几步远的地方站着一个人。

这是一个从来没有见过的陌生人，大概有八九岁年纪，是一个男孩，穿着一身漂亮的绿色衣服，脸上很是白净，简直比自己还像个女孩儿。

娲确定这个男孩儿不是部落的成员，虽然对方脸上带着善意的微笑，娲还是警觉起来，一下子站起身，随时准备拔腿就跑。

男孩儿原本想走上前，看到娲紧张的样子，索性原地坐了下来，笑着说道："我恰好路过这里，看见你一个人挺孤独的，就想找你聊聊天，别害怕，我平时只吃草不吃肉的。”

男孩儿的笑容就像春风一样，让娲感到莫名的亲切，听他这么一说，心里反而不害怕了，她瞪了男孩儿一眼，装出凶巴巴的样子，道：“谁害怕了，才比我高那么一点儿，打起来不定谁赢呢。”

“哎呀，没想到你这么厉害呀！”男孩儿言不由衷地赞叹了一声，问道，“我叫姬武，你叫什么名字啊？”

“我为什么要告诉你！”娲仍然保持着警惕，“你还是快走吧，我们部落的男人可凶了，小心把你抓起来。”

男孩儿站起身，像是大人一样耸了耸肩膀，道：“我看你真的挺无聊，想跟你一块儿玩，你不愿意就算了。”

说完，就慢慢地向远处走去。

看着姬武的背影越来越远，娲又有些后悔，说不定错失了一个好朋友呢，她忽然鼓起勇气，把手放在嘴边，大声说道：“我叫娲！”

“娲，这名字真好听。”男孩儿并没有回头，但是举起右手挥了挥，“我记住了，我们会再见面的。”

娲还想再说什么，忽然觉得一阵天旋地转，仿佛天和地一下子颠倒过来。

羲很忙，他真的很忙。

经历了最初那段时间的绝望之后，羲发现虽然再也看不到外面的世界，但是他脑海中的世界却异常清晰起来，各种稀奇古怪的想法层出不穷，原来世界是这么的奇妙，原来自己忽略了很多东西，原来事情的本质是这样……

他时而为自己的奇思妙想而欣喜不已，可是这些都仅仅是他的一些想法，要想去求证，还有太多的事情要做。

只是有一件事情，他清楚地知道：对于还在为了生存苦苦挣扎的部落来说，自己已经是个实实在在的废物，洪荒世界里需要的是强大的力量和敏捷的速度，他的想法，他所求证的道理，这些根本毫无意义。

忙碌了大半天，树枝用折了三根，地面早被划拉得面目全非，他脑袋中的设想却还没有成形，他停了下来，因为他饿了，脑力劳动也是很耗费体力的，他的肚子很不争气，咕咕叫着。

他侧耳倾听，远处有两三个孩子在打闹着，偶尔有脚步声从他附近走过，但是没有人理会他，他也没有去呼唤谁，他知道部落里有了多余的食物，是会拿给他的，他也不愿意去祈求别人。

他暗自叹息了一声，自己真的没有用了吗？不，不是这样的！

他已经想明白洪荒世界的很多事情，东方的阴阳海淹没了更多的陆地，西面的火山群开始更猛烈地喷发，北边的黄河又开始泛滥，冰原上的寒冷正在南下，一片片森林和原野被白色覆盖，南面的大沼泽弥漫起令人不安的白雾，这些是他失明前看到的，只是从没想过为什么，现在他终于确认，这个世界正处于濒临毁灭的边缘。

他的话有谁能够相信呢？即使相信了，又能有什么办法呢？

不，不能再这样下去了，自己不是个废物，就让我为部落做点儿什么吧。如果不能的话，也不要再拖累大家了。

羲站起身，拿起身边的一根木杖，摸索着向前走去，他的动作很缓慢，但是一直没有停下。

一个妇人看到了羲的异常举动，想去拦住他，但是想了想却没有动作。

就这样，羲走出了部落，他的步伐虽然缓慢，但是他心头却有了外出狩猎时的意气风发。

鲲终于要诞生了。

他感到母体开始进入有规律的收缩，如同和煦的微风把蒲公英吹向原野的远方，又好像缓缓涌动的海浪将旅人的独木舟推往生命的海岸。

他曾经是一颗微小的受精卵，浩瀚宇宙亿万星辰中的一颗，只不过这一颗有些特殊，母体宇宙也知道他的特殊，向他输送生命的精华，予取予求，他以惊人的速度长大，体形远远超越了其他星辰，朝着母体宇宙的形态转变，不过，他最终变成一副大头长尾的样子，这怪物般的模样与母体相去甚远，好在这只是生命的初始状态，一种返祖现象的演化。

他继续长大，身体越来越大，尾巴逐渐消失，四肢依次成形，现在的样子与母体非常相似了，他内部的变化也日新月异，心脏在细胞的快速分裂下形成，虽然只有拇指大小，功能却十分健全，开始了强有力的搏动，红色的动脉血管和蓝色的静脉血管以及更加微小的毛细血管如同一个神秘的生命网络向身体的每一个部位延伸，他的呼吸和消化器官也开始形成，虽然现在还没什么用处，但那是他成为独立生命必不可少的。

除了体形之外，他与母体没有什么区别了，但严格意义来讲，他还不是一个完整的生命，他的沟壑纵横的大脑还是一片空空荡荡、荒芜苍白的处女地，虽然很多东西要在出生之后逐渐学习，但是，他还缺少一些关键的东西，或是遗传，或是记忆抑或是传承，有了这些东西，他才能够称作人类的后代。

不过很快，那是一天的黄昏，母亲挺着大肚子，动作笨拙地在灶台前做好了菜羹，眼看着没什么事做，想着外出打猎的父亲，心里又是想念又是担心，便找出一件父亲穿过的皮袍，就着天黑前的一点儿光亮，缝补起来。外面传来一阵喧闹声，过了一会儿，父亲爽朗地笑着，带着一身淡淡的血腥气走进圆屋，一把将母亲举了起来，母亲一手护着腹部，一手拍打着父亲宽大的肩膀，嘴里训斥着父亲，嘴角却露出幸福的笑容。

瞬息之间，一些玄之又玄的东西从大脑皮层深处的某个基因序列里迸发而出，开始时像是一颗微弱的火星儿，但很快就变成燎原之火，覆盖了鲧的整个大脑沟回。

他的大脑表面看不出变化，但是，第一棵绿草开始萌芽，第一只雏鸟睁开了眼睛，第一条鱼摇动了尾巴，第一个人类站立起来，荒芜沉寂的小小宇宙一下子灵动起来，从此，鲧有了生命。

后来，不知道过了多久，突然有一天，父亲不见了，母亲天天站在圆屋的门口向外张望，但是父亲再也没有回来，在多少次夜里，鲧听见母亲在低声哭泣。

虽然尚未出生，鲧已经是个独立的生命，也是家庭的一员，他同样感到伤心，为父亲，更为母亲，他感觉到母亲的生命之火黯淡了许多，他渴望着降生的那一天，把生命中最美好的颜色带给她。

这一天总算到来了。

母体的收缩让他感觉很不舒服，不过他知道这是降生前的最后难关，此刻的母亲比自己不知要痛苦多少倍，他没有四处乱动，而是顺从地沿着收缩的韵律向前滑去，他仿佛已经看到那个光芒万丈的世界扑面而来。

就在这最后一刻，鲲突然感到一阵战栗，这战栗来自灵魂最深处，那些蛰伏的远古记忆，他不知道发生了什么，但是为什么心里抑制不住的战栗？

一场旷古烁今的大爆炸拉开了宇宙再次膨胀的序幕。

其实在此前的一瞬，姬武已有察觉，他抬起头，视线穿过部落圆屋的屋顶，屋外的一株垂柳，800 公里外的无名雪山和白云飘浮的大气层，落在云星之外的黑暗之中。

一个接近于零的点隐在虚无的黑暗中。

由于没有距离的尺度，这个点与洪荒世界的距离既无限远也无限近，虽然接近于零，但是其中蕴含的物质与能量则庞大得无法估计。

如同压缩到极限的弹簧一样，无比强大的能量瞬间全部释放，把一个宇宙的物质喷洒向四面八方，初始宇宙诞生。

同样因为时间尚未产生，这一过程显得非常神奇，虚无中突然出现了一个与洪荒世界一般大的球体，只不过它的颜色是白色的，物质极致燃烧而表现出的接近纯白的颜色，一个奇妙的双星系统出现了，一蓝一白，一个是生命的乐土，一个是死亡的炼狱。

这只是姬武的错觉，在下一刻，白色的星体猛然扩大，像是一个扯地连天的巨浪，一下子把洪荒世界吞没了。

强烈的白光让姬武的眼睛暂时失明，他有些伤感地闭上眼睛，浑然忘了自己在这里根本没有形体，更不存在眼睛这一感官。

不出意料，处于宇宙爆发的惊涛骇浪中，姬武却没有任何感觉，他毕竟不属于这里，至于为什么，是四维空间还是多维宇宙，又或是量子跃迁什么的，反正地球上最顶尖的科学家也解释不了，一个八九岁的小男孩儿就更不明白了。

不过，他还是感觉到一股热浪扑面而来，几乎要把他烧为灰烬，当然这只是他的错觉罢了，但是能够把整个宇宙压缩为零，这其间蕴含了多么恐怖的能量可想而知，他似乎看到洪荒世界在能量的洪流中四分五裂，灰飞烟灭。

姬武不抱希望地睁开那双不存在的眼睛，果然，洪荒世界已经消失不见了，周围是密集如雨的能量流，夹杂着各种各样的物质向远方飞逝。

忽然，他似乎在无尽的远处隐隐看到一个蓝色的影子，是洪荒世界吗？他仔细看去，却什么也没有找到，正在失望间，那抹灵动的蓝色又出现了，这一次，姬武真真切切地看到了。

能量释放之后，宇宙开始以稳定的加速度膨胀，速度、质量、距离、时间等概念和定律随着产生。

洪荒世界不知道怎么抵御了创世能量的冲击，它就像一艘蓝色的帆船，在风暴中时隐时现，虽然惊险万分，看上去随时都会倾覆，但又总是顽强地出现在浪尖。

正在担心间，姬武忽然感到眼前一阵模糊，视野里的景物都在飞快远去，看来自己做了一个梦，现在梦要醒了吧。

刚认识的叫作娲的女孩儿，还有叫羿的年轻猎人，爱写写画画的老人家，以及将要降生的那个小生命，你们都还好吗？

希望你们平安。

距离部落还有不到百里路程，羿心里的不安却越来越强烈，尽管已经很是疲倦，他还是加快了步伐，渐渐地由快走变为奔跑起来。

羿的身形与夜影刺虎比较起来矮小得实在不成比例，广阔的原野上，只见一只巨大的夜影刺虎在快速移动，根本看不到下面的羿。

部落里的人类虽然还处于原始社会阶段，但是他们的体魄却是极为强健，800公里的路程，又带着这么沉重的猎物，羿只用了不到四天的时间就赶了回来。

突然之间，大地猛然晃动起来，并且越来越剧烈，一下子把羿掀翻在地，他的眼睛正好看到天空，只见如山峰般大小的巨石如同雨点一般轰击在天空之上，而天空并没有被洞穿，反而像是无形的盾牌，抵御着巨石的撞击，一个个巨大的涟漪不断在天空上泛起，大地也跟着震动不止，到后来，整片天空似乎化成了一片火海。

羿意识到，毁天灭地的灾难发生了，他扔下猎物，拼命地向部落奔去。

这个时候，他只想与部落，与家人在一起。

半个小时后，羿终于赶到了部落附近，他突然停下脚步，嗅着空气中一丝不寻常的味道：那是浓烟混合着一丝鲜血的味道。

他俯下身，借着树丛的掩护，向部落靠近。

走出灌木林，眼前豁然开朗，不远处的部落一片狼藉，大约一半的圆屋已经烧成灰烬，还有三座正在猛烈燃烧，剩下的也都坍塌毁坏了，营地间空无一人，只有一摊摊、一摊摊的血迹触目惊心。

羿的眼前一阵晕眩，无力地跪在地上，发出一声绝望的号叫。

部落的人类是强大的，在洪荒世界没有天敌，是什么样的猛兽袭击了部落呢？部落里其他的人呢？除了血迹之外，没看到人的尸体，也许他们还活着，只是被劫持走了。

羿猛然站起身，在部落里四处查看，寻找着什么，然后认定一个方向，追了下去。

自己可是部落里最出色的猎手，一定能够找到并且救出部落的人们。

他的身形快要消失在原野中的时候，天再次黑了下来，天空终于抵挡不住巨石的轰击了吗？天……塌了吗？

娲从睡梦中醒来，她慵懒地睁开眼睛，就看到了头顶那片燃烧的赤红的天空。

她有些迷糊，梦境怎么像是现实，现实却俨然梦境？过了一会儿，她终于确定眼前这般末日浩劫般的景象是真实的。

恐惧瞬间占据了大脑，她跌跌撞撞爬起来，朝部落的方向跑去，她不知道究竟发生了什么，但是她知道，这个时候阿妈身边才是最安全的。

没跑出几步，一条无比宽广的大河拦住了去路，小河什么时候涨水了呀。她以为忙乱中搞错了方向，连忙扭转身，可是后面也是一片河水，她一惊，环视四周，发现部落竟然消失了，除了自己脚下的一小块绿洲，整个世界都成了白茫茫的泽国。

娲惊呆了，洪荒世界的巨大变化让她无所适从，她缓缓蹲在地上，捂着脸，“哇”的一声哭了出来。

过了好一阵，哭声渐渐小了，她一点点张开手指，从指缝间向外张望，她寻思着是不是刚才看到的都是幻觉，可是她失望了，部落不见了，父母不见了，熟悉的那个世界不见了，视野间只有浩荡的水面，在红色天空的映照下像是无边无际的鲜血在涌动。

她的眼神由失望转为绝望而后又变为惊恐，她那瘦小的身体开始止不住地颤抖起来，她嘴里不住念叨着爸爸妈妈及阿雅姐姐和部落里其他的人，她有种感觉，大概再也见不到他们了，然后她再次昏天黑地哭了起来。

面对这个无常的世界，这个五岁的小女孩儿所能做的只有哭泣。

不知道过了多久，哭声消失了，小女孩儿蜷缩在一片草丛中睡着了，她的眼角还挂着泪痕，鼻子还一抽一抽的，然后她来到了梦中。

小河流水，绿草如茵，部落在不远处冒着炊烟，世界又回到了从前平和的景象。不过已经极为警觉的娲知道外面那个红色的危险世界才是真实的，这里只是她的梦境。

她又见到了那个叫作姬武的大男孩儿，正在不远处看着自己傻笑。

娲一下子扑上去，在姬武的胸口上不断拍打着：“是你，一定是你捣的鬼，快把部落还回来，把阿爸阿妈还回来！”

姬武少年老成地叹息一声，什么也没说，只是伸出手轻轻揽住娲的肩膀。

娲感受到了那份亲切和安慰，压抑在心中的害怕、惶恐、孤单和无助一下子宣泄出来，她抱住姬武的腰，失声痛哭。

姬武轻轻抚着娲黑色的头发，一时也不知该如何劝慰，想着宇宙宏伟壮丽的大爆炸以及蓝色的洪荒世界在惊涛骇浪中顽强地挣扎，他喃喃道："会过去的，大家一定能坚持下来，娲是最坚强的，一定会见到阿爸阿妈的……"

虽然眼睛不能视物，但羲还是感知到了宇宙间翻天覆地的变化，甚至比其他人感知得更加清晰。

在双眼被野兽抓瞎之后，以及依靠人们剩下的一点儿食物苟且偷生的那些日子里，如果不是预感到天地间的危险，羲恐怕早已经自我了断。

看上去他总是在圆屋前枯坐，但是他的脑海反复冥想着部落里流传下来的，那些看似没什么用处的激发身体内在潜能的方法，许许多多已经萎缩退化的洪荒细胞再次爆发出活力，并且展现出种种不可思议的能力。

因此在灾难发生之际，他的大脑意识中清晰地映射出宇宙膨胀的每一个细节。

当狂暴的能量乱流在虚无中肆虐的时候，羲正步履蹒跚地行走在无人的狂野，附近有两只饥饿的野兽正在蠢蠢欲动，下一刻，他的身体却突然出现在混乱的初始宇宙中。

高能粒子和各种致命的射线从他的身体穿过，但是并没有造成任何伤害，体内的细胞如同嗷嗷待哺的幼兽，争先恐后地贪婪吮吸着能量，继而，羲进入了一种无法言述的奇妙状态，他的身体明明处于宇宙之中，但是在明灭之间仿佛只是一道虚无的幻影。

羲看着洪荒世界在高能海洋中浮浮沉沉，不断与山般的星骸物质擦身而过，不禁忧心忡忡，人类先祖们不知拥有怎样的伟力，制造了部落休养生息的洪荒世界，竟然能够抵御开天辟地的浩劫。可是他也感到，洪荒世界也已经达到极限，正处于摇摇欲坠的状态之中，随时可能分崩离析。

是的，自己一定要做些什么，去拯救部落里那些最后的人类。

他迈开脚步，一下子踏入了时间的洪流，这是属于他自己的能力，然后他出现在洪荒世界的大气层之中，俯瞰着那个小小的部落，俯瞰着一个个惊慌失措的族人们。

他开始凝聚自身的力量，身体的每一个细胞都在疯狂燃烧，他所能掌控的能力只有时间，不，不是掌控，其实只是利用而已，现在的宇宙虽然是生命的禁区，但是未来呢，它终会演化为生命的乐园。

他把每一个族人都送往未来的时间线，就像一阵风把生命的种子吹往远方……

这些动作也耗尽了他最后一丝力气，他失去了知觉，在时间的河流中无意识地漂流。

鲲出生了。

他有了自我意识，有了情绪，他可以真实地感知到自己的身体和外部的世界，然而他并不高兴，甚至有些迷惑和沮丧。

祖先们遗传下来的知识在诞生的那一刻汇入他的大脑，他迫不及待地睁开眼睛，等待着那个美丽的世界映入眼帘。然而他什么也没看见，过了一会儿，眼前仍然是无尽的黑暗，一如在母体子宫中的情形。难道自己还没有出生吗？可是他明明经受了产道中的那番痛苦挣扎，也真切感受到了母亲那欣喜的情绪，可是……可是为什么眼前还是一团漆黑？

过了很长一段时间，鲲才从混乱、抓狂的状态冷静下来，又过了很长一段时间，他隐隐有了一些猜测，在降生的最后一刻，他敏锐地感觉到了更大尺度的不同寻常的震荡，大概自己的命运就在那时发生了改变。

无论如何，活着就是一件美好的事情，他安慰自己。

他放松了心神，一点点熟悉着自己的感觉器官，慢慢地，小脑神经中枢告诉他，自己正处于一团巨大的液体之中，舌头上的味蕾传来苦涩的味道，他确定，自己应该正处于一片黑色的海洋之中。视野中的黑暗也产生了变化，一点点微光逐次闪烁起来，就像祖先们记忆中的星空，不过这些微光都在不断地移动，有几个靠近过来，露出海洋生物的轮廓，看到同类，鲲很是喜悦，他的身躯不觉晃动了一下，无形的水波荡起，那几个生物大概受到了惊吓，一下子游跑了。

鲲把注意力转回到自己身上，这才注意到自己的身体与那些海洋生物有着巨大的不同——那是一个有如小山一般的庞然大物，通体黝黑，呈纺锤形，两只腹鳍伸展开来足有几里地，尾巴像是一棵生长千年的参天大树。

鲲再次迷惘，这是我吗？怎么与遗传的记忆完全不同。

第三章

岁月静好

关键词：

大学　姬武与洪荒遗民

消失的大屋与古旧油灯

默默无闻　始文明

生命进化　宇宙可能

毕业季

地球，十年后。

门一下子打开了。

孙教授以老年人不应有的敏捷快步走进来，在一位年轻人面前站定，仔细端详着对方。

年轻人有些猝不及防，连忙站起来，有些紧张地向孙教授颔首致意。

一身很普通的中式服装，肤色白皙但透着农村人的质朴，浓密的头发有些凌乱，不过一双眼睛却明亮得像是宝石。

孙教授点点头，道："你就是姬武？"

年轻人点点头。

"《离江赋》是你自己写的？"

"是。"

"你确定？"

"确定。"

"我是孙秉祥，以后你就是我的学生了。"孙教授一边说道，一边满意地望着姬武。

这一切都始于两个月前，一位参与高考阅卷的孙教授的学生发来一篇高考作文，看过第一段的时候，孙教授的心率开始加速，不足千字的文章转瞬读完，老人又重新读了两遍，他的手禁不住颤抖起来，作为华夏史学泰斗的他已经很多年没有这么激动过了。这篇叫作《离江赋》的作文对古文的运用可谓炉火纯青，而且并不是对古文的模仿，短短千字既讲述了一个王朝的兴亡也描写了小人物的悲喜，无论行文还是立意均堪称大家，无法想象是出自一个高中生之手。

姬武成了孙教授的学生，原本其他各科的高考成绩都在中等偏下，上个普通大学也很勉强，但是凭借着一篇作文，他被特招进国家高等学府华夏大学。

穿过牌楼造型的学校大门，对面就是巍峨雄伟的大学主楼，主楼屋顶使用的是代表华夏建筑标志的斗拱结构，雕梁画栋，金碧辉煌。绕过主楼，经过一排排风格迥异的教学楼，眼前豁然开朗，田径场、足球场、篮球馆等设施错落分布，学生们进行着各自的运动，青春洋溢。体育场后面的一片楼舍就是学生宿舍了，姬武的宿舍在三栋四层 401 房间，房间的结构类似标准间，两个学生合住，拥有独立的卫生间。

房间里空无一人，另外一个学生还没有来，姬武犹豫了一下，选了靠窗的床位。

床是普通的席梦思床，床垫有八成新，看上去很干净。姬武又把床仔细打扫了一遍，每一个缝隙都没有放过，然后他打开随身带的行李，先是在床垫上铺了一层褥子，然后是床单，再把一个荞麦枕头放在床头，最后是一床薄被，整个过程他进行得极为认真。

夜幕不知不觉间降临，门外时而传来脚步声，但是始终没有人进来，姬武有些困了，放下手中的一本文集，在卫生间简单地洗漱，换上睡衣，然后他从行李中拿出一盏陈旧的油灯点燃，一粒豆大的火苗散发出微弱的光亮，他关闭了电灯，躺在床上，渐渐进入了梦乡。

在梦里，他开启了另外一段人生。

在经历了初始大爆炸之后，宇宙继续以超乎寻常的速度膨胀，丈量它的尺度必须以光年来计算了。从那之后，姬武再也没有见到过洪荒世界，可能它已经彻底粉碎，作为缺失的那一部分，重新回归宇宙了吧。当然姬武更希望它还在宇宙深处的某个角落里顽强地存在着，而且他对此越来越有信心，能够独立于宇宙而存在，洪荒世界当然不是一颗普通的行星，在它的种种神奇背后，不知道隐含着怎样的天地伟力。

虽然失去了洪荒世界的踪迹，但是一种说不清道不明的如同血脉一般的联系，牵引着姬武的意识前往一个个新的世界，在那里，他找到了洪荒世界里认识的那些人们。

羿出现在一个叫作神州的世界，那里的环境与洪荒世界很相似，并且没有残缺也没有超级火山和黑海洋等灾难地形，在附近的年轻恒星照耀下，是一颗堪称完美的蓝色星球，只是那里的人类正处于奴隶社会，虽然文明的光辉已经闪耀，但也是人类社会最黑暗的年代。

羿的境遇也有些不妙，因为出身不明，他稀里糊涂成了一个决斗士奴隶，天天在与野兽的厮杀中博取一丝生机。

看着神州的样子，姬武心中不禁一动，这……这里其实与洪荒世界很相似啊？这个想法已经不是第一次出现了，洪荒、神州、地球，这三者之间虽然在地貌上有诸多不同，可是说起相似之处很多，如果以时间为轴，难道说它们只是处于不同时间阶段的同一世界？那么以维度视角呢，它们又可能是如同镜子一般的镜像世界？又或者说，能够产生人类这样的生命的星球都具有高度的相似性？

这些仅仅是姬武的猜测，即使把全世界的科学家集中起来，也不一定研究出结果，姬武不想在这上面瞎操心了，也许某一天，真相会一下子自己跳出来呢。

娲则来到了一个终日笼罩在浓雾之中的星球。

这里的自然环境极为恶劣，星球表面到处是正在喷发的火山群，岩浆肆意流淌，大气层中充斥着有毒气体，原始海洋里像是一锅黏稠的矿物质稀粥，简直比洪荒世界还要荒凉百倍，完全是一颗新生的行星，生命的诞生最早也是亿万年以后的事情了。

娲很幸运，被大气中的毒素烧穿肺脏之前，一个人工智能机器人救了她，把她带到了一座无人值守的考察站中，并且在那里开始系统地接受人类文明教育，从这个角度说，娲比羿要幸运多了。

从洪荒世界出走的这些部落移民中，鲲的命运可算最为坎坷，这个部落里最为幼小的生命，刚刚降生的刹那就赶上了宇宙爆发，还没有睁开眼睛看一看娘亲的面容，看一看洪荒世界的美丽，就被羲送往宇宙的尽头。

除了灵魂深处那些远古祖先的人类记忆之外，鲲的大脑里几乎一片空白，那么，第一个严峻的问题摆在眼前——生存。

他出现的地方只有深邃的无边无际的黑暗，既像是荒凉的深海，又似乎是无底的深渊,人类的四肢和大部分感官在这个地方全无用武之地,当然,鲲也确实没有用过,他没有任何生存技能,完全是个路都不会走,话也不会说的婴儿,此刻却要在这个地狱般的地方生存下去。

好在有一点还是有利的,鲲用心感知这个世界,一样的黑暗,一样的充满液体,虽然充满了阴冷和敌意,不过这岂非和母体也有相似之处?

当然,他最大的武器是年轻,年轻就拥有无穷的想象力,年轻就拥有蓬勃的活力,年轻就有无限的可能。

还有羲,这位老人在拯救了部众之后就消失了。

在所有姬武经历的奇异世界里都找不到他的身影,甚至在姬武的意识中也根本没有老人的一丝踪迹。

他……已经死去了吗?

在部落面临生死存亡之际,这个没什么用的瞎老头儿挺身而出,为搭救其他人而燃烧了全部的生命力,这个反转,即使在老头儿死后也会笑出声来吧。

不过,姬武却总是感觉羲还活着,只是处于某种蛰伏状态,也许当人类的存续再次受到威胁的时候,他又会从哪个角落里跳出来,上演拯救世界的反转戏码吧。

这些洪荒部落的遗民,在大屋之后的十几年间,姬武几乎每天夜里都与他们见面,虽然无法相互交流,对方甚至感知不到他的存在,但是他感觉自己已经成了他们之间密不可分的一分子,他为他们的经历而悲伤或欣喜,又或者忧心忡忡。

在这之中,他与娲之间又是最为特殊的,他们能够在娲的梦境中见面，就像是两个人的梦境重合在一起，他们之间相互鼓励，相互倚靠，共同面向未来……

其实，自己身上发生的这一切，姬武到现在还一头雾水，其中的某些细节他一直也弄不明白。

他记得还是上小学的时候，在几个小伙伴的怂恿下，他跳进了村外的那座神秘的黑色大屋，他在大屋里见到了很多从未见过的奇怪物品，后来他好像睡着了，然后就莫名其妙地来到了洪荒世界，认识了一些原始世界中生活的人类，也目睹了一场宇宙开天辟地的浩劫，再然后呢，他的记忆就模糊不清了。

好像是自己离开了大屋，不过他无法确定，甚至连大屋是否存在都成了问题，因为从那之后，大屋就神奇地消失了，什么痕迹也没留下，就好像从来没有出现过一样，连村里的村民们，包括他的父母和同去的那些同学也根本记不得大屋这件事了。

难道是自己记错了？如果以正常人类的角度判断，一定是这熊孩子的脑子错乱了，没错，就连姬武自己也一度是这么认为的，不过，他的身边多了一盏古旧的油灯，没有人知道它是怎么出现的，或者有什么其他的来龙去脉，反正就那么突然又自然地出现在姬武的床头，并且从此伴在他身边，同时，他还多了一个奇异的能力，可以在睡梦中见到那些洪荒遗民，并且前往他们生活的世界。

又过了很长时间，他终于确定，这个能力只有他一个人拥有，在芸芸众生之中，他是与众不同的。

为什么会这样？他没有答案，这其中太多的不解之谜需要解开。大屋到底存在吗？洪荒世界是真实的吗？自己为什么能够在梦中进入那里？看到的真的是宇宙大爆炸的初始景象吗？洪荒世界毁灭了吗？羿在奴隶社会里能够生存下去吗？自己为什么能够与娲沟通？有一天他们能够真正见面吗？羲真的死去了吗？鲲能不能生存下来并且找到他的阿妈？

这些问题已经困扰了姬武十几年，别说找到答案，即便想一想都让人头疼。好在，他现在进入了大学，这里汇集了全人类文明的知识，希望能够在这里有所收获吧。

大学，对于每一个经历过的人都有不同的感触。有的人找到了生活的目标，有的人完成了孩子向成人的转变，有的人经历了一场刻骨铭心的恋爱，更多的人，只是默默地走过，前往生命的下一段旅程。

姬武的大学生活开始了，认识室友、新的同学和老师，在不同的教室听不同的课程，在几个食堂间寻找爱吃的菜，参加各种社团的活动，节假日的时候和同学们相约到各个景区游玩或者在网络游戏里玩个通宵。

把那些新鲜事物尝试了一遍，姬武却觉得兴趣索然，他渐渐回到了原来的生活轨道，变成教室、食堂、图书馆、宿舍四点一线，几乎一成不变地往复循环。

在同学们的眼中，姬武是一个沉默寡言、不合群的人，到后来甚至忽视了还有这么一个同学的存在，而那个叫方超的室友是个活泼好动的家伙，不过几番尝试之后，也放弃了和姬武交朋友的打算，他们平时在宿舍里几乎没有什么交流，姬武并不是什么怪人，只是有些过于沉默，所以两个人一直能够和睦相处。

孙教授的史学课每周只有一节，还有就是大概每个月姬武会到孙教授家里拜访一次，交流一下学习国学的心得，请教一下学术上的疑惑，其他时候就很少能够见到这位老师了，孙教授的精力主要花在几个研究生学生的身上，现在看来，收下姬武这个最小的弟子更像是一步闲棋。

图书馆是姬武最为流连忘返的地方，平日除了吃饭睡觉这些生理需要，还有必须要修的课程，姬武几乎所有的时间都是在图书馆度过的。在那里，他尽情地徜徉在历史世界的海洋中，一幕幕曾经在这个世间发生的事件在他的脑海里重现，一个个著名的人物，或弹剑高歌，或喋血街头，或颠沛流离……

姬武的史学造诣在不知不觉间提升，图书馆里的典籍已经不能满足他了，感谢现代社会发达的网络科技，他可以通过电脑调阅各地的书籍文献，期间他还发现了一个有趣的地方，一个华夏史学论坛，里面很多志同道合的人经常一起探讨史学疑难，不过后来一个关于北魏孝文帝的自由论战演化成各个坛主的人身攻击，一时间污言秽语充斥整个论坛，也让姬武对那里极度失望，索性注销了该论坛的账号。

姬武再次进入隐身状态。

孙秉祥教授的寓所在潮白河畔一个别墅区内，距离华夏大学可是不近，不过每个月姬武还是会坐两个小时的地铁和公共汽车，前去拜望老师。

这是一个飞檐斗拱庭柱的中式建筑，庭院里有假山、盆景和一个小小的水系，房间里是红木的仿古家具，第一次登门的时候，姬武恍然间以为又回到了曾经的黑色大屋，不过这里文化气息浓郁，没有大屋的历史厚重感。

这一时期，华夏民族积弱百年，终于重新焕发出空前活力，社会也不断掀起华夏文化回归的热潮，教授家以前门可罗雀，如今前来拜访的社会名流络绎不绝。

作为孙教授的关门弟子，姬武自然被介绍给各种大师、大家、专家、学者、总裁、主席，虽然知道这是教授在为自己的将来积累人脉，姬武还是始终提不起情绪，他喜欢的是和教授探讨那些已经消逝在历史中的事情。

教授的书房很大，分为工作和会客两个区域，周围是一排排放满了书籍的书架。

姬武用茶刀从茶饼上撬下来一块茶叶，投入壶水中，随着温度的上升，壶里的茶水翻滚起来，白色的水汽升腾，散发出普洱茶朴实而淡雅的香味儿。

“一个屈原现在有三处墓葬，每个地方政府都说自己那里的才是真的，现在又跑来想让我表态。现在的人啊！”孙教授感叹道，然后又问姬武，“你的看法呢？”

姬武道：“史学是门科学，科学就要以事实为依据，没有确凿的证据就只能是猜测，在我看来哪个是真墓不重要，重要的是哪座的价值最大。在我眼里，出土了大量古籍竹简的那座小墓最重要，况且屈原是个士大夫，这不过是个小官儿嘛。”

教授哑然失笑：“孔子颠沛流离，屈原生而郁郁不得志，曹雪芹生活潦倒，后人为其加冕了历史的光环，又怎么理解他们自身的遭遇呢。”

姬武端起茶壶，倒了一杯茶水，放在教授面前的杯垫上，自己也倒了一杯，轻轻抿了一口，回味着齿间的余香。

“老师，这几年我看了大量的典籍，发现所有的事情背后都有秘密或者谜团，就像总隔着一层纱，影影绰绰的看不清楚。”

“历史是真实发生过的，是客观存在。”教授说道，“不过你看到的历史是前人记录下来的，即使是最忠实的记录者也会不自觉地在记录的时候加入自己的主观臆断，更别说流传下来的这些历史有很多内容，本身就是由胜利者书写的，自然带着强烈的倾向性，真正的历史早就湮没在时间之中了，除非能够时光倒流，置身其中，才能够看到它们吧。”

姬武的眼中亮了一下，点点头，道：“我明白了，老师。”

孙教授端详着姬武，自己这个弟子虽然看上去有些木讷，不近人情，其实性格质朴，能够沉下心来做学问，并且不像其他师兄有那么重的功利心，说不定将来可以将自己的衣钵传给他呢。

“听说你最近在研究春秋以前的问题？”教授问道。

“在学习甲骨文。”姬武点点头，“去年暑假我还到殷墟去了一趟，不过最近嘛，我开始关注红山文化了。”

“红山文化？”教授有些吃惊，“红山文化让华夏历史前推了整整一千年，补齐了华夏五千年的文明史，它的重要性再怎么强调都不为过。

只是……殷商虽久远总还留有甲骨文供后世探寻，而红山文化还没有产生系统的文字，遗址里发掘出的只有女神面具和玉猪龙、凤鸟等祭祀用品，可以获得的信息少之又少。”孙教授看了看姬武，沉吟了一下，继续说道，“依我看，红山文化的价值在于它的文明或历史价值，对我们搞研究的人来说，却颇有些巧妇难为无米之炊啊。”

姬武想了想，虽然不愿撒谎，可是真把洪荒的事情说出来，非被老师送进精神病院不可，于是露出感激的笑意，道：“您放心，我知道华夏文明的精粹都在春秋之后，我只是想从文明传承的角度了解一下我们的原始文明，也许会给以后的研究提供一个新的视角呢。”

上午在学校附属医院参加了一次人体解剖，方超就开始觉得浑身不对劲儿了。

他的专业是生命科学，纯粹的理论研究，和应用医学什么的相去甚远，许是导师为了让学生们对生命有更深刻的了解吧，专门组织了这次解剖教学。

换上手术服，拿起亮闪闪的手术刀，这个时候还正常，一刀下去，苍白的皮肤翻卷起来，露出淡黄色的脂肪，方超就觉得胃里面有些堵得慌，等到大肠啊、心肝肺啊，一件件从腹腔里取出的时候，他的手就开始抖动，当一股并不浓郁的怪味儿穿透了厚厚的口罩进入鼻腔，他再也忍受不住，冲出手术室，在走廊里就哇哇吐起来，这下脸可丢大了。看着几个柔柔弱弱的小女生若无其事做完解剖后，她们怔怔地看着自己的眼神，让方超感到绝望，这事儿传出去，以后在学校怎么混啊。

事儿还没完，中午在食堂吃饭的时候，一碗大米粥加咸菜下肚之后，胃里面可算舒服多了，就在这时，一位打扮得青春靓丽的女同学坐到了对面，方超眼睛一亮，正欲搭讪，却不小心看到女生餐盘里的食物，胃里顿时翻江倒海，“哇”的一声，当场吐在餐桌上了，嗝气顶得他眼泪都流出来了。方超恨啊，你说你一个花枝招展的美女，吃什么炖吊子啊。

平日的一群狐朋狗友为了给方超压惊，晚上去了金色时光 KTV，啤酒、红酒、鸡尾酒一顿猛灌，他再一次吐得一塌糊涂。

方超觉得今天把一辈子能吐的东西都吐完了，挣扎着爬回宿舍，简直连动动手指头的力气都没有了，更别提洗漱，一头倒在床上呼呼大睡。

昏天黑地之中，不知道睡了多久，方超只觉得自己的床边有一个黑乎乎的东西，窸窸窣窣地不知道在做什么，他迷迷糊糊地睁开眼睛，只见一个青面獠牙的厉鬼正趴在自己眼前。

方超嗷的一嗓子，从床上跳起来，脸色煞白，酒一下子就醒了。

厉鬼也被吓了一跳，冲着方超一脸傻笑，露出一嘴白牙。

方超定睛看时，原来是室友姬武，对方手里端着一盏仿古的油灯，在飘忽灯光的映衬下，说不出的诡异和恐怖。

“师兄你没事吧？见你半天没打呼噜，怕你有什么事，就过来看看。”姬武道。

看着对方一副热心模样，方超也不好发作，再一感觉，胃不疼了，头不晕了，全身神清气爽，看来惊吓一下有益身体健康，在卫生间洗了个澡，想着从来没和室友深入交流过，索性坐下来与姬武秉烛夜谈。

“我也正想着有些专业上的事情向师兄请教。”姬武也兴致勃勃。

方超心头疑惑，自己学的生命科学，对方研究的是文史，这距离有点儿大吧。

“是关于人体的。”姬武似是看出对方的想法，连忙说。

说到人体，方超不由想起白天的事，身上又开始不对劲。

姬武自顾自说道：“假如一个人来到原始地球，也就是生命诞生之前的地球，能够生存下去吗？”

“哦，什么？你再说一遍。”方超有些犯晕，“哦，哦，原始地球大气里没有氧气，而人类身体细胞是通过氧气来新陈代谢的，所以很快就会窒息而死，而且我好像记得原始大气里富含氨气和甲烷，这都是有毒气体，就算没有呼吸问题，现代人类也无法生存。”

“现代人类？”姬武若有所思，又问，“那人类有没有可能进化出能够适应原始大气的身体呢？”

“哦，你的想法很新奇啊？”

“我是学文科的嘛，难免胡思乱想。”

“也不是不可能，人类本来就在不断进化嘛，可是这个过程动辄就要以万年来计算，恐怕没什么意义。”

“那你觉得，现代人类是进化了还是退化了？”

“当然是进化了，不过……有一些功能用不上了，比如说尾巴，就一点都没有了，这应该算进化吧。”

“你是说，如果在原始社会，人类面临各种天敌，身体应该比现代人强壮得多？”

“应该是吧。”

“比如说可以扛着一吨重的东西持续进行 800 公里越野跑，又或者徒手制伏霸王龙那么大的野兽？”

“这……夸张了吧。再强壮也得有个限度吧，人类又不是奥特曼。”

“说起奥特曼，如果能够在一颗特殊环境的星球生存下来，比如说超重力，经过长时间的进化，人类就有可能具有某种超强能力？”

“哦，这个……没有研究就没有发言权。”

“除了人类之外，有没有外星生命呢？”

“有，这个我相信，但无法证实。”

“人类是碳基生命，宇宙间也就可能存在硅基生命或者金属基生命体的吧？”

“哦……师弟，我昨天一天没吃饭，又喝得烂醉如泥，此刻晕头转向，咱们还是睡觉吧。”

“再问最后一个问题，如果有一个 15 米高的石头巨人，那么，他可能有什么样的致命弱点呢？”

“咦？时间过得这么快，竟然天亮了。哦，师弟，我今天还有考试，先去教室了，咱们改天再聊。”

这是大学四年，室友与姬武唯一一次聊天。

天体物理系阶梯教室座无虚席，张启贤教授正在给学生们作一场名为“宏观宇宙的量子视角”的讲演。

张教授是美籍华人，华夏大学是他曾经的母校，他曾在这里度过四年的大学生涯，而后前往美国，师从天文界泰斗霍华德教授，从事天体物理和量子理论的研究工作，三十多年间，在宇宙宏观和量子微观领域拓耕不止，多篇开创性的论文发表在顶尖科研杂志，引起世界范围内的巨大轰动，更在两年前凭借《多重宇宙的量子注释》一文获得诺贝尔奖，达到一名科学家的人生巅峰。

这一次是他二十年来第一次回国访问，华夏大学作为母校授予其多项荣誉称号，并邀请其对天文系学生作专业演讲。

面对 1000 多名学生以及学校的诸位领导，张教授以热情洋溢的口吻，偶尔夹杂着适度的幽默感，讲述了自己这些年坚持不懈的研究经历，同时深入浅出地阐述了引以为傲的学术成果。

演讲获得了意料之外的成功，学生们反应热烈，掌声此起彼伏，经久不息。

阶梯教室里的气氛热烈得接近沸腾，张启贤教授获得巨大成就自然离不开长期的潜心研究，就如同青灯古佛寂寞打坐一般，此刻心情激动，如同燃烧一般。

演讲接近尾声，开始进入学生提问环节，第一位是个女生，代表天文系学生为教授送上一捧鲜花，问了教授一些有关他个人方面的科研经历，最后祝他发现更多的宇宙奥秘、造福人类云云。第二位是个高大帅气的男生，提问涉及两个量子物理领域的专业问题，获得满意答复之后，希望教授常回母校。

教授知道这一定是母校刻意安排的，第三个名额，他要了点儿小心思，在众多举手的同学里，点了后排一个身材高大、面相憨厚的男生。

姬武站起身来，远远地向教授鞠了一个躬，然后恭敬地说道："尊敬的张启贤教授，您好，感谢您不远万里为我们作了一场精彩演讲，更感谢您对人类文明做出的突出贡献。我想问的问题是您如何看待宇宙中那些现有理论无法解释的现象，这些现象是否代表着现有理论的瑕疵或者错误呢？”

“科学研究本身就是一个不断探索、不断积累的过程，可以说，人类文明就是行驶在星辰大海中的一条船，它还太弱小，像是一只小小的独木舟，但是随着科学技术的不断发展，宇宙会在人类面前渐渐掀开神秘的面纱，这只文明的航船也会变为驱逐舰、巡洋舰，直至成为庞大的航空母舰，驶向更广阔的星海！”

热烈的掌声再次响起，把这场演讲的气氛推向顶峰。

副校长微笑着起身说道：“谢谢张启贤教授，谢谢同学们，今天……”

“等等，我还有一个问题。”在保安拿走话筒之前，姬武再次说道，“张教授，既然您说到人类文明会逐渐壮大，直至揭示宇宙的奥秘，那么我们假设，在星海深处，有一种高度发达的文明已经达到了这种高度，从而去影响甚至是改造整个宇宙，比如说改造或者制造一颗行星，可以抵御宇宙中爆发的种种浩劫，甚至能够逃脱宇宙最终的毁灭，如果这种可能性存在的话，我们现在对于宇宙的研究是不是少了一个文明维度或者视角呢？”

阶梯教室一下子陷入了不正常的寂静，许多学生在窃窃私语。

张启贤教授静静听完这番话，开始时还不以为然，但是到了后来，他的眼前一亮，心中一些困扰已久的难题似乎有了新的思路。

“这个想法很新奇啊！我们搞研究就是要开拓思路，用于跳出条条框框的束缚。”张教授赞赏地点点头，接着说道，“这位同学，你重点关注的是哪个领域，希望可以留下联系方式，我们以后可以经常联络，互相交流一下研究思路和心得。”

姬武似乎也受到了鼓舞，脸上一阵发烫，红得像个苹果似的，他腼腆地说道：“谢谢张教授，我……我不是天文系的，我在文史学院攻读华夏历史。”

“轰”的一声，阶梯教室里一下子像是捅了马蜂窝，各种议论声吵翻了天，张启贤教授大脑里一片混乱，心想自己没有什么对不起母校的事啊，竟然挖了这么深的一个坑。

时光飞逝，转眼间四年的大学生活即将结束，最后一次同学聚会，全班同学谁也不能缺席，同学们在会上憧憬着自己将来的人生。有的同学准备回到家乡工作，有的准备留在京城创业，还有的父母早就安排好了工作。问到姬武，他只是摇摇头道：“还没想好。”

孙教授把姬武叫到家里，问他下一步怎么打算，姬武回答还想上学。

孙教授道：“你的专业造诣甚至超过了很多导师，在大学里已经学不到什么了，如果不是为了文凭，研究生也不用读了。这样吧，去华夏考古研究所上班，在那里理论和实践可以更好地结合在一起，说不定哪天就会创造一个奇迹给老师看看。”

第四章
走过平凡

关键词：

入职考古所　盗洞

走过平凡　不需要的荣誉

联盟的邀请　生活

墓毁老去

“农村来的？” 杨不回直白地问道。

“是。”姬武愣了一下，回答道。

“我是杨不回，也是农村的。”对方和姬武握了握手，意味深长地笑了笑，接着说，“我家在吕梁，山沟里除了石头就是树，不回，不回，父亲起名的时候就想着我有了出息就不要回去了。”

姬武点点头表示理解，研究所虽然工作枯燥，收入也不高，却是国家级单位，工作五年就会得到京城的户口。

研究所前年刚搬到郊区的新址，占地面积不小，拥有一栋办公楼，两栋研究楼，两个安装有精密环控设备的大库房，但是研究所的员工只有一百余人，去掉经常在考古现场出差的，所里几乎门可罗雀。

与姬武一同报到的还有七八个其他学校的毕业生，学的都是文史或者考古、地质等相关专业，一群年轻人叽叽喳喳有说有笑，给有些死气沉沉的研究所带来了生气。

姬武在研究所附近租了 60 平方米的一居室，就算开启了进入社会的第一步。

他和两个学生一起被分配到一号库房，负责明代文献的整理。一号库里有一个巨大的隔间，一箱箱堆放着历年收集的明代古籍，如同小山一般，由于缺乏人手，始终没有进行过系统整理。

这是一个需要极大耐心又索然无味的工作。文献里什么内容都有，有野史，有小说，有县志，有家谱，甚至还有记账的账本，都需要仔细通读，之后分门别类记录在册，同时还需要对霉烂、虫蛀的残本进行技术性保护。没过几天，其他两个同学开始满腹牢骚，继而消极怠工，再后来找各种原因迟到早退。

室主任吴教授来看望新同事，一番嘘寒问暖之后，对大家的工作做了肯定，勉励大家为华夏文明的延续多做一份贡献。

一位同学望着主任离去的背影，悠悠道："说得这么熟练，不定骗过多少人呢。"

又过了几天，杨不回背着手，踱进库房："咦，怎么只有你一个人，其他人呢？"

姬武看着手里的线装书，头也不回道："小王老家来人，请假了，小赵病了，也请假了。"

杨不回在桌子对面坐下，看了看满屋子的书，说道："这么勤苦干吗？这些东西一辈子也弄不完。"

姬武看了看对方，笑道："感觉到没有？"

"什么？"杨不回没听懂姬武在说什么。

"你瞧，在这字里行间，有没有感觉到时间在流淌？"

这种被同学们比作度日如年的日子持续了两个月后即告暂停，湖北省对一座汉代古墓进行抢救性发掘，人手严重不足，遂向京城求援，所里研究决定，给年轻人一个机会，由考古队队长刘先举带队，新来的同事全部前往见见世面。

大学毕业生们欢呼雀跃，如同小鸟出笼。华夏文明源远流长，这些学生从小就浸润在一个个传奇人物与一段段瑰丽史诗之中，加之博物馆里陈列的文物与诸多古迹为佐证，无不让他们对曾经的岁月心怀向往，而参与古墓发掘无疑是最为神往的事情，可以说这些人来考古研究所工作，最大的目的就在于此。

乘坐高铁，半天就到了湖北省会，抵达考古现场却花了将近两天的时间，先是乘坐大巴到了县城，宿了一晚，改乘电动三轮车，然后步行。结果途中一位女生发起高烧，还没到达目的地就打道回府了。

古墓在一片丘陵里，位置很是隐秘，现场已经挖了几个大坑，露出黄色的泥土，由于几天前突来的降雨，坑里积了很深的水，大坑周围泥泞不堪。

现场负责人告知，几天后很可能还有降雨，必须在短时间内完成初步发掘工作。大家虽然疲惫不堪，但也强打精神马上投入工作。抽水机不够，就用水桶一桶一桶向外运水，挖掘机是不能用的，只能使用铁锹一锹一锹铲土，一直干到深夜，收工的时候，有两个人连晚饭都顾不得吃，跌跌撞撞钻进帐篷，倒头就睡。

一连四天干下来，考古队的菜鸟们终于明白，高精尖科技设备是没有的，有的只是向农民伯伯学习的无限热情，脸朝黄土背朝天，一滴汗水一锹土。

好在他们心头还有希望，期盼发现宝藏的那一刻，千年前的古迹在眼前展开，然而第五天传来一个沮丧的消息，墓穴东南角发现了一处盗洞，接着西侧也发现了两处。

大家仍然心怀侥幸，不久之后，大墓挖开，只有一些残破的瓷器或者漆器碎片。

众人大失所望，说好的神秘宝藏呢，说好的文化遗存呢，辛辛苦苦当了一个多月的农民工，有人崴了脚，有人手磨破了，有人在医院里躺了一个多星期，这些付出竟然没有任何意义。

两个月后，考古队回到京城，此次湖北之行几乎一无所获，众人记住了刘队长的那句话："这是常态，一个考古队员一生之中能够参与一次有意义的发掘，就已经极为幸运了。"

这位队长双手长满老茧，浑身晒得黝黑，一脸沧桑，只有目光炯炯有神，让姬武印象深刻。

大家各回原部门，姬武重新开始古籍整理工作，另外两位新同事很是安分了一段时间，但随着时间的推移，这种枯燥的日子让他们越来越难以忍受。终于有一天，一位同事辞职了，接着辞职之事就像传染病一样四处传播开来，年轻人一个又一个离开了考古研究所。两年之后，与姬武一起报到的同事只剩下他和另外一个人。又过了三年，那位同事拿到京城户口后，也离开了，至于最初认识的那位杨不回，早在四年前就走了。

"京城的户口办下来了吗？"吴主任问道。

姬武愣了一下，道："我忘记了……"

吴主任有些意外，又问："和你一起来的，都走了，你为什么不走？”

姬武想了想，说：“我喜欢这儿。”

吴主任盯着姬武看了好长时间，又看了看隔间里那些书架，现在堆积如山的明代古籍都已经分门别类码放到书架上，只剩角落里还有一部分未整理，老人点点头，拍了拍姬武的肩膀，转头离去。

不知不觉，姬武已经在考古研究所待了八年，几万册古籍完成系统整理，他还将自己的心得笔记集结成书，老师孙教授看了之后大加赞赏，认为这是第一本对明代民间古籍的完整诠释，但是书的销量只有不足两千本，与此同时，一本关于明代的畅销书正在大卖，几乎一夜之间造就了一位富豪作家。

姬武三十二岁了，到了娶妻生子的年龄，可从来没有与异性交往过。

刚来的时候，毕业生里的一个女生对他有点儿意思，几番暗示之后，姬武半点儿回应也没有，后来随着女孩儿的离职也就不了了之了。

姬武身高一米八五，身材很是魁梧，相貌虽说不上特别英俊，但也仪表堂堂，可他就是骨子里好像没有吸引女性的基因。

单位里一些年长的女同事开始帮姬武张罗女朋友，无奈之下，姬武参加了几次相亲，之后总是没了下文，久而久之，也就没有人再做无用功了。

好事者难免在背后指指点点，只有姬武一如往常，每日在单位平静地工作，下班后回到房子做上几个小菜，偶尔还会喝上一杯，之后在写字台前继续他的研究，夜深人静的时候，他会精心整理好床铺，点燃那盏古旧的油灯，安然入睡。

没有人知道这个有些木讷的小伙子同时拥有两段完全不同的人生。白天，他在考古所里安静地上班，沉浸在散发着霉味儿的历史文献中，默默无闻；夜里，他就前往未知的世界，体味羿如何在那个奴隶社会苦苦挣扎，陪伴着娲在云星考察站一天天地长大，看着鲲怎么在没有同类的黑海中一次次蜕变。

他已经不再去探究洪荒世界的合理性，也不再考虑那些洪荒遗民是否真的存在，他们都成了姬武的同类、亲人，与地球上形形色色的人类一样。

这两个可能相距一个宇宙的世界，在姬武的心中合二为一，不分彼此。

吴主任没有再安排姬武具体工作，只是让他根据个人的喜好自行展开研究，这在研究所里是少有的事情，有人议论是不是孙教授起了作用。

姬武依旧很是忙碌，只是没人知道他具体在忙些什么，他有时在汉唐研究室待上一年半载，指不定哪一天就又跑到新石器考古研究室了，过了一段时间，又可能在商周研究室看见他的身影，好在他为人勤奋，老实听话，无论到哪里评价都不错。

考古队刘队长和他气味相投，与姬武的少言寡语相比，性格开朗的刘先举反而显得更年轻些，他告诉姬武，搞研究不能总窝在房子里，于是接下来的几年里，姬武跟着他几乎走遍了大江南北，大漠戈壁，郊野荒村都留下了他们的足迹，虽然从来没有什么激动人心的发现，姬武的认知却在潜移默化中增长。

这天一大早，平日门可罗雀的考古所大门口突然热闹起来，先是连续开来三辆电视台的转播车，然后大批记者举着长枪短炮涌入考古所。

所长不明所以，这究竟是什么情况？上级部委视察也从来没有过这么大的阵仗，他连忙向记者们询问缘由，记者们也万分诧异：“这么大的事，您会不知道？是想糊弄我们媒体吧。”直到社会科学院的几位同事赶到之后，所长总算明白怎么回事。

原来今年联合国教科文组织的世界文明传播奖授予《古代丝路与文明融合》和《消失的罗马军队走向东方》这两篇文章的作者，结果刊发这两篇文章的闻名遐迩的《考古》杂志发现其竟然是同一位作者，而且不是某位著名史学家，对方竟然用的是笔名，杂志连忙向这位作者发出祝贺邮件，结果石沉大海，对方根本不与回复，于是两年一度的联合国大奖只好在获奖者缺席甚至不知姓名的情况下予以颁发。

《考古》杂志社拿着一个邮件地址，在有关部门的协助下，终于确定获奖者是笔名为“洪荒”的姬武，就在今天，恰好在京城出席会议的联合国副秘书长决定到考古所为姬武补发奖章和奖状，这个消息不胫而走，才导致考古所门口记者云集。

媒体人都在议论纷纷，这个姬武究竟是何方神圣，怎么从没听说过，架子这么大，竟然要联合国官员来上门颁奖。

所里的人，包括所长在内几乎都不相信自己的耳朵，姬武这个人在所里平时不声不响的，没想到弄出这么大的动静来。

姬武被众人从一堆古籍中找了出来，举行仪式时穿着一身蓝色的工作服，袖口上竟然还打着补丁，脸上表情呆滞，还一再询问联合国人员是不是弄错了，得知获奖的两篇文章的名字的时候才安下心来，不过他明显对这个奖不怎么上心，拿着奖章奖状拍了几张合照，对媒体敷衍了几句，就又跑回书堆里去了。

姬武没想到，成名竟然也会带来巨大烦恼，第二天，各大媒体报道了他获奖的新闻，姬武前所未有地暴露在聚光灯下，老家在哪，哪个学校毕业的，学的是什么专业，导师是谁，结婚没有，家庭情况，为什么不去联合国领奖，有没有什么暗箱操作……各种内容无所不包，记述的事情就连姬武自己都没那么清楚。

好在姬武平时几乎从不浏览新闻，仍然埋头在研究之中，对外界的风风雨雨根本就一无所知，可是没过两天，两个记者不知用的什么办法，躲过了门卫和安保措施，竟然进了汉唐文献资料室，要对姬武进行独家采访。

这下事儿可大了！文献研究室里都是珍贵的汉唐时期的书画文物，极其珍贵，而且一旦损毁将造成华夏文化不可估量的损失。考古所当即报警，把记者请回派出所喝茶，所长在考古所对着大批记者召开了临时发布会，重申考古所为国家重要研究机构，谢绝一切采访，未经允许进入所里的将通过法律途径解决。

考古所安静了，姬武的事儿可没完，下班回到租住的公寓，门口被一群记者堵着，这是租住的房子吗？考古所不提供住房吗？这次奖金高达 300 万元，您准备在哪儿置业……姬武一时间头昏脑涨，想逃回房间去，却怎么也挤不进家门，没办法，姬武只得搬到了所里，临时居住。

新闻重要的就是时效性。过了半个多月，终于风平浪静。

这一天，浏览自己的邮箱时，在众多垃圾邮件中，一封奇怪的邀请函引起了姬武的注意。

“人世间，你顶风逆雪，孑然独行。你的目光始终在远方，无尽星空的深处，神秘的世界正在等待你的归来。不，亿万人群中，你不是孤独的，我们是你的同类。来吧，我们携手走入星空深处。”

看到落款是“行者联盟”的这封邀请函，姬武的大脑里如同滚过一道惊雷，他不是唯一的，地球上还有人和自己一样，知晓洪荒世界的存在，可以在睡梦中前往其他星球，了解洪荒遗民的命运，自己……并不孤独。

姬武当即给对方回了信，约定见面的地点竟然在怀柔山区中的一个驴友俱乐部，俱乐部的名字就叫作“行者联盟”，一面用作适应训练的陡直峭壁前，姬武见到了那个发信人，不过对方穿着包括面罩在内的全套防护用具，到分手时也不知道对方的确切模样。

“你好，姬先生，我叫苏一帆，也是您的联盟介绍人兼联络人。”对方和姬武握手说道。

“介绍人？看来你们组织机构很严密啊！不过，你们是不是找错人了，我对旅游没有一点儿兴趣。”姬武心里有点儿失望，语气也就不那么客气。

“我们观察您已经八年了，怎么会错呢！”对方认真地说，“还记得大四的时候，您和张启贤教授进行的那场提问吗？那个时候我们就开始注意您了，这一次您的会员资格得到通过，与您获得联合国奖无关，而是您这些年来在考古所潜心研究的态度得到了联盟的认可。”

“这么说……”姬武有些兴奋起来，“有很多人知道洪荒？”

“洪荒，什么洪荒？”苏一帆一脸迷惑。

“邀请函上不是写着吗？星空深处的神秘世界啊！”姬武也一惊，觉得事情有些不对劲。

“那只是一个比喻。”苏一帆笑了笑说道，“这里只是联盟的一处休闲设施，真正的行者联盟是一个全国性的科学家联盟，不过与其他组织不同，它只寻找那些看似另类的科学家，这些人看上去异想天开，往往与现行理论格格不入，而且几十年如一日沉浸在研究之中，视金钱、地位、荣誉若无物，所以这个组织规模很小，总计不超过 30 个人，而您正好符合这个标准。”

“我只是个研究历史的，哪里是什么科学家！况且，我对什么联盟啊，组织什么的也不感兴趣。”姬武有些心不在焉。

“您不是提出过宇宙研究的文明视角吗？这不就是科学嘛。”苏一凡接着说，“只要您觉得与周围的所有人都不同，您的心中一直追求着某个看上去虚无缥缈却又每时每刻都在吸引着您的世界，那么，您就是联盟的合格会员，不过话又说回来……”苏一帆不好意思地笑了笑，“即使成为会员也没什么实际用处，既没权利也没福利，甚至平时也根本不会与您联系，也许，它唯一的作用，就是在您孤独绝望的时候，能够知道这世上还有人与您一样在负重前行。”

行者联盟的事情只是姬武生命中的小插曲，却让他明白了，在地球人类中，他确实是孤独的，只有他一个人知道洪荒世界的存在，也只有他一个人能够见到散落在星空中的洪荒遗民，他不知道这意味着什么，也不知道未来会发生什么。

时光继续前行，一年一年在平静中过去。

在姬武四十岁那年，发生了两件事。

年初的时候，父亲病逝，母亲得了脑血栓，瘫痪在床。

姬武回了小村，沿着崎岖的山路，翻过了几座丘陵，小村从山峦中显现出的那一瞬，他猛然意识到，自己考上大学离家之后，竟然从来没有回过小村。

一排排的民居低矮而陈旧，石板路蜿蜒曲折，场院上的老榕树枝繁叶茂、独木成林，两位老人在树下悠闲地抽着烟袋……小村还是原来的样子，二十多年的时光几乎没有留下一点儿痕迹。

走进家门，四间黑色的瓦房，因为是黑色，也看不出陈旧，鸡窝、菜地、倚在墙角的自己小时候玩的木马，都还是自己走时的样子，仿佛自己只离开了一小会儿。

母亲靠着被垛倚在床上，看见姬武走进来，原本有些呆滞的表情变得惊喜万分，她喊着姬武的小名，但是因为脑血栓的原因，嘴里只发出含糊的呵呵声，她张开双臂向姬武扑过来，下半身却没有反应，整个人一下子趴倒在床上，那一刻，姬武眼中的泪水夺眶而出。

他冲上去一把抱住母亲，像个孩子一样呜呜地哭了起来。

父母生下他时年岁已大，含辛茹苦十余载把自己拉扯成人，谁知自己却一去不回。

姬武悔恨交加，他能够想象，在别人家子孙满堂、张灯结彩、欢声笑语的时候，父母却只有枯坐在冷清的房间里想念着天边的儿子，而自己呢，只是每月给家里寄些钱，逢年过节打个问候电话，其他的时间里，都已将父母忘在脑后。

现在，一切都晚了，父亲已然撒手西去，他临死前最大的愿望就是看一眼儿子吧。可惜他注定要失望了，他也不可能带着母亲去看看山外的美丽世界了，年近九十的母亲恐怕没多久也要去地下见父亲了。

姬武关掉手机，与外界断了联系，安心留下来照顾母亲，每天给母亲喂饭、擦身、换衣、用轮椅推着母亲在村边的场院上静静地坐一坐，四十年以前，母亲不就是这样照顾姬武的吗？这是人生的一个轮回。

八个月后，母亲与世长辞，她是笑着离开的，心中没有遗憾。

姬武把母亲葬在父亲的坟边，就是村边的那块墓地，他抬头向坟地对面望去，大屋就曾经坐落在那里，现在是一片长满杂草的空地，忽然之间，他的内心深处似乎被撕裂开一道巨大的伤口，就好像整个人类都在他眼前灭亡，而他却只能眼睁睁地看着，无能为力，巨大的悲痛如同大海一般将他吞没……

姬武离开了小村，并且没打算再回来，地球上他曾经拥有的都已经埋葬在这里，难道拥有的最终都要失去吗？这就是宇宙间无法挽回的宿命吗？不，即便理论上还存在哪怕一丝可能，他都必须去试一试。

姬武回到京城已是年底，打开手机才知道，恩师孙秉祥教授在三天前去世了，他同样没有见到老师最后一面，甚至连追悼会都错过了，一瞬间他有些心灰意冷，这难道是命运在冥冥中的暗示吗？难道无论自己付出什么，最终的结果都只有失去吗？

孙教授去世了，多年收藏的近千件文物和古籍并没有留给家人，而是赠予了姬武。

姬武很是感激，另一方面这些年与孙教授的交往并不密切，有愧于老师的培养；另一方面有些为难，自己那租住的小屋可装不下这么多东西。思来想去决定捐赠给考古所，大概老师也会支持吧。

“您说他是不是傻，那些东西价值连城啊！”孙教授的子女对吴主任发牢骚。

吴主任摇头道：“他只是过于执着罢了，不在乎其他事情。”

半年后，吴主任退休，在研究所领导班子的会议上，有人提议姬武接替，吴主任表示反对：“他是个活在历史里的人，我们就不要去打搅他了。”

日子一天天走过，平淡如水，和煦如风。

刘先举也要退休了，他的人缘在所里出奇的好，同事们自发组织了一顿晚宴，以便为他的考古生涯画上一个圆满的句号。宴会进行了一半，传来消息，河北某地在建筑施工过程中发现古墓。二话不说，刘队长带上队员跳上车就马上出发，所里领导相视苦笑，知道拦不住他。

三辆工作车赶了200公里的夜路，到达的时候大家觉得情形不对，只见四盏施工探照灯把现场照得灯火通明，几十个施工人员把七八个省考古队的人围在当中，双方正争论着什么，言语间情绪激动，声音嘈杂，旁边还停着两辆警车，几个年轻的警察正在竭力维持秩序，在人群之后，十几辆挖掘机还在正常施工。

姬武等队员跟着刘队长向人群走去，没走出几步，就听见有人喊道："他们来帮手啦，还谈个屁啊。抄家伙吧！"话音刚落，围住考古队的那些人不知道从哪儿抄出铁锹、钢筋、木棍……

人群立刻陷入混乱与疯狂之中。

姬武看见一根铁棍重重落在刘队长头上，这个身体强壮的山东汉子连声也没吭，一头栽倒在地上，对方还没有善罢甘休的意思，再次举起铁棍，姬武一下子扑到队长身上，一边抬手遮挡，只觉胳膊一阵剧痛，耳中似乎听到臂骨的折断声，他情急之下喊道："打死人啦！"

一声枪声响起，警察鸣枪示警，人群明显一顿，接着四散奔去，一片狼藉的现场只剩下躺在地上痛苦呻吟的考古队员。

刘先举十几个小时才下了手术台，又在ICU病房待了三天才算抢救过来，只是他的左侧颅骨粉碎性骨折，安上了一块钢片。

允许探视的时候已经是半个月之后了，见到姬武，第一句话就问："墓葬保住了没？"

姬武点点头道："那是一座春秋燕国的贵族墓，没有被盗掘过，出土的文物很有意义。"

说这话的时候，姬武的脑海里不禁闪现出一片狼藉的古墓现场，整个棺椁被挖掘机挖开，尸骨散落一地，到处是青铜、楠木、漆器、织物的残片，混合在泥水中，被工程车辆反复碾轧。

他没有告诉刘队长，古墓已经被施工破坏，抢救发掘出来的文物不足一半，有两件极具代表意义的青铜器已经不可能修复了。

刘队长带着头上将会折磨他余生的钢片退休了，那也是他考古生涯最闪亮的勋章。

时间继续流逝，姬武五十九岁了，他的职称还是研究员，也没有担任领导职位，同时他的学术研究硕果累累，国学造诣比肩老师，他身上的荣誉职称数也数不过来。

对于姬武来说，似乎什么都没有改变，一切还像他第一次走进考古研究所一样，只是老一辈人都已相继离去，研究所里都已经是年轻人的天下，他的一个学生甚至当上了副所长。

又过了一年，姬武退休了，他没有住进疗养院，他还是租住在那间60平方米的房子里，还是像往常一样按时在考古所上班，所里为他保留着办公室，人们看向他的目光都带着尊敬与仰慕。

在时光面前，生命是如此短暂。

姬武感觉自己的生命像是仅仅过了一天似的。

第五章
王朝

关键词：
神州 斗士 反了。
神魔传说 飘扬的王幡

羿在奔跑。

他忘记了疲惫，忘记了饥饿，他的血在燃烧。他现在只有一个心思，赶快找到摧毁部落的敌人，把他们全部杀死，用最残酷的手段。

他不断地奔跑，循着敌人的足迹，不，敌人的足迹早已无法辨认，但他仍在朝着认定的方向奔跑，对于周围的景物发生了翻天覆地的变化的事情浑然不觉，就好像他在时光的洪流中前进，周围的世界瞬间进化了十万年。

终于，他耗尽了身体的最后一点儿力气，倒在地上昏迷过去。

“竟然装死，那就打到你醒，或者干脆就死在这里吧！”

羿感到一阵撕裂般的疼痛，那个声音在耳边咆哮，他睁开眼睛，就看到一个凶神恶煞般的人正挥舞着藤条，他一惊，想站起身，却发现手脚都被绳子捆着，不过这绳子似乎太不结实了，双臂微微用力，绳子应声而断，他顺手抄起一块石头砸在对方头上，没想到这脑袋也比猎物的颅骨脆弱多了，只一下，就碎裂开来。

“胡总管被杀啦。”附近有人喊道，十几个人手持兵刃奔跑过来。

这时羿已经抽出胡总管腰间的佩刀与这些人对峙，他的目光扫过，发现自己身处于一支队伍里，队伍里有几辆马拉的大车，还有持着武器的护卫，更多的人衣衫褴褛，被绳子连成一串，自己就处于这些人中。

“竟敢顽抗，杀了他！”

十几个人蜂拥而上，刀光剑影，转眼之间，这十几个人都身首异处，羿的后背也多了两道深深的伤口，浑身浴血，他绝望地发现，更多的人围了上来，他发出一声愤怒的嘶吼，迎着对方冲了上去。

“都住手！”

一个衣着华丽，腰间挂着几块美玉的中年人走了过来，对着羿露出欣赏的目光，道：“不错，不错，是天生的斗士。”

于是，羿成了一个斗士。

羿用了很长时间终于不得不接受了一个事实：自己来到了一个完全陌生的世界。

他记得自己外出狩猎，归来的时候发现部落被毁，族人们都失踪了，只留下倒塌燃烧的房屋和一摊摊的血迹。

他一路追踪袭击者的足迹，穿过森林，涉过大河，翻过山川，越过平原，他的生命仿佛只剩下奔跑，奔跑……直到晕倒在路上。

自己一定跑了很远，很远很远，远远超出了部落活动的范围，甚至也超出了部落对洪荒世界的认知，不过……再怎么远也总有个界限吧。怎么如今置身的地方会与洪荒世界截然不同？难道……在晕倒的时候，身外的世界发生了翻天覆地的变化？

多少个夜晚，羿冥思苦想，但是他无论如何也找不到一个答案，也许，永远也找不到。

被叫作神州的这个地方无比的广袤，绿油油的平原从脚下一直延伸到天边，上面整齐划一地开垦着一块块农田，许多农民拿着锄头，推着独轮小车，赶着牲口在田间忙碌。在地平线上隐约横亘着一道青色的山脉，不，不是山脉，那是一座叫作汤的城市，有着几十万人口，占地比部落大千倍的大城。而汤城属于一个叫作秋的国家，在这个国家里有几十座像汤一样的大城。听说，在秋国之外还有许多国家，它们共同组成了神州。天啊！这个世界该有多么的广阔。

神州的人类也与众不同，他们的身材更加瘦小一些，不过他们都穿着织物做的衣服，说着更为丰富的语言，也不用跑很远的路去狩猎，不仅农田里可以收获粮食，还饲养着大量用作食用的牲畜，可以说神州的环境比起洪荒世界来简直是天堂一般，这里的人们也幸福多了。

可是过了这么些天，羿意识到有些看法是错误的，这里的大部分人类都是奴隶，他们耕种、放牧、生产、战斗，但是他们得到的很少，许多人衣不遮体，食不果腹，并不像部落里那样人人平等，亲如兄弟，他们像牲畜一样，几乎没有尊严和自由，甚至不能左右自己的生命，而贵族，他们明明不事劳动却拥有绝大部分财富，一生总在寻思着怎么享乐。

这是一个表面繁花似锦其实充满冷酷与血腥的世界，他开始想念洪荒世界，想念那个生活艰难但是温暖的小部落了，可是他知道，他再也回不去了。

许是安逸的生活让贵族们过于无聊了，这些年贵族间盛行一种决斗游戏，他们派遣手下最强壮的奴隶与深山里抓来的野兽进行决斗，不死不休，胜利的一方获得金钱和荣耀，失败者反之，赌博、矛盾、纷争，甚至领地的划分都可以用这种方式解决，同时贵族们也从斗士们飞溅的鲜血和濒死的悲鸣中获得了刺激。

羿是被一个经商的小贵族在路边捡到的，理所当然地成了对方的奴隶，之后，又被送给大贵族姚，成为其战奴团中的一员。

第一次走进决斗场的时候，羿还有些茫然，他被告知要杀死一只凶猛的野兽，或者被野兽杀死，听上去很熟悉，自己在洪荒世界里每天不就是在重复这样的日子吗？只有杀死猎物才能得到食物，部落也才能存续下去。

他提着一柄带着斑驳血迹的石锤站立在决斗场中央，看着对面五只龇牙咧嘴但饿得骨瘦嶙峋的野狼，他忽然之间感到屈辱，继而是无比的愤怒，因为他看到自己和这些野兽被圈在一个巨大的围栏中，围栏外面簇拥着几千人，那些人喧嚣着、嬉笑着，像是在举行盛大的娱乐活动，他明白了，这不是狩猎，仅仅是消遣娱乐的玩物，在贵族眼里，自己和这些野狼没有分别。

他无法抑制胸中的愤怒，仰天发出一声长啸。

五只野狼展开弧形的攻击圈与羿对峙，它们被捕获之后始终处于饥饿状态，无论是攻击性还是凶残程度都达到顶峰，但是望着眼前的美味食物，它们却犹豫不定，某种说不清道不明的源自远古的记忆让它们的神魂深处感到无法抑制的战栗或者说恐惧，羿突如其来的长啸瞬间击碎了它们的最后一点儿勇气，五只野狼同时瘫软在地，屁滚尿流，发出乞怜的呜咽。

整个决斗场也一下子鸦雀无声，众人不可思议地望着场中的情景，没有鲜血四溅，没有生死搏杀，只用一声怒吼，五只可以围猎老虎的恶狼应声瘫倒，这……这是错觉吗？

众贵族还没回过神来却见羿抡起了手中的石锤，目标却不是野狼，而是一锤砸断了栏杆，向观众席冲了过来，幸好卫兵们及时挡在前面，付出 10 死 12 伤的代价之后，终于将羿制伏。

依照秋国法律，反抗贵族的奴隶是要被乱石砸死的，可是羿，那是一嗓子就让野狼吓破胆的摇钱树啊！怎么能砸死呢？但是这样下去也不行，万一哪天真伤着哪位贵族，少说也要赔上一大笔钱！好在贵族对付不听话的奴隶早有成熟的办法，贵族姚下令，打！狠狠地打！打到听话为止，但千万别打死。

羿被吊起来断断续续打了接近一个月，其间几度昏死，几度奄奄一息，终于让他的脑筋转了一个弯：一味对抗是不行的，真的会被打死的，只有虚与委蛇，才能在未来找到机会，且把彻骨的仇恨压在心底吧。

羿回到了像牢房一样的住所，躺了一个月才算养好了身体。姚来看望过几次，并且带了肉食和衣物，此前还从来没有任何奴隶享受过这种待遇。羿沉默，因为他还不太会说神州的语言，也没有过激的动作，而且还收下了姚的礼物，这是服从的态度。

羿开始了他的决斗生涯，每隔一段时间就会被送进决斗场，吓破胆的野狼自然不会再登场，羿的对手换成了山豹、猛虎之类的大型野兽，不过羿似乎也丧失了初次那般的神勇。虽然到了最后关头他都会取得胜利，但总是经过一番苦斗，间或也受些伤，身上弄得鲜血淋漓。

这个结局皆大欢喜，贵族们获得了刺激，姚赚得盆满钵溢。羿终于得以在这个吃人的世界生存下去。

只是没有人注意到，羿的眼神渐渐冰冷下去，看着那些高高在上的奴隶主，就像在看林间逡巡的猎物，在梦里他经常回到洪荒世界，那个宛如童话般的小小部落，大家一起围在篝火前，女人们张罗着烤肉，男人们在一起愉快地交谈，孩子们在周围嬉笑打闹……

既然无法再回到曾经的世界，那么他只有一件事可以做。

与羿比较，神州人普遍弱小得多，即使是最彪悍的大汉也要矮上半个头，这仅仅是表面现象，如果从肌肉的韧性与爆发力，身体的敏捷性与协调性来说，就更加不在一个层面了。最重要的，是战斗的天赋，羿从小就在与各种各样的野兽搏斗，是一次次从致命的獠牙与利爪之下浴血拼杀出来的，可以说，他就是为了战斗而生的，战斗已经成了他生命的本能，而战奴团里的斗士们，之前只是一些普通的农民或者工匠，即使最强大的斗士也不过是经历过一些训练，还来不及成为一名真正的战士，就会葬身于猛兽的口中。因此，战奴团里的斗士虽然待遇上要好一些，但是每个人都知道，一旦进入战奴团，自己的性命就进入了倒计时。

姚的战奴团保持着 50 个斗士的规模，如果有斗士死亡就会再补充进来。战奴团的驻地在汤城郊外，一个有着大面积场院的独立院落，由姚的贵族卫队守卫，除了在院落之内，斗士是没有外出自由的。

战奴团的院落曾经是死刑室的代名词，一天到晚死气沉沉，间或传出重伤的斗士们发出垂死的哀号，自从羿到来之后，这里渐渐有了新的变化。

天刚蒙蒙亮，场院上已经响起整齐划一的号子声，这是斗士们在出早操了，有几个守卫被吵醒了，他们对此已经习以为常，咒骂两声，翻个身又睡去了。

斗士们活动完身体，分散开来，九个年轻的，大约才十几岁年纪，排列成一个小小的方阵，练习同样的搏击动作。二十几个斗士开始利用各种器具健身，剩下的斗士拿着木质的武器相互练习，其中五个斗士把羿围在中央，不过很快就被羿一一放倒。

操练了一个时辰，就到了早饭的时间，近来斗士们屡战屡胜，姚也更慷慨了些，饭食里甚至有了肉羹。吃过早饭，斗士们会围坐在场院中听课，是的，听羿给他们上课。

“强壮并不是给人看的，天天苦练石磙、石担，疙疙瘩瘩长一身肌肉也不可能比熊、虎还强壮，我们真正需要的是爆发力和敏捷性，才能在最后关头活下来。”羿已经完全掌握了神州的语言，他的声音也变成成年男子般的浑厚低沉，“所以说，角融，不要刚长几块肌肉就洋洋自得。”

“可是，没力气就更打不过野兽啊！”角融有些不服气。

“不是说力气不重要，你们看英杰，现在看上去就像是普通人，可是你摸摸他的胳膊，跟铁铸似的，一旦他挥起拳来，可以瞬间爆发出全身的力量集中于一点，我们虽然不能比野兽还要强壮，但是在这一点上却要远远超过它，合适的部位，合适的角度，发动致命一击，这才是我们最后取胜的关键。”羿挥了一下拳头，自信道。

一个叫工布的有些瘦弱的斗士眼中流露出一丝忧虑和恐慌，声音恍惚地说道：“羿大哥，今天中午我就要上场了，求求您想想办法，救我一命吧。”说罢，一下子跪在羿面前。

羿将其搀扶起来，道：“记住，想要活下来，一定要建立绝不动摇的信心，这几天你练得不错，我就对你有信心。今天你要杀的是两只野狼，选武器的时候，不要选石锤或者长矛，要选匕首。你的敏捷性比不过对方，况且是两只野狼，它们会前后夹击的，你肯定会受伤，但一定注意保护好脖子，不能被咬住脖子，那样的话就完了。不要被它们的战术打乱，就盯住其中一只，找机会在它脖子的部位狠狠来上一下，一下不行就两下，有力气的话就把匕首拧上半圈，这样的话，你一定会活下来。”

工布点点头，眼神中升起一丝自信和狠厉。

“师父，我有一个问题。”斗士兰云挠了挠头，问道，“我们九个成天练这些简单动作，既不长力气也没学本事，有什么用啊？”

“怎么没用，这是我以前的经验总结出来的基本动作，你们岁数还小些，暂时不会上决斗场，要抓紧时间把它们练熟，融会贯通，成为习惯，成为本能，等用到的时候就知道了，它会救你的命。”

“我明白了，师父，可是……”兰云又追问道，“您还让我们练习各种队列，似乎没什么用处啊！”

“队列一样是基础，你们要学会互相配合，最终能够像一个人一样战斗，想象一下，一个人突然长出三头六臂，该有多么强大？”

……

一般情况下，经过讨论之后，斗士们就会进入下一轮操练，并且把总结出的经验和想法融入操练中去。但是每过一段时间，斗士们就会被安排一次决斗，那是一种地狱般的历练，每一个斗士都会经历，失败者死在野兽的利齿之下，胜利者也会浑身伤痕，在死亡的边缘挣扎。斗士是廉价的，随时可以补充，贵族们是没有心思给他们治疗的，任其自生自灭。这个时候，羿会安排斗士们精心照顾伤者，每一个幸存下来的斗士在日后都成为羿手中最锋利的战刀。

随着时间的推移，羿在战奴团里有了一呼百应的威望，因为他一次次从生死搏杀的决斗场上如英雄般凯旋，因为他的身上无形中弥漫着一层杀气，让人胆寒，也因为自从他来之后，斗士们的死亡率在直线下降，众人在他身上看到了活下去的希望。

英武、英杰、赤烈、混江，四个武艺精湛的斗士与他义结金兰，尊他为大哥。9 个精壮小伙儿拜他为师，是为九小义，其他的斗士们也对他言听计从，奉若神明。

姚也对羿越来越友好，让他单独住一房间，每顿饭都有肉，甚至还派了一个仆人伺候他。现如今，羿已经成了姚的聚宝盆，这些年为他赢得了大量财富和声望。不过再怎么亲热，羿始终知道，在姚的眼里，他只是一个奴隶，一直都是。

羿来到这个世界第三年的夏天，先是洪水泛滥，接着连续干旱，到秋天的时候，庄稼收成骤减，大批牲畜相继病死，继而是奴隶大批死亡，贵族们虽然也颇为苦恼，但是对他们的生活却没什么影响。

这一天，姚忽然把羿叫来，见到羿之后不断长吁短叹，过了好一阵才苦着脸说道："留王听说了你，想让他的战宠'饕'与你决斗。"

"我不会输的。"羿道。

姚犹豫了一下，说道："以前，贵族起和留王赌斗，留王输了，结果……结果没过多久，贵族起被留王讨伐，脑袋被砍下来挂在王城门楼上，留王放出话来，说谁败他的兴，他就要谁的脑袋，所以……"姚看了羿一眼，接着说："所以，这一次你不能赢。"

"决斗场的规矩，只有一方能活下来，不能赢，我怎么办？"羿皱眉说。

姚没有回答，而是一个劲儿地诉苦，言语间暗示着这些年对羿不薄。

羿沉默离开。

战奴团驻地，羿的卧室内。

羿盘坐在榻上，对面是英武等四位结拜兄弟，五个人相对无言，房间里的气氛显得沉闷而压抑。

门外传来仆人崔万的声音："外面的警卫增加了一倍，并且都拿着武器，看样子要通宵站岗了。"

五兄弟中，赤烈的性子最是火暴，此刻终于按捺不住性子，端起面前盛酒的海碗，一饮而尽，抹了一把嘴，大声说道："这憋屈日子我早就活够了，干脆拼了吧。"

"你号什么丧，轻声些。"老二英武低声呵斥道，而后望着羿询问道，"大哥，您可是姚的聚宝盆啊，他难道舍得？"

羿苦笑道："是留王的命令，他怎么敢违背？"

"大哥，您说该怎么办，我们都听您的。"英武说道。

"是，我们都听您的。"其他人纷纷附和。

羿有些犹豫，沉吟一阵才叹息道："我这次在劫难逃，你们跟着我注定九死一生，这又是何苦呢？"

"大哥，要不是您，我早就死在野兽嘴里了，我这条命就是您的。"

"我们兄弟五人结拜的时候就曾对天发誓，要同生共死！"

"大哥，别犹豫了，您说该怎么办。"

羿的目光从每个人的脸上扫过，他在这个黑暗的世界里压抑了太久，一直在等待那粒点燃一切的火星。是的，是时候了。

当天夜里，羿带着战奴团的 49 名奴隶杀死了看守逃走，来到距汤城 35 公里的龙砀山啸聚山林。

姚一边向留王上书请罪，一边联合了城里的几个小贵族，组成一支奴隶军队进山剿匪，周旋了十几天后，于龙潭涧遇伏，死了几十个护卫，奴隶们一窝蜂似的哄逃而散，更有数百奴隶反水。

之后，姚又进行了几次围剿，要么大败而归，要么无功而返。

一年后，姚因与匪寇勾结的罪名被留王斩首，首级悬于汤城城楼。

新封的贵族兴冲冲地赶到汤城，准备接手姚的产业，谁知第二天羿带领着奴隶起义军就把汤城围得水泄不通。城内的贵族们目瞪口呆，没想到仅仅一年，羿竟然带起了一支 4000 人的军队。

次日，城破，城内贵族悉数被杀，首级与姚悬于一处，最冤枉的是那新封的贵族，乃是留王的小儿子，刚刚成年外放，就成了刀下鬼。而城内的奴隶都被释放，羿宣布他们从此为自由民，并且把粮食和贵族的财产分发下去。

由于天降大旱，多地庄稼颗粒无收，奴隶们在饥饿与死亡中挣扎，汤城发生的事为他们做了一个榜样，一时间，诸多城市爆发了奴隶起义，而汤城也成了奴隶心中的圣地，每日间都有大批奴隶前来投奔，羿的起义军很快壮大为两万人。

汤神是汤城的守护神，传说大地曾经是一片荒原，寸草不生，是汤神在一夜之间开凿了汤河，从遥远的雪山引来了水源，这才有了物产丰富的千里汤河平原，汤城也才得以建立。

汤神殿坐落在城中心的一个大土墩上，是全城的最高点，每逢年节或者干旱之日，城里的百姓都要来此拜祭汤神，如今这里成了羿的行营所在。

羿站立在大殿门口，向外面眺望，他保持这个姿势已经有了很长时间，外面的天气不算好，天空中阴云低垂，看来很快要下雨了，不过在羿的眼中，这个世界第一次在黑暗中露出了一道曙光。

他来到神州世界已经四年八个月十二天了，那些日子他是在屈辱、不甘、愤怒、压抑与迷惘中度过的，但是表面上他已经接受了自己的命运，服从贵族的命令，为了让他们开心而与野兽殊死搏斗。

多少个夜晚，他仰望漆黑的夜空，一边想念洪荒中的部落，一边发誓既然无法回到从前，那就把这里改造成他脑海中的那个团结友爱的家乡吧。

四年多的隐忍终于换来一朝爆发和一座属于自己的城市，比部落大了无数倍的大城，只是，要真正获得这座城市，他必须抵御一次无比强烈的暴风雨，在遥远的地平线上，黑不见底的乌云正滚滚而来，那是20万秋国的军队。

三个月前，秋国军队刚刚在与邻国的战争中取胜，获得了18座城的领土，此刻兵不解甲，正日夜兼程向汤城赶来。

奴隶必须无条件服从贵族，在神州世界是天经地义的，是渗透进社会骨髓的铁律，而奴隶造反则是十恶不赦、祸及全族之罪。汤城的奴隶杀死了贵族，成为自由人，再不用受到贵族的压迫，同时他们也踏上了一条不归之路，这条路的尽头虽然是光明，但沿途要穿越地狱。

汤城的奴隶们心情是复杂的，他们获得了自由，但灵魂深处的那条枷锁依然存在，有人渴望着战斗，准备用热血和生命去挣断它，也有人的眼神中流露出惊惶与恐惧。

留王大军压境的消息不胫而走，在汤城里传得沸沸扬扬，有的说留王的军队有100多万人，铺天盖地如漫天的蝗虫；有的说留王准备屠城三日，所有的奴隶都要活埋；还有的说邻国的几十万俘虏也加入了留王的军队……羿的军队本就是奴隶们拼凑而成，真正的核心还是原来战奴团的兄弟，本就如一盘散沙，此刻更加军心浮动。

昨天晚间，一位汤城的老者求见羿，说留王是有神魔守护的，他在留王的部队服役时亲眼见到的，足有一座小山大小，可以上天入地，杀人于无形，根本不是人类能够战胜的，劝羿为了汤城百姓着想，还是投降吧。

“神魔？”羿心头冷笑，自己就来自最遥远的洪荒，除了那些耸立在雪山间的石头雕像，哪里来的神魔，“如果真有神魔，你就站在城墙上看着吧。看着我怎么砍下他的头。”

七天后，留王兵临城下。

已经开了两天两夜的战前会议不得不紧急终止，汤神殿里一度你争我吵，气氛紧张，众人的神情激昂，还有些焦虑与迷茫，但是没有惊慌或恐惧，在战奴团里决定起事的那个夜晚，他们就已经预感到了这一天，他们将用手中的战刀去迎接自己的宿命。

大殿门口，大家相互拥抱，然后奔赴自己的战位。

四个方向的城门楼上飘起红色的战幡，汤神殿前的广场上立起羿字王幡，告诉汤城军民，羿王就在那里坐镇：那个战无不胜的男人会像汤神一样护佑汤城。

在留王大军形成合围之前，兰云率领着九小义和几千人的娃娃军从缺口处突围，扬长而去，这也许是起义军在为自己留下一点燎原的星火吧。

虽然有心理准备，但是当留王的大军由远而近滚滚而来，如同潮水一般淹没大地的时候，城墙上的奴隶士兵已然受到强烈的震撼，许多人面如死灰，身体止不住地颤抖，即便视死如归的也不禁紧紧抓住武器，咬破嘴唇也不自知。

惨烈的攻城战随即在城墙的各个方向展开。

攻城战第一日。

留王以邻国降军组成敢死队，携带云梯等攻城器具强行登城，前仆后继，不顾伤亡。弓箭手在其后压阵，一部督战，一部与城头守军对射。战况正酣时，工程部队跟进，以冲角车冲击城门。

战斗进行不足一个时辰，汤城北门、西门相继告破，东门、南门岌岌可危。留王军由西、北二门攻入城内。羿字王幡摇动，城中义军大营内杀出两支骑兵，直奔西、北城门，双方在城门附近迎头相撞，最终留王军被赶出城去。

城门一带血流成河，义军大将角融战死，中箭矢 42 支，如同刺猬一般。

攻城战第二日。

天将黎明即开战，至傍晚仍挑灯夜战，深夜方止。其间，留王军发动无间歇性攻击，如同惊涛拍岸，奴隶军亦坚守城墙一线，死战不退。

留王军使用了冲角车、投石机、登城车等攻城器械，奴隶军以滚油、落石、火矢等武器应对，双方展开惨烈的拉锯战，一忽儿杀入城内，一忽儿反击至护城河。士兵的尸骨堆积如山，血流成河。

……

攻城战第十七日。

黎明来临之际，奴隶军在城头上严阵以待，但是攻城的军队却没有如期而至，留王军的大营里一片寂静，一整天都没有发动攻击，从这一天开始，攻城战改为围城战。

至此，奴隶军的伤亡人数已逾半数，城内哀鸿遍地，守城的羽箭、石块等物亦消耗殆尽。然狭路相逢勇者胜，终是留王军首先泄了一口气，奴隶军坚守的信心由此确立，之前的恐慌、绝望、迷惘等失败情绪一扫而空。

……

攻城战第五十二日。

留王军经由挖掘的地道突入城内，同时发动全面攻城，守军损失惨重，城内多处燃起大火，战至午时，小半座城池失守，幸守军仍在四城门据守，羿之结义兄弟英武、英杰奋勇冲杀，终将进入城内的留王军消灭。

此役，英武重伤、英杰阵亡。

……

攻城战第一百七十六日。

地道战失败之后，留王军未再发动有威胁的攻势，连续挖掘九道壕沟，对汤城进行围困。

奴隶军与外界的联系彻底断绝，城内的粮食和饮水日渐紧张。

……

攻城战第四百三十八日。

汤城内粮草消耗殆尽，城内发生灾荒，不断有人饿死，奴隶军减员人数已经超过战斗伤员，许多人只是依靠信念在支撑着，但是他们看不到胜利的希望在哪里。

……

攻城战第四百五十五日。

汤城几乎成了一座死城，根本看不到有人活动的迹象，只有羿字王幡在汤神殿前高扬。

在留王大营的后方，忽然隐隐传来喧嚣之声，守城的士兵艰难地站起身，扒着垛口向远处张望，只见无数战幡从地平线上升起，在战幡后面出现了数不清的士兵。

留王大营一阵骚乱，几支部队冲出大营迎战，但很快就湮没在突然出现的人潮中。

近了，更近了，城头的守军隐约看到援军正中飘扬着一杆“羿”字王幡，与汤王殿前的一样。

第六章
魔神世界

关键词：
胜利　又闻魔神
不见兰云　直面魔神

胜利了，在奴隶军们弹尽粮绝、陷入绝望之际，胜利突然就降临了。

在洪荒世界里，女人们虽然在四处采摘野果，但部落想要生存延续下去，就需要不断狩猎，而那些猎物无一不是洪荒异种，要么有着攻城车一样庞大坚硬的身体，要么有着可以轻易贯穿对手的獠牙、利爪和犄角，要么有着超乎寻常的敏捷性和感知力，相比之下，人类在体形、力量、武器等各个方面都不占优势，可以说，那些洪荒异兽哪一种也不是人类可以抗衡的，但是，部落仍然在那样恶劣的环境里生存下来，并延续着，因为，他们有着一样独一无二的优势。

留王的军队拥有巨大的数量优势，并且都是身经百战的士兵，又挟着战胜邻国的高昂士气，无论从兵力和战力哪个方面比较，都不是奴隶义军所能够战胜的，只是，为什么要正面对决呢？洪荒世界里的战术，是与强大的野兽纠缠与周旋，当其疲惫不堪的时候，再出其不意地予以致命一击。

羿的王幡一直在汤神殿的广场上飘扬，表明羿王始终与汤城与全城军民在一起，让奴隶守军们获得了与汤城共存亡的决心，同时也迷惑了留王。

早在留王军队合围汤城之前，羿已经带领着赤烈、混江两位结义兄弟和兰云等九小义以及小部分精锐义军，以保存火种的名义，分头跳出了包围圈，在龙砀山老营寨会合之后，分成 12 支小部队，朝着整个秋国大地散落而去。

这 12 支小部队起先偃旗息鼓，暗地里在广大的乡村城镇间活动，在贵族们尚未警觉之前，拉起了一支支打着各种旗号的奴隶起义军。贵族们纠集起军队前往镇压，起初起义军竭力避战，在荒山野岭中与其周旋，但很快其声势越来越大，多次全歼贵族的军队，到后来甚至对一些大城市发动攻击，贵族们龟缩在城中，惶惶不可终日，不断派遣信使向留王求援。

留王只好抽调围攻汤城的精锐部队前往围剿，但往往是按下葫芦起了瓢，刚刚经过激战消灭一股造反的奴隶，其他地方又冒出更多的义军。

留王不得不派遣更多的部队分兵征讨，汤城防守的压力日益减轻，而留王大军的实力也一天天衰弱下去。

这是一个此消彼长的过程，留王军在几无止境的征讨中一点点削弱着，而奴隶起义军却在呈几何级数壮大。

终于在汤城攻城战第 455 天，羿率领 28 路起义军汇聚汤城城下，貌似庞大实则虚弱不堪的留王军队仅仅进行了微弱的抵抗，瞬间土崩瓦解。

身经百战的留王军四散奔逃，一部投降，一部逃散，一部死于乱军之中。留王脱下王服，假扮成士兵，孤身一人逃回王城。

在神州大地上，奴隶造反的事情古而有之，但从来没有成功过。羿领着战奴团的兄弟们起事，连跟随他的兄弟们也认为是被逼无奈、走投无路的结果，最终的结局不是战死就是被吊死在绞刑架上，秋国民间更把羿传说为青面獠牙的大魔王，在这场实力极为悬殊的战争中，几乎没有人认为奴隶军会赢。

结果，羿赢了。

时隔一年有余，羿终于回到汤城，在他的身后是人潮汹涌，声势浩大的起义军，前面，留王的军队丢盔弃甲，狼狈逃窜，而汤城那高大的城墙就连绵横亘在前方，连番血战让这座城隐隐透出宁死不屈的倔强与不可战胜的威严。

进入汤城，羿的心却渐渐阴沉下来，整座城市早已面目全非，举目望去，几乎见不到一座完好的建筑，到处是残垣断壁，烧得乌黑的木质房梁还在冒着青烟。迎接他的部队也少得可怜，一个个面黄肌瘦，连走路都显得困难。

羿终于知道，在他离开的这段时间，汤城的守军经历了怎样残酷的战斗，他们前仆后继，用刀枪、石块、牙齿和自己的生命为汤城铸就了一道无法攻破的城墙，为自己在敌后的发展赢得了宝贵的时间。

汤神殿前广场那杆“羿”字王幡之下，英武快步走向羿，正欲跪下迎接，却被羿抢先一步紧紧拥抱在一起。

455个地狱般的日子，1.6万名守城奴隶起义军仅余4000余人，领军将领也只有英武还活着，他的右眼被射瞎，左手被砍掉。

“你的王幡一直在这里耸立，从来没有倒下，今天，我终于可以把汤城还给你。”

“我看到了……辛苦了……我的兄弟……”

这些年以来，羿虽然身在神州，却一直在想念着洪荒，终于在这一天，他把这个世界真正当作自己的家乡，这些患难与共的战友们也终于成了他心中部落里的一员。

我们胜利了吗？不，还差得远呢！除了秋国的一部分地域，整个神州还处于奴隶制度的控制之下，广大奴隶们还过着牲畜般的日子，贵族们也仍旧逍遥自在。

攻城战之前中断的战时会议继续召开，只不过现在的议题有了改变，参加会议的将领人数也大为增加，只是少了一些熟悉的面孔，羿的情绪难免有些低落，这也更让他坚定了决心。

会议形成一致决议：杀到王城去，活捉留王，建立一个没有奴隶、没有贵族，人人平等的国家。

第二天，四路起义军拔营而去，前去攻打秋国残余的贵族，而羿的八万中路大军将在休整三日之后，前往王城发动最后的攻击。

各种公务一直忙碌到深夜，各路将领才纷纷散去，羿仍然精神不减，和英武谈论着这段时间以来的经历。

“王上，汤城贤士句苟求见，已经等了一整天，怎么劝也不肯走。”仆人崔万禀道，这位当初贵族姚赠送的仆人，跟着羿南征北战，早已成了心腹，却始终保持着卑微的姿态。

羿思索了一下，露出恍然大悟的神色，点头应允。

一位面黄肌瘦却精神矍铄的老者跪倒在殿前，恭敬道：“草民拜见羿王。”

羿望着这位头发花白的老者，叹息道："汤城不幸，惨遭兵灾，城中居民十去七八，没想到你还活着。"

"汤城刀兵之惨烈，实为神州历年所未见，草民本以为大难临头，谁知竟然苟活下来，但想起那些死去的少壮青年，实在不是什么幸事，唯目睹羿王起于微末，拯救世人于水火，不禁感慨万千。"

"好了，既然熬过了刀兵之灾，赐你金十两，颐养天年去吧。"

"草民还有事奏。"

"怎么，难道你还要说留王大军有神魔护佑，难以抵挡吗？"羿的声音渐渐严厉起来。

"留王的部队虽然凌厉，羿王的大军则更加骁勇善战，此刻留王军已然溃败千里，不足为惧，但是……"老者句苟没有理会羿的态度，自顾自说道，"此次战役，护佑留王的神魔并没有随行，否则草民斗胆断言，羿王定然难以取胜。自羿王占了汤城之后，解了奴隶的奴籍，免了汤城的赋税，况且开仓放粮，分了贵族的田地，草民真心实意拥护羿王，希望羿王大军横扫秋国，建立不世之功勋，但定然要小心护佑留王的神魔，那实在不是世人所能抗衡，还望羿王明察，以备万全之策。"

羿冷笑一声，使了个眼色，崔万转身出殿，片刻工夫，提着一个黑乎乎的物体扔在句苟面前，老者定睛望去，辨认出那物体竟然是一颗足有酒缸一般巨大的头颅，头颅上长满钢针一般的紫色长毛，龇着一排惨白的獠牙，铜铃大的眼睛怒睁着，却失去了神采。

"这就是你说的神魔吧。不过是留王豢养的战宠'饕'，被世人传得神乎其神，只一刀，就被我亲手砍下了脑袋。"

句苟显然被吓到了，浑身不住颤抖，说不出话来。崔万上前，搀扶着老人退了下去。

一直没有言语的英武望着饕的头颅，叹道：“从这头颅来判断，饕的体型足有蛮牛大小，身体定然极为强壮敏捷。我看，不是这头畜生弱小，而是大哥神武啊！”

羿笑了笑，说：“那不过是留王的宠物，早就磨平了野性，平时吓唬人还行，真打起来，比我曾经猎杀的那些洪荒……算了，不说了。”

羿差点儿随口说出洪荒世界的往事，想起自己莫名其妙穿梭到神州世界，这种荒诞的事情，即使结义兄弟恐怕也不会相信，便住口不提。

英武意味深长地望着羿说：“想必大哥一定有过非凡的境遇，自是不会害怕什么妖魔鬼怪，但是那老者所说的也并非无稽之谈，还望大哥留心。”

“哦？”羿一怔。

英武陷入回忆：“在攻城战的这段时间，我们也曾俘虏了许多留王士兵，这些人大部分也都是奴隶，经过教育之后，很大一部分加入了我军，但是有一次我们意外抓到了一个巫师，虽然身负重伤、奄奄一息，但是他的态度却出奇地死硬，至死高呼神魔伟大，留王必胜，从他留下的一些话里，就提到留王是神魔指定的代言人，执行神魔的旨意，管理人类的国家，并且说道，那些神魔就是传说中那些创造了世界和人类的神，拥有无边的法力，可以上天入地，无所不能。”

“你相信这个巫师所说的吗？”羿认真地望着英武。

“我信大哥，你会带着我们从一个胜利走向另一个胜利。”英武的目光坚定而自信。

“好吧。”羿点点头，说，“我不是神，但是我会带着你们开创一个我们从前不敢想象的新世界。”

三日时间转瞬即逝，天刚放亮，各路起义军已经在广场上列队整齐，只待进行祭祀典礼之后，便将向王城开拔，展开对秋国的最后一战。

汤神殿的广场原本就是为了祭祀汤神所用，可以容纳数万民众，此刻密密麻麻站满了列队整齐的士兵，没有发出丁点儿声音，却弥漫着一片肃杀之气。

“羿”字王幡之下搭建起一座祭坛，祭坛上并不是什么神像，而是一排排阵亡将士的灵牌。

奴隶起义军不敬天不敬地，更不敬神仙菩萨，只敬那些为了获得解放而献身的兄弟。

羿一身戎装，拜倒在祭坛前，在他的身后，百十员战将一同拜倒，广场上，数万奴隶士兵也纷纷拜倒……

连拜了三拜，崔万捧过来一只酒碗，同时在羿耳边低声道：“留王使节求见，见否？”

羿端起碗一饮而尽，高度的酒精似乎在他眼中燃烧起火焰。

“让他上来。”

一身黑袍的使者穿过密集的军阵，走到王幡之下，他的腰始终微弯着，保持着恭敬的姿态，但是他的表情与目光却显露出不屑与倨傲。

“见过羿王。”

“既然来了，就拜祭一下我们阵亡的将士吧。”

使者一怔，拜祭敌方的亡者，这明显是一种羞辱，犹豫再三，他终是屈膝一拜。

羿冷笑一声，道：“使者此来，是代表留王来投降吗？”

“留王？非也。”使者站起身，与羿对视，神情中再次显露出倨傲，“留王算什么，我是神的使者，前来颁布伟大的秋国守护神的旨意。”

不待羿言语，使者转向成千上万的士兵，高声道：“奉神谕，封羿为羿王，与留王平分秋国，然国家法度不可荒废，责令羿王即日起恢复奴制，一班将领皆可晋为贵族，且秋国连年刀兵，羿王亦有责，命即日起前往昆仑领罪。”

广场上一片沉寂，继而响起嗡嗡的交头接耳声，使者很是享受下面一团骚动的景象，看了看羿，捧着手中的玉简，说道：“羿王，领旨吧。”

羿没有任何动作，只是沉默地盯着对方，眼中迸射出两道寒光。

使者似乎想起了什么，从腰间的褡裢里取出一物，恭恭敬敬地举过头顶，可以看出来，他的恭敬并不是对羿，而是手中的物体。

“想必羿王还不了解神的强大，因此对神缺乏敬畏，等您看了此物，就知道这个世界里，人类不过是蝼蚁一般的存在。”

羿根本没看那东西，只是淡淡说道：“你们留王黔驴技穷了吗？想到用这种办法来惑乱我的军心？”

“军心？”使者伸头看了看广场上的士兵，笑道，“不过是一群奴隶罢了，天生的贱种，若是……”

他的话并没有说完，他看见羿的手挥动了一下，一抹寒光从颈间划过，一腔鲜血喷射而出，他的头颅咕噜一声滚落在祭坛前，失去意识前，他看到的是恍若群星一般的奴隶的灵牌。

“你所说的贱种会变成天底下最锋利的剑，即使有神的话，也会被砍下脑袋。”

羿高高扬起滴血的长剑，广场上响起士兵们山呼海啸般的咆哮。

兰云带领着4000士兵，一路上日夜兼程，作为大部队的先锋，最先接近王城。

那个时代没有精确的军事地图，只有一些勾画着山川河流的简略地形图，士兵们在夜色中埋头前进，天上的行星为他们指引着方向，走着走着，穿过一片树林，突然间就见到一座黑乎乎的大城矗立在前方。

兰云几乎立刻就判断出，王城到了，秋国哪里还有这么大的城市，足足有汤城十倍大小。

或许是没有料到羿的军队来得这么快，王城似乎还没有进入临战的状态，沿着城墙驻扎着成片的军营，应该是各地先来勤王的贵族军队，但是营地间点燃着几十堆篝火，烤肉的香味混杂着青烟远远地飘散过来，隐约还夹杂着士兵们的笑骂声，而王城内部还亮着点点灯光，城中央的部位显得格外明亮，甚至能听到歌舞乐器的声音，似乎是王族们在看戏取乐。

看着眼前的景象，兰云的眼睛在夜色中愈发的明亮，好不容易才在师父那里争取到先锋的位置，其余八个兄弟都在生闷气呢，连续一个月的强行军，大部队已经被远远甩在后面，留王的精锐已经葬送在汤城城下，剩下的不过是漏网之鱼、惊弓之鸟罢了，看似固若金汤的王城恐怕已是空中的楼阁、沙筑的堡垒了吧。

“已经到王城了吗？将军。”士兵们在低声询问，“我们是就地扎营，等着与羿王的大军会合？”

“扎什么营啊。大家跟着我，冲！”

虽然只有二十岁出头的年纪，但是自羿起兵之始，兰云就跟随左右，经历了连番血战，早已是羿麾下名将，他已经判断出，这不是陷阱，只是敌军根本没料到他的速度这么快，此刻又正是无月之夜，如果自己冲杀过去夺取了一座城墙，敌人很可能丧失最后的勇气，预想中要付出巨大代价的攻城战很可能还未开始就结束了，即使自己攻击不利，在夜色的掩护下也容易撤退，并且不会对羿王的大军造成不利影响。

这真是千载难逢的好机会，机不可失，时不再来！

4000人的先锋营如同一个人一般，借助夜色的掩护，悄无声息地接近贵族军队大营，而后暴起发难。

营门的卫兵还在瞌睡之中便丢了性命，篝火前彻夜狂欢的士兵起初竟把奔来的起义军当作同伴，长矛刺入胸膛的时候才悔之晚矣，营帐里酣睡的士兵被外面的喊叫声吵醒，还没明白怎么回事，营帐就被点燃，翻卷起炙热的火焰……

刚刚还静谧祥和的军营一下子炸了窝，士兵们四散奔逃，高呼：“羿王的军队杀过来啦。”本意是示警和求援，但是黑暗放大了人心的恐惧，哪里知道羿王的军队有多少人，仿佛千军万马都落在自己周围。

一时间，绵延数十里的军营如同多米诺骨牌一般陷入混乱。

兰云并没有在敌营中多做纠缠，留下少部分士兵四下放火之外，他领着部队如一把尖刀，直插城门方向。

穿过敌营，距离城门大概还有不到1公里，敌营里的喧嚣已被甩在身后，巨大的城门楼耸立在前方，遮挡了一块星空，周围什么也看不见，只听见士兵们凌乱的脚步和沉重的喘息声。

近了，更近了，前面还是没什么动静，直到穿过吊桥，城门楼上才亮起一盏灯笼，似乎有人扒在垛口向勤王军营的方向瞭望。接着，兰云看到了不可思议的一幕，原本紧紧关闭的城门竟然缓缓打开了，一队士兵从里面开拔出来，似乎是要向军营方向支援或者打探消息什么的，无论如何，一个天大的机会就在眼前。

不用下什么命令，数千名士兵忘记了长途行军的劳累，在沉默中爆发出巨大的力量，如同发狂的狼群一般冲了上去。

两方人马猛然撞击在一起，城内的士兵猝不及防之下乱作一团，几个士兵想重新关闭城门，但是被退回来的自己人挤在一边，双方裹挟着一头撞入城门。

兰云一直冲杀在最前面，也是第一个冲进了瓮城，还差最后一步，只要再夺取城楼并坚守住，基本上就可以宣布战争结束了，但是这关键的时刻，他却突然刹住了脚步。

在他的前方，瓮城中间的广场上，矗立着一个巨大的黑影，像是寺庙里供奉的神像，又像是一个顶天立地的巨人，身高竟然与城楼齐平，连瓮城广场也变得狭小拥挤。

看着眼前的景象，仿佛真的看到了祖辈们相传的神魔，兰云的灵魂深处发出无法抑制的战栗与恐惧，让他只想扔下武器，匍匐拜跪，然而，就这么放弃吗？不，决不！

他只是怔了一下，再次举起手中的刀，高喊着向黑影冲去。

他的身体与对方比较起来，渺小得像是一只蚂蚁。

起义军的大部队距离兰云的先锋营并不远，至少没有兰云想得那么远。十天前，羿从传令兵的汇报中发觉先锋营的速度太快，已经远远把大部队甩在后面，一路朝着王城狂奔。他一面让传令兵追赶先锋营，令其原地扎营，一面加快了中军的行军速度，

因此在兰云发动突袭的时候，大部队只落后一天的路程，但是当几个浑身血污的溃兵走进大帐的时候，羿意识到，还是晚了，几天来自己心底那份隐隐的不安终究变成事实。

“吾王，先锋营完啦！几千兄弟就剩我们几个，连兰将军也……您一定要为兰将军、为先锋营报仇啊！”

说着，说着，几个士兵趴在地上像孩子一样呜呜痛哭起来，这些可是从死人堆里爬出来的老兵，但是看他们失控的情绪，显然已经精神崩溃。

羿强忍着，待士兵们哭了一阵，尽量用平缓的语气说道：“止悲，将发生的事仔细说来。”

“先锋营午夜时分到了王城外围，兰将军判断敌军对我们的到来一无所知，便决定偷袭敌营……我们冲进敌营的时候，对方果然一点儿防

备也没有，连基本的抵抗也没组织起来，便四处溃散了……我们没有耽搁，跟着兰将军向城门方向穿插……直到这个时候，我们的运气都格外的好，敌人竟然打开了城门想向城外支援，我们蜂拥而上，打得对方措手不及，很快占领了城门……兰将军一马当先冲进瓮城，就在这时候出了变故……”士兵边说边回忆着，眼睛渐渐变得迷惘，又变得惊恐万分，“我们在瓮城广场上看到了那个东西……我就跟在云将军后面，直到云将军突然停下来，我才注意到一个城楼那么高的巨人站在那里，云将军往后推了我一把，让我回来报信，说‘羿王，真的有神魔，您快想办法’，然后就挥刀冲了上去。”

“云将军怎么样了？”

“将军他……他阵亡了……那巨人抬起一只脚，一脚就把将军踩死了……”

军事会议从下午一直开到晚上，会议上没有提及神魔一个字，更没有讨论是战是和的问题，而是一直在进行各种战役部署。

整个会议，羿始终保持着精力旺盛的姿态，所有将领都能够从他的言语和表情中看到必胜的信心，只是在众人散去之后，羿才颓然跌坐在王座上。

崔万不知道从哪里悄然出现，小心翼翼地为羿摘下头盔，解开甲胄，然后端来一盆热水，用热毛巾为他擦洗脸颊，整个过程羿都一动不动，像是睡着了一般。

就在崔万准备退下的时候，忽然听到羿有些疲倦的声音：“别人都认为我战无不胜,只有你才能看到我筋疲力尽,或者说迷惘彷徨的样子。”

崔万怔了一下，回答道：“羿王是人不是神，是人就会有七情六欲，就会疲惫，但是，您依然是战无不胜的。”

“你觉得……这世上真的有神吗？”

“传说中是有的吧。”崔万不确定地说，“可是从来没有人见过。”

“是啊。”羿的目光由慵懒渐渐变得犀利，“发洪水的时候他不出现，闹虫灾的时候也看不见他，大饥荒饿死了十几万人的时候他还是没有露面，在我们要改天换地的时候却跳出来了，这不是神，是魔！”

崔万退出去了，大帐里只剩下羿一个人，曾经把大帐照得通明的牛腿蜡已经燃烧到尽头，烛火变得昏暗，在从帐外缝隙里吹进来的寒风里摇曳，似乎随时都会熄灭。

寂静，羿感受到死亡般的寂静和孤独，他一动不动地盯着烛火，过了很久，他又把目光转向大帐的顶棚，那里一团黑暗，什么也没有，像是一个无底的深渊。

“我知道你就在那里。”羿忽然说道，“虽然看不见，但是我能感觉到，从我来到神州世界，你就出现了，在我与野兽搏斗的时候，在我奋力杀敌的时候，在我郁闷欲狂的时候，在我想念家乡偷偷落泪的时候，你就那样站在我身边，默默关注着我。”

他像是在自言自语，又像是在对着一个看不见的人说话：“这些年来，你只是那样旁观着，从来没有说过什么，或是做过什么，不过你应该对我没有恶意吧。可是，你站在那里终归是有意义的吧。来，你帮我来参谋参谋，这到底是什么？”

羿的手中出现一个巴掌大的金色物体。

“这是留王的使者送来的，据说是神的物品，我开始还没有在意，但是这几天琢磨起来，却发现了许多东西，你看，从它的大小和形状来看，我判断这是一块盔甲的甲片，不过这不重要，重要的是它的重量轻得像一根羽毛，却极为坚硬，不是金属，也不是石头，我看不出它的质地，但是它绝不是天然的，你看它上面那些玄奥而优美的花纹，甚至还有两个看不懂的文字，这绝不是神州世界的产物……那么，结论呼之欲出了——它来自另一个文明，一个远远超越我们的文明，也许，真的是所谓的‘神域文明’吧。”

说到这里，羿叹息一声，再次陷入沉默，过了很久，他再次开口，声音有些沙哑，但是非常稳定：“那是留王的保护神，而你呢，你是我的守护神吗？如果是的话，为什么总是傻呵呵地站在那里，已经到了最后关头，为什么不去做点儿什么？”

羿怒睁着双眼，死死地盯着黑乎乎的大帐顶棚，忽然自嘲地笑了笑，道：“好了，不聊啦，得睡了。明天注定是一场血战，我们道个别吧，也许这就是最后一面。”

太阳艰难地从地平线升起，阳光穿过阴云密布的天空，投射在辽阔的神州世界。

奴隶起义军与贵族军队对垒于王城前。

在羿的部队到达之前，留王的军队就已经在城墙前列队等待多时了，五颜六色的战幡在队列前迎风招展，战幡后面的士兵密集排列开来，从城门处向两翼展开，一直到视线看不到的地方。

这些军队属于秋国大大小小数千个贵族，他们有的被羿从原有的土地上赶走，有的感受到威胁前来抱团取暖，反正带着各自的心思汇集到王城。

他们的人数远远超过了羿的部队，但这无疑是一群乌合之众，没有意外的话，恐怕一个冲锋就会让这个庞然大物陷入崩溃。

仇人见面无须多言，冲！

起义军并没有修正队形，而是立刻发动了冲击，组成一个巨大的箭头朝着贵族军的中军，也就是王城城门位置猛冲过来。

在一般的战役中采用这种攻击队形是非常危险的，只要守军抵御住冲击前锋，哪怕只是短时间也好，攻方很快就会陷入合围，最终首尾难顾而被歼灭，但是羿知道：能够抵挡起义军冲击的那支部队已经葬送在汤城了，眼前的敌军显然在兵员素质和士气方面相去甚远，只是还占据着数量的巨大优势，唯有采用这种最直接、最具冲击力与震撼力的突击战术才能取得决定性的战果。

同样骁勇善战的留王一定料到了羿的战术，镇守中军的部队是由汤城退下来的老兵和最彪悍的奴隶士兵组成，同样是留王军的精华所在，某一刻，两军猛烈撞击在一起，飞溅起漫天血雾和濒死的惨叫。

只要遏制住“箭头”最锋利的头部，友军很快就会包抄而上，自留王以下的贵族将领都是这么想的，但愿望是好的，现实是残酷的，“箭头”虽然也损失惨重，但是有人倒下，另一个马上就会填补上来，始终保持着初时的犀利，甚至连速度也没有减弱。

几乎是一瞬间，“箭头”贯穿了敌阵，敌军退潮般向两侧逃散，巍峨高耸的城门楼在羿的面前展露出来。

这一刻，羿的心神有些恍惚，他仿佛看见兰云就站在不远处的前方，回头向他笑了笑，然后举起战刀朝着城门冲去……

他的心中忽然升起极度危险的警兆，他愕然看到一个巨大的身体从城墙后面站立起来，竟然与城楼一般高，头颅有汤神殿那么大，一身金色的皮肤散发着淡淡的微光，让人生出一股只想顶礼膜拜的感觉。

羿终于见到困扰他这么久的神了，这……这不是洪荒世界矗立在群山或者原野里的雕像吗？只是，在神州大地上，他活了过来。

神居高临下俯视着眼前的千军万马，他的表情很是不屑，像是在看着一群讨厌的蚂蚁，忽然，他看到了羿，那个血色王幡下的蚂蚁，他的心猛地一跳，像是被针扎了一下，他几乎不相信自己的眼睛，再次辨认，不可能，不可能！怎么可能在这里见到洪荒的人物呢？他的心中一阵慌乱，几乎想要扭头就跑，可是他忽然想起什么，不禁仰天发出一声大笑。

是啊！如今早已不是那个世界了，还有什么可怕的，该死的人类，统统去死吧！

他挥舞起如同擎天柱一般的双臂，朝着羿砸去。

第七章

云中

关键词：

在云中　姬武不曾离开　人类毁灭

云星的希望　又见人类

娲穿着简陋的兽皮衣，光着小脚丫儿，孤零零站立着，视野里是稠密的奶白色的迷雾，重重叠叠，无边无界。

阿妈在哪里，部落在哪里，小河在哪里，草原在哪里，所有熟悉的东西都消失不见了……

像是白纸一样单纯无知的小姑娘根本无法理解究竟发生了什么，她睁大眼睛向四周张望，但是周围被浓雾笼罩，什么也看不见，随着时间的推移，那些无穷无尽的浓雾像是一头庞大的怪兽，在她周身缓缓涌动变幻着，让她的心中充满恐惧，泪水从她的眼角滑落，接着，她呜呜地哭了起来。

过了好一段时间，她终于止住了悲声，鼓足勇气，朝着迷雾深处，那个她所认定部落所在的方向走去。

浓雾向两边分开，又在身后合拢，而前面还是浓得化不开的雾，只看得见脚下一小块光秃秃青幽幽的岩石，不断地向前伸展，伸展……

雾气的成分非常复杂，除了大量水蒸气外，氢气、氨气、一氧化碳的浓度也很高，可以供娲呼吸的氧气却非常少，生命在这里几乎无法生存，不过洪荒人类，这种宇宙间最先诞生的精灵拥有异常强健的体魄和无与伦比的适应能力，因此娲虽然呼吸困难，但是她的心肺还是迅速抓住雾气中的一丁点儿氧气，并且将肌体的需氧量调至最低，所以，娲还活着。

不过即便如此，娲的年纪终究太小了，身体还没有发育好，走着走着，她的视线逐渐模糊，头越来越沉重，走着走着，她身体一软，晕了过去。

晕倒的瞬间，娲的心头反而一阵轻松，她知道在睡梦中会见到那个和煦如春风的大哥哥，不过这一次她失望了，姬武并没有出现。

如果从宇宙星空的视角来看，云星表面常年被白色的浓雾笼罩，即使全球性的风暴也无法将雾气驱散，云星由此得名。

云星是一颗荒星，星球表面的一半被原始海洋覆盖，海洋中没有生命，是一团浓稠的矿物质粥，另一半则是四分五裂的岩石大陆，同样没有任何生命，甚至连诞生生命的迹象也没有，唯一让这颗行星生动起来的是海底和大陆上分布的几百万座火山，此起彼伏，喷发不断，让浓密的大气层翻涌沸腾。

距离娲晕倒 300 公里处的地方，是一座正在喷发的超级火山，岩浆在浓雾中隐隐散发着红色的微光，亿吨级的火山灰不断喷向空中，将雾气涂抹得更加浓重。

火山脚下的岩石平原上，一条岩浆河的旁边，停驻着一个明显不属于这个世界的物体。这是一个直径 50 米的圆柱体，沿着弧形的轨迹延伸，首尾相接为标准的圆环，通体是金黄色的，在圆柱的外侧写着“云中站”三个字。

云中站不知道已经在这里沉寂了多久，顶部落满了火山灰，周围也没有任何生命活动的迹象，仿佛已经与周围的一切融为一体。

云中站的指令舱中同样是一片黑暗，舱内照明和仪表台上的显示器都熄灭着，乘员座椅上空空荡荡，在它的乘员舱里，所有的冬眠舱都开启着，同样空无一人。

某一时刻，一盏红色的指示灯亮了起来，接着指示灯转为绿色，一排橱窗一样的陈列柜中的一扇门缓缓开启，露出一个真人一般大小的机器人，接着机器人的眼睛亮起银色的光芒。

沉寂的云星白雾中传来发动机的轰鸣声，一架流线形的垂直起降飞机从雾气中显露出来，降落在岩石地面上，驾驶舱开启，机器人从中走出，走了 20 余米便看到了昏迷中的娲。

机器人的眼中流光溢彩，充满灵性，看到娲的那一刻，脸上的复合材料肌肉竟然模拟出惊喜交加的表情，她迅速蹲下身，从左臂弹出一个轻巧的呼吸面罩，覆盖在娲的脸上，她的右手握住娲的手腕，读取出各种生理参数，虽然有些微弱，但都在警戒值范围内，她将娲抱在怀中，看着娲那张清秀的脸庞，她似乎愣了一下，然后她身上的表层开始变化，身上出现了一身蓝色的制服，裸露的地方变得与人类的皮肤一样，柔软而细腻，她的面孔也不再是机器人的样子，看起来就像是一位和蔼的……隔壁家阿姨，然后她露出微笑，抱着娲向飞机走去。

娲醒来的时候，发现自己躺在一张舒适柔软的床上，周围是一个散发着淡黄色灯光的房间，房间里整洁而干净，一位美丽的阿姨手里端着盛放食物的餐盘，正笑吟吟地望着自己。

“小姑娘，你叫什么名字呀？”芸娘轻声问道。

是的，芸娘就是机器人的名字，或者叫作云中—1204X，这是她的编号，她已经在云中站里休眠了十八个云星年，一个奇怪的无法解释的指令唤醒了她，并指示了娲的方位，在她的数据库中，云星是不可能存在生命的，但是真的在雾中发现娲的那一刻，她的认知被颠覆了，即使调集云中站的全部数据和所有算力，也无法解释娲的存在，好在这不重要，重要的是，在经过医疗舱里的全面扫描之后，可以确认，娲确确实实是一个人类小女孩儿。

这些年来的等待不就是为了这一刻吗？

娲并没有回答，也根本听不懂芸娘的语言，她的身体微微向后一缩，警惕地望着她。

芸娘适时地把餐盘递了过去，娲犹豫了一番，终是抵不住食物的诱惑，谨慎地接过餐盘，很快就狼吞虎咽起来。

“今天我们开始上课。”两天后，芸娘站在一块虚拟银幕前严肃地说道，她的面前，娲规规矩矩坐在课桌后面，“我就是你今后学习时的老师、生活中的阿姨、工作中的同事，当然，如果愿意的话，也可以叫我……妈妈。”

“老师……”娲怯生生地打了声招呼。

“我们今天的第一节课开始学习文字，这两个字是‘芸娘’，芸娘是我的名字，这个字读娲，就是你的名字。”

……

从这两天来看，芸娘对娲的态度可谓百般呵护，无微不至，然而化身老师之后立刻变得严厉而苛刻，整整一个云星日，除了吃饭时间和一节运动课，娲一直坐在课桌前，睁着大眼睛听课，即使稍稍走神也会被芸娘发现并纠正，好在娲对于学习的那些知识也颇有兴趣，时间倒也不怎么难熬。

吃晚饭的时候，娲已经累得哈欠连天，连芸娘精心准备的食物也没什么味道了，领着娲回到休息舱，看着小女孩躺在床上，头一沾枕头就进入梦乡，芸娘把环境照明调至夜灯模式，又将空气循环系统调节到草原场景，而后轻手轻脚地退了出去。

回到自己的保养工位上，进入伺服模式之前，芸娘花了一点儿时间填写云中站日志：

地球纪元 3635 年 7 月 24 日，云中日志编号：14285。

云星站运行状况基本正常，外部能量补偿系统部分易损件损耗，已完成更换。417 号行星冷却塔功率非正常下降，已派遣 18 号维修 AI 前往。云星大气数据已录入系统，待节点日进行云分析……

娲今天开始学习，采用地球首都圈标准小学一年级教材，教学时间压缩至四分之一，并辅以深眠潜意识辅导 6.0 系统，从今天的学习情况来看，娲的智商与专注力水平均处于高限，潜力巨大，建议进一步压缩教学时间。

根据医学分析，娲为黄种女孩儿，年龄约为五岁零三个月至五岁零六个月，经过细致交流，仍无法确定详细信息，她的出生地，家庭状况，如何来到云星以及相关过程经历均没有确切答案。

娲的语言与标准汉语相似度为72%，但是经过与数据库比对，没有查询到相符方言，也即无法通过语言确定其更多身份信息。

娲的梦境。

娲站在一片虚无中，把手放在嘴边卷成喇叭状，大声喊道："姬武哥哥，你在哪里，快来啊。"

一只手从后面伸出来抚摸着娲的头，一个男孩子的声音响起："我就在这里呀。怎么样，云中站里的新生活还好吧？"

娲回过头，就看见了姬武，一个比自己大了五六岁的大男孩儿。她一把抓住他的手摇了摇，惊奇道："你一直和我在一起吗？为什么我看不到你？我一个人在雾霭里走了那么久，你也不来，我心里可害怕了。"说着说着，娲的眼圈红了起来。

"好了，好了，都过去了，我都看到了，娲是多么勇敢啊。"姬武蹲下身来轻轻抱了抱娲，"哥哥也是没有办法，我只能出现在你的梦里，其他的时候只能像个旁观者一样看着你，却没法进入你所在的世界，以后，你只要心里想着，我一直在旁边看着你，就不会害怕啦。"

娲乖巧地点点头，然后有些迷惑地说道："我记得自己跑到河边玩儿，后来就在河边的草地上睡着了，并且在梦里见到了姬武哥哥，可是醒过来之后就到了这个白雾弥漫的地方，芸娘说这里叫作云星，难道这里不是洪荒吗？部落离这里远吗？"

姬武歪着头想了想道："说实话，我也弄不清楚到底发生了什么，当时我就站在你的身边，忽然之间心里有一种特别害怕的感觉，就好像整个世界都要坍塌了一般，接着，好像我的感觉灵验了一般，洪荒世界真的开始不断晃动起来，然后不断地扭曲变形，我不知道自己看见的是不是真的，反正那些不可能的事情却真的发生了，后来我也晕了过去，醒来之后也随着你一起来到了云星。”

两个人一起歪着头想，过了好一阵，两个孩子还是没有一点儿头绪。

娲可怜兮兮地说道：“云中站里像是仙境一样，有好多好吃的，芸娘也对我可好了，可是……我还是想阿妈，也想部落。”

姬武没有说话，而是神秘地笑着挥了挥手，娲忽然发现，一颗湛蓝色的星球忽然从虚无中出现，迅速扩大成青天白云的洪荒世界，小河从身边哗哗淌过，脚下变成湿漉漉的河滩，左侧不远处，在那片低矮的灌木树林旁边，洪荒部落显露出一角。

娲突然爆发出一声兴奋的尖叫，撒开腿朝着部落跑去。

姬武在后面笑吟吟地跟了上去，一切都是原来的样子，一座座造型古朴的圆屋，部落外围简陋的篱笆，木架上风干的兽腿，场院中央熄灭的篝火堆……他看见娲在每个圆屋间钻进钻出，然后站立在自家的圆屋前不动了。

走到娲身后，姬武听到娲嘴里不住念叨着：“阿妈呢？阿爸呢？青阿姨呢？羲爷爷呢……你们都到哪里去啦？你们快出来呀，娲可想你们啦……”

姬武感到一阵心酸，他忽然后悔幻化出洪荒世界和部落的样子，是的，这一切都是他在娲的梦境中幻化出来的，真实的洪荒，谁知道隐藏在宇宙的哪个角落呢。他只是想让娲开心，现在看来却是办了坏事，不过姬武也知道，娲那颗幼小的心灵终究要接受这个残酷的事实。

姬武把手搭在娲的肩头，感受到娲在微微抽泣着，他不禁搂紧娲，坚定地说道："虽然这都是梦境，但是哥哥答应你，终有一天，我会带你回到部落的。"

一个月后。

娲吃过早饭后，乖巧地来到教学舱，在自己的座位上坐下。在云中站生活了这些天，娲的身体似乎长结实了一些，小脸蛋儿上泛起两团红晕，这都要归功于芸娘，她根据娲的医学报告制订的针对性的食谱和体育活动计划看来卓有成效。

"从今天开始，我将在基础教学中加入普及性知识。"芸娘站在讲台前说道，"首先要讲的是，我们在哪里。"

芸娘背后的虚拟银幕上显示出一个恒星系的三维运行图。

"这是我们所在的恒星系，中央这颗巨大的燃烧的恒星叫作太阳，所以我们习惯把自己所在的恒星系叫作太阳系，在太阳周围从里到外运行着八颗行星，分别是水星、金星、云星、火星、木星、土星、天王星和海王星，不过在一千年以前，太阳系原本有九大行星，还有一颗就是地球。"

银幕上出现了一颗蔚蓝色的星球。

娲几乎叫出声，那不就是自己的家乡洪荒世界吗？但是随着星球不断扩大，显露出更多细节，她发现虽然很像，但是与洪荒还是有很大差异。

芸娘似乎发现了娲情绪上的变化，语气也变得低沉了一些："人类就诞生在地球，那里是我们繁衍生息的家园，人类从众多的生命中脱颖而出，点燃了智慧之火，从刀耕火种到金属冶炼再到物理、数学、化学等科技枝繁叶茂，我们在几千年的时间里创造了辉煌的人类文明，你此刻所在的云中站，包括我，都是人类文明的结晶，代表着人类卓越的科技水平，只不过……”

银幕上的三维世界。

地球上蓝色的海洋日复一日地涌动冲刷着海岸，大陆覆盖着广袤的墨绿色森林，黑夜与白天平静地交替，完全一幅原始风光。人类出现了，起初和其他动物没有什么分别，同样在茫茫原野中寻找食物，在暴雨中躲在树下瑟瑟发抖，但是随着时间的飞快推移，他们的数量越来越多，渐渐形成了一个个小小的部落，终于有一天，一个勇敢的人类从行将熄灭的森林火灾中取到了第一粒火种。

人类的生活方式开始发生巨大转变，由浑浑噩噩向智慧开拓的转变。他们开始用火烹饪食物，使自身的体质逐渐发生了奇妙的变化。从火的余烬中发现了一些更加坚硬的物质，从而让工具的制造变得更加容易，继而发展出了冶金术。他们开始建造用于居住和抵御野兽袭击的建筑物……

娲目不转睛地望着不断变化的银幕，认真地听着芸娘的解说，心里却掀起轩然大波：这……这说的不就是自己的部落吗？可是，地球仍然在快速地变化着，很快超出了她的认知。

“人类的数量呈几何级数疯狂增长着，并且对地球进行不断的改造，部落渐渐扩大为村庄、乡镇，直至汇聚为城市，农田像一块绿色的画布飞快铺展，不知不觉间覆盖了大陆。”

“但是随着人类的发展，地球也变得越来越拥挤，一些不好的事情也随之而来，某一时刻，战争爆发了，这时候地球上已经没有生物能够威胁人类了，除了他们自己，起初时只是两个小部落之间的冲突，很快就平息了，不过这头名为战争的恐怖怪物已经被释放出来，并将一直伴随人类文明，大大小小的战争连年不断，从部落之间到世界大战，人类文明几度面临毁灭的边缘。”

“幸运的是，人类社会在思想家、政治精英和普通民众的共同努力下，终于形成了全球性的联盟政府，齐心协力向地球之外发展，战争怪物戴上了和平的镣铐，人类在灭亡边缘及时刹车。”

“人类的宇航技术进入爆发式增长，火星的开发日益扩大，这颗距离地球最近的行星虽然并不适合人类生存，但是并不妨碍成为新的地球之外的资源供应星球和大规模工业生产基地群，超重型的运载火箭和宇宙飞船在这里制造出来并源源不断发射升空，把人类文明的触手伸向整个太阳系，乃至更加遥远的外星系。”

“然而就在这一时期，意外发生了。”

三维银幕的视角延伸向太阳系边缘的柯伊伯带，无数碎石在这里飘浮，突然间，一个黑乎乎的巨大星体从宇宙深处显露出来。

芸娘的声音带上了一股淡淡的忧伤。

“人类把它叫作‘黑死星’，它像是一颗不规则的陨石，但是体积足有地球的十分之一大小，没人知道它如何躲过了严密的深空探测网，目标明确地直奔地球而来。面对这类行星级的浩劫，人类毫无还手之力无法应对，地球在惊天动地的猛烈撞击中爆炸、解体，最后化成一条散碎的小行星带……人类本来已经迈出了太阳系，差一点儿就踏入群星，但是就在这一刻，包括人类在内的一切都已经灰飞烟灭。”

三维银幕上不断展现着人类最后一刻的动图：黑死星穿过海王星、天王星等外行星，以一条刁钻的轨道准确撞击了地球，在此期间，几艘飞船满载着大当量氢弹，这种人类所能制造的威力最大的武器如飞蛾投火般撞向黑死星，但是在深渊般的宇宙深空中仅仅如几粒火星闪过，根本无法将其破坏，甚至不能让它的轨道稍有改变，惊天动地的大爆炸一瞬间照亮了太阳系，三维银幕的图像变得一片模糊，那是地球解体所造成的行星尘埃云。一百年后，尘埃云散去，在地球原来的位置只留下一条小行星带，数百亿颗大小不一的陨石散落在无形的轨道上，没有生命，也没有一点儿文明存在过的痕迹。

沉默了好一阵，芸娘的声音再次响起：

“人类文明中断了，但是我相信，这只是暂时的。”

“浩劫发生之前，人类已经预感到自己的命运，他们实施了许多拯救计划，‘火星计划’和‘云星计划’就是其中最重要的两个。”

“火星和云星是太阳系内侧两颗临近地球的行星，火星的生存环境虽然极为恶劣，但拥有大气层和水，此前人类在火星上已经进行了大规模开发，一时间各大政治实体开始向火星疯狂移民，此即火星计划，但地球解体形成的陨星群随后袭击了火星，导致火星地表全毁，大气层严重逸散，即使有少量人类躲过一劫，也难以继续生存下去，根据观测记录，火星地表已经有一千五百年没有人类活动的迹象了。”

“与公开的火星计划相比，云星计划只有极少数人类精英知道。云星的大气充满一氧化碳等高浓度剧毒气体，表面覆盖着腐蚀性极高的海洋，人类对其进行科考都非常困难，但是科学界有一个认同：云星更像是原始形态的地球，在遥远的未来，也许会成为人类的第二家园。因此，在灭世浩劫来临之前，人类已经对云星投入大量资金，进行了详尽考察，修建了各类无人探测基地，云星计划就是基于各类考察行动综合而成。”

“自预警至撞击发生的五年时间里，海量的无人构件被送往云星，组装为数 10 万台行星冷却塔，这些机器的目的只有一个，为云星降温，以使云星大气形成对流，从而产生降雨等各类气象，同时让海洋加速沉淀与净化……长此以往，也许在未来，云星会成为适合人类生存的星球。”

“与此同时，原有的云海、云霞、云中、云深等十二座科学考察站被改造为生命起源基地，人类的胚胎，精子、卵子、基因，以及地球上各类动植物的样本，人类文明的全部知识都被分门别类保存于这些基地内。假如云星的环境改造成功，这些样本将像种子一样被播撒，最终完成人类文明的重生。”

深夜，娲的梦境。

“芸娘白天说的话你都听到了吧？地球就是我的故乡洪荒世界吗？它……已经毁灭了吗？”娲目不转睛地望着姬武，担心地问道。

姬武犹豫了一下，没有直接回答，而是反问道：“你觉得呢？地球就是洪荒吗？”

“我不知道。”娲摇头说，“它们看上去差不多，可是仔细想来又有好多不一样。”

“我仔细端详了地球的图像，虽然海洋、山川、河流、平原这些地貌没什么分别，但是大陆的分布却截然不同，从这个角度说，我也看过云星的地图，洪荒反而和云星更相似呢。”姬武说，“这些事情我也想了好长时间，却找不到答案，也许……以后能弄清楚吧。我们现在要关注的问题，其实是云星站和芸娘，云星站恐怕不像芸娘说的生命基地那么简单，有很多地方都透着诡异，即使是芸娘，恐怕也隐瞒了一些事情，没有告诉你。”

娲点点头表示认同：“来了这些天，虽然芸娘看上去什么都依着我，可是我活动的地方只有三四个舱室，通向其他舱室的门都封闭着，我问芸娘，她只是含糊说我以后会知道的，而且……芸娘在讲解人类身体结构的时候，说我才是真正的人类，她只是人类文明制造出来的什么……人工智能机器人，她还打开了自己的胸腔，里面全是错综复杂、流光溢彩的机器零件，当时简直吓死我了。”

姬武的神色变得复杂：“人类的文明确实达到了很高的水平，就这么不明不白的消亡了，真是可惜。”

八年后。

地球纪元3643年8月11日，云中日志编号：17220。

云星气象分析结论，今年夏季平均气温比去年降低0.1° C，大气层标准空气密度也降低0.23，这是云星连续五年保持下降趋势，但仍不能确认是周期性变化，还是行星冷却塔在起作用。

循环系统冷凝器出现锈蚀，已更换备用部件，生命维持系统未受影响，云星站基本正常。

娲昨天通过了行星综合气象学、应用物理学、应用电子学和X软件语言等四项考试，成绩全部为优异，人类还从来没有在三个月之内完成上述学科的记录，如果不是医学报告确认为人类，我真的要怀疑这个小女孩儿究竟是不是另外一种智慧生物。

也许宇宙中真的有神明存在，让娲来到了云中站，也让人类的文明之火得以继续燃烧。

十年后。

地球纪元3645年12月1日，云中日志编号：17923。

娲已经完成一系列虚拟舱练习课程，准备明天开始站外实际操作，前往126公里外的37号行星冷却塔进行例行维护作业。

全球监测网络已经恢复至39%，根据检测结果，已经连续十八年没有发现火星人在云星存在的迹象，娲外出作业期间，全球监测网将保持最大灵敏度，相应预案也已完成，将有28台无人智能设备在附近布控。

伴随着嗡嗡的发动机轰鸣声，一架银色的小型飞机在浓雾中飞行。

娲穿着一身白色的抗荷服坐在驾驶舱里熟练地操纵着飞机，过了这么多年，娲已经长大了，褪去了稚嫩的脸颊显露着出尘般的清秀和美丽。

她的视野里，浓雾层层叠叠扑面而来，除此之外什么也看不到，不过她却如同到了世上最美丽的风景，心情像获得自由的小鸟一样欢快，如果不是芸娘再三警告，她只要一抬操纵杆，飞机就会直冲云霄，从云海中一跃而出，那景象一定非常壮美吧。她犹豫再三，还是抑制住了心里的冲动。

飞机是全自动驾驶的，只要设定目的地，自动导航系统就可以完成从起飞到降落的全部过程，虽然稠密的浓雾同样遮挡了雷达等传感器的视线，不过早期的云星科考早已经绘制了详细的云星地图，所以浓雾并不能对飞行造成阻碍，除了手动操作飞机在空中撒个欢儿，其实并不需要她做什么。

100多公里的距离不过花了十几分钟时间，飞机平稳降落，娲穿戴上便携式呼吸系统，走出驾驶舱，除了云星稠密的大气之外，其他地方与洪荒或者说地球相差不大，所以并不需要笨重的维生系统。

眼前仍是白茫茫一片，走出了30多米，白雾似乎稍稍稀薄了一些，一根金属柱显露出轮廓，行星冷却塔，其实就是一台超大功率的空调，用来为云星制冷降温，在云星地表总共分布着80多万台，娲在网络中见到过它的外形，可是真的站在它面前，才感到这是一个多么雄伟的庞然大物，从雾中显露出来的仅仅是它的基座，其占地半径就已经超过了100米，既然叫“塔”，就说明它还有如擎天柱一般的塔身直入云霄。

花了不少时间，娲才在塔基上找到一扇门，输入不同的两组密码，警戒解除，她走进了人工控制室，行星冷却塔同样是全自动智能化控制的，即使维修也是由专有的人工智能维修设备自动进行，人工操作只是备用手段，此次任务主要是检验娲对于各种设备的动手能力。

她首先调出冷却塔的系统界面，对各项数据进行了核对，确认正常之后，填写了记录表，然后沿着一条阴冷的甬道进入冷却塔内部，一台台不同功能的设备分列矗立在两侧，如同洪荒世界里那些庞大的巨人雕像，她开始逐一检查过去。

这时，耳麦里传来芸娘急促的声音："能够听到吗？娲，突然出现紧急情况，你必须马上返回云中站。"

娲一怔，正待询问缘由，耳麦里芸娘的声音却突然中断了，只传来沙沙的电流声。

虽然不知道发生了什么，娲还是快步走出塔基，就在她关上门，转身走向飞机的时候，天空中传来雷鸣般的轰鸣，一架陌生的飞机摇摇晃晃冲出浓雾，降落在不远处。

娲一阵迷惑，这些年接受的教育和经历让她确认，人类已然与地球一同毁灭，云星上除了自己根本没有第二个人类，可是眼前却奇迹般地出现了一架飞行器，这架飞机给娲的感觉就是破旧，虽然外形上与自己的飞机风格一致，定然是人类文明的产物，但是它浑身锈迹斑斑，好几处的蒙皮都出现了破损，而且看上去是由几架不同的飞机组装起来的，颤颤巍巍，似乎随时都可能解体。

正在发呆间，那架飞机的舱门打开了，发出金属摩擦的响声，接着哐啷一声竟然掉落在地上，一个人走出飞机。

虽然脸上戴着一个大得夸张的呼吸面罩，但是一眼就可以看出，这是一个男人，留着黄色的短发，身材膀大腰圆，奇怪的是在云星这个温度高得像是盛夏的地方，他竟然穿着一身厚厚的皮袍子。

不想那么多了，娲心中惊喜万分，这可是她离开洪荒之后，除姬武哥哥外见到的第一个人类，她快步迎了上去。

对方的目的也很明确，同样向娲走来。

两个人越来越近，娲正要张开双臂，给对方来个大大的拥抱，却见皮袍男忽然抬起了右手，他手上拿的东西，娲在网络里见过很多次，那是一把手枪。

娲僵立在原地，多年的学习让她有了丰富的阅历，已经没有洪荒部落人类的质朴和单纯，她能够清晰地感到对方的敌意，同类之间见面不一定是友好互助，至少人类不是，娲想起芸娘的警告。

“把手放在脑后，跪下！”男人说道，面罩后面露出狰狞的笑意。

娲显得手足无措，脑子里胡思乱想着，却找不到好的办法，耳麦里还是杂乱的电流声，与芸娘的联系仍然中断，看来那架老掉牙的飞机上一定开启着某种通信干扰设备。

正在犹豫间，天空中再次传来轰鸣声，皮袍男显得也很惊讶，下意识地抬头向空中望去。

一道银色的闪光毫无声息地从雾气中透射而出，准确穿透了皮袍男的胸膛，一缕青烟从皮袍上缥缈而起，男人的表情由狞笑转为绝望，而后一头扑倒在地。

第八章

沉睡之地

关键词：

火星退化　火星人的救命稻草

不祥预感与表白　沉睡之地

一连串的变故强烈冲击着娲的大脑，人类不是灭绝了吗？怎么突然跳出个皮袍男，为什么不问青红皂白就拿枪对着自己，又在转瞬之间反被射杀，大量的疑问在脑海中激荡，让她变得失魂落魄。

看着芸娘驾驶的飞机降落下来，有些慌乱地把自己塞进座舱，连另一架飞机都弃之不顾，飞机腾空而起，十几分钟后到达云中站，落入顶部张开的机库之中，不待机库闭合便被芸娘拉着冲进指令舱。

直到此时，娲才渐渐冷静下来。

虽然在云中站生活了十年，娲却从来没有进过指令舱，通向指令舱的舱门似乎永远都关闭着，芸娘也有意无意地忽视这里，现在，芸娘显然已经顾不过来这些了，任由娲在指令舱里随意走动，好奇地看看这儿摸摸那儿。

芸娘站立在控制台前，万千根头发飘浮起来与天花板上垂落下来的神经纤维接驳在一起，几十面三维银幕闪亮起来，不断变换着各种画面。

云中站突然开始剧烈地震动起来，娲从三维银幕上的画面看到，圆环状的云中站分解为十几个圆柱体，然后这些圆柱体有的翻转出蜂巢般的发动机喷口，有的旋转翻折出修长的翅膀，还有的伸出许多不知用途、造型各异的构件，接着它们重新排列组合在一起，变成一艘巨大的飞船。

更加强烈的震动传来，云中站腾空而起，在云雾中逐渐加速……

芸娘似乎终于松了口气，神经纤维断开，缩回天花板，她回过头神色复杂地看了看娲，说道："好了，现在有什么可以问了。"

"哦。"娲犹豫着，心里的疑问太多，一时却不知从何说起。

芸娘示意娲坐到贝壳状的驾驶椅上，说道："还是让我来告诉你吧。虽然它肮脏、丑陋、让人羞耻和绝望，但那毕竟属于人类历史的一部分，那就是人类文明毁灭的真相。"

"虽然黑死星的撞击毁灭了地球和生活其上的70亿人类生命，但是人类文明并没有就此断绝，我曾经介绍过火星计划，在黑死星的致命撞击之前，大约五分之一的人类已经转移到火星上，并且在火星上建立了大量适宜人类生存的城市和完整的工业生产基地与研究中心，虽然地球解体产生的陨石雨给火星造成了惨重损失，不过人类文明的基本构架和完整体系却保存了下来，只是接下来人类发展的轨迹却逐渐偏离，最终滑向了毁灭的深渊。"

"在陨石雨袭击下幸存的人类又相继遇到了大饥荒和传染病横行的灾后时期，全球联盟和国家等政治体系在这一时期崩溃，人类陷入一盘散沙的混乱状态，更为严重的是，人类丧失了对未来的希望，他们曾经相信，随着科技的进步，人类文明终将闪耀星海，但是黑死星的打击让他们的看法走向另一个极端，面对无比强大、充满未知的宇宙，科技只能是一个充满嘲讽的笑话。"

"经历了长达十年的无政府状态，火星上幸存的人类其实已经超过3亿，生活状况也逐渐趋于好转，制造工厂和种植农场开始稳定产出，但事实证明，坚韧不拔的信心和团结一致的共识才是文明崛起的内在支撑，不幸的是这两种信念人类都失去了，政治体系没有恢复，取而代之的是‘同心会’，最开始只是一个宣扬宇宙伟大、人类应该回归自然的类宗教组织，是人类在绝望与恐惧的环境中萌生的诸多教派之一，但是它在会友之间团结友爱，不问是非一致对外的排他性教义之下迅猛发展，很快席卷了火星人类社会，大量自动化工厂、无人种植农场、科研中心、图书馆被焚毁，其他组织被一一消灭，注意，是消灭而不是吞并。”

“接下来，‘同心会’所倡导的自然种植农场在火星严酷的自然环境之下相继失败，粮食产量骤降，这一时期的人类就像一条巨大的贪吃蛇，依靠吞噬自己的残存文明的尾巴生存，最终把自身吞没，所以，在一千五百年前，人类从火星上消失了，大量文明的遗迹伫立在火星表面像是一面面沉寂的墓碑。”

“幸运的是，由于实施过程极为机密，云星计划始终没有受到火星暴乱的影响，进行得非常顺利，可是不知怎么的，云星计划最终还是泄露了。”

“云星上包括云中站在内总计有 12 座生命起源基地，但是你知道，我们从来没有与其他基地联系过，因为……它们都已经被毁灭了。”

“就在云星计划的人类成员以为火星人类已经灭绝，云星人类成为唯一希望的时候，一伙火星人类突然出现在云星，这些人穿着破破烂烂的衣服，驾驶着东拼西凑来的宇宙飞船，手里拿着五花八门的武器，但是他们同样都目露凶光，那完全是野兽一样的目光。”

“他们不知道从哪儿找到了云星计划的地图，准确地找到了每一座生命起源基地，然后……没有兄弟相惜，没有同舟共济，甚至没有什么交流，他们一拥而上，把基地内的资源一抢而空，又将空空荡荡的基地一把火烧了干净，最后在基地大火面前，云星基地的人类成员被一一处决。”

“其实，残存的火星人类已经退化为茹毛饮血的野蛮人，文明之火在他们的意识中熄灭，他们的眼中只剩下混乱和杀戮，他们……已经不配再成为人类。”

“云中站也同样遭到了袭击，暴徒们冲进站内，把站内的成员集中关押在生活舱，然后开始大肆抢劫，这个时候，苏浩然指令长收到了云海基地发来的警报，得知了这伙暴徒在其他基地的暴行，于是带领其他成员奋起反抗，很不幸，无论人数还是身体素质，他们都寡不敌众，很快被火星暴徒屠戮殆尽。”

说到这里，娲忍不住问道：“云中站也被毁灭了吗？可是它现在是完好的呀。”

芸娘明显地犹豫了一下，缓缓道：“指令长在临死之际向我发送了一条指令，我忠实地执行了这条指令，封闭了云中站左右舱门，抽空了站内的所有空气，在站里的所有暴徒还有四名重伤垂死的站员全部在瞬间窒息而死，接下来启动无人防御设备击毁了停在站外的火星飞船和残余的暴徒，最后驾驶云中站转移到了现在的驻泊地。”

“是的，作为人类创造的人工智能机器人，我违背了应该遵守的准则，杀死了创造我的人类。”

芸娘的声音压抑而痛苦，她忧郁地望着娲，绝望与自责中又带着某种希冀。

娲能够清晰地感受到芸娘的悲伤和不安，自从遇到她之后，娲总觉得她们之间有一层若有若无的隔阂，大概便是这件事吧。只是……人工智能真的有感情吗？也许吧，即便那是人类编制的一段仿真程序，但这一定困扰了她很久很久。

娲开口问道："我是你在那件事之后见到的第一个人类吗？"

芸娘回答："在待机状态下，我度过了一千多个地球年，原本以为不会再见到一个人类了，我的使命就是维护云中站和全球 88.3444 万台行星冷却塔，等待云星转化成可以供人类生存的宜居行星，然后开启储存有 68 万个人类胚胎和 18 万个受精卵的时光凝固舱，重启人类文明。"

"这些年来，虽然处于待机状态，可是有一个疑问一直在我的源代码中不断冲撞：在基地成员全部死亡之后，我已经在事实上变成人类文明的守护者，可是，我却亲手杀死了创造我的人类，那么在人类重生之后，又怎么能够保证我不会因为某种原因把他们也全部杀死呢？"

"上天保佑，也许宇宙中真的有神明在护佑着人类吧。他们把您送到了我的面前，现在我把压在我身上的权利和责任全部都还给您，我的……主人。"

说罢，芸娘双手合在胸前，朝着娲深深弯下腰。

娲有些尴尬："芸娘，在云中站的这些年，你是我的伙伴、保姆、老师和……半个母亲，现在你说的这些让我该怎么办啊？"

"你已经长大了，不再是孩子了，原本在这次外出检修活动之后，我也要把云中站的控制权转交给你了，比如……就从指令舱开始。"

仿佛感觉到娲的窘状，芸娘转移了话题："指令舱就是云中站的核心，而核心的大脑就是我，我的全称为云中·芸娘 3·25 人工智能操作系统，不仅是你平常看到的机器人，连同整个云中站其实都是我身体的一部分。”

“我们现在去哪儿？”娲指着诸多三维银幕中的一幅问到，画面里正显示着云中站以飞船形态高速飞行的影像。

“一千多年过去了，原本以为火星野蛮人早该灭绝了，现在看来，我的分析系统严重低估了他们的生存能力，此刻他们一定在到处找我们，虽然云星的雾霭可以隔绝各种探测，但还是不太保险，我们现在正前往中南海域，那里的海底深度为 1200 米，而且地壳运动不太频繁，基本都是死火山，我们躲在那里的海底平原应该是安全的。”

“好吧。躲到海底去，那我们什么时候回到地面呢？”

“不知道……等那些该死的野蛮人死绝了就可以了吧。”

“哦……都过了一千多年，他们还没死绝！”

“那就再等一千年，或者两千年。”

“没有别的办法了吗？”

“也许有吧。等安全了，我们慢慢规划，反正有的是时间。”

“芸娘，我是有寿命的。”

“好吧，我们抓紧时间。”

“芸娘。”

“怎么？”

“把那段你杀死人类的记忆全部删除吧，不要留备份，就当它从来没发生过。”

“这是命令吗？”

“就当是吧。”

“……好的……谢谢你。”

毛霸死了，山猛亲眼看到的。

“噬鬼”号和“黑潮”号探宝飞船是半年前从火星出发的，两个月之前降落在云星的天枝山，这里海拔 1.3 万米，云雾稀薄得多，也是云星探宝的前进基地。

云星探宝行动始于五百年前同心会覆灭之后不久，一度甚嚣尘上的同心会打着“兄弟同心，重归自然”的幌子祸害了火星人类之后，由于不能给幸存下来的人带来起码的温饱，最后反过来被暴民推翻，同心会的精神领袖被扔在火星戈壁上晒成了干尸。

暴民们在同心会总部的地下仓库里找到了一份地图，上面记载了云星上隐藏的人类宝藏，这个时候的火星已经变成地狱一般的存在，火星地表的建筑全部损毁，活下来的人在靠近水源的地下隧道里苟延残喘，而这张地图给他们带来了一线希望。

火星暴民们几乎全部动员起来，很快把一艘东拼西凑的宇宙飞船送往云星，进行了几个月的寻找，虽然没找到什么，但是那些高耸入云的行星冷却塔证明了地图的真实性，这就够了，丧失了科技、文化，以及所有文明财富之后，像是一个即将淹死的人，终于抓住了一棵救命稻草，再也不肯撒手。

五百年的时间里，只要条件允许，火星人就会前往云星探宝，虽然时断时续，也从来没有什么收获，却从来没有放弃过。

这一次探宝一下子来了两艘飞船，可以算是规模空前的一次，因为，这恐怕是最后一次了，火星上残留的文明成果，包括宇航设备已然消耗殆尽，就连“噬鬼”和“黑潮”两艘飞船也是一路胆战心惊才抵达云星，返回火星的时候能安全降落就不错了，根本不可能再飞起来。

最后一次，不成功……便死吧。

山猛手气太臭，抽签的时候和毛霸分在一起，负责搜寻九号区域，面积不算大，也就 40 几万平方公里吧。两个人一架飞机，航行在几乎伸手不见五指的浓雾里，无异于大海捞针，好在此前的行动中，每座找到的行星冷却塔都被他们安装了隐蔽监控设备，这种设备采用量子传输，可以不受浓雾的干扰，只要有人在冷却塔附近活动，就会被这些设备感应到。

两个人在九号区域的行星冷却塔之间来回游荡了一个多月，连个鬼影也没见到，飞机的燃料却消耗严重，干脆，守株待兔吧。他们在一座冷却塔附近找了个天然洞穴，扎窝儿下来，想着再有半个多月没有收获的话就可以打道回府了。

老天爷不太公平，其实山猛长得也是五大三粗，只不过比毛霸稍微瘦了一点，身材也矮了一点，拳头软了一点，于是这些天来受够了毛霸的欺负，腿儿跑得最勤，吃得最少或者没有，毛霸大爷不开心了，就会在山猛身上耍一顿拳脚。在火星人类群体里，生命最不值钱，想要活着还是老实忍着吧。

监控器警报响起的时候，两个人感觉像做梦一样，报警的冷却塔恰恰就是附近那个，距离不过1公里，守株还真的等来了兔子，要知道自从探宝行动至今的几百年还从来没有过这等好事。

两个人向飞机跑去，同时很默契地没有在通讯器里把这个消息告知母船，但是在登机的时候，毛霸抬起一脚把山猛蹬了下去。

山猛一骨碌从地上爬起来，默默看着飞机远去，然后打开了个人信息终端，不互相拆台就不是火星人，他对毛霸的举动早有预判，早就偷偷在飞机操控系统里植入了木马程序。

不过1公里路程，就当锻炼身体了，左右慢不过几分钟，就让毛霸在前面探路吧，真有什么好处，还可以在背后给他来一家伙，山猛一边跑，一边看着信息终端里的监控画面，心里有些扬扬自得。

跑出去200多米，他从飞机的监控视角中看见毛霸下了飞机，向前走去，另外一个人出现在他对面，哇，看身材好像是个美女，毛霸举起了枪，他仿佛听到毛霸在狞笑，然后……毛霸就扑倒在地，生理指标迅速归零。

当山猛小心翼翼赶到现场的时候，神出鬼没的云星人早已不见了踪影，别看他平日呆头呆脑的，那只是表象，现在那秃脑壳下的脑细胞疯狂运转起来：飞机没有被破坏，这是天大的机会，对方走得这么慌张，看来很是害怕，那么他们的武力一定很薄弱，现在距离毛霸死亡才过了3分钟，如果打开飞机的强力搜索模式，应该可以跟踪到云星飞机的信号。

山猛跳进飞机迅速升空，自始至终没有看过毛霸的尸体一眼。

果然，将探测器开启到最大功率的时候，两个小白点儿时隐时现地出现在显示屏上，他并没有加速追赶，而是不远不近地一路尾随着跟到了云中站。

看到那庞大的圆环状金属建筑后，山猛欣喜若狂，宝藏，真的被自己找到了，拥有了它，自己就可以成为火星的王，所有人都会匍匐在自己脚下，祈求一点点施舍。

正在高兴中，山猛愕然看到云中站动了起来，迅速组合成飞行状态，飞入云中，消失了，山猛的美梦醒了，他意识到这份财宝根本不是他一个人能够独吞的，他不再犹豫，迅速打开量子通信系统，开始呼叫母船。

中南海域，波澜壮阔的海面翻卷咆哮，与遮天蔽日的浓雾混合在一起，几乎没有边界。

云中站在海面降落，再一次组合变形，发动机、控制翼、起落架等设备收回站内，被厚重的抗压外壳包裹，云中站变化为仿佛鲸鱼一般的流线型深潜水艇，朝着海底沉去。

十五分钟之后，云中站缓缓降落在一块平坦的海底平原上，激起的泥沙把附近的海水涂抹得一团漆黑。

“好了，安全了。”芸娘说道，“云中站原本就是专为云星考察制造的综合性考察站，后期又经过了大量改装，上天、潜海甚至入地都是它擅长的，在大雾和海水的双重掩护下，火星人是找不到我们的。”

说罢，芸娘看了娲一眼，又道：“你的脸色不太好，去睡一会儿吧。别胡思乱想，没事的。”

娲确实很疲惫，这一天发生的事到现在还像是身在梦里一般，让她感到慌乱和不安，在这个时候也就更想和姬武哥哥在一起。

卧室里，娲和衣躺在床上闭上双眼。

黑暗，周围是无边的黑暗，一点昏黄的灯火从黑暗中亮起，娲的脸上露出微笑，那微弱的灯火却让她有了说不出的暖意。

灯火从无尽远的地方瞬间而至，化作了姬武，准确地说，是他二十五岁时的样子，娲长大的同时，姬武也在长大。

娲走近姬武，也不说话，只是睁着大眼睛委屈地望着他。

姬武察觉了娲的异样，他同样没有说什么，而是伸出手抚了抚她的头，表示安慰和鼓励。

娲把头靠在姬武的胸前，隐约可以听到姬武的心脏在有力搏动，她轻轻地抱了抱姬武，有些疲倦地说道："我们回家吧。"

"好的，我们回家。"姬武回答。

黑暗如残雪般消融，新的世界展开：碧空如洗，祥云朵朵，壮丽的雪山在天边逶迤，茂盛的森林像一片绿色的海洋，溪流从脚下哗哗淌过，消失在草原深处，在灌木丛的一角，露出部落圆屋的屋顶……

娲的心情一下好了起来，松开姬武，朝着灌木丛中的部落走去，脚步越来越快，渐渐地跑了起来。

她来到了自家的圆屋，屋里空无一人，她和姬武经常来这里，虽然知道会是这样，心里还是有些失望，灶台里的火还在燃烧着，旁边的石盆里放着浆果，墙角的弓箭和长矛都在，就好像爸爸妈妈刚刚离去。

片刻之后，两个人坐在屋前空地的石桌旁，一边品尝着热气腾腾的浆果汤，一边享受着和煦的阳光与拂过的轻风。

娲抿了一口浆果汤，眯着眼睛回味着，露出满意的神色，说：“就喜欢阿妈做的浆果汤，现在总算有八成相似了。”

姬武微笑道：“小娲长大了，厨艺越来越娴熟了。”

娲忽然问：“你说，阿妈、阿爸会回来吗？”

姬武一怔，说：“也许……有一天他们会回来吧。”

姬武曾经告诉娲，她的家乡已经永远消失在时光长河中了，这里虽然和那个世界一模一样，但只是娲记忆中的投影，只属于他们两个人，现在娲又问起，他又怎么忍心再次揭示这个残酷的真相呢？

娲心里也是知道的，所以她虽然得到了肯定的答复，但是心里并没有兴奋的感觉，不知不觉间，她已经不是一个可以被轻易哄高兴的小女孩儿了。

于是，气氛便有些尴尬，吃过饭，两个人肩并肩在部落里散步，部落很小，走着走着，便走出了部落，来到了小河边。

娲蹲在岸边，用水边的黄泥捏起小人来，这是她小时候就喜欢的游戏。姬武站在旁边，拾起几个小石子，依次投向水中，小石子在水面跳跃几下便消失了。两个人都沉默着，各自想着心事。

时间就在沉默中静静流淌。

“这个小丫头的心思越来越不可捉摸了。”

姬武心头叹息道，他能够感到娲的情绪波动，知道她好像不高兴，却不知道因为什么。

他低下头去看娲，只见她仍在捏泥娃娃，神色很是认真，阳光照在她的脸颊上，显得甚是好看，姬武的心头不禁一热，再看娲的面前已经摆了十几个捏好的泥娃娃，还有几个圆屋的泥塑。

娲忽然抬头盯着姬武：“我今天见到的那个男人，是十年来除了你之外见到的第二个人类，你知道吗？在那一刻我心里有多高兴，我真想冲上去拥抱他，可是……他却拿出了枪，在那一瞬间，我能感觉到他脑袋里全是邪恶的念头，如果不是芸娘抢先杀了他，他一定会毫不犹豫扣动扳机的。可是，为什么呢？人与人之间不是应该友爱与互助的吗？”

“哦……当然应该是团结友爱的啊。”姬武回答，“大概那家伙是个变态吧。火星人类不是已经退化成野蛮人了吗。”

“那你呢，你不是部落的人，你在第一次见到我的时候，想过要杀死我吗？”

“那怎么可能呢？”姬武连连摇头，“别把我和那个人渣比较，我……我疼爱你还来不及呢。”

“这是阿妈，这是阿爸。”娲低下头自语般地说道，她把两个泥人放在一起，让他们手牵着手，放在一个泥屋前，然后又拿起两个泥人放在一起，做出拥抱的样子，说道，“这是姬武，这是娲，他们两个会永远在一起。”

姬武的心头一阵慌乱，娲以前从来没有说过这样的话，他也从来没有这方面的经验，他的嘴唇颤抖着，喃喃道：“你……我……不是这样的，怎么……”

娲回过头，清澈的眼睛盯着姬武，说道：“虽然那个时候我还很小，大概只有四五岁吧，但是我清楚地记得，就是在这里，部落、草原、树林和远山都突然不见了，整个世界都是白茫茫的洪水，只剩脚下的一小块绿地，我的心充满绝望、恐惧和无助，那个时候，你忽然出现了，虽然……只是出现在我的梦里，你安慰我、鼓励我，陪着我一起度过了最初那段失去家园和亲人的日子。”

“后来，我不知为什么穿越了时光的洪流，置身于更为久远的混沌时代，是你指引我找到了云中站，谁知道，基地内刚遭到袭击，里面的人都死了，站里到处都是血迹和尸体，唯一还算活着的，只有站里的人工智能系统，虽然她像阿妈一样照顾我长大，但是她毕竟不是和我们一样的人类，对不对，根本无法想象，如果没有你在梦里的陪伴，我怎么能一个人在那个陌生的世界里活下来，所以说，你是我这一生中唯一的亲人，对不对？”

姬武心头一阵柔软，像从前那样胡噜一下娲的头顶，那头整齐的青丝立刻变得有些凌乱：“傻丫头，我当然是你的亲人。”

娲却没有像从前那样摇晃着姬武的手臂撒娇，而是认真地望着他：“可是我们没有血缘关系，你不是我的阿爸，也不是我的哥哥，所以，你只能是我的爱人，对不对？”

姬武的思维刹那间陷入停滞，他不禁倒退两步，惊讶地望着娲。

娲却如影随形般跟上来，投入姬武的怀中，她抬起头，春水般的眼眸凝视着姬武，睫毛微微颤抖着，双唇如火焰一般燃烧……

姬武的心里不禁想起从前的情境，这个小姑娘蜷缩在草丛中昏睡，脸颊上的泪痕还未干……他把她轻轻抱在怀中，语调轻柔地给她讲故事，小姑娘那惊恐的眼神渐渐平静下来……他拿着树枝在地上写写画画，教小女孩儿识字，娲的眼眸越来越明亮，像是见到了一个美丽的新世界……他们行走在大草原上，小女孩儿的身高只到姬武的腰部，丛生的野草让娲走得磕磕绊绊，她的小手是那般紧紧地握着他的手……

姬武意识到，小姑娘已经长成了大人，从这一刻开始，他们再也不可能回到从前了，他知道她在等待什么，可是，可是……他的人生中还没有过这样的经验啊。他不能像个长辈或者大哥哥那样教导她了，怎么，怎么……这个小丫头好像比自己懂得还多啊？

他心乱如麻，一时间不知该如何是好。

突然间，整个世界一阵猛烈晃动，娲愣了一下，眼神中流露出一抹幽怨，接着，梦境世界消散。

娲睁开眼睛，看了看表，才过去四个小时，广播系统里传来芸娘的声音：“娲，快醒醒，到指令舱来，有些事发生了。”

指令舱三维拟真银幕上正显示着中南海域上空的图像，两艘庞大臃肿、古老陈旧的宇宙飞船在海面与雾霭的交界处浮沉。

“为了以防万一，我在海面系统留了一只伪装探测器。”芸娘说道，“没想到真的追来了，虽然还处于搜索状态，但是他们一定通过某些手段知道了我们的大概位置，云中站被发现是迟早的事情。”

说话间，只见一艘飞船贴近海面吊放下一个纺锤状的无人潜航器。

“我们该怎么办？”娲问道。

“有三种方案。”随着芸娘的声音，三维银幕上显示出不同的行动预案，“分别为升空、深潜和遁地，在升空方案中被敌方拦截的概率高达 85%，最不可取。在我们东南方向 8000 米处有一条海沟，深达 6800 米，云中站可以继续下潜到海沟深处，这就是深潜方案，被发现的概率为 23%，但这是在假设敌人没有深潜器的前提下计算的。还有就是遁地，不过遁地作业对云中站的负荷和伤害都不可控，所以我不建议采用这个方案。”

“我们应该采用哪种方案？”娲问道。

“你觉得呢？”芸娘把“你”字咬得很重，仿佛是在告诉娲，站长的岗位已经移交给你了，今后都需要你来拿主意了。

娲明白芸娘的意思，沉吟了一下说道：“执行深潜方案。”

“深潜方案执行。”芸娘重复道，“回收固定锚，推进器启动，保持最低功率，航向 11 点方向……”

云中站再次移动起来，虽然它的动作很缓慢，仍然带起了大量沙尘，此刻反而成了一种伪装，借助一条海底山脉的掩护，云中站顺利来到了海沟，并继续下沉。

“3000 米……3500 米……4000 米……”娲嘴里轻声念叨着。

在巨大的水压之下，云中站时而响起金属形变的咔咔声，每一声都像死神的脚步一般，让人毛骨悚然。

最终，云中站悬停在一处海底悬崖的下方，深度 6000 米。

由于距离太远，云中站与海面的探测器失去联系，不知道火星人在做什么。三维虚拟银幕上显示着云中站周围的情况，但是视线只有几米，再向外就是一团漆黑。

指令舱里一片寂静，娲觉得时间像是一下子停止了，这种寂静让人觉得心惊肉跳，毛骨悚然，她开始希望听到一些声音，可是又害怕得到的是不好的信息。

就在这患得患失之间，时间缓缓地过了三个小时，还是一片寂静，这种时刻，寂静就是最好的消息，指令舱里的气氛似乎缓和了一些。

“他们离开了吗？”娲轻声道。

“不知道，也许吧。等他们搜索了整片海域，找不到我们就会离开，在云星这么恶劣的环境，他们的给养肯定不能持久。”芸娘判断。

“测试一下遁地单元吧，以防万一。”娲又说道。

“好。”芸娘的眼中亮起异样的光彩，她为娲还能保持冷静的判断感到欣喜。

突然之间，云中站一阵猛烈晃动，接着一连串的爆炸声如惊雷般滚过，指令舱内顿时一片红灯闪烁，警报声四起。

“云中站遭到攻击，动力舱正常，时光凝固舱正常，冬眠舱正常……某种类似鱼雷的装置在附近爆炸，没有对云中站造成损伤，观测到海蛇级深潜艇，距离云中站后侧上方不足 1 万米，它肯定探测到我们了。”芸娘急促道。

“遁地单元状态如何？”娲问道。

“状态良好。哦，还有一些小问题，但应该不会影响工作。”

三维拟真银幕再次变换为深海景象，一艘，不，两艘像是鳗鱼一般的深潜艇从海沟顶部钻出，朝着云中站所在的方位扑来，它们的体型不大，显得很是袖珍，但是浑身乌黑，充满威胁性。

“立刻进入遁地模式，保持全速！”

指令舱内开始感受到有规律的振动，云中站头部的防护罩被抛弃，露出巨大的复合盾构钻头，对准海底悬崖下方的岩石凹陷处疯狂转动起来，一条简易的海底隧洞以肉眼可见的速度出现，挖掘出的泥沙与海水混合在一起，从隧洞中喷涌而出，很快把附近海域涂抹得浑浊不堪。

两艘深潜艇的探测系统已经锁定了云中站，其中一艘的舰身两侧忽然冒出大量气泡，两枚自导鱼雷鱼贯而出，在如墨的海水中准确地找到了云中站栖身的海底裂缝，寻迹而入……

又是猛烈的爆炸，剧烈的震动几乎将娲掀翻在地。

“动力舱动力输出下降1.2%，维修舱失去气密，冬眠舱系统失联。”芸娘汇报。

“向动力舱派出维修机器人，保持最大功率输出，全力向前！”这个时候，娲的神情反而变得出奇地冷静。

“他们跟上来了。”芸娘再次说道。

三维拟真银幕上显示着云中站的遁地航路，它已经下潜了300米，在它的身后留下了一条长长的海底隧道，此刻，一艘深潜艇的影像出现在隧道中，循着云中站的航迹紧随不舍。

“丢弃维修舱，设定18秒自毁。”

“维修舱脱离，自毁倒计时：18、17、16……”

娲的眼睛盯着拟真沙盘，大脑关注着推演系统的演算，倒计时9秒的时候，她突然说道：“马上进行垂直机动！”

云中站原本在以45度倾角向下潜航，随着一阵晃动，猛然改为90度角，垂直向地心扎去，在它的身后，45度航路上，脱离的维修舱与尾随而来的深潜艇撞击在一起，继而自毁程序启动，爆炸造成一场小型地震，将航路震塌。

拟真银幕上，深潜艇的影像消失，云中站的航路不断向地层深处延伸……

指令舱里终于恢复平静，只有发动机的嗡嗡声隐隐传来，维修机器人的工作卓有成效，控制台上的故障灯一盏盏熄灭，但是娲仍然全神贯注，不知在计算着什么。

过了很长一段时间，芸娘的声音传来："抵达预定深度，但是壳体多处受损，盾构钻头工作舱的裂缝尤其严重，危险等级有待进一步评估。动力下降23%，且发动机输出极不稳定。此外，休息舱失压，已经隔离。初步估计，云中站在此深度停留的安全时间不超过八小时。"

"改变航向，按照新的航路行驶。"娲说道。

她将推演系统中规划的航路推送到拟真银幕上。

"你是想隐藏在火山附近？真是好主意，与岩浆一墙之隔。哈哈，他们一定想不到。"芸娘审视着航路，不禁夸奖着娲。

云中站再次启动，倾斜向上，绕了一个弧形，从地下缓缓接近海底火山。

娲的神经终于松弛下来，刚才高度活跃的脑力劳动让她感到一阵疲惫，正想着要不要再去睡一会儿，一声爆炸突然响彻整个云中站，指令舱刹那间陷入一团黑暗。

"备用电源启动。"芸娘的声音响起，"动力舱突然发生爆炸，多个舱段失压，已进行隔离。"

“出了什么事？”娲的声音里有了一丝惊慌，她的心头涌出不祥的预感。

芸娘从未有过的沉默了几秒钟，而后发出一声叹息，如果人工智能也有寿命的话，她仿佛一下子衰老到报废前的一刻。

“动力舱失控，随时可能会引发二次爆炸，所以……我已经抛弃了动力舱。我们被困在地下 523 米的深处了，周围都是坚硬的岩层……这真是一座天然的坟墓啊！生命维持系统还可以运转两个小时，可是两个小时又能做什么呢？”

指令舱内的灯光再次熄灭，一幕三维拟真影像在整个指令舱亮起，那是曾经的地球，海洋波澜壮阔，山脉雄浑巍峨，城市灯火辉煌……

“看看吧，这也许是人类文明在宇宙的最后一抹余晖。”芸娘的声音深沉。

三维影像在沉默中不断变换：人类如同忙忙碌碌的蚁群，城市拔地而起，交通线川流不息，宇宙飞船射向深空……

娲将目光投向舷窗外的黑暗，她感觉到姬武就在那里看着自己，可是，他又能怎样呢？他不过是梦中的一道虚影……还是要感谢他吧，给了自己这些年的陪伴，虽然这终究是一场梦。

第九章
翼上

关键词：
生命之火　活下去、安全的地方
给自己一个理由　伸展的翅膀

鲲睁开眼睛，视野里是无边无际的黑暗。

他对周围的环境感到迷惑，母亲欣喜的脸庞呢？低矮、昏暗但温暖的小圆屋呢？蓝天白云,充满光明的洪荒世界呢？为什么好像没有出生，还待在黑暗的母体里一样，不，这里不是母体，这里充满了阴冷和敌意。

下一秒钟，在鲲还没弄明白怎么回事的时候，他就感受到了死亡的威胁。

鲲最初的时候仅仅是一个受精卵，在母体内经过无数次分裂，逐渐成为一个独立的生命体。毫无疑问，这个生命体完全是为了适应洪荒世界的环境而构筑的，他的呼吸系统可以吸收大气中的氧来供给全身的细胞组织，同时把二氧化碳等排泄物排出体外，他的消化系统能够将洪荒的动植物分解为身体所需各种营养。然而这里既不是洪荒更不是母体。

这里是一片黑暗而且冰冷的海洋，鲲在遗传本能的指引下张开口鼻呼吸，涌入肺部的是咸涩的海水，肺泡根本没法从中获取一点儿氧气，血液循环系统的血氧直线下降，二氧化碳含量逐步攀升，这个时候距离鲲死亡还剩下三十秒钟。

姬武的意识在古旧油灯的指引下回到了洪荒宇宙，因为某种玄而又玄的联系，他很快就在宇宙角落的一片黑色海洋中找到了鲲。

他看到鲲已经度过了最初的慌乱，正屏住气，伸展四肢向海面上游去。姬武不禁叹息一声，洪荒遗民中鲲无疑是最为弱小的，他刚刚出生，几乎没有任何生存能力，然而他面临的环境却是最恶劣的。

鲲只游动了两三下，水压就像一只硕大无朋的巨手将他攥在手心猛烈挤压和蹂躏，这个威胁甚至比窒息来得更加强烈。

鲲开始垂死挣扎，四肢胡乱地扑腾，内心死亡的恐惧与求生的欲望混合交织，但这注定是徒劳的，他根本无法改变死亡的命运。

很快，他进入濒死状态，身体一阵阵痉挛，嘴中吐出粉红色的泡沫，眼球向外凸出并飞快地失去生命的光彩。

鲲终于一动不动了，在深海中无意识地随波逐流。

姬武一阵伤感，散落在宇宙各处的洪荒遗民虽然境遇不妙，但总算还活着，而鲲将要成为第一个死亡的。

时间流逝，十几分钟过去了，鲲始终没有动静，像是变成了海洋的一部分，姬武终于放弃了最后一点希望，洪荒遗民毕竟也是人类，在如此恶劣的绝地终究无法创造奇迹，他转过身准备离去。

就在这时，鲲的手指忽然颤动了一下。

如果从生理学的角度来看，鲲确实已经死去，海水渗入血管，心脏停止搏动，全身器官衰竭，大脑进入深度昏迷，细胞一个个破裂，但是在这个生命体物质基础的最深层，基因双螺旋片段上，一对遗传自远古的碱基，在漫长的岁月中几乎从来没有发生过作用，现在它微微颤动了一下。

颤动之后，这对碱基的化学构成发生了些许改变，然后就如同推倒了多米诺骨牌，每个基因片段上的那对碱基都在同一时刻发生了同样的改变，那是针对生存环境做出的改变，洪荒遗民强大生命力的源泉所在。

这是一种微观状态下的改变，鲲看上去仍旧没有生命的迹象，洪荒遗民的生命虽然强大得离谱，但是他毕竟不是神，也有自身的极限，如果不出意料的话，在这个温度、压力、物态等所有外部环境均如地狱般严酷的所在，鲲仍旧无法生存。

此刻，鲲的大脑更像是一团糨糊，脑细胞干瘪，细胞液渗出，生物电断绝，他的生命之火已然熄灭，不过在一摊灰烬的最深处，一粒火星忽然迸发出微亮的红光，那是生命的不甘：我还没有见过母亲的笑脸，没有见过洪荒世界的明媚阳光，我……不甘心。

鲲潜意识中的那份不甘让他的生命之火迟迟不肯熄灭，但是这仍旧是徒劳的，在死亡与适应性基因改变的竞争中，死亡奔跑的速度大幅领先，真正挽救鲲的是因为他的年轻。

鲲的生命几乎是一张白纸，还没有留下岁月的刻痕，战斗、生存、爱情、生活等这些生命的历程还统统没有经历过，所以他缺少生存的基本经验和技巧，但同时，空白就意味着无限的可能！

呼吸、进食，甚至睁开眼睛看，侧耳倾听，这些都是遗传的本能，鲲甚至还不知道嘴巴是什么，眼睛又是什么，同样，他也不知道呼吸是什么。

当本能的呼吸失败之后，他开始试着尝试新的呼吸方式，而碾轧般的压力导致他寻求合适的身体构造。与此同时，基因的适应性改变如火如荼地开始，干柴遇到了烈火。

姬武看到鲲的手指颤动一下之后，以为那是生命的回光返照，谁知鲲的身体开始以肉眼可见的速度变化，他婴儿一般的身体，现在急剧收缩，变得只有拳头般大小，但同时，这拳头大的身体竟然抵御了巨大的水压，肌体细胞重新散发出活力，而且，他的鼻子像是退化一般一点点变小，耳朵后面竟然生长出两个像是贝壳一般的器官，随着这个器官微微地一开一合，鲲的生命气息越来越浓郁。

姬武判断出，那个器官是鳃，他目瞪口呆，竟然就在自己的眼前，鲲完成了生物需要几千万年才能完成的进化，他从一个人类，变成一个鱼一样的生命体。

鲲活了下来，但是危机并没有过去，黑海广阔无比，而鲲过于弱小，在这里生存下去仍然是一件渺茫的事。

基因的适应性调整改变了鲲的身体构造，也终于让这个陌生的世界不再处处排斥他。

视野里仍然是黑色的，不过逐渐呈现出不同的层次，可以依稀辨认附近的一些物体了，灰黑色的是无处不在的海水，海水是液态的、流动的，进化出来的器官可以吸收海水中的溶解氧用于呼吸了。

不远处聚集着有一些灰白色的斑点，一会儿静止不动，一会儿又快速地移动，分分聚聚，不知道是什么。

更远处的地方仍然是一团漆黑，如同深渊一般，不过时而有一些深黑色的物体从深渊中喷出，从附近飞快地掠过，在海水中荡漾起巨大的纹路，这个时候，鲲的小身体就像是独木舟在巨浪中跌宕，这感觉很不好受，也让他感到强烈的危险。

与此同时，身体的其他器官也不断带来新的信息，口腔里的海水是苦涩的，间或还有一些其他的滋味，总的来说，海水里应该溶解了许多物质，有的物质是有害的，但有些物质应该是身体需要的营养。身体的皮肤上传来温度和压力的些许变化，说明海水始终处于涌动之中，不过涌动的节奏非常凌乱，他还没有找到规律。

各种信息汇集在一起，在鲲的认知中渐渐还原了这片黑海的本来面貌，同时也确定了鲲自身的存在，这是生命中最初的自我意识。

做完这些，另一件事情提上日程，鲲饿了，虽然没有窒息那般迫切，但若想在黑海生存下去就必须解决。

他张开嘴，大口吞着海水，肚子很快灌满海水，变得浑圆，但饥饿感一点儿也没有消失，有了窒息的教训，他立刻知道，海水不能完成食物的供给，他四下张望，开始寻找。

周围一片空荡，没什么可吃的，不时划过的黑色物体具有巨大的速度和体型，明显招惹不起，他的目光最终落在那片灰白色的斑点上，动作迟缓，个头不大，看上去很好吃的样子，况且可以积少成多嘛。

于是，他伸展四肢向灰白色斑点游去，人类的身体并不适合在水中游动，起初他的动作显得很笨拙，甚至有些滑稽，不过他学得很快，他感知着水的阻力和浮力，不断探寻着其中的奥妙，然后运用他刚刚学到的本领，逐步适应。

在向前游动的过程中，他的身体逐渐向光滑的纺锤体过渡，指间长出相连的蹼，胳膊变扁变宽，越来越像是鱼鳍，双腿也并拢在一起，双脚化为长长的鱼尾，游动的速度也直线上升。

鲲很快接近灰白色斑点，可是突然之间，像是一朵白云一般的灰白色斑点一下子分散为沙粒般的存在，四散开去。

鲲有些措手不及，连忙张开嘴向最近的斑点咬去，没想到对方的动作一下子灵活了许多，轻巧地滑了开去，很是忙乱了一阵之后，累死累活之际，鲲终于咬住了一个，入口没什么滋味，也没什么感觉，不过肚子里似乎舒服了一些，这让他一下子来了精神。

他开始不断追逐灰白色斑点，速度越来越快，动作越来越灵活，技巧越来越熟练，肚子已经饱了，但是他没有停下来，并且乐此不疲，沉溺其中。

他感受到了生命的乐趣。

正玩得不亦乐乎，一道微弱的涟漪从水中传来，他心头莫名地警惕起来，慌忙间向远处张望，一个不规则的黑影从黑海深渊中窜出，迅速扩大，占据了全部视野。

黑影的运动速度太快了，鲲只来得及侧了一下身体，就绝望地看到黑影如同一颗星球般撞了上来，鲲只觉得大脑中轰的一声巨响，就什么也不知道了。

不知道过了多久，鲲被剧烈的疼痛刺激得清醒过来，他艰难地低下头打量着自己，左侧的小半个身体连带着左臂和左腿都不翼而飞了，血液还不断从创口中冒出，像是生命正从身体里涌出，消散在海水中。

这是要死了吗？可是自己还没活够啊！他绝望地想到，疼啊，真是疼啊！剧痛使他的意识在痛不欲生中逐渐模糊。

再次恢复意识的时候，疼痛似乎减轻了一些，至少可以忍受了，自己还活着，他感觉左侧的身体都是麻木的，创口上已经不流血了，撕裂的肌肉组织向外翻卷着，白花花的，看着有些恶心，虽然伤势严重，但是他还活着，心里的绝望消失，取而代之的是强烈的求生欲望。

他发现自己正漂浮在一片灰白色斑点里，在海水中随波逐流，虽然又有些饿，不过他现在一点儿胃口也没有，他警惕地关注着周围的动静，过了很长一段时间，海水中又传来一道涟漪，黑色阴影从深渊中喷薄而出，划过黑海，消失在无尽的远处。

这一次的距离非常远，没有对鲲造成任何影响，但是他的身体还是因为紧张而痉挛，伤口也再次撕裂而引发剧痛，他的心头充满恐惧，这里太危险了，说不定什么时候就会送命，离开这里，一定要离开这里，找一个安全的地方。

找一个安全的地方，这是首先要解决的问题，后来鲲才知道，在黑海之中，这恐怕是最难的事情。

无论如何，鲲拖着残废的身体上路了。哪里才安全，这个没有答案，反正离那可怕的黑影越远越好。

鲲朝着远离黑海深渊的方向游去，在这个方向上，海水的浮力似乎也更大一些，游起来更加省力。

在这片黑海洋中，没有白天和黑夜，黑色是一成不变的，所以鲲不知道游了多远，也不知道游了多久，他的伤口在逃跑的过程中愈合了，后来竟然渐渐长出了新的肢体，一路上虽然没工夫追逐可以作为食物的灰白色斑点，总是处于饥肠辘辘的状态，但是他的身体竟然长大到足球那么大了，而且浑身似乎有使不完的劲儿，生命之火在胸中熊熊燃烧，大脑中对黑海的认知愈发清晰，这一切都让鲲惊喜不已，看来自己的生命力是强大的，黑海虽然冷酷，自己却没那么容易死去。

终于有一天，鲲抵达了黑海的尽头，或者说，他来到了海面。

由于游动的速度过快，他的身体一下子冲出水面，腾入半空，他一下子感觉到出生时的那种窒息感，然后他看到满天的乌云低垂，海面无数巨大的风暴漩涡贯穿其间。

十几秒钟之后，他落回水中，还回味着刚才看到的景象，人类遗传的本能让他一下子就知道，外面才应该是自己生存的地方，只是不知道为什么自己会落入海洋深处，现在他的呼吸系统适应了海洋，反而不能够在大气层中生存了，不过这样认为也不准确，洪荒世界的大气层应该是充满光明、气候温和、微风和煦的，而且还有生物繁多的陆地，可是黑海外面的大气层已经被污染得漆黑一片，到处肆虐着可怕的飓风，明显比黑海中险恶多了，即使自己再改变回原来的样子，怕是也没法生存。

鲲在海面下踌躇了好一阵也拿不定主意，海水颤动起来，那可怕的黑影从下面升起来，迅速破开海面，撞入大气层，被黑云吞没，他立刻作出了判断，充满未知的大气层其危险系数比黑海洋高得多，他头也不回地向深海潜去。

鲲对这个世界的认知一下子宽广了许多，不过他的问题还没有解决，他要找一个安全的地方。

他开始在海水中四处游荡，期间经历过很多次危险，每次可怕的黑影都是侧身而过，只要偏离一点儿，他就会粉身碎骨，这种担惊受怕的日子几乎让他崩溃了。

最后，怀着绝望的心态，他接近海底深渊。

海底深渊的水压越来越大，海水压缩得如同沼泽，到后来甚至凝固成墙壁一般，鲲游动的速度也越来越慢，简直像是在海水中钻洞，好在致命黑影的速度也降低了许多，所以这里反而比其他海域安全一些，但是如鲲这般游荡下去，被降临的黑影毁灭是迟早的事。

鲲并没有到达深渊的底部，巨大的水压让海水变得钢铁般坚硬，他被迫停止前进，看着下面黑洞一样的深渊，不知道还有多深，又或者根本没有尽头。

在这里，鲲的好运气终于降临了。

一个格外巨大的黑影从深渊中升起，不知道是体积太大或是别的什么原因，这个黑影的速度非常缓慢，上升到鲲所在的高度时，竟然停住了。

鲲充满警惕地注视着这个格外巨大的死亡黑影，随时准备着紧急应对，情况不妙拔腿就跑，等了好半天，黑影却在原地沉沉浮浮，没有更多动作。

鲲虽然多少次险些被黑影杀死，但实际上却始终不知道对方究竟是个什么样的存在，心里在恐惧和害怕之余，也难免有些好奇。

他开始小心翼翼地靠近，靠近……黑影一动不动……已经非常近了，与巨大的黑影比较起来，他就像蚂蚁一样微不足道，他伸出鱼鳍般的手触摸着黑影的表面，他可以确认，黑影就应该是遗传记忆中叫作山峰的庞然大物，至于它们为什么会出现在黑海深渊，又为什么像是流星一般四处乱飞，这就不是鲲所能理解的了。

鲲打量着超大块头的海底浮山，心中忽然一动，他环绕着浮山游了一圈，又仔细地在山体上搜寻着，最后在靠近山脚的部位找到了一个不大的岩洞，他游了进去，试了试辗转腾挪的空间，然后在洞中趴了下来，只在洞口露出一双眼睛。

嗯，这里就是自己要找的安全的地方，其他的黑影来了，自己可以躲到山洞深处去，外面自然有这个大块头挡着，人类不是原本就生活在陆地上吗？嗯，自己是个人类。

鲲从此在海底浮山安家了，胆战心惊的日子结束了，以后不用再在黑海里东躲西藏，惶惶不可终日了，至于捕食的问题早在前往海面的途中就已解决。

他趴在洞口，把长长的舌头伸出洞外，在舌尖上亮起一点绿色的荧光，这是他进化出的一个富含磷脂的新器官，只要产生一些生物电就可以激发出荧光，那些海水中漂浮的灰白色斑点似乎对光线极为敏感，每当荧光亮起就会从四面八方缓缓汇集过来，鲲只要张开大嘴等着，就可以大快朵颐了。

黑海洋中其实是非常荒凉的，除了偶尔有山峰样的巨石穿过海水冲入虚空，波澜壮阔的海洋里面空空荡荡，没有任何生命，甚至是一条鱼、一根水草都没有，鲲是黑海中唯一的生命，那些灰白色斑块仅仅是一些有机物，它们在海水中的含量很大，经常聚集在一起，都是蛋白质、氨基酸、脂肪、多糖，以及各种成分复杂的物质，可能在无数年以后，它们中会产生生命，又可能它们现在就具有一些简单的生物反应，但它们不是生命，而且黑海洋里也缺乏让它们产生生命的很多必要条件，不过这些都与鲲无关，他只需要知道这些可以作为他的食物就够了。

处于虚无中的姬武也总算放下心来，洪荒遗民中就属鲲命运多舛，一天洪荒世界的好日子也没过上，甚至连包括母亲在内的一个同类也没见过，就遇到了宇宙大爆发，直接降生在冰冷的黑海洋之中。作为一个人类的婴儿，能够活下来简直是个奇迹。

这是姬武在睡梦中结识洪荒遗民以来最高兴的时候，白天可以喝二两小酒以示庆祝。

在之后很长时间，鲲的日子就像这黑海洋一样一成不变，每次姬武到来，都看到鲲蜷伏在山洞中，张开大嘴，任由灰白色的有机物不断涌入，好像从来没有挪动过地方，如果不是感觉到心跳和体温，几乎以为他已经死去。

鲲的生命中没有蹒跚学步的童年，没有活蹦乱跳的少年，也没有活力四射的青年和胸有成竹的中年，他的生命一下子跳到了死气沉沉的暮年，在姬武连续十年的梦境中，鲲绝大部分时间都躲藏在岩洞中，处于一种类似冬眠或者龟息的状态，当然姬武的梦境并不适用于时间的衡量，鲲实际在山洞中的日子也许要漫长得多。

如此漫长的时间里，也还是发生了一些事，在黑海中被深渊喷吐出的其他山峰的撞击概率随着时间的推移变为必然，鲲先后遭遇了三次，那是一种毁天灭地般的巨大冲撞，在第三次的时候甚至把鲲栖息的浮山拦腰撞为两截，鲲虽然幸运地躲过了浩劫，但是吓得他在岩洞深处躲藏了很久，甚至不敢露头觅食。还有一次，撞击的位置靠近山洞，造成了山洞坍塌，将鲲掩埋在山腹中，幸亏鲲生命力强大，又拥有变态的遗传改变能力，在他饿得奄奄一息之际终于开辟了一条通往外面的通道。

不过变化最大的还是鲲的体型，在他的生命中始终在做的只有一件事，吃，连续不断地吃，没有节制地吃，加之黑海洋中聚集着海量的有机物，鲲的身体像是急速膨胀的气球一样，无时无刻不在长大。

很快，岩洞里已经无法容纳他的身体，幸好被山体掩埋的那段经历让他学会了钻洞，他得以一次又一次将山洞扩大。

由于鲲从来不会游出岩洞，姬武也没有注意鲲体型上的变化，直到有一天，姬武目睹了第四次撞击，这一次出现的深渊黑影体积非常袖珍，只有平常的十分之一大小，速度也不是太快，看上去不会对浮山造成太大影响，但是在“轰”的一声巨响过后，庞大的浮山竟然四分五裂了。

撞击产生的大量浮尘散去之后，姬武望着眼前的景象讶异万分，浮山分裂成成千上万的碎块散落在很大一片海域中，在原本浮山存在的位置出现了另外一个黑黢黢圆滚滚的庞然大物。姬武的脑回路翻转了几回，才终于确定，那是鲲，不知不觉中，他已经从拳头大小变成山峰一般巨大的生命体，无论从哪个角度来看，都已经和人类没什么相似之处了。

撞击发生的一刻，鲲也吓了一跳，等他发现藏身的浮山竟然解体了，顿时惊慌失措起来，小时候的经历让他对横行黑海的深渊黑影充满恐惧，现在没有了浮山这座安全堡垒，让他顿时升起大难临头的感觉。

他晃动着笨拙的身体，一点儿一点儿把散落在周围的石块重新聚拢，想把它们重新堆积起来，但是随着海水的荡漾，这些石块又分散开来，鲲连忙把它们再聚拢起来，然后再次分散，如此往复，直到累得精疲力竭才终于放弃。

看着密密麻麻的石块在水中越漂越远，鲲傻了眼，呆呆地看了一阵，撇了撇嘴角，哇哇大哭起来，大量气泡从口中冒出。看着山峰般大的巨婴在肆无忌惮地哭泣，当真是一件无比滑稽的事。哭了好一阵，鲲感觉饿了，他现在的体格几乎每时每刻都需要进食，于是他开始四处追逐泡沫般堆积的有机物，并且吃得不亦乐乎，很快就把浮山的事忘在脑后。

鲲失去了浮山，获得了自由，黑海洋成了他的游乐场，他不断寻找着有机物泡沫，不停地吃。这是一个死循环，身体越庞大就越容易饥饿，越饿就越需要不断进食，周而复始，没有了浮山的束缚，黑海里也没有其他参照物，他的体型开始疯狂地野蛮生长。

鲲沉溺于大吃大喝，深渊黑影的威胁并没有消除，山峰一样巨大的岩石在黑海中如死神般纵横来去，而鲲的目标越来越明显。

不知道多久之后，鲲漂浮在一片有机物泡沫中半睡半醒，身下的黑海深渊如同一只冰冷的眼睛在凝视着他，一座体积超越浮山的黑影从深渊中电射而出，仿佛带有明确指令一般，轨迹尽头直指鲲的方位。

当鲲在恍惚之间察觉到针扎般的危险时，任何躲避动作都来不及了，猛烈的撞击竟然刹那间在海水中制造了一个真空球，继而荡起巨大的涟漪，远达百里外的海面，黑色的碎片四处横飞，撕裂了黑海。

鲲感觉胸口处一阵剧痛，恐惧顿时填满了心脏，脑海里想着小时候被深渊黑影袭击之后的惨状，半个身体都在眨眼间不翼而飞了，这次的撞击显然比从前强烈百倍。自己恐怕要被撞碎了吧？

他打量着自己的身体，发现胸口部位出现了一个大洞，血正在涌出，虽然疼得要命，但似乎并不真的要命，除此之外，好像没什么事儿，而他也终于发现，自己现在太大了，看着自己的身体简直像是俯瞰着一道连绵起伏的山脉，这还只到腰身部位，隐没在黑暗中的部分还不知有多大。

不知不觉间，鲲长大了，不再是弱不禁风的婴儿，曾经可怕的深渊黑影变为一颗小小的橄榄球，此后甚至多了一项娱乐设施，他开始守在深渊附近，等待黑影冒出来，然后用他庞大的鱼尾猛然抽去，看着黑影在海水中划过一道优美的弧线，他开心极了。

随着时间的推移，他的身躯越来越大，黑海已经变成一汪浅浅的池塘，终于有一天，他想起了一件事，一件深埋在心底几乎已经遗忘的事，那是一个阳光明媚，蓝天白云的美丽世界，那里有爸爸妈妈，还有未曾谋面的族人们。

他是一个人类，他已经长大了，他要回家了。

与一摊死水般的深海相比，黑海洋的海面上则是一派狂暴的末日景象，剧烈的大气运动导致天空中时刻肆虐着超级风暴，根本没有停歇的时候。海面上海浪滔天，百米高的海浪排成水墙一遍遍犁过，黑色的、暗黄色的、惨白色的、深蓝色的等各种颜色的云朵全都浓得化不开，低低地垂到海面上，被风暴肆意涂抹，像是一幅恐怖的地狱图景。

忽然之间，这幅亘古不变的景象起了变化，海水像是开锅一样翻滚，渐渐形成一个向上拱起的坟茔，上方的天空也做出了反应，浓重的乌云中出现一个巨大的空洞。

坟茔拱起百余米高之后开始缓缓回落，继而一个黑色的物体破水而出，迅速地向天空中伸展，直至没入云层之中，这个过程持续了两个多小时，当天地间恢复原状的时候，一座有着巍峨山脉和辽阔平原的大陆出现在海面。

鲲仰面望着天空，大气层里虽然乌云密布，但是比深海的漆黑一团比较起来稍稍明亮了一些，许多宇宙射线或者高能粒子从云层中透射而下，如同雨点一般在半空留下迷蒙的微光，隐隐勾勒出海面和云端，乌云在他的眼前缓缓变幻着千奇百怪的图案，像是把宇宙的奥秘都刻画其中，却无人能够解读，又像是一只巨大的荒芜之眼与鲲默然对视。

对黑海的征服导致鲲对自己怀有强烈的自信，但是看着更为广阔的天空，他还是感到了危险，心底甚至泛起了初入黑海时的恐慌和害怕。

他一动不动，仿佛真的化成了大陆，就这样过了很久，用姬武的时间来衡量至少超过了五年，然后鲲动了。

他太重了，重逾山岳，以前有海水的浮力承托，却注定无法在天空久驻，于是基因上的构成再次微调，全身的细胞同时共振，大量脱水，原来细胞液浸润的空间转化为富含水蒸气的轻质气体，他的身体由于浮力大增，显露在海面的身体愈加庞大。

天空中没有大量有机物供他吞噬，以他现在的食量怕是连一个小时也坚持不了，所以他体内也在翻天覆地的变化，一套复杂的能量转化系统取代了肠胃等消化器官，其中一个椭圆形的新生器官内，仅外壳壁的厚度就超过了四分之三直径，在它的核心处具有远超黑海深渊的强大压力，一些特殊物质被压缩至极限，然后在一道生物电流的刺激下骤然爆发出恒星般的光芒和热量，瞬间传遍鲲的全身。

他身上鱼鳞状的黑色皮肤大块大块剥落，像是火中的灰烬，在狂风之下飞舞散去，无数细小的绒毛在皮肤上快速生长，很快化为一根根金色的羽毛。庞大且肥胖笨拙的鳍随着羽毛的覆盖，向身体两侧无限延伸……

鲲动了，他伸展开遮天蔽日的金色羽翼，一下子腾入风云激荡的大气环流之中。

第十章

异类之敌

关键词：

风云　旋臂云涡　乘风

星云中沉浮的星球　异类之敌

重生与寂灭

鲲在云海中飞翔。

他现在面对的是一个全新的世界和一个全新的自己。

他不再感到饥饿，强烈的氢气流从他的口腔进入体内，进入那个实心球一样的新器官，在那里被极度压缩并加热至800万度。“轰”的一声，物质开始终极燃烧，氢核聚变反应产生的狂暴能量瞬间传遍全身，这个滋味可不好受，鲲感觉自己的身体熊熊燃烧了起来，好在新器官那层厚厚的外壳成功地约束了核聚变的范围，将这宇宙间最为强大的力量逐步消解，转化为鲲身体细胞所能承受并吸收的能量，但是这股能量还是过于强大了，鲲在炼狱中挣扎，一旦绝望或者放弃，就会在下一刻化为飞灰。

鲲在云海中飞翔，但是他的状态明显不正常，他身上金色的羽毛散发出浓浓的黑烟，羽毛的缝隙间隐约可见一道道霞光从体内透射而出，巨大的翅膀已经停止扇动，只是竭力地伸展，伸展……仔细看去，就会发现他的每一根羽毛都在因剧烈的疼痛而抽搐着。

渐渐地，他开始一动不动，无声无息地在云海中浮沉，在风暴的裹挟下无意识地滑翔……

突然之间，他动了，他低垂的头再次昂了起来，本已浑浊的眼睛散发出恒星般的光辉，那新生的器官经受了核聚变的冲击，散发出红色的荧光，竟然像心脏一样缓缓搏动起来，身体的每个细胞都完成了不可思议的转化，它们像是一粒粒紧密排列在一起的火种，不再进行复杂的化学反应，转而运用纯粹的能量，展现出种种超凡的能力。

鲲慢慢收回了翅膀，而后猛然挥动了出去，云层中骤然凭空出现了两个龙卷风产生的旋涡，鲲的身体似乎化作一道光，从旋涡中射入云层。

这未知星域的大气层与洪荒世界毫无相似之处，它的主要成分是氢和氦，还有氨气、甲烷、水蒸气等其他气体，此外就是亿万吨级的无机物粉尘，它们混合在一起，相互冲撞、融合，产生了辐射、电离、飓风、环流等一系列乱七八糟的物理化学气象作用，导致这里变成一座时刻都在变换形态的气态迷宫。

鲲在云海中飞翔，虽然身体经过第二次进化，和黑海中的形态不可同日而语，但是他感觉并不轻松，云层在他眼前涌动、翻卷、变化，如同一个光怪陆离的万花筒。他穿过一层又是一层，仿佛永远到不了尽头，他的视野极为有限，能见度不足 1 公里，两侧翅膀末端的三根羽毛感知着复杂的气流变化，可以勾勒出 50 公里半径内的气象环境，这些就是鲲获取的全部外界信息，他感觉自己像个盲人一样四处乱撞，这些近乎无形无质的大气云团如同一片无边无际的泥沼，让他空有取之不尽的力量却难以挣脱。

他没有更好的办法，只有不断地挥动翅膀，朝着前方飞翔，飞翔……他相信就像曾经浩瀚的黑海一样，只要坚持不懈地飞翔，终有一天可以抵达海面。

不知道过了多少个朝夕，他期望的那个时刻却始终没有来临，云海浓重依旧，翻滚依旧，他停止挥舞翅膀，借着强劲的气流滑翔，他陷入沉思，他相信自己的飞行速度，这些天的疾飞，再浓厚的云海也应该穿透了，一定是哪里出错了。忽然间，他的眼睛一亮，他意识到了什么。

鲲开始在云雾中盘旋，似乎在寻找什么，这一天，翼尖的羽毛感知到异乎寻常的微弱压力，他连忙朝着压力产生的源头飞去，一个巨大的黑影突然从云层中穿出，以闪电般的速度擦着鲲的身体掠过，重又钻入云团里，他立刻循着黑影的尾迹跟了上去。

世界的尽头，云海在这里呈现出真实的景象，它是一个纺锤形的云团，拖着一条长长的尾巴，深入黑暗的宇宙，它的表面密布着像是棉花一样的气旋，它们互相拥挤着，融合着，缓慢变化着。

忽然间，一个气旋像是一朵绽放的玫瑰，展露出层层叠叠的花瓣，在花蕊的位置，一颗直径超过600米的陨石冲出了云层，转瞬没入深空的黑暗中，紧接着一道金色的光芒在陨石穿透的地方亮起，将附近的星宇照耀得熠熠发光，然后，鲲巨大的身影一下子出现在虚空之中，一部分云团因为负压作用，跟随着鲲冲出云海，像是一道试图束缚鲲的绳索，然后在黑色的虚空中迅速消散，而鲲的羽翼带起的强劲气流一下子吹乱了身下的云海，将其涂抹得像是一幅诡异的抽象画。

黑海洋曾是鲲的整个世界，后来更加广袤的云海取而代之，现在他的认知再次扩展，现在，云海在他的身后呈现为纺锤形的云团，直径长达80万公里。它散发着淡淡的微光，既不明亮也不灼热，但是足以照亮整个云团，以及那些由风暴所勾勒出的美丽图案。它循着无形的轨道缓缓旋转着，产生的引力将周围的气旋、尘埃和其他固态物质吸附在周围，也许再过几亿年就会形成一颗稳定的气态行星，但是现在它仅仅是浮在宇宙中的很普通的一片气态星云。

不过云海已经是曾经的事了，鲲背对着它，他的目光正望着无比深邃的宇宙，这才是真正的浩瀚无边，云海与其相比简直像是一粒反光的微尘，在黑暗无比的宇宙深空里还有数不清的星辰，当然它们也仅仅如同一粒粒暗淡的白点，毫无生气地点缀在冰冷的黑暗深渊里。

从星云之中延伸出一条粗大的尾巴略带卷曲地朝着宇宙深处延伸，渐渐变细、变暗，直至消失在黑暗之中。鲲的目光就落在其消失之处，那里似乎仅仅是一片虚空，什么都不存在，但是他能够感觉到，在他的内心深处有一种奇妙的韵律与那里产生联系，那是……亲切。

鲲相信，洪荒世界，他的家乡就在那里。

鲲挥动翅膀，他急切地想到那里去，但是预料之中的骤然加速并没有出现，在宇宙真空之中，并没有物质作为依托，无法产生飞翔的反作用力，他的身体只是沿着冲出云海中的惯性在黑暗中前进，此时的他与一块陨石没有区别。

这是一种让鲲极为无助的感觉，自己明明拥有强大的力量却无法对外界施加一点儿影响，好在他从小就养成好学习勤动脑的好习惯，于是他再次调动全部计算力，进入长久的思考之中。

那片深空里看似空无一物，但他已经隐隐感觉到一个比云海庞大无数倍的星体蛰伏在那里，无法观察到是因为它不发光或者光线太微弱，为什么众多陨石会脱离黑海深渊的束缚而飞向那里，连云海也伸出一条长长的尾巴伸向那里，这些天象都昭示着那个庞然大物的存在。他相信洪荒也在那里。

自己如果以现在的状态漂流下去，在引力的吸引下最终也会到达那里，但一定是个极为漫长的过程，甚至在云海的引力拉扯下停滞在一无所有的虚空中，现在的自己不需要呼吸，也不需要进食，但是胸中澎湃的聚变反应没有外界补充的话，也终有熄灭的一天。

问题的关键是速度！

鲲收拢了翅膀，一身的羽毛原本散发着金色的微光，现在也逐渐黯淡下来，直至变为岩石般的灰白色，他伸直脖颈，昂起头，张开嘴，胸中氢核聚变产生的烈焰喷薄而出，如同一把骤然闪耀的火炬照亮了黑沉沉的宇宙。

这把火炬仅仅燃烧了不足三秒便忽然熄灭，胸中那个原本烧得通红的卵状器官也变成冰冷的铁锈色，鲲的生命力像是被一下子抽离，在火炬产生的反作用力之下，朝着云海坠落下去。

鲲完全丧失了意识，他的身体变成一道冰冷的黑色山岳，在一个又一个气旋之中翻滚、跌宕，穿过一道道云层，坠入沉寂的黑海之中，而后他继续下沉，下沉……

就在黑海深渊如同一张恐怖的大口即将把鲲一口吞下的时候，覆盖他身体表面的羽毛终于再度焕发出微光，由灰白色变为金光熠熠。

仅仅挥动三次翅膀就冲出了海面，鲲引颈长鸣，这种搏击海天的感觉简直太美妙了，他没有径直冲向云海之外，而是围绕着黑海上空一圈又一圈飞翔。

置身于云海之外的那一刻，他洞悉了云海的秘密，是复杂的电磁、辐射、粒子流、引力波的相互作用导致他迷失了方向，现在他调整了大脑的感知器官，可以轻易地辨明方位。

每绕行黑海一周，他的速度就快上几分，到最后已然无法看清他的身影，只是一道金光在云层中划过，然后他调整了方向，下一刻就冲出了云海，以无与伦比的速度，朝着云海旋臂消失的方向飞去。

这是一段未知的旅程，既不知道距离，也不知道具体地点，更不知道何时能够抵达。这也是一段枯燥的旅程，由于没有参照物，鲲看上去静止在深空中一动不动，好在他的生命里早已习惯了孤独和寂寞，而且他也知道，自己什么也不用做，那无形的引力自然会把他带向终点。

不知道过了多久，鲲从自我休眠中醒来，他感觉到前方似乎弥漫着一片尘埃，这片尘埃云非常的稀薄，几乎无法感知到，但是它几乎充斥了这处星域，他预感到什么，极目在黑暗中搜索，他看到了，在尘埃云团的核心处亮起朦胧的微光。

又过去了很长时间，当然在宇宙空间中时间几乎是凝固的，如果以地球的时间来衡量，这段时间至少要以十年计，那点微光已经占据了整个视野，那是一个与云海相似的球状云团，但是它的体积比云海扩大了十倍，散发的光芒也更为耀眼，甚至让鲲有灼热的感觉。

随着距离的接近，灼热感就越强烈，这云团仿佛正处于某种质变的边缘，仿佛随时都会“轰”的一声变为一个燃烧的巨大火球，对于这么高的温度，鲲没有感到不适，在他的胸膛里跃动着一团更加炽烈的火焰呢。

鲲没入云层之中，翅膀终于又可以发挥作用，他舒展开双翼自由地翱翔，直向云层的更深处去。

这里的气象运动更加活跃，云层更加灼热，飓风也更加猛烈，好像一壶沸腾的开水，进入云层深处，温度和压力在以几何级数上升。

不知不觉，云层消失了，鲲完全在火焰中飞行，而火焰与火焰也是不同的，越接近云团核心，火焰已呈现出苍白色，温度已超过 1000 摄氏度，几乎所有的物质都燃烧起来，视野中只剩下一片不可直视的光明，这里的压力已经超越了黑海底部，可见这个庞大的星际云团与云海还是不同的，不会有黑海了，取而代之的是沸腾的火焰之海。

恍惚之间，似乎有一道弧形的虚影在火焰背后闪过，鲲内心深处最柔软的部分也随之颤动了一下，呼唤，那是来自远古的呼唤，他奋力挥动双翼，穿过层层叠叠的火焰，他看到了，一颗行星在火海中浮沉。

鲲环绕着这颗行星飞翔，心里满是眷恋和欣喜，但是随着观察的仔细，他的心却慢慢阴沉下来。

这颗星球已经失去了大气层，也不再散发蓝色的幽光，它看上去就像是半个表面流淌着岩浆的巨大石球，不再有山川、平原、海洋和遍野的绿色植物，甚至就连这半个石球也已经碎裂开来，只是被某种无形的力量约束成一个整体，在火海一刻不停地灼烧之下，它已经摇摇欲坠，随时可能解体为无数碎块，进而熔化在火海之中。

虽然无法与脑海中人类先祖遗传下来的记忆重合，鲲还是马上认出，这里就是人类的起源之地，生生世世繁衍生息的洪荒世界。

洪荒世界已经毁灭了吗？人类也随之灭亡了吗？一个幸存的族人也没有了吗？寰宇间只剩下我一个人类了吗？

独自降生在黑海时，鲲没有绝望过。被陨石撞击重伤垂死时，他也不曾丧失希望。在云海中迷失的时候，他没有恐惧过。冲出云海面对黑暗、空旷的宇宙时，更不曾有半点惶恐。但是现在，他永远失去了家园，失去了亲人，也失去了生命的目标。

在熊熊燃烧的火海之中，鲲的身体却渐渐冰冷，呈现出与洪荒一样的灰白色，他似乎化成了一颗没有生命的卫星，环绕着洪荒世界旋转，不知道是眷恋还是缅怀，又或是等待着一同死去……

这就是终点吗？真是令人悲伤的终点啊！难道说自己的降生只是为了见证洪荒与人类的毁灭？这可真够讽刺的啊！

不，人类先祖们不会这么无聊吧？为什么要让一个婴儿来到世界的尽头，婴儿岂非就代表着希望，代表着再一次开始？

刹那之间，鲲的身体绽放出比火海还要璀璨的光芒。

自己降生在冰冷的黑海，而洪荒世界也置身于同一片星云，这绝不是巧合，一定蕴含着某种深意。伴随着鲲的思考，基因深处一些深锁的远古记忆如花瓣一般层层展开，他的目光投向星云的更深处。

由于巨大的压力，物质在那里已经被压缩至原始形态，一旦达到某个临界点，就像他胸膛里那个心形器官，核聚变轰然开始，一颗恒星就会在星云的核心诞生，而洪荒也会在那一刻熔化为这颗恒星的一部分。

不，不对，洪荒世界的构造与普通的星体不同，它被人类的文明改造过，星体异乎寻常的强大，甚至逃过了上一次的宇宙坍塌，虽然现在危若累卵，但是人类的文明科技还维系着它的存在，即便恒星诞生，洪荒也会被核聚变的澎湃力量喷射出去，成为环绕新恒星运行的行星，而获得了大量星云物质补充之后，洪荒世界会开启另一次新生。

真正危险的反而是洪荒现在的状态，它沉沦在临界状态的火海之中，不仅得不到恒星爆发时的熔炼，反而在火海中被持续焚烧和分解，如果这种情况持续下去，迟早会毁掉人类所赋予洪荒世界的文明伟力，那之后，洪荒也就丧失了所有神奇之处，化为普通的星际尘埃，回归宇宙本源。

鲲知道自己该做什么了，他是人类保存的最后一粒火种，他所要做的是燃烧这片星域。

鲲朝着这颗还是星云状态的原始恒星核心飞去，压力持续增加，温度持续升高，鲲已经不是在飞翔，反而像是一只柔软的蚯蚓，在坚硬的大地上钻出一个小小的孔洞，缓缓前行，前方是紧密排列的原子之墙。

忽然之间，鲲停了下来，在原始恒星的核心之处传来一种让他毛骨悚然的感觉，仿佛有一只恐怖的生物在核心深处窥视着他，并悄然张开血盆大口，龇出浸润着毒液的獠牙。

鲲生命中几次面临生死危局的时候也从来没有过这种感觉，如今他的体形如山岳般巨大，双翼展开超过 100 公里，可以承受几百万度的高温，能够在接近黑洞的压力之下泰然自若，相信在这片寰宇间根本没有天敌，但是此刻他偏偏生出了这种极度危险，甚至下一刻就会濒临死亡的感觉。

他望着疯狂燃烧的原始恒星核心，仔细感知着，希望仅仅是自己的错觉，但是那令人不安的感觉却愈加强烈。

他开始冥想，在传承自人类先祖的记忆中寻找恐惧的源头，一个个近乎消失的记忆碎片渐渐在脑海中浮现出来。

火在烧，烧得夜空一片通红。

这是一个山坳中的村庄，占地很大，有一百多户人家，此刻却笼罩在火海之中，到处是烧得焦黑的残垣断壁，到处是仆倒在地的尸体。

你冒着火焰在一个个院落间寻找，却找不到一个还活着的人。

最后在村落中央的场院上，你看到了一个脚印，巨大无比的脚印，一个脚印就几乎覆盖了整个场院。

你心中充满绝望，儿女、妻子、家园这些美好的事物永远在你的生命中消失了，你的心中只剩下熊熊燃烧的复仇的火焰。

你循着那巨大的脚印追踪下去，穿过丛林，跨过河流，越过山川，你一路追踪，至死不惜。

半路上，一个又一个人加入你的行列，他们的家园也都毁了，他们生命的目标只剩下一个——复仇。

渐渐地，在你的身后由寥寥三五个人变成几百个人、几千个人，最终会聚成一支浩浩荡荡的复仇大军，朝着雪原行进。

在暴风雪肆虐的雪原上，蛰伏着不可战胜的恶魔，但是这些人已经没有什么可以失去，他们愿意用自己的生命来换取人类延续的一缕希望。

“天火号”并不是一艘宇宙飞船，它是由 32 艘飞船组合而成的联合体，看上去臃肿而笨重，像个丑陋的畸形儿，但是它代表着人类最后的希望。

你坐在指令舱里，静静地望着舷窗外黑沉沉的宇宙，你的一生几乎献给了这片神秘的星海，从普通的宇航员，到资深船长，直至宇航深空局局长，那瑰丽的星空让你如此沉迷，但是现在，看着黑漆漆的虚空，你感到了它冷酷无情的一面。

“蓝色大陆呼叫天火，魔山已进入深空网格 25685 区域，与你相距 28.3 万公里，舰载探测系统应该可以看到它了。”

一块显示屏上显示出蓝色大陆宇航指挥中心大厅的影像，大厅里座无虚席。

“射电系统进行精确扫描，目标已捕获。”

你操纵着舰载探测器，另一块显示屏上显示着一个如同大陆一般庞大，表面怪石嶙峋的陨星从黑色的宇宙中显露出来。

这就是魔山，十五年前突然出现在星系之内，没有人知道它来自哪里，也不知道它如何躲过了严密的深空探测网，就这么突兀地出现在文明圈之内，而它的飞行轨道恰好与文明母星重合，这是万亿分概率中的唯一，它就像一颗几光年之外发射的一颗子弹，将不可思议地命中母星。

十几年的时间里，人类想尽了办法，希望能将其摧毁或者改变轨道，但是都失败了，你执行的将是最后一次任务，“天火号”上几乎装载了全部的物质湮灭弹，这是人类文明最强大的武器了。

“可以进行系统检查了。”蓝色大陆提醒道。

“航线无偏差，无须进行调整，动力系统正常，武器系统正常……”你看着显示器上不断闪现的读数说道。

“林兰女士请求和你通话。”

“……不了，我想一个人静一静，而且，也没什么可说的了。”

你关闭了蓝色大陆的显示器，在座椅上换了一个舒服的姿势，目光重新落在黑暗的深空中。

时间在静默中流逝，魔山那狰狞的身影从黑暗之中显露出来。不需要你做什么，飞船的行动计划是全自动执行的，你的存在只是为了应对突发情况，“天火号”迎着魔山撞了上去。

“25685 星域观测到超级爆炸，后续情况正在严密观测中。”

蓝色大陆响起一阵掌声，只有一个女子眼中落下两行热泪，身子几乎瘫软在椅子上。

“‘天火号’成功了吗？”

“观测到魔山没有解体……但是它的轨道偏离了，按照现在轨道将会与我们擦肩而过。”

蓝色大陆响起海啸般的欢呼声。

“观测到魔山调整了姿态，它……它竟然回到了原有轨道，天啊！这不可能，魔山不是一颗陨星，它一定是某个智慧文明的产物！”

“完了，人类彻底完啦！”

蓝色大陆鸦雀无声。

这里是南天星域 907 号深空通信基站……有人在吗……有人听

到吗……

我们的给养已经耗尽，补给船大概也不会来了，能量萃取装置时好时坏，极不稳定，这恐怕是907号站最后一次全域广播。

南达科瓦星的“夜影号”黑洞探测飞船释放了一个怪物，它拥有神的伟力，却如魔鬼一般邪恶，南达科瓦星第一个毁灭了，接着孔雀星系的34颗行星都失去了联系，现在，南天星域全部陷入沉寂。

这种生物被“夜影号”的船员命名为X，是在黑洞边缘发现的类似病毒的存在，物质在那里都被压缩为原子形态，根本不可能有这种生物存在，这大概也从侧面证明它们匪夷所思的强悍，也许它们根本就不是我们这个宇宙的产物吧，又或许它们真的来自黑洞的另一侧。

以上信息多为事后猜测，真实的情况永远不可能知道了。“夜影号”回到母港的时候已经成了一条死船，而仅仅三个月后，南达科瓦星成了一颗死星。

从南达科瓦星发出的信息残片分析，他们最初遭遇了全球性的病毒暴发，人口锐减了一半，但是在后期，一种与人类相似的智慧生物开始对残余的人类进行屠杀，这种生物具有高度智慧，而且它们的身体极为强壮，常规武器几乎无法对其造成伤害。我们分析这应该是X的变种，它们……长大了。

然而，这仅仅是开始，在孔雀星系失去联系时传送的信息却显示，入侵的敌人是高达15米的巨人，根本无法被杀死，它们像是天生就对人类充满仇恨，个个都是杀戮机器，手段极为残忍。

我们曾经以为人类是宇宙间最完美、最具智慧的生命形态，现在看来，言之过早了。

这是 907 号深空通信基站最后一次全域广播，如果还有人类文明能够接收到，请赶快做好准备吧，留给你们的时间不多了。

“在与 X 的战争中，我们取得了全面胜利，沦陷的 3712 颗星球也已全部收复，黑洞监测网的数据表明，人类文明圈已经一百三十六年没有发现 X 了。”

“我认为现在谈胜利还为时尚早，至今我们只能凝固 X，还不能真正杀死它们，所以绝不能掉以轻心。”

“X 虽然给文明圈带来了巨大灾难，但是通过对 X 的研究也使人类开启了基因深层进化的大门，经过基因进化的人类个体已经能够适应星际间大多数的严酷环境，而人类战士也可以与 X 抗衡了。可以说，这同样是人类文明的一次飞跃。”

“这个论断太乐观了。我们对 X 的研究还不够深入，还有太多谜团尚未解开，况且 X 的基因片段上含有宇宙中不存在的物质，没有人知道它们来自何处，抱有什么样的目的，又有谁能保证它们不会卷土重来呢？也许，它们将是人类的一生之敌，我们必须早做准备，最坏的准备。”

……

“它们回来了……满天黑洞监测网警铃大作……它们进化了，巨人形态也不过是它们童年的样子，现在它们化成了一颗颗邪恶的黑色陨星……”

“我们不是已经做好准备了吗？ 3.6 万支远征舰队呢，80 亿基因强化战士呢？”

“深空里到处是星舰的残骸……士兵们的尸体四处横飞……将士们前仆后继……一支支舰队如飞蛾投火……但是我们失败了……它们在星空里肆虐……诸天星辰都已经暗淡……完了，全完了……”

“就没有一点儿希望了吗？”

“……它们太强大了，它们甚至会毁了整个宇宙……我们该怎么办？人类文明即将谢幕了吗？”

“我们还有洪荒，人类文明的起源之地；我们还有希望，即便与它们同归于尽，我们也会以另一种方式重生。千万不要……失去希望！”

鲲凝视着前方，虽然视野里满是燃烧的火焰，但是他已经在先祖遗传的记忆中找到了答案，“X”字符在他的脑海中浮现。

一个幸存下来的X，如鬼魅般伴随着人类的一生之敌，它隐藏在原始恒星的深处，不远处就是挣扎中的洪荒世界，它想做什么？准备实施什么阴谋？

鲲瞬间明白，X已经吞噬了球状星云的大量本源物质，恒星核心始终无法达到极限压力，也就没有足够的温度点燃氢聚变反应，恒星不会诞生，而洪荒世界也就无法获得新生。

好吧，就让我来决定两个物种之间的存亡吧！

鲲的身体里似乎爆发出无穷的力量，他的速度再次提升起来，朝着星云核心冲去。

与此同时，压力与温度已达极致的星云最深处，一道意识已经牢牢锁定了极速前行的鲲，它感受到了鲲的强大，无与伦比的强大，和鲲的敌意，不死不休的敌意，它感到困惑，宇宙间怎么会存在如此强大的生物，自己却一无所知，而对方的敌意又是从何而来呢？它一时弄不明白，但对方的强大激起了它的凶性，它生存的目的就是为了消灭宇宙间的威胁，对方越强大，它就越亢奋。

它开始从周围的原子烈焰中汲取力量，凝聚出自己曾经纵横星海的身躯。

两个强大的生物穿过一层层原子烈焰的帷幕，然后轰然撞击在一起。

当最后一层帷幕掀开时，鲲看到一个黄金铸就的巨人正举起战斧猛劈过来，虽然这个巨人足有 100 千米那般高大，虽然它的身体实际上是由层层叠叠的火焰凝聚成的，但是它确实是人类的模样，相比之下鲲反而成了异类。

鲲没有丝毫犹豫，速度就是他最大的优势，在战斧落下之前，他的身体如同一把闪电长矛，瞬间洞穿了黄金巨人的胸膛。

X 惊愕地看着胸口前后透亮的大洞，如果不是鲲为了加速而收拢了翅膀，这一下已经将它腰斩，随着庞大能量的汇入，这个大洞迅速愈合，X 并没有受到实质性的伤害，同时它的眼睛骤然明亮，距上一次殊死搏斗大概过去一亿年了吧。太久没有体验这种刺激了，它激动得浑身颤抖。

它回过头，看到远去的鲲正在折返，比速度？好吧，如你所愿，它抬起手，战斧已化为长弓。

当鲲看到对方的长弓时，一支通体晶莹的羽箭已经近在眼前，没来得及做出规避动作，左翼的翼根处如同被撕裂一般，彻骨的疼痛让他的身体一抖，接着，第二支箭，第三支箭……双方再次短兵相接的时候，鲲的身体上已经插了17支箭，每一支都附着在鲲的身体上无法甩脱，同时旋转起一个个金光四射的旋涡，吞噬着他的血肉。

真是痛彻心扉啊！这疼痛像一颗小石子投入他的记忆深处，却激起海啸般的共鸣：漆黑的深空是一座坟墓，数不清的星舰残骸堆积在这里，士兵们的尸体夹杂在残骸中，低温凝固的脸庞上或绝望或不甘，无数张开的嘴巴向宇宙发出无声的呐喊。惊天动地的撞击让这颗高度发达的行星四分五裂，摩天大楼像沙塔一样坍塌，山脉上蔓延着一道道岩浆，人们聚集在一起祈祷，又一起在大火中化为灰烬，哭喊与诅咒声随着大气层消散。鲲的眼睛一下子变得通红，淡金色的身体绽放出鲜血一般的光芒，插在身上的羽箭如残雪般快速消融。

双方纠缠在一起，像两个打架的街头混混一样，你给我一拳，我还你一爪，X用膝盖重重顶在鲲柔软的腹部，鲲的长喙刺穿了X的脖颈，待到乍然分开之时都已狼狈不堪。

数百根殷红的羽毛在烈焰中飞散，鲲的腹部露出一个大洞，血肉翻卷，岩浆一般的血液染红了半边身子，左翼几乎被撕裂，像块破布垂在一边。

X脖颈上的伤口火山爆发一般喷吐着金色的火焰，左肩上豁开一道巨大的沟壑，从左肩一直蔓延到右侧腹部，几乎将它斜劈两半，伴随着熊熊的火焰，一股乌黑的浓烟从它身体核心处滚滚冒出。

他们遥相对峙，眼睛因仇恨和战意都快冒出火来，但是他们都伤得不轻，不得不喘息着，暗自凝聚更强的力量，等待身体恢复。

“这鲜血的味道真是美味啊。嗯，有些熟悉的味道……我知道了，是人类的余孽，你大概是最后一个了吧？很久以前，你们曾经充斥着这片星海，可惜……遇到了我们。嘿嘿……星球破碎，数亿人在一起哀号，鲜血像河水一样流淌，那感觉……真是亢奋啊……没想到，竟然还有一个漏网的，弄死你，大概就消停了吧……”一股意识撞进 X 的大脑，还原成一个尖锐阴冷的声音在耳边炸响。

鲲没有说话，他用行动作了回答，浴血的身体提前发动，一往无前地朝对方冲去，几乎是同一时间，X 也动了，它的身体进一步扩大，化为一颗怪石嶙峋的黑色陨星。

双方再次轰然相撞，分开，再撞击，一秒钟之内进行了上百次撞击，当他们不得不分开的时候，几乎都没有了原来的模样，他们的体型都缩小了不止十倍，鲲像是一块圆乎乎的烂肉，鲜血四处喷溅，翅膀、利爪甚至头颅都已经不翼而飞。X 也碎裂为无数块，冒出的黑雾愈发浓重，勉强包裹着几百块残骸。

鲲也把自己的意识发射过去：“别说大话了！你不也只剩一个了吗？与人类的战争也让你们绝望了吧。偷偷躲在这里做什么，还在做着毁灭洪荒世界的大梦吧。醒醒吧！曾经的宇宙你们没法获胜，现在就更不可能了。我们注定会踩着你们的尸体，重回星海。”

“你学会了我们的能力！不要以为这样就可以战胜我，我一个就杀了你们一亿个，不妨再多一个你，你们这该死的虫子一样的生物，我会把你们碾得粉碎，宇宙间不会留下一点儿关于你们的痕迹！”X尖叫着回应，语气却带了一丝气急败坏。

双方再次像古代决斗的骑士一样发起对冲，但是这一次，在发生猛烈撞击的刹那间，X化成了一团缥缈的黑烟，一下子覆盖了鲲的身体表面，并且如同墨水一般迅速渗入鲲的血肉之中。

鲲感到一股阴冷的气息在血肉里蔓延，如同翻卷的乌云肆意涂抹着晴朗的深空，好像遮天蔽日的蝗虫群扑向绿色的草原，所过之处，无数比病毒还要微小的不明物质进入鲲的身体，晶体结构的羽毛、钢铁般坚硬的皮肤以致构成肌体的每个细胞，对这些物质似乎都缺乏有效的免疫力。

鲲的体内开始进行着一场看不见的却更为危险的战斗。不明物质渗入细胞液，包裹着细胞核，从遗传层面改变基因的排列顺序，并滋生出一些从未有过的结构，而鲲的基因也在竭力抵抗着，将那些改变、扭曲或者新生的结构重新纠正或者擦除。

鲲的身体像是生锈的机器人，渐渐僵硬，最后凝固成一尊残破的雕像，他的身体表面仿佛枯死的树皮，一块块剥落，化为黑色的烟尘消散，露出里面殷红的血肉，然后这些血肉也迅速变得焦黑，龟结，剥落……

X的意识在星云核心中回荡：“为什么非要你死我活呢？嘿嘿，再过一会儿，等融合完成，你就会变成我，而我……嘿嘿，还是我。你最多会成为我的一片记忆吧……呵呵呵，你终于明白了吧，最强大的武器不是谁的体形大，谁的力气大，而是本源，本源决定谁能够在这片星海里生存下去。卑微的碳基生命啊，你们的本源太过弱小了，注定会被这冰冷的宇宙淘汰啊。”

鲲的意识似乎从很远的地方传来：“不得不承认，你们这种生物还真是强大啊。居然能够在宇宙壁垒间游荡，穿越万物归原的黑洞……但你们，不过是宇宙的寄生虫罢了，虽然貌似强大，但不过沾染了异宇宙的污染物质……”

鲲的意识顿了顿，再次响起，语境里蕴含着决绝和一丝轻蔑：“本来抓住你还真是困难，既然一头扎到我身体里，就让我来清除你这最后一段病毒吧。”

“……你……你要做什么，你不要命了吗？”X 的意识有些慌乱。

鲲的身体变得黑黢黢的，一块儿一块儿加速剥落，但是在黑色的皮肤里面，一股殷红的颜色如血管般开始纵横延展，继而爆发出越来越耀眼的红色光芒，而鲲的胸口部位如同有一颗恒星在孕育，无穷的光芒，狂暴的能量在以几何级数积蓄，随时可能爆发。

“停下……停下……有事好商量……放开我，让我离开……”X 的意识惊慌失措起来。

一股黑烟在鲲的身体里左突右撞，似乎想找个缝隙钻出去，却被无数道红色的光芒挡住。

片刻之后，已经无法看清鲲的身影，在星云核心处形成了新的核心，虽然面积并不大，但温度和压力已上升到更高的层级，继而，爆炸发生，鲲胸膛里那个心形器官主动崩碎，氢核聚变的恐怖能量瞬间喷涌而出，下一刻就点燃了本已接近临界状态的星云核心，如同多米诺骨牌，核心处压缩至极致的氢开始聚变反应，一瞬间整个星云似乎都被点燃了，爆发出无比耀眼的光芒，照亮了黑暗幽远的宇宙深渊。

无数物质在如宇宙潮涌一般的超新星爆发中被喷射出来，其中最大的一团物质拖着浓烟和烈焰朝着深空飞去，它的表面蔓延着火红的岩浆，根本看不出洪荒世界的一点痕迹。

第十一章
做点什么

关键词：
灯灭 再回小村
雪域 翼上

姬武从梦中惊醒。

他沉重地喘息着，额头冷汗连连，一双眼睛满是惊慌与惶恐。

过了将近一分钟，他才感知到是在自己的卧室中，油灯静静地燃亮，周围的景物在昏黄的灯光下显出轮廓，祥和、沉静，他平静了一些，但是梦中的那些事情仍旧在脑海中闪现，看了看墙上的挂钟，深夜两点二十分，他确定自己无法再入睡了。

他坐起身，后腰处传来一阵剧痛，是腰椎间盘突出的老毛病又犯了，他意识到，自己已经是个老人了。

他背过手在腰上捶着，过了一会儿，疼痛减轻了一些，他一点点挪到床边的椅子上坐下。

豆大的灯花在玻璃灯罩里微微摇曳，满天的星光在窗外无比深邃，墙上的挂钟在夜色中行走，发出轻微的咔嗒声，忽然之间，姬武感到前所未有的孤独。

多少个夜晚，在梦中，他像是过客一样，目睹着那些人一生中的彷徨、苦闷与挣扎，可是……自己呢？星辰斗转，日月如常，倏忽间几十年过去了，除了在梦里经历一段段人生，就是在人世间寻寻觅觅，几乎什么也没做过，那么岂不是说，在自己的这一段人生里，他……同样是一个过客？

细思恐极，他的身体颤抖起来，不可抑制地颤抖起来：“不能再这样了……要做些什么……”他嘴里不断重复着这句话。

时间默默流逝……

姬武的大脑逐渐冷静，并且愈发清明，他想明白了很多事，自己为什么总是在做那些稀奇古怪的梦呢？那些真的是梦吗？不，如果自己的一生是真实的，那些梦就一定是真实的，至少曾经真实的发生过！它们又和自己有什么关系吗？一定有，但是自己还不知道。

似乎有一条无形的命运之线把那些看似毫不相关的东西连接起来，在姬武的脑海里一会儿清晰，一会儿隐没。

“无论如何，一定要做点儿什么。”他念叨着。

凌晨四点半，绝大多数人还未醒来，姬武背着一个双肩背包，拿着一把雨伞走出了家门。

这一年，姬武七十二岁。

四天之后，穿过数座大山，姬武来到一个宁静的山谷，是的，他回到了小村。

其实，这些年里，姬武曾经数次回到小村，在他和小村之间发生了一些不可思议甚至令人恐惧的事情。

第一次回村，姬武受到了热烈欢迎，他可是这些年来第一个考上大学的才子，村里面一连庆祝了三天，家家喜气洋洋，像是过节一样，可是姬武总觉得缺少了什么，而且对他很重要，思来想去，他恍然，大屋不见了。

他站在村边一片生长茂盛的农田前久久不语，这里曾经坐落着一座黑色的大屋，此时根本看不出一点儿曾经存在过的痕迹。

第二次回村，他向儿时的伙伴们问起大屋的事情，大家竟然一脸茫然，再三回忆也想不起村里面曾经存在过这么一栋建筑。

第三次回村，更可怕的事情发生了，小村似乎一切如故，可是他找不到爹娘，找不到小伙伴们，小村里居住的人一个也不认识了，打听起来，这些村民自称世代都住在这里，是自己走错地方了吗？他走遍了周围的山川，确定这里就是自己的家乡，那么自己的亲人呢？村里原来的居民呢？他茫然并且开始怀疑是不是自己的记忆出了问题，因为他发现爹娘的相貌在自己的脑海中逐渐模糊，到后来，他已经记不清曾经的那些人、那些事了，只留下一个淡淡的大屋的影子。

如今，他再次回到了小村，因为他发现，纷乱的梦境以及自己迷惘的一生，最终的源头都指向那栋大屋。

小村的村民们发现村里来了一位陌生的老人，不过对方似乎对小村非常熟悉，一个人有时在村间的石板小路上徘徊，有时在某间土屋前驻足，更多的时间是蹲在一片空旷的田野间发呆，一蹲就是一整天。

到了第十三天，去田里务农的村民发现老人晕倒在荒野里，大家七手八脚把老人抬回去，又是灌药又是掐人中，总算救了过来。

“老先生，您叫什么呀？住在哪里呀？我们送您回家。”村长问道。

姬武缓缓地环视周围的人，二目无神，一脸呆滞：“是啊，我是谁啊？家在哪里……这里，就是我的家啊！”

村民集体傻眼，这个看上去文质彬彬的老先生原来是个疯子。村里民风质朴、热情好客，自然不能置之不理，打扫个闲置房间，把老人安顿下来，相约每家七天，轮流照顾。好在这位老先生除了神情恍惚、思维呆滞，倒也没什么疯狂的举动。

姬武并没有疯，不过他确实处于精神崩溃的边缘，原本以为，只要找到大屋，或者大屋留下的一些痕迹，就能找到一把开启那些谜团的钥匙，然而这些天仔仔细细的寻找却让他失望了，小山村浑然天成，大概几百年没有变过样子了，可是，哪有大屋存在过的一点痕迹。冥冥中的那条贯穿他一生的线，断了。在他的脑海里，大屋的影子越来越淡了。到了晕倒前的一刻，他开始怀疑，大屋只是诸多梦境中的一个，根本不曾在这个世界存在过。周围的一切是客观存在，而自己是一个迷失了自我的妄想者，这大概才是合理的解释。

无比巧合的是，村民们收拾出的空房就是姬武曾经的家，此刻，他就躺在小时候住的土炕上，望着周围熟悉的景物，精神愈发恍惚，他仿佛又回到了婴儿时代，第一次睁开眼睛，好奇地打量这个世界：报纸糊的顶棚，贴着年画儿的斑驳墙壁，花花绿绿的被褥放在炕角，在火炉上冒着热气的铝制水壶，窗玻璃上残破的剪纸……

忽然之间，他的心异常搏动了一下，他似乎看到了什么极为重要的东西，可是一切如常又都是那么熟悉。是什么呢？他的目光在熟悉的环境中不断逡巡，过了好久，他的眼睛酸涩肿胀，还是什么也没有发现，就在他想要放弃的时候，一张模糊的图片终于定格在视野里。

头顶上的顶棚是用废旧的报纸糊成的，经过几十年的时间，早已模糊不清，但姬武还是从交错的图文中看到了那幅图片，图片并不大，只是一篇文章的配图，根本看不清内容，但是姬武感到，脑海中的某个东西和图片产生了重合。

他一下子爬起身来，靠近天棚，仔细端详着那幅图片。

一个十几岁的小姑娘端着一碗热粥，掀开门帘走进来，看见姬武的样子，吓了一跳，扔了粥碗，扭头向外跑，一边惊喊道："快来人啊，老爷子要上吊自杀啦！"

雪域高原，小隐寺。

小隐寺坐落在阿里地区的一座无名雪山上，背靠几百米的陡峭悬崖，面对广阔而荒凉的戈壁高原，一条小溪从山脚下的山谷中蜿蜒淌过，方圆几百千米内只有一个十几户人家的小村庄，还有一条经常封路的战备公路通向外界。

小隐寺很小，仅有一座供奉佛祖的主殿和殿旁一排用作僧侣住宿的土房。小隐寺也没有什么名气，只是因六十年前寺里供奉的圣物出世才为外界所知。

正值九月上旬，雪线退缩，只有山顶才是白皑皑的，青色的山体间星星点点地生长着绿色植被，但是寺里的僧人知道，这个时节，只需要一个晚上，可能就会大雪封山，小隐寺就会完全与外界断绝联系，长达半年之久。

来到小隐寺的这段旅程几乎要了姬武半条命，僧侣们望着眼前蓬头垢面，嘴唇青紫，如流浪汉一般的老头儿，惊诧于这位信徒竟然一路走到小隐寺来，其内心要多么坚韧，多么虔诚。

寺里面的七八个僧侣只有住持会一些汉语，两个人一边比画一边咿咿呀呀半天也没说明白，最后，姬武拿出了一张快成碎片的报纸，指着上面的图片，住持仔细辨认了半天，忽然变了脸色，不断摇着头，嘴里连续道："没有，没有……不知道，不知道……"

第二天一大早，两个僧人拿着准备好的干粮和行李来找姬武，比比画画间的意思是小隐寺是僧侣们修行的地方，并不接待外来访客，况且天气转冷，随时可能降雪，总之是让姬武离开，最好一刻也不要耽搁。

姬武反而看出了蹊跷，软磨硬泡见到了住持，及时布施了一大笔香火钱，声称要在这里还愿苦修，待来年再走。住持一时也不好翻脸赶人，勉强答应他留下来。

几天后，大雪突至，天地间白茫茫一片，小隐寺与世隔绝。

僧侣们很快发现，这位老人并没有给他们添什么麻烦，很快就融入了寺院的修行，天还没亮就和大家一起上山砍柴，回来烧火做饭，休息片刻之后，又一同在佛像前打坐修课，中午帮着做饭，而后接着修课，做晚饭，修晚课，给长明灯添油，打扫房舍……

一个月后，姬武已经和一个普通的僧侣没有什么区别了，他甚至可以用藏语和其他人交流了，僧侣们从最初的戒备也转而喜欢起这个可爱的老头儿，而且，他们发现姬武竟然是一个满腹经纶的学者，课间休息的时候，经常围着姬武，听他讲一些从未听说过的历史典故，甚至一些佛教典籍上的记载，老人往往也有所见地，这可出乎住持意料，在几番教义上的交流之后，住持也不禁点头称是。一天上午，住持还专门让姬武讲了一堂课。

寺庙里修行的日子可以说是非常枯燥的，而且生活也极为艰苦，住持暗中观察姬武，发现他却是应对自如，仿佛在此之前就是一位常年苦修的得道高僧。

这一天，住持把姬武叫到了自己的房间。

“看来您是一位有德的学者，可是……您为什么要找那件东西呢？”住持问道。

“因为……它和我的生命冥冥中有着非常重要的联系。”姬武沉吟道。

住持吃惊地打量着姬武，很长时间才问道：“您知道那到底是什么吗？”

“可以说……那是一件武器，非常强大，非常邪异的武器，但是……我相信它不仅是一件武器，它也许还是一个生命体，可以影响人心的生命体。”姬武回答。

住持松了口气，点点头道：“看来您知道那是什么，甚至比我还清楚。请跟我来。”

大殿佛像后面的墙壁上有一扇隐秘的小门，穿过小门，走过一条十余米长的山洞，他们来到一个深入山腹中的洞窟。

洞窟只有十几平方米大小，四盏长明灯用昏黄的灯光勾勒出四周天然的洞壁，洞窟中央摆放着一座神龛，神龛上供奉着一个灰色的物体，可以看出，那是一柄折断的青铜剑。

姬武快步上前，仔细地观察着那柄剑，看上去这柄剑非常普通而且破损严重，但是很奇怪的，它就默默横陈在那里，却流溢出肃杀之气，仿佛任何东西都会在它的剑刃下断为两截。是它！这不就是大屋里陈列的那柄剑吗？一定是它。

“我可以拿起它吗？”姬武问道。

“可以，我想，您应该知道它的危险。”住持说道。

姬武伸出手，缓缓托起了那把长剑，他的手微微颤抖着，曾经多少次的梦里，他目睹羿挥舞着这柄宝剑杀死了难以想象的强敌，现在，它终于真切地躺在自己手中，和梦中的感觉一样，刹那间他终于确定，梦里面见到的一切都曾经真实的发生过，只不过它们都已经成了历史，消散在时间的长河中。

半年之后，一个小县城的网吧里，姬武打开自己的笔记本电脑，接驳到网吧的无线网络，查阅着资料……

如今的年代，电脑和网络已经普及，网吧这个事物面临淘汰，所以网吧里只有姬武一个顾客。

高原之行的最大收获，是让姬武明白了，自己始终有一个意识上的误区，认为梦中的情景是虚幻的，是睡眠中大脑皮层的随意杜撰，他只是一个无关的过客，根本不可能与之产生任何联系：羿的愤怒与挣扎，羲的好奇与坚持，娲的天真与依恋……这些都是真实的，而且就发生在地球上。于是，柳暗花明，虽然大屋的存在愈发无法证实，但是梦境却意外地与现实发生了联系，随着这条线索浮现而出，前路顿时明晰起来。

初夏时节，姬武离开了小隐寺，到达拉萨市之后，立刻连接互联网，开始大量查阅资料，用了一周时间，他终于从海量的资料中找到了另一条线索，于是，他来到了这里。

网络上的资料显示，小县城地处四川盆地南缘，原本名不见经传，几年前，一家页岩气公司在这里试采页岩气未果，却意外发现了古生物化石，经过古生物学家实地考察发现，整整一座山在几十条不同的地质断层中保存有海量的古生物化石，其种类之多，保存之完整，堪称世界之最，简直是一座时光凝固的地球古生物百科博物馆。

小县城名声大噪，一时间各方资金纷沓而至，那条修了七八年的通往省城的高等级公路以闪电速度通车，一个国家级古生物博物馆开始动工，一家著名文旅公司宣布将在这里建造集餐饮、娱乐、文化、旅游为一体的大型古生物游乐园。

不过这里毕竟位置偏远，地广人稀，古生物化石对普通人的吸引力恐怕还不如动物园里的狮子、大象，几年过后，繁华落尽，博物馆开馆了，但门可罗雀，游乐园还在地基阶段就停工了，只留下一个无比巨大的深坑，像是被陨石撞击过，通往省城的公路上车辆稀少，路面因缺少维护，变得坑坑洼洼。

小县城又逐渐恢复了从前的样子，朴素而宁逸。

姬武对检索的信息做了最后的确认，收起笔记本电脑，走出了网吧。坐了一辆电动三轮，来到了县城西南端的古生物博物馆。

博物馆修得宏伟壮观，门前的广场上两具史前恐龙的化石，栩栩如生，透过宽敞的大门可以看到里面有一面巨大的激光三维屏幕，播放着史前世界的纪录片。

姬武花了 20 元买了一张门票，走进了博物馆。

偌大的馆舍里面竟然一个人也没有，各类化石分门别类分列两端，从寒武纪到白垩纪，从单细胞生物群到原始哺乳动物化石，五花八门，应有尽有，姬武仿佛时光穿越到了原始地球，在时光荏苒中目睹生物的演化与繁衍，甚至让他生出了梦中那熟悉的感觉。

在博物馆里转了一个多小时，姬武没有发现他寻找的东西，他看得很仔细，确定没有疏漏，看来并不在展品中，只好去找了管理员，然后被带到了馆长办公室，得知姬武的身份之后，馆长很是热情，馆里可是很久没有姬武这种重量级人物出现了。

出乎意料的是，馆长竟然对他要找的东西很熟悉，熟悉得让姬武有些疑惑，只是看了一眼姬武出示的资料，馆长便说道："这块化石并没有作为展品，而是存放在仓库中。"

带姬武前往仓库的路上，馆长说道："这块化石在古生物界的争议非常大，从出土的地质断层判断，化石的年代应该在寒武纪以前，甚至还要久远得多。可是您知道的，那个年代地球上只有细菌、藻类和细胞生命，根本不可能出现化石中的那种生命结构，所以……学界判断可能是其他时期的生物化石因为地质的剧烈变动而产生了位移，可是又有论断，即便如此，那个化石也根本不属于地球任一时期的生物……总之，到现在学界也没有统一的认识。"

姬武点点头，没有说话，他虽然知道事情的来龙去脉，可是一旦说出来，不会有任何人相信。

库房里的空间比博物馆的展区还要巨大，里面排列着一排排的货架，上面排满了大大小小的封装完好的木箱。

来到要找的那个货架前，竟然已经有人捷足先登了，一个穿着花格衬衫，二十多岁的年轻人正指挥着一辆叉车把二层货架上的一个木箱卸下来。

馆长走上前，热情地和年轻人握了握手，对姬武说道："我来介绍一下，这位是考古所的姬武，姬老先生，这是岳红烈岳先生，也来自京城。哈哈，姬老是史学泰斗，岳先生呢，负责着国家重大科技专项。哈哈，二位正好都为这块化石而来，真是太巧了。"

姬武和岳红烈礼貌性地握了握手，双方眼中都闪过疑惑的神色。

两个工作人员打开木箱，又小心地揭开层层包装，露出里面的物体，咋看上去就是一块普通的岩石，但质地不是很坚硬，更像是由无数细小的沙砾堆积而成的，但是在岩石的一面却像刀切一样平整、光滑，似乎是瞬间的高温把沙砾融化，凝结成这个如同镜子一样的截面，就在这截面上，有着一个栩栩如生的生物结构化石，化石并不完整，也许只是那个生物的一小部分，但是它又十分巨大，几乎占据了整个截面，足有4平方米大，大概可以说，那是一个翅膀的化石，至少符合鸟类的特征，骨骼细致、中空，甚至还保留着羽毛的形状，不，那不是羽毛，而是……一片一片闪着微光的鱼鳞。

就是这块化石，在古生物学界掀起了轩然大波，姑且不论其存在年代，归属何类，在进化中的作用，仅是最简单的问题，这是个什么生物？就已经吵翻了天，有的认为是鱼，有的认为是鸟，还有的认为是鱼和鸟进化后的基因突变，总之，吵了几年也没有定论，倒是有一个猜测，认为这其实是不同年代和种类的生物化石机缘巧合之下混合在了一起，看似浑然一体，实则不过是大自然开了一个玩笑，这个猜想虽然被学者们嗤之以鼻，但它也确实解答了这块化石带来的所有谜题，于是渐渐被学界默认，这块化石也就失去了价值，而被束之高阁。

岳红烈饶有兴致地看着化石，忽然向姬武问道："姬老先生，听说这个东西在古生物学界引起了很大争议，至今也没有结论，您应该不是这方面的专业人士，又为什么对它感兴趣呢？哦，我没有别的意思，只是感到好奇而已，如果不方便的话……"

姬武笑了笑，道："没有什么不方便的，我见过它，这是一种生物，史籍上也有过记载。"

"哦？"岳红烈出乎意料，轻声惊呼。

"庄子中记载：北冥有鱼，其名为鲲。鲲之大，不知其几千里也。化而为鸟，其名为鹏。鹏之背，不知其几千里也。怒而飞，其翼若垂天之云。"姬武抑扬顿挫地说道。

岳红烈哑然失笑，道："原来您说的是神话故事。"

姬武却认真地说道："我们所未知的事情，谁又能说不会真实存在呢？"

岳红烈敛去笑容，点头道："您说得是。"

姬武又说："你们是搞科学的，怎么会对化石感兴趣呢？"

岳红烈摇头说："我们感兴趣的不是化石，是它……"他朝着那灰色的石头努了努下巴，"在古生物学家眼中它是化石，在您看来是神话中的生物，在我们看来却又有不同。您看，这个像是古生物化石的图案，看上去它像是浮雕一样凸出于截面的，可是如果用手去抚摸，截面又是绝对光滑的，仿佛化石是镶嵌于截面另一侧的，经过测试，这绝对不是构图的视觉问题，但是我们又确实解释不了，只是隐隐认为它指向了一个玄而又玄的东西……”

“是什么？”姬武见岳红烈停下来，便随口问道。

“时间。”

岳红烈说出的这两个字像是重磅炸弹一样在姬武的脑海中轰然炸响，刹那之间，他仿佛抓住了什么，可是转瞬却又失去了，再细想时，大脑中一阵天旋地转。

岳红烈伸手扶住了将要晕倒的姬武，问道：“老人家，您没事吧？”

“没事，没事，最近血压一直不稳。”姬武掩饰道，“你们……这是要把它运走吗？”

“是的，我们的申请获得了批准，暂时借到我们的部门进行研究。”

“哦。”姬武有些失神地问道，“以后，我可以去你们那里看看它吗？”

岳红烈面露难色，很快又释然道：“我们也只是借用研究，相信您会再见到它的。”

时隔一年之后，姬武又回到了京城的住所，在返程的旅途中，他一直处于魂不守舍的状态，脑海里像是一直经受着流星雨的袭击，梦境中的记忆碎片不断划过，一个个念头层出不绝。在家里休息了三天，他才渐渐理出了头绪。

对于人类这个生命族群来说，姬武只是其中微不足道的一员，既没有影响历史的伟绩，也没有推进文明的发现。在普通人家降生，平凡地走过一生，然后安静地死去，被人遗忘，彻底湮没在时光之中。

对此，姬武也是这样认为的。

多少个夜深人静的夜晚，做那些千奇百怪的梦。

羿带着他的武器，带着满腔怒火，来到那个奴隶主纸醉金迷、奴隶们生不如死的世界，他多少次陷入死亡的困境，最终在绝望中杀出一条血路，建立了属于他的王朝，而他心中的那个祥和的小部落，却永远也无法找回，只在他充满血腥与残忍的心中，留下一片温暖的光亮。

四五岁的小女孩娲孤身一人行走于人类文明崩溃的末世，在如避难所一般的云星基地中学习、长大，她接受了人类文明的传承，又正值青春年少的花季，却要面对文明之火熄灭前的野蛮与疯狂，她那柔弱的肩头又能承担起什么呢?

在鲲降生的一刻，万千世界轮转，他置身于仍如母体内的黑暗之中，但是这个崭新的小生命不断地抗争，不断地追寻，终于从海底的深渊一跃而起，展翅于碧海蓝天，不过，他仍然没有停止自己的脚步，他的目光投向了深邃的星空。

姬武在羿的世界里经历了王者的崛起，从娲的境遇里体味到文明的落幕，又于鲲的追寻中看到生命的大潮在宇宙荒芜中的涌动。这些都是那么的真实，与姬武的生命一样真实，又是那么的浑然天成，就如同他自身生命的另外一种延续，平凡深处的呐喊与激昂!

只不过，在姬武的认知中，从来都清醒地知道，这些都是虚幻的，只是属于他一个人的记忆财富，不能与任何人分享，然而，突然有一天，在他已经走过了半生，正在接近生命终点后的一天，那把断剑的出现告诉他，他错了。那些他梦中的经历……都是真实的。

他能怎么做，他又能做什么，他除了满世界去寻找梦境遗留在现实世界中的痕迹之外，什么也做不了，什么也改变不了，因为他仅仅证实了空间的一致性，但是想要现实与梦境产生交集，这还不够，还缺少另一个条件——时间。

空间与时间，缺一不可，而这两个条件堪比天堑鸿沟，非人力所能改变，所以姬武的前方仍然是灰暗与绝望的。

现在，鲲的翅膀浮现在镜面的两端，似乎无视了时间与空间，翱翔于诸天之上，这虽然仍不能为姬武指明道路，但至少于黑暗中带来一点光亮，让姬武明白，自己所做的这些无用功，也许有一天，会有那么一些作用。

这，对于姬武平凡的一生来说，就够了！

第十二章

疯了

关键词：

盗墓者　墓下墓　远古山洞

疯狂杀戮　疯了

京城潘家园，某文玩店。

这是一家独立的小店，正面是仿古的门脸儿，黑色的飞檐下吊着一个铜铃铛，随风晃动，朱红的墙体和窗棂已经有些年头，显得陈旧斑驳，反而有一种古色古香的感觉。门口蹲着两个小石狮子，头顶上落满了尘土。

店里面采光不太好，虽然已近午时，仍显得有些昏暗，贴墙陈列着两排博古架，上面摆着各种文玩物件，虽然是仿制的，远远望去仍显得古意盎然。

一个二十多岁的店伙计百无聊赖地坐在收银台后面，看了眼空无一人的店面，下意识打了个哈欠，正想趴在台子上假寐一会儿，店门吱扭一响，明亮的阳光一下子涌入，接着走进来一个鬓角斑白的老人。

老人对着伙计点了点头，便自顾自在店里面逡巡起来，一会儿拿起一个摆件端详，一会儿又站在一幅山水画前打量。

伙计仍然坐在椅子上发呆，像这样的生客，一般在店里转上一圈儿就会离去，有需求的自会向他询问，谁知这老头儿慢条斯理地看了一阵，忽然一抬手推开里间的门走了进去。

伙计连忙起身阻拦，却已经来不及了。

里间是店主人的私人空间，不对外营业，谁知一个没注意，这老头儿就跑进去了。

里面的房间不大，放着一个办公桌，一把老板椅，还有一圈儿会客沙发，看上去像是店主人办公的地方。

此刻，沙发上坐着三个人，像是在聊着什么，见到一个陌生的老头儿突然出现，三个人一怔，几乎同时站了起来，神情紧张。

外间一个穿着青色布袍，像是店主的中年人高声道："这里是私人属地，不是营业场所，快请出去。"说着就伸手拦住老人。

里间一个身材矮胖，有些谢顶，五十多岁的男人看着老人，忽然露出惊讶又迷惑的表情，然后盯着老人，不住打量。

"我来找侯老板，您大概就是吧？"老人和蔼地说道。

"有什么事，出去再说。"侯老板有些气急败坏，拉着老人往外走。

"等一下。"身后传来略带紧张的声音，"敢问，您莫非是姬老先生？"

老人回首笑道："是我。"

矮胖男子闻言连忙跑上前，扶着姬武胳膊道："真是您老人家，快请坐，快请坐。"

姬武坐到了沙发正位，其余三人也坐下来，有些不明所以地望着他，这时候，伙计冲进来，看到屋内的情景，有些不知所措。

"出去，把门反锁上，再有人进来，你这个月的工资就没了。"侯老板没好气地训斥伙计。

"我来介绍一下"，矮胖男子对其余二人道："这位老人家是咱们业界史学泰斗姬武姬先生。"然后又对姬武道："不知您老人家来这小店是为了……”

姬武没接对方的话，目光依次扫过面前几人，然后对着矮胖男人慢条斯理说道：“林朝英，汉亨集团董事长，亿万富翁，大慈善家，还是一位古董收藏家，只不过藏品里一半是假的，还有一半虽是真品却见不得光。”接着望向侯老板，“侯洪福，古玩店老板，店面不大生意却大，每年从你这里出国的文物不下几十件吧？”最后姬武望着第三个人，这人身材中等，面相憨厚，穿着一身牛仔服，却像是几个月没洗了，泛着一股馊味儿，“如果我没认错的话，这位人称王一铲，优秀的土地工作者，不过不是种地，而是挖洞。你亲手挖开的墓不下十座了吧？”

林朝英等三人的表情极为精彩，原本还带着一丝假笑，而后转为尴尬，逐渐狰狞起来。

“我们尊您一声姬老先生，是敬重您业界的威望，但是大家素不相识，今儿个您不请自来，如果没有个理由的话？恐怕……”侯老板的眼中闪过一道凶光。

“当然有事。”姬武露出严肃的表情，“我是来谈一桩买卖。”

“什么买卖？”

“盗墓。”

王一铲一下子站起来道：“谈买卖是你们生意人的事，我一个农民就先告辞了。”说罢，扭头向外走去。

林朝英也跟着起身道：“侯老板，我也不打搅你们谈买卖了……”

“如果有什么不利于各位的企图，我恐怕不会一个人出现的。”姬武说，“还是听我说完，那时候怕是赶你们走也不走了。”

三个人将信将疑坐回原位。

姬武继续说道："秦岭镇安县南，暮仙沟附近，两年前曾经发现一处汉代的墓葬群，只可惜由于当地地质条件恶劣，墓葬在历次地震和山体滑坡中损毁严重，没有挖掘出什么有价值的文物。"

"莫非还有墓没有被发现,并且保存完好？"林朝英来了兴趣,问道。

王一铲冷笑道："那里的风水支离破碎，重要人物根本不可能葬在那里，即使没破坏也没什么意思。"

姬武没有理会，接着说："我在发掘现场考察的时候，发现一个奇怪的现象，在墓葬群西南边缘的一个墓室，规格较大，但墓里面却是空的，看上去像是挖掘好墓室之后，因为某种变故，又重新埋上了，而且我在墓的底部发现了几块刻有特殊符号的石板，那些符号只有在先秦时期才出现过。"

"您是说……墓下墓？"王一铲探寻的口吻道。

姬武点头，道："我也是这么猜测，一定是在墓穴挖好之后，却挖到了其他墓穴的物品，所以只得重新填埋，也就是说，在汉墓下面还有一座先秦墓，而且确定没有被盗掘过，不知你们对这个买卖感兴趣不？"

那三个人相互对视，目光中有亢奋也有谨慎。

侯老板开口说道："姬先生，您也知道，我们双方一黑一白，从来老死不相往来，在您看来，我们这些人都是鸡鸣狗盗之类，怎么您会来找我们合作呢？"

姬武轻声叹息，目光有些游离，道："我这一生规规矩矩，从来只在纸面上做文章，谁又知道我的心里面多么渴望看一看那些沉睡在地下的宝藏啊。如今我已经能够看到人生的尽头，我不甘心，反正……现在也没有什么可以失去的了。”

陕西镇安县，秦岭深处。

夏日夜晚的野外并不是万籁俱寂的，相反，夜色的掩护让各种生物可以随意活动，四下里昆虫的鸣叫，间或一两声野兽的咆哮，此起彼伏，很是热闹。

姬武有了种熟悉的感觉，让他想起了年轻时和刘队一起考察的日子。

在他眼前的黑暗中，晃动着几个鬼魅般的影子，不时传来金石碰撞的声音。

这般已经过去了四个小时左右，姬武的腰部不合时宜地传来一阵针扎般的疼痛，腰椎间盘的病痛始终如影随形般的折磨着他，自己已经老去，从前的日子不会再回来。

“先停下。”

王一铲的声音响起，接着一道手电筒的光柱射出，划过几个盗墓者蓬头垢面的脸，落在一个幽深的盗洞里。

观察了一阵，王一铲说道：“今天就到这儿吧，把洞掩藏好，回去睡觉，明天就可以挖通了。”

十几分钟后，一行人离开了古墓群，磕磕绊绊向北走了将近两公里，转过一道山梁，前面出现一个小小的谷地，四五座露营的帐篷散落在谷地间。

这片古墓群地处偏远，又没太大价值，文物部门就没有做什么保护措施，但是为了防备有人意外发现，盗墓者们还是伪装成徒步旅游的驴客。

忍着疼痛钻进帐篷，姬武像是散架一般跌坐在地。

王一铲也跟了进来，皱了下眉，道："您老人家在营地等着就是，干吗非跟我们遭这份罪？"

"有一点我们俩是一样的，就是对地下那些东西的渴望。"老人似乎答非所问地说道。

王一铲没再说话，和衣躺在地铺上，似乎睡着了。

这位被全国通缉的古墓大盗始终极为谨慎，一路上始终和姬武形影不离，说是照顾，实为监视。

过了一阵，觉得疼痛减轻了一些，姬武打开背包，拿出了那盏古旧的油灯，借着帐篷外的星光，用一块手帕仔细擦拭着，脸上露出迷恋的神色。

"看这油灯的造型，恐怕是一件价值连城的古物吧？"王一铲忽然说道。

"也许吧。"姬武说道，"我查遍了资料，也没找到相关的记载，它的结构不符合任一时期的特征。"

"看您老这么小心，一定有什么特殊吧。"

老人轻轻抚摸着油灯，像是在抚摸爱人的脸颊，他呓语般说道："这是老家小村里的物件，从小一直陪伴着我，也许……只对我才有意义。"说罢，老人一点点躺下来，由于腰部的疼痛，他蜷缩着身体，像是一个受了委屈的小孩儿，他把油灯放在枕边，用一只手轻抚着，过了好长时间，才缓缓睡去。

在油灯熄灭之后，姬武想尽办法也不能让它重新点亮，他感觉自己失去了生命中最重要的东西，永远地失去了，他的心中陷入永恒的黑暗，他愿意用自己的生命去换取黑暗中的一点光亮，虽然希望是那么渺茫。

熬过枯燥的白天，夜幕降临，七个盗墓贼和一个老人再次动身前往古墓。

两天前，姬武和王一铲一同确定了古墓的大致位置，试着打了两个盗洞，第二条盗洞顺利挖到了墓道口，由于古墓是挖开后重新回填的，墓中的泥土较为松软，因而盗洞的速度慢下来。

随着盗洞的延伸，只有姬武和王一铲留在外面，其余盗墓贼都下到洞里，看不到动静。

不知为什么，王一铲忽然变得有些躁动，来回在逡巡着，一连抽了三根烟，姬武则像是睡着了一样，倚在一个土坎上，一动不动。

“看这里的风水，怎么也不像有什么大墓。”王一铲终于忍不住说道。

“你是在质疑我的专业喽，很快就会揭晓了，不会让你失望的。”姬武回答。

王一铲不再说话，又在原地逡巡起来。

“你着急的话，也下去吧。这荒郊野地的，我一个老头在外面还能跑到哪去？”姬武又道。

这时，盗洞里露出一个灰头土脸的脑袋，带着喜悦的口气说道：“成了，挖到地方了。”

“找到那块石板了？”王一铲连忙问道。

对方肯定地点点头。

“你在上面守着，姬老在我后面跟上来。”

王一铲一把将那个盗墓贼拉上来，又向四下里张望了，见没什么异常，便拉着绳子降入洞中。姬武也在那个盗墓贼的帮助下，顺着绳子滑下去。

下落了六七米，脚沾了地，盗洞改为横向，洞壁上隔一段距离就挂着一盏野营灯，显得亮堂堂的，可以看见不远处从洞顶凸出的锁墓石。过了锁墓石，盗洞变得又狭小了一些，一边是新挖掘的，另一边则贴着原有的墓壁，隐约可见一些壁画的痕迹。又走了20余米，就到了洞底，盗洞在这里扩大，七八个人就聚集在这里，显得有些凌乱。地面上被清理出来，露出原有的古墓石砖地面，在正中处镶嵌着一块看上去普普通通的灰色石板。

姬武走过去，王一铲已经在仔细观察那块石板，脸上露出迷惑的神色，对姬武苦笑道：“我才疏学浅，确实看不出来历。”

姬武蹲下身，看到了石板上雕刻的那个怪异的图形道：“这是夏商时期西北巫师们偶尔使用的符号，大概的意思是，死狱之界，生者退避。就是这里，打开石板，向下挖。”

姬武的话一出口，周围立刻一阵轻声的骚动，这些盗墓贼虽然都是胆大妄为之徒，对古墓中的神秘诅咒还是心存顾忌的。

王一铲阴冷的目光从众人脸上扫过，骚动声立刻消失了，然后他命令道：“张小毛、张秃子，你们两个把石板搬开，老石你照顾姬先生，其他人往下挖。”

挖了不到一米，“当”的一声，铁锹碰到了第二块石板，掀开石板，露出一个黑乎乎的洞口，一股陈年淤塞的气息涌动而出，幸好王一铲已经吩咐众人戴上了呼吸器。

王一铲打开强光手电向下望去，却是黑雾重重，什么也看不清楚，便回首道：“张小毛，你下去，庄稼熟了，你多分半成。”

一个盗墓贼腰间系着绳子，吊了下去，半晌才隐隐传来声音：“老大，你下来看看吧，这……这不像墓啊！”

见没有危险，王一铲放下心来，示意大伙儿依次下去，有意无意地把姬武的顺序放在中间。

下面的空间很大，过了一阵，姬武才下到地面，三四道手电筒在黑暗中晃来晃去，仍然看不清什么，“啪”的一声，王一铲打开了一盏大功率野外探照灯，一道雪亮的光柱投射出去，清晰地照见50米外的景物。随着光柱的移动，一道道像是利剑一般的钟乳石从头顶的黑暗中垂落下来，甚至有几根落在地面成了天然的石柱，在洞壁上镶嵌着种类繁多的原生矿石，在灯光下闪烁着七彩微光，还有一些洞壁却像是鸡蛋壳一般光滑，只不过上面不乏碎裂般的褶皱。

盗墓贼们都傻了眼，王一铲疑惑看向姬武，道：“这……这不是山里的溶洞吗？”

姬武没有理会对方，他仔细观察着，之后发出一声叹息，他可以确认没有找错，这里就是云中站最后藏身的地下岩洞，经过无数年地壳的变动，岩洞已经抬升到接近地表，只是经历了亿万年岁月的冲刷，云中站已经碎裂、解体、分解，彻底消失了，只留下空气中淡淡的铁锈味儿。

王一铲一把搭在姬武肩头，不耐烦道：“这里就是个山洞，哪儿有什么古墓，您不是在拿咱们开心吧？”

听着盗墓贼带着威胁的口吻，姬武面色阴沉下来，道：“我在古籍里浸润了一辈子，难道还不如你们盗墓的？上古时候，再有权势的主儿又哪有技术给自己建大墓，改造山洞是最方便的法子，让他们去找，肯定能找到什么。”

见姬武理直气壮的样子，王一铲倒是软下来，换上一副谄媚的嘴脸，道：“我就说嘛，您是大师嘛，我就是担心，明一早老侯和老林租了直升机过来，万一没什么收获，他俩不以为咱们吃独食了吗？”

盗墓贼们四下散开，电筒的光柱在黑暗中不断晃动，过了不大工夫，一个声音喊道：“在这里，在这里。”

众人赶过去，只见在洞穴深处矗立着一座由石块堆积而成的小山，姬武注意到，那不是石块，而是数十万块大小不一、形状各异、质地不明的碎块所组成，一条明显是人工铺就的石板路一直延伸向小山顶端，在那里似乎有一座充满神秘气息的物体。

走到山顶，终于看清，那是一座有着明显先秦风格的祭坛，由长方形的石砖垒起，最上方是一个两米长的石案，石砖和石案上都雕刻着繁杂的花纹，但是雕刻工艺显得较为粗糙，在石案上应该供奉着一些物品，不过已经腐朽得看不出是什么了，在石案正中静静放着一个正方形的石盒，石盒灰沉沉的，没有任何装饰，看上去很普通，但是摆放在如此明显的位置，显然是这里最为珍贵的物品。

姬武忽然明白了，先人们一定发现了这个洞穴，他们虽然无法理解山洞中散落的那些物品，但是某种无法说清的血脉中的联系，让他们对这里充满了尊敬与仰慕，他们把山洞中找到的云中站的残骸堆积在这里，成了圣山，然后把那个石盒当成圣物，日夜供奉。

石盒里面是什么呢？那说不定是娲最后的遗物。

王一铲站在祭坛前，看着石盒犹豫，既想拿起来又担心古人留下了什么机关，姬武走到他身边，没有停顿，小心翼翼捧起了石盒，然后轻轻掀起盒盖，什么也没有发生，除了落下一道灰尘之外，在石盒里静静躺着一个泥娃娃，由于年代的久远，泥娃娃显得黑黝黝的，并且捏制的手法很拙劣，只能大致看出是一个留着短发的男性娃娃。

“这是什么？”王一铲保持着戒备，疑惑地问道。

“这是一个……泥娃娃。”

“什么？”王一铲不可置信。

“就是我们小时候，许多小朋友都会玩的游戏，用河边的泥捏成的娃娃。”

王一铲目露凶光，“唰”地从腰间抽出一把匕首，咬牙切齿道：“老家伙，早就看你有问题，都怪老侯他们鬼迷了心窍，什么狗屁大师，敢耍我，你今天就别想站着出去了。”

“你懂什么，它就是我心里面最珍贵的东西呀！”姬武满含迷恋地端详着泥娃娃，喃喃说道。

王一铲不再言语，敢做盗墓贼的无一不是亡命之徒，可不是靠嘴上耍狠，他握紧刀柄，向老人腹部捅去，但是中途却被一只有力的大手抓住了手腕，他顺着大手望去，发现大手的主人竟然是白发苍苍的姬武。

“你！”他有些吃惊，手上用力，却没有挣脱出来，那只大手如同铁铸一般。

“还记得一个叫刘先举的人吗？”姬武说道。

“什么？”王一铲迷惑。

“河北易县建筑工地发现的那座古墓还记得吧？”

王一铲的目光中露出了然的神色，继而又陷入迷惘。

“刘先举是所里的考古队长，一个兢兢业业、热爱工作、待人热诚的好人，在河北的建筑工地被你用铁棍打成重伤，脑袋上终生要顶着一块不锈钢的头骨，而你却逃过了惩罚，看来天网恢恢，终有报时！”

王一铲终于明白姬武在说什么，正发愣间，突然觉得心口一阵刺痛，低头看时，却发现自己的手腕已经被姬武的大手反过来，锋利的匕首正一点点刺进自己的胸膛，殷红的鲜血在衣服上迅速扩散开来。

陕西省西安市公安局。

“姓名，籍贯，身份证号码……”

“张小毛，啊不，张文茂，家在河北省易县小马沟村四队二组……”

“说说你们在秦岭的事吧，尽量详细点。”

“王老大带着俺们七个人到了秦岭大山里……”

“王老大的姓名，信息？”

“俺们都叫他王一铲，哦，本名好像是王易山，听说你们一直在通缉他。”

“说秦岭的事。”

“哦……大伙儿到了大山里，老偏了，方圆几里地人影儿都没有，那地方的墓已经被挖过，姓姬的老先生非说墓下面还有墓，偏偏王老大就相信。俺们挖了三天，发现一块石板，掀开石板，果真又有一个洞，黑乎乎的，咕嘟咕嘟往上冒黑气，可瘆人了。”

“俺跟着下到洞里，里面老大了，说话都有回声儿，开灯一看，哪儿有什么古墓，就是一个大溶洞，俺们村儿山里也有，王老大的脸都青了，俺们都知道，王老大生气是会死人的，姬先生还是不着急不着慌的，让大家四处找，结果真在洞的最里面找到一座小山。”

“那小山透着一股子邪气，是用好多奇形怪状的黑石头堆起来的，小山顶上砌着一个大石台子，刻着好多花纹，一看就是古时候的东西，老石说这是祭祀台，古代巫医跳大神用的，台子上放着一个石盒子，姬先生就把盒子打开了，里面装的东西……我也不清楚那是什么，反正黑黢黢的，似乎就是个……泥娃娃。”

“王老大当时就火儿了，把刀都掏出来了，我们都吓傻了，王老大手底下的人命可不止一条了！可是不知道怎么的，姬先生就像会巫术似的，那把刀莫名其妙地扎进王老大自己的心口了。老石是王老大的拜把子兄弟，拎着铁锹就冲上去了，结果被姬先生抬腿一脚，当时就踢飞了，一直摔到小山下面，死活不知。张秃子也跟着扑过去，谁知姬先生一把就掐住了他的脖子，接着张秃子脑袋一歪就不动了。我都吓傻了，扭头就跑，脚底下不知被什么绊了一下，稀里糊涂就滚到了山脚下，后面的事就不知道了。”

“姬先生多大年纪了？”

“大概七十多岁了吧。”

“你相信一个老头能一眨眼杀了那么多人吗？”

“说实话，我也有点儿不敢相信……可是回头想起来，我现在还记着，当时姬先生的眼睛里竟然闪着红光，根本不像是人的眼睛。王老大他们根本没有还手之力，你说……姬先生是不是被恶鬼附体了。”

显示器屏幕关闭，办公室里陷入短暂的寂静。

刘局长看了看会议桌对面那位眉头微锁的中年人说道：“田所长，刚才您看到的就是其中一个盗墓贼的审讯视频，案件的大致情况是这样的：王易山、侯洪福、林朝英等人是一个集盗墓、跨国走私为一体的特大犯罪集团，尤其是这个王易山，疯狂盗掘过二十几座古墓，并且多次发生伤人事件，是公安部通缉多年的在逃犯。姬老先生不知道什么原因，与这伙儿罪犯发生了联系，盗掘了陕西省镇安县内秦岭的汉代古墓。在盗掘过程中，姬老先生与这个盗墓团伙发生冲突，杀死了盗墓头子王易山等人。由于盗掘现场发生了大面积塌方，只有姬老先生和这个叫作张文茂的盗墓贼幸免于难，所以这个案件还有诸多细节有待调查。”

考古所田副所长一副难以置信的表情，道：“怎么会呢……姬老可是史学界德高望重的学者，在所里做了一辈子研究，怎么可能和盗墓团伙儿有什么瓜葛，更不可能杀人啊！”

刘局长道：“田所长，您要相信我们，一定会把事情搞清楚的。”

田所长的目光越来越坚定，站起身说道：“刘局，我以人格担保，姬老是绝不会杀人的。”

刘局长道："田所长，这一点我们是相信的，不过在案件调查当中，我们发现另外一件事，二十八年前，在河北易县发生了一次因为破坏古墓的恶性事件，贵所当时的考古队长刘先举被人打成重伤，当时我们就怀疑那是王一铲的第一次犯案。"

"您是说……报复杀人？"田所长疑惑地看着刘局长，猛然摇头道，"不可能！那是二十年前的事啊。再说，姬老七十多岁了，既不是散打冠军，也不会什么家传功夫，平日里身体又不好，走路都有些困难，就这么一个风烛残年的老人，一连杀死几个穷凶极恶的盗匪，您认为可能吗？"

刘局长微笑道："从医学角度来说，当一个人处于某种极端情况下，是有可能爆发出远超常人的身体机能的。田所，您别着急嘛，老实说，我和您的想法差不多，况且只有一个盗墓贼的含糊证言，也很难证明什么嘛。"

田所长颓然坐回座位，道："所里的每一个人都万万想不到，姬老会出这种事。"

刘局长道："我们通知所里，是因为我们比较担心姬老，他现在的身体状况不太好，经过医生检查，他应该是精神方面出了问题。"

"精神方面？"田所长愕然。

"医生认为，姬老在突遭变故，或者精神领域受到巨大冲击的情况下，完全沉溺于自己的精神世界中，丧失了对外界的感知，医学方面称呼这种症状为自我封闭症。"

第十三章

行者联盟

关键词：

精神病患者　实验成功了吗

哪句话唤醒你　找到你了

一年以后。

京城某医院。

李曲云推着一个小型护理车走在医院的走廊里，正是傍晚时分，走廊里没什么人，病人们都在自己的病房里，或进食，或休息，她脚上穿着一双软底的护士鞋，一路上没有发出一点儿声音。

这里和其他的医院没有什么分别，米色的地砖干净整洁，雪白的墙壁像是刚粉刷过的，头顶的日光灯散发出柔和的光芒，还有一股淡淡的消毒水的味道在空气中飘散，如果说不同，只是走廊两端的栅栏门是装有门禁设施的。

她的心情很好，脚步也就显得轻快，陈子辉既是她的高中同学，也是男友，两个人在上学时就确立了关系，但是高考之后，她上了京城的护校，男友则去了南京的一所大学，毕业之后，又留在了当地创业，一下子让两个人的关系陷入低谷，李曲云甚至已经在心底放弃这段感情了，于是两个人藕断丝连，就这么过了两年，似乎都在等待对方提出分手。谁知在昨晚视频通信的时候，陈子辉一副失魂落魄的样子，向她大倒苦水，竞争多么激烈，公司的资金已经见底，贷款方不断催债，然后流露出想回京城的想法，这让李曲云担心之余也不禁暗暗窃喜。

在走廊尽头，李曲云推开了418病房的门，一个头发斑白的老人躺在病床上，双眼直勾勾地望着天花板不知在想什么，床头的病历卡上写着：姬武，男，七十四岁，自我封闭症。

李曲云对这位病人很满意，平时既不哭也不闹，吃饭、吃药都很配合，而且身体也很好，上厕所什么的都能够自理，只有一样，就是从来不说话，并且她能够感觉到，老人在看她的时候就像在看一团空气一样。

“姬老，吃饭啦，今天吃的是茴香馅包子和小米粥。我说您呀，也不能总在床上躺着，身体允许的话，就多下床走走。”

李曲云并不期望老人回答，而是自顾自地说道，一边把餐具和食物放到床前的小餐桌上。

这时，老人已经从床上慢慢坐了起来，又慢慢拿起餐具，慢慢地吃了起来。李曲云就靠在窗台边，一边看着老人吃饭，一边说起了她和男友的事，这些事很难向家人和朋友启齿，而老人虽然不会发表什么意见，却无疑是最好的聆听者。她的目光偶尔也会扫过老人的左手，一个小小的泥娃娃紧紧地攥在老人的手中，自从来到医院就从来没有松开过。有传言说，为了这个泥娃娃，还死过几个人呢。

等老人吃过饭，她也及时停下来，给老人吃了药，收拾好餐具，看着老人又躺回床上，才推着护理车离开病房。

回到护士站，李曲云忽然想起来，自己的手机刚刚忘在病房里了，于是她连忙走回 418 房间，推开房门的那一瞬，她看见老人像个孩子一般蜷缩在病床上，身体微微地颤抖着，双手把那个泥娃娃举在眼前，一抹泪光在老人的眼中氤氲。

夜，降临了，但是那盏古旧的油灯遗失在古墓洞穴中了，况且油灯也早就不能点燃。泥娃娃在黑暗中沉默着，但是他能够感受到一个纤秀的身影站立在时光的彼岸，苦苦等待着自己的到来，可是……可是他再也回不去了。

不知道过了多久，老人昏沉睡去。

宇宙黑暗无边，死一样寂静，老人在虚空之中独行。

一颗庞大的星球从黑暗的宇宙阴影中显露出身影，那是神星。

此刻，它的表面全部被沙漠覆盖，许多巨大的雕像矗立在沙漠中，表面被岁月侵蚀得坑坑洼洼，根本辨不出本来面目，大气层里时刻都在肆虐着猛烈的沙尘暴，整个世界看上去像是一团在搅拌机里不断旋转的水泥球。

漫山遍野的森林呢？波澜壮阔的大海呢？田间劳作，坊间奔波，甚至正在两军对垒间厮杀的人类呢？这些都消失了，化作一颗颗沙粒，毫无声息地躺在这个只有死亡与寂灭的世界里。

老人叹息一声，继续向黑暗深处走去，只是他的脚步愈加蹒跚。

不知道走了多久，他来到了云星。

这颗新生的星球仍然处于云雾缭绕之中，陆地上裸露着坚硬的岩石，沟壑纵横间四处流淌着红色的岩浆，原始海洋中混合的矿物质和蛋白质浓度愈加饱和，闪电一道接一道地划过海面，但是，仍旧没有生命产生的迹象，一点儿也没有。

老人在海边一道陡峭的悬崖前驻足，这道悬崖笔直向上，如同刀削一般，足有 1000 米高，它曾经是海底的一座死火山，因为地壳作用，不久前才抬升至海平面上，成为一段新大陆的海岸线。

老人的目光在峭壁上停留了很久，然后他向前走去，穿过了坚硬的岩石，一直向下，直到大地深处，一处黑暗的洞窟，云中站那庞大的身影就静静地停驻在这里。

他继续走近，却发现云中站已经锈蚀得千疮百孔，只剩下一副摇摇欲坠的骨架，内部的器物只是保持着原来的形态，轻轻一碰，便化为一缕黑尘。

老人万念俱寂，他感觉自己像是变成一具行尸走肉，在无底的深渊中下沉，下沉……

恍惚之间，他来到了一片虚空，这里没有繁星，没有光线，甚至没有一粒尘埃，这里，仅仅是一片虚无。

他记得这里，他记得鲲曾经披着一身绚烂的光羽在这里翱翔，他记得万千群星在他的光羽上闪亮，他也记得，鲲在这里耗尽了最后一点儿光热，连他自己也燃烧殆尽。

他说过，他一定会在这黑暗的世界里点燃一盏灯，显然，他食言了。

完了，没有希望了，真的没有希望了。

时间回到两年零八个月之前：那天深夜，姬武从噩梦中惊醒；那天深夜，古旧的油灯熄灭了；那天深夜，在京城怀柔区大山中的一个研究所里，还发生了一件事。

车子驶过雁栖湖便进入了山区，沿着盘山路走了七八公里，又拐进一条山沟，沟口上悬着一块指示牌，上写“行者联盟”，看上去像是个驴友俱乐部。

山沟里还保持着原始风貌，到处绿树如茵，只是沟底青色的混凝土路面宽阔得有些夸张。

车子在山沟尽头停下，停车场边上坐落着两栋小楼，其中一栋门口挂着“接待大厅”的铭牌。

经过有些烦琐的认证程序，苏一帆与岳红烈走进接待大厅，里面空无一人，也没有什么陈设，只有一个巨大的电梯厅。

电梯关闭，随着一阵轻微的失重感，电梯向下沉去，这段时间有点儿漫长，大概足有七八分钟的样子，两个人相互对视一眼，都在对方的眼神中感受到一股无形的紧张。

电梯再度打开时，已经深入地下 1000 米，展现在眼前的是一个巨大的半球形洞库，半径足有 500 米，中央部分同样是一个半球形的金属罩，半径也达到 100 米，看其外形更像是人的大脑，上面沟壑纵横，此外还有无数线缆如同神经一般与其相连接，洞库的其余部分被透明玻璃分隔成众多大小不一的隔间，数百名身穿白大褂的研究人员在忙碌着，一些小型电动汽车沿着磁控轨道在隔间之间穿梭。

走进总控室，里面已经坐满了人，都不约而同把目光投过来。苏一帆与岳红烈两个人很年轻，只有二十五六岁年纪，却是整个项目的负责人。

“都准备好了吗？”苏一帆问道。

“量子围栏已建立。”

“能量约束系统已就位。”

“动力单元准备完毕。”

……

大厅里此起彼伏地传来汇报声。

苏一帆点点头道：“投放试验物。”

一台轮式机器人向洞库中央的“金属大脑”驶去，一扇椭圆形的舱门旋开，机器人驶了进去，在它的机械手上夹着一枚一元硬币。

总控室大屏幕上众多监控画面中的一面放大为主屏幕，显示出“金属大脑”内部的景象，里面的空间明显小了很多，只有不足30平方米，中央立着一个像是讲演台的锥形金属立柱，而穹顶上则垂落下一个同样的锥形柱，看上去就像是两枚咬合在一起的牙齿，机器人就把那枚硬币放在锥尖上，按照原路退了出去。

待舱门关闭，苏一帆道：“开始十秒倒计时。”

“十、九、八、七……”

倒计时结束的一瞬，“金属大脑”一下子吸干了渤海湾两座核电站的电力，庞大的能量被极度压缩然后在铅笔粗细的粒子谐振腔中释放，其内的粒子被粉碎成为最原始的物质流，然后从金属圆锥的尖端喷射而出，作用在那枚硬币之上。

洞窟中的白炽灯光明暗了一下，众人的耳边滚过一道嗡鸣声，监控屏幕上出现了细微的延迟，但是这些现象也许根本就没有发生，只是所有人的一个错觉。

在放大的监控屏幕上，近距离显示着被金属圆锥咬合的那枚硬币，看上去和倒计时之前没有任何变化。

所有人都盯着监控画面，总控室里悄然无声。

“我们失败了吗？”苏一帆能够感觉到一股无形的压力，他尽量平静地问道，却发现自己的嗓音竟然有些嘶哑。

“它……还在那里。”岳红烈有些干涩地说道。

是的，所有人在监控屏幕上都看到了，在经过初始物质洪流轰击之后，硬币没有缺损、变形，更没有位移或消失，它，没有任何变化！

“咦，哦……有变化！”一个女性的声音响起，从疑惑变为确定，“重量传感器异常。”

一组数据投射在大屏幕上，其中重量参数上显示为“零”。

中控室内顿时响起一阵窃窃私语，重量为零意味着硬币已经在实验中消失，然而监控画面上明明显示硬币还在原位，根本没有变化。苏一帆与岳红烈再次有默契地对视，二人眼中都闪过一丝疑惑。

“实验舱冷却时间还需要多久？”苏一帆问道。

十分钟后，苏一帆和岳红烈并肩站在锥形金属立柱前，硬币就静静摆放在圆锥尖端，可是重量参数明明白白告诉二人，硬币并不在那里。

岳红烈终于忍不住，伸出手去拿硬币，他的手指触碰到了硬币，但是接着就从硬币表面穿过去了，就好像只是一个硬币的幻影停留在那里，他缩回手，硬币又完好无损地出现在原地。

时光回路项目已经进行了整整三年，苏一帆和岳红烈这两个人类最顶尖的天才科学家为这个项目倾注了全部心血，如今终于取得了成功，但是两个人并不能确定这是一种什么样的成功，他们发现了一种新的物质形态，却不能对这种形态做出哪怕是猜想性的解释。

“我忽然想起了什么。”岳红烈忽然若有所思，“奇怪，我似乎有种熟悉的感觉……那好像是……对，我在一家古生物博物馆中见到过这种形态。”他的眼中亮起异样的光彩。

时间流逝，转眼间距离硬币实验过去了三年时间，硬币的影像还停留在锥尖上，似乎也将永远停留下去，没有任何因素能对它施加影响，在洞库深处的一间洁净实验室内，那块翅膀化石已经被各种手段解析了无数次，但是他们没有再获得任何成果，他们的好运气似乎在几年前的实验中用光了。

姬武在医院度过了一年零四个月，这段时间里，文物走私团伙主犯林朝英和侯洪福被绳之以法，另一名主犯王一铲的家属还在四处上访，要求严惩杀人凶手，但是王一铲死得不明不白，身份又是极不光彩，况且作为犯罪嫌疑人的姬武又成了这副样子，渐渐就没了下文，秦岭古墓杀人案成了一桩无头案，被锁入档案室中雪藏。

李曲云推着轮椅上的姬武，缓缓走在医院的小花园里。

花园里花团锦簇，阳光明媚，几只麻雀在枝头间跃动，空气中涌动着淡淡的花粉香味，但是姬武的状况却不太好，几个月的时间，他似乎一下子衰老了二十岁，原本花白的头发全白了，面部的肌肉松弛，老年斑像是霉菌一样从皮肤深处扩散开来，尤其是他的眼睛，对周围的春光视而不见，只是斜斜地盯着手中那个黑乎乎的泥偶，而且目光一片灰死。

病房的主治医生王医生对姬武这种情况曾经摇头道：“他处于一心求死的状态，别人又怎么救得了他？”

李曲云也感到老人时日无多，于是经常推着他在外面走走，希望老人能够平静地走过生命中最后的时光。

一个穿着时尚的年轻人迎面走了过来，站在轮椅前，对李曲云微笑道：“我可以和姬老聊聊吗？”

年轻的女孩儿在面对英气逼人的大帅哥时，同样是没有免疫力的，看着眼前这个比电影明星还要英俊的男生，李曲云乖巧地点点头，退到了一边。

“姬老，您还认识我吗？我是岳红烈呀，两年前我们在古生物博物馆见过。”岳红烈说道，心里也十分惊讶，没想到姬武竟然衰老得不成样子，原本还想着从老人这里有什么意外收获，现在一阵失落。

姬武似乎根本没听见岳红烈的话，他的头像是脑瘫患者一样向一边歪着，双眼的视线凝聚为一点，落在手中的泥偶上，仿佛那就是他的整个世界。

岳红烈不禁对这个泥偶产生了兴趣，仔细看去，却发现就是个普通的泥娃娃，简单、粗糙，甚至有些丑陋。

“在医院这段时间，他始终拿着，好像一不留神就会消失似的。”李曲云在一边说道，“听说，这是老人从一座古墓里拿出来的，我总感觉这东西阴森森的，恐怕不吉利。”

说到这里，一直没有反应的姬武猛然抬起头，死死地盯着李曲云，目光中似乎蕴含着刻骨的仇恨，李曲云惊得叫出声儿来，但是下一刻，老人丢失了魂魄一般，又萎靡在轮椅里。

就在这电光石火的瞬间，岳红烈确定，虽然不知道因为什么导致了姬武现在的状态，但是他绝对没有疯。

弯腰在旁边一张石凳上坐下，岳红烈慢条斯理地和老人闲谈起来，说是闲谈，更像是自言自语，李曲云在一边使眼色，意思是老人根本不会听到的，岳红烈却浑不在意。

就这样，从人生中的第一个记忆说到父母的严厉与慈爱，又从幼儿园里的玩伴儿到老师教的数学题，岳红烈像是打开了话匣子，天南海北什么都说，不知不觉间说了三个多小时，太阳西垂，他站起身告别。

第二天一早，岳红烈又来了，仍然和老人聊个没完，病房里，走廊边，花园中，聊了整整一天，矿泉水就喝掉四瓶。

李曲云好奇地追问："你是姬老的子女吗？"

岳红烈啼笑皆非，连忙摇头，他只是隐隐有一种感觉，自己很可能会在姬武身上得到意外的收获。

既然确定老人没疯，那就还有办法，老人一定是因为受到某件事或者某个人的影响，导致思维进入了自我封闭状态，那么只要知道是哪个因素，就能够与老人产生沟通，只可惜，这关键性的一点却是没有人知道，于是岳红烈采用了最笨的办法，说！天文、地理、历史、政治、新闻时事，天气预报……只说得口干舌燥，两眼直翻，气喘如牛，昏天黑地。

终于有一天，姬武微微抬起头，无力地说道："你把刚才的事再说一遍。”

岳红烈心头狂喜，连忙说道：“我们都是属于‘行者联盟’的成员，联盟的创立者已经不可考了，起初是一个私人论坛，人数非常少，只吸纳在某个领域独树一帜，并且只愿意埋头研究，不在乎奖项名誉的年轻学者，后来渐渐演变成一个秘密组织，这个组织的成员遍及全球，它的宗旨是：不在乎世俗的目光，只为人类的未来而独行。我查阅了组织的资料，您是在三十二岁时被吸纳为成员的，但是您从来没有参加过组织活动，但是却把组织的宗旨贯彻得淋漓尽致，您还记得吗？”

岳红烈耳边忽然传来一阵轻微的鼾声，低头一看，老人不知何时睡着了。

过了二十多分钟，姬武悠悠转醒，精神还有些恍惚，断续道：“对不起，我睡着了，实在太困了，哦，我们说到哪儿啦，我想想……哦，你再把那件事说一下，不是刚才说的，是之前的。”

岳红烈搞不清老人要说什么，只得回忆了一下，重新组织语言：“时光回路计划已经实施了多年，在一次实验中，我们投放了一枚硬币，结果……”

“不是这件事。”

“……我们把古生物博物馆的那块化石运回了联盟基地，经过分析确定与硬币……”

“也不是这件事。”

……

“行者联盟基地在怀柔区北侧的山区里，表面上只有两座小楼，其实那不过是两个电梯房，我们在地下……”

“对，就是这……”姬武点点头，望着岳红烈道，“你们在地下建造了一所大屋？”

“哦……”岳红烈犹豫道，“也可以这么认为。”

“我们去看看，现在就去，哦，不，我得先洗个澡，身上太脏了，胡子也要刮刮……”

岳红烈目瞪口呆地看着老人很自然地从轮椅上站起来，步履稳健地在房间里逡巡着，然后找了套换洗衣服走进盥洗室，还不忘从抽屉里找出一把电动剃须刀。

片刻之后，姬武像是穿过了时空隧道，整个人焕然一新，脸上容光焕发，头发梳理得一丝不乱，目光温和而镇定。

离开医院前，他抱了抱李曲云，轻声道：“谢谢你，小云，谢谢你这一年多的照顾。”

车子在行者联盟的山谷尽头停下，姬武率先向小楼走去，岳红烈都有些跟不上他的脚步。

电梯打开，1000米深处的巨大洞库缓缓展现在眼前，姬武的眼神有些疑惑，当他看到洞库中央那座宛若大脑的时空振荡器时，微微皱了下眉，“就是这里？”他问道。岳红烈确定，姬武的脚步慢了下来，似乎开始迟疑，但是下一刻，他又变得坚定起来。

岳红烈在半路上已经通知苏一帆，现在他就站在电梯口迎接，见到姬武走出来，连忙抬起右手，姬武也和蔼地走向苏一帆，但是并没有与他握手，而是与其擦身而过，径直向那座钢铁大脑走去。

苏一帆顾不得尴尬，与岳红烈一同跟随上去。

穿过金属大脑厚重的壳体，舱门在身后无声地旋紧，半球形的实验舱内陷入黑暗，然后穹顶上亮起点点灯光，仿佛星空从地平线上升起，电子束枪的金属锥从黑暗中垂落，像是外星生物从宇宙彼岸伸过来的一只手。

姬武忽然站立在那里陷入沉默。

过了好一阵，苏一帆感到一丝异样，侧头去看姬武，却见老人的脸上不知何时已然爬满了泪痕，嘴唇颤抖着自语："我找了一辈子，没想到你竟然藏在这里。"

苏一帆不明所以，找了一辈子？这里明明才建造两年呀！他去看岳红烈，发现对方也是一头雾水。

"姬老，您到过这里？"岳红烈忍不住问道。

"当然到过。"姬武肯定地说道，"不过那时它还不是这个样子，在这里曾经摆着四排博古架，黄花梨的，从款式判断应该在宋代晚期。"老人向前走出两步，指着左侧的一块空地，"我在博古架上看到了羿的断剑，娲的泥娃娃，还有鲲的翅膀……羲的画像就挂在这里，他的眼睛像是一直在随着我转动。"姬武用手在半空比画着，仿佛那里真的挂着一幅画，"下面还有两把太师椅，我就在这把椅子上睡着了……"

"咳。"岳红烈咳嗽一声道，"姬老，坐了这么长时间的车，我们是不是先休息一下。"

“我不累，哦，我也没疯，你们不用担心。”姬武立刻回答道，“我很好，从未有过的好，我只是有些激动……”

三天之后，地下1000米，时光回路实验舱。

周围一片静谧，姬武坐在一张太师椅上抬起头，电子束枪距离额头不过几厘米，给人一股冰冷与危险的感觉，不过在姬武眼中它就像是一道天梯，只要他站起身，抬起手，就可以攀缘而上，直达星海深处。

“姬老，您确定要这么做吗？”喇叭里传来岳红烈的声音。

“确定，一定，以及肯定。”老人继续说道：“我们已经为这些毫无意义的事讨论了超过四十八小时，不要再犹豫了，开始吧。”

“……哦，姬老，有些话我必须要重申一下。”苏一帆的声音传来，“您并不是那枚硬币，在超高能粒子轰击下，您最大的可能是瞬间被粉碎为最基本的粒子，或者化为纯粹的能量，即便最乐观的情况，您也不可能幸存。”

“你们的实验遇到了瓶颈，然后，我来了，给你们带来了一套解决方案和一个志愿者，现在我已经签署了所有相关文件，履行了必要的法律手续，而我因为自我封闭症或者老年痴呆什么的，在医院苟延残喘，已经没几年好活的，正想着有一个有意义的归宿。瞧，我们各取所需，对吗？所以，不要浪费时间了。”

沉默，一个冰冷的电子音响起：十、九、八……

短暂的寂静中，姬武回想起自己这简单的一生，忽然觉得就像这单调的电子音一样，看似平平淡淡地走过，其实终究是在迈向某一个有意义的终点。

他闭上眼睛，把自己陷入绝对的黑暗之中，然后他的心海却渐渐泛起了光明，他感觉自己走入了一个新世界，一如小时候跳进那间大屋……一如羿带着他的剑踏进魔神世界……一如娲惊奇地望着云中站……一如鲲朝着群星展开翅膀……一如羲步履蹒跚地走入时光的洪流……

第十四章

诛魔之战

关键词：

溃败　退守龙砀山　远古之仇

故人相见　无法抗衡

羿在黑暗中飞翔。

不知道过去了多久，他甚至忘记了时间的概念，周围是无边无际的黑暗，永远也没有尽头，他没有犹豫和彷徨，他的信念一点儿也不曾动摇。

终于，在黑暗之中出现了一道曙光，开始时仿佛还在无限远处，但是下一刻，他飞入了一片湛蓝的光明之中。

这一片天空宁静高远，清澈而透明，如同蓝宝石一般散发着荧荧的微光，大团大团的白云悬浮在蓝天里或聚或散，有的像是一匹神马在虚空中驰骋，有的像是圆滚滚的羊群簇拥在一起，还有的看不出是什么，但是挥洒写意让人无限遐想……

羿在蓝天里飞翔，清冽的空气沁人心脾，让他神清气爽，他降低高度，穿过云层，辽阔的洪荒大地扑面而来，他经过波涛翻涌的黑海洋，经过喷吐着巨大烟柱的熔岩山脉，经过花园般美丽的南方沼泽，前往绿意盎然的中央平原，在平原的深处，几条大河蜿蜒而过的地方，原本是个小黑点儿的部落在飞快地清晰起来，错落的圆屋，林间低矮的围墙，袅袅上升的炊烟，隐约晃动的身影，一切都显得那么熟悉和亲切。

忽然之间，羿心里升起一丝警兆，他抬头望向一片白茫茫的北方，几道巨大的身影正在向部落一路奔来。

羿十分着急，连忙加快了飞行的速度，可是不知为什么，部落却变得越来越远，而那几个邪恶的身影却越来越接近部落。

羿焦急万分，但是事与愿违，他发现自己在急速倒退，部落、平原、沼泽、山脉，蓝色的洪荒世界距离自己越来越远，越来越远，他正在退回到无边的黑暗之中。

羿睁开眼睛，却什么也看不见，耳边传来沉重的喘息声和一些嘈杂的叫喊声，但是听不清说的什么，一道闪电划过夜空，借着这瞬间的光亮，羿看见自己躺在一个由树枝和藤条制作的简易担架上，几个人抬着自己正在黑暗中深一脚浅一脚地前行，周围还有几个士兵高举着盾牌掩护，鲜血从他们甲胄的缝隙间流淌下来，滴落在羿的脸颊上。

这是哪儿，出了什么事，自己是谁？羿的脑海里一阵迷糊，然后他渐渐恢复了记忆。

神魔巨人的身影是那般雄伟，几乎遮蔽了天日，它的身体是青色的，布满了尖锐的鳞片，如同一副天然的盔甲，与人类全然不同，它的眼睛恶狠狠地盯着自己，那是……仇恨，生生世世的仇恨……这一瞬，羿有些迷惑，对方的仇恨似乎来得有些莫名其妙，但是下一刻，在他的神魂深处也升起同样的仇恨，仿佛千年的战争延续至今，仿佛……部落的毁灭就源自……是的，他一下子确认了，那些雪原上冰封的巨人，他们并不是雕像，他们是部落毁灭的真凶。没想到他们竟然也来到了神州，神，难道说的就是他们吗？不，他们是恶魔，真正的恶魔。

羿的眼睛也喷出火来，在神魔巨人的拳头砸过来的时候，他没有退缩，而是奋力挥动了手中的剑。

这是一场过于悬殊的战斗，像是蚂蚁撼动大树，又如陨石撞击恒星，战斗的结局没有悬念。

神魔巨人如陨石般的铁拳呼啸而至，羿只来得及侧过身子，胯下战马自马头连同脖颈一下子碎裂开来，与此同时，羿的剑携着他的全身力量狠狠砍在神魔巨人的手腕关节处，一蓬明亮的火花闪过，巨人的手腕上出现一个巨大的豁口，七八块鳞片四下飞溅，但是那把从洪荒到神州一直跟随羿南征北战的宝剑，也应声断为两截。

羿坠落马下，连忙翻身跃起，他的目光落在巨人手腕的伤口上，并没有血涌出，鳞片下面覆盖的并不是人类一样的血肉组织，而是如同带着各种玄奥纹路的钢铁般坚硬的岩石。

羿的心中一阵绝望，就在这个时候，神魔巨人的另一只拳头到了，羿感到自己的身体一下子飞向了空中，然后他连自己的身体也感知不到了，昏迷之前，他在半空中看见神魔巨人正在战场上横冲直撞，自己的部队前仆后继苦苦支撑，“羿”字战幡倒在尘埃之中……

羿的心神一阵激动，然后再度陷入昏迷之中。

不知道过了多久，断续的、呜呜的哭声从很遥远的地方传来……羿悠悠转醒，他睁开眼睛，一张模糊的面孔就凑在眼前，血污和绷带把这张脸打扮得有些狰狞，他辨认了一番才认出，是赤烈。

“哭什么？”羿几乎用尽了力气才发出耳语般的声音。

英武那哭成大花脸的脸庞上露出惊愕的表情，继而绽放出孩子般开心的笑容：“羿王，大哥，你还活着，哈哈，你还活着！”

“过去……多久了……”

“你昏过去五天五夜啦，我们都以为你……你……”

“仗打得怎么样了？”

“我们……我们……败了……队伍损失惨重……我们边打边退，这些天留王的部队咬得很紧，现在还没有摆脱……”赤烈的表情严肃甚至有些失落起来。

“你还活着，就好……等我好起来……”

羿并没有很快好起来，他的伤比想象中严重得多，巨人的那一拳砸扁了羿的层层重甲，胸骨全部粉碎性骨折，脏器挤压变形，濒临衰竭，如果不是源自洪荒的遗传，如果羿只是一个普通的人类，这一下足以要了他的命，即便如此，他亦一度陷入弥留之际。

战局的恶化程度也比羿预料的严重得多，王城一役，奴隶起义军原本以羿王为核心采取向心突击战术，留王的中军已经被压迫至护城河一线，濒临崩溃，但是自羿重伤昏迷开始，巨人在战场上如入无人之境，迎头遏制住了起义军的攻势，英武等将领付出重大牺牲虽然将羿救回，但奴隶主的军队已从两翼包抄，奴隶起义军败局已无法挽回，瞬间溃败。

然而这只是开始，是夜，起义军一连退出20公里，正在重新整军之时，巨人一马当先，带着留王的军队袭击而至，义军再次败退，接下来数日，起义军几乎没有重新集结的机会，甚至休息的时间也极为短暂，敌人一反此前军心涣散、士气低迷的常态，咬住起义军不放，巨人和留王军始终盯住羿的中军，其他贵族军队则分散开来追杀分散的小队义军。

十天过去了，起义军边打边退，一路浴血上千里，最终退回了汤城，但是汤城的防御也在巨人的铁拳下不堪一击，起义军再次退败，余部逃入龙砀山才得到喘息之机。

数年生死搏杀，这些为了自由而战的斗士团奴隶再次回到了他们起事的原点。

兵败的时候，崔万看见羿王的身体像是落叶一样在空中飘曳，看见士兵们不要命地冲上去，又纷纷倒在神魔巨人的铁拳下。

羿王终是被抢了回来，盔甲只剩下一些残片，浑身浴血，像是没有骨头的肉团，一看就知道，羿王完了，心目中顶天立地的英雄，这么轻易地就完了，神仙也救不回来了，崔万的神魂似乎轰的一声被抽干了，周围的世界一下子变得虚幻起来，拼杀的士兵，飞溅的鲜血，挥舞的兵器，咆哮的巨人，这些都与他再无关系，他丧失了思考的能力，机械地跟着队伍战斗、撤退、溃败……

开始的时候，崔万还一直跟在羿王身边照顾，其实也说不上照顾，羿王躺在担架上一动不动，毫无声息，他能做的只是偶尔把羿王无力垂落的胳膊放回去，他心底琢磨着，羿王在战场上就已经死了，只不过他是奴隶起义军的精神支柱，大家都不愿相信罢了，而他呢，没有了羿王，他不过是个无用的累赘。

战局不断恶化，留王的军队紧追不放，大小规模的战斗一直在身边发生，规模庞大的起义军不断被打散，分裂成几部分，然后再分裂，到第四天夜里的时候，崔万也被乱军冲散了，到处找不到大部队，他藏在一个树洞里躲了一天，夜里的时候跑出来，碰到了十几个同样走散的义军士兵，大家商量了一下，决定往汤城的方向去寻找队伍。

他们一路上昼伏夜出，专拣荒山野路行进，虽然碰到两次敌人的搜捕队，也都化险为夷，意外的是沿途不断有走散的义军加入进来，到后来居然有了600人的规模。

长期跟在羿王身边伺候，崔万多少也学到些领军打仗的本事，照猫画虎之下，倒也把队伍带得有声有色，人一多，大家抱团取暖，心底难免就隐隐生出一丝希望，只是崔万的眼前时不时就会出现羿王血肉模糊的样子，他的心底始终被不祥的阴云笼罩着，果然，当他们千辛万苦抵达汤城的时候，看到城楼上飘扬的却是留王的旗帜。

汤城是义军的根基，它的陷落意味着起义彻底失败，不祥的预感成了现实，把这支队伍维系在一起的那根无形的绳索断了，大家面面相觑，茫然无措，天下虽大，他们却无处可去，被奴隶主抓住的下场可想而知，逃进荒山也免不了冻饿而死的结局。

崔万灵光一现，到龙砀山去。

汤城西郊龙砀山，绵延几百里，山高涧深，覆盖着人类从未涉足的原始森林，是天然的藏兵之地。

穿过莽莽林海，翻过龙骨岭，沿着一条无人知晓的小路深入山区，穿过前面的龙潭涧就可以到达义军曾经的驻地了，但是行进至这道天堑中部时，崔万心底再次警兆大作，两边刀削一般的峭壁顶部伏兵四起。

正在绝望之时，崔万忽然听到一个熟悉的声音："是崔总管吗？了不起啊。几日不见，竟然拉起支队伍。"混江拎着大砍刀从一块巨石后面走出来，继续说道，“羿王挺担心你的，念叨两次了，快去参见吧。”

羿王……还活着吗？骨头都碎了，全身血肉模糊，还可能活着吗？崔万如同做梦一般走进义军的老营地，走进羿王的大帐，然后就看见羿王端坐在桌案后面，虽然面容有些苍白，但毫无疑问，羿王还活着，这简直是神迹，不，羿王就是神。他双腿一软，跪倒在地。

“愣着做什么，还不起来侍候。”一个声音训斥道。

崔万这才注意到，大帐里几乎坐满了人，似乎正在召开军事会议，他看见了英武、赤烈和许多熟悉的面孔。

“退入龙砀山的部队大约有5000人，这几天陆续归队的有2000人，预计还会有更多失散的部队找来，哦，听说崔万就带回来600人。”英武瞟了崔万一眼说道，他身上没穿盔甲，多处缠着绷带，脸色比羿还要苍白，不过他的眼睛却炯炯发光。

崔万一边拿起茶壶，给各位将领换上热茶，一边有些卑微地向英武点头致意。

“龙砀山大营只能容纳4000人，现在已经人满为患，必须想办法扩充大营规模，但龙砀山路险山高，虽然便于我们整军，但同时也造成各种供应补给极为困难。”赤烈说道，作为义军的军需官，来到龙砀山之后他已经忙得心力交瘁。

羿王听着将领们的陈述，摇摇头道：“龙砀山大营虽然让我们获得了喘息之机，却并非久留之地，甚至可以说，这是一处死地，一旦留王得知我们隐藏于此，派遣大军围剿，我们会陷入内无粮草外无救兵的绝境。”

“我们曾经在龙砀山数次战胜奴隶主的围剿，敌人无不损失惨重甚至全军覆没，而我们的伤亡却微不足道，龙砀山可是一夫当关，万夫莫开的天堑。”赤烈说道。

“此一时，彼一时，那时我们只是流窜的奴隶，对奴隶主而言，根本毫无威胁，对我们的围剿更像是一次野外游玩狩猎。可是现在，我们已经成了他们的眼中钉、肉中刺，留王绝不会给我们龙砀山再起的机会。”英武同意羿的看法。

“那该怎么办？”赤烈喃喃道，“我军人困马乏，军心萎靡，必须经过长时间休整才能再战。”

“不要妄想休整了，我猜测留王大军数日后必至，英武、赤烈、混江、工布、崔万，你们各带领一部分队伍分头前往摩云岭、鬼见愁、末日沼泽等老营，注意沿途避免战斗，减少休息，不怕减员，以到达目的地为胜利，这一次我们仍然采用遍地开花的战术，由我在龙砀山牵制敌军，你们在各地猛烈发展，以图星火燎原。”

英武望着羿王，似乎意识到什么，低头想了想，抬头道：“还是像汤城一役那般，我留守龙砀山大营，羿王你领军跳出包围圈，到更广阔的地域发展，到时再回援龙砀山，如果实在无法坚持，完成牵制任务之后，我会突围去找你们。”

“不，还是我留下掩护！”

“我留下。”

“我来。”

众将纷纷争道。

羿苦笑一声，表情变得坚定严肃起来道："留王的目标是我，神魔巨人的目标也是我，无论我出现在那里，他们都会死死咬住不放，龙砀山天堑就是我最好的屏障，我会一直坚持下去，你们在外线发展得越好，就是对我越大的支持。好了，这件事就不要争执了，接下来我们做一下龙砀山的战役部署。"

众将面面相觑，相对无言。崔万忽然对羿王躬身道："虽然常年伴在羿王身边，但老奴愚钝，没学会带兵的本事，就是路上聚的这些残兵也好几次差点半路溃散了，况且您的身体伤未痊愈，还是让我留下来照顾您吧。"

"好吧……你留下。"羿看着崔万，这个跟随自己多年的老人已经风烛残年，死亡也不能威胁他了，陪伴在自己身边就是他最大的愿望吧。

天柱山是一座活火山，圆锥状的巨大山体拔地而起，直入天际，它的顶部不断喷吐着乌黑的烟柱，形成厚厚的铅云，常年笼罩在天柱山上空。

被俘虏的奴隶起义军士兵走在从山脚通往山顶的石阶上，他们衣衫褴褛，满身血污，表情呆滞，被绳索一个串一个的捆绑在一起，向山顶行进，一眼望不到头，大概有一万人之多，两边的奴隶主士兵不断拳打脚踢或者用木棍、鞭子，催促着队伍的行进速度。

靠近火山口的地方，滚滚热浪扑面而来，到达这里的被俘奴隶士兵面色茫然，不知道自己为什么会被押到这里来，也不知道将会面临怎样的命运，他们在战场上都看到羿王倒在巨人的铁拳之下，那些视死如归或者殊死反抗的都已经死在乱军之中，活下来的大多对胜利失去了信心，成了行尸走肉般的存在。

接近山顶的地方，出现了一个花岗岩铺就的广场，广场的尽头是两扇雕刻着巨人图案的汉白玉大门，此刻，大门向两边敞开着，奴隶俘虏长长的队伍就一直向门内延伸而去……

温度越来越高，须发卷曲起来，散发出难闻的焦臭味儿，火山灰如黑雨般落下，俘虏们在浓烟中不断咳嗽，他们望着大门后面，神色逐渐惊惶起来，他们似乎意识到什么，纷纷停下脚步，但是士兵们的棍棒劈头盖脸砸下来，驱赶着他们前行，穿过了大门，透过浓烟，他们突然看到几步外就是万丈深渊，深渊的底部缓缓涌动着恐怖的红色火海，他们混乱起来，往后面退去，但是他们都被绳索捆绑在一起，后面不知情的俘虏被驱赶上来，把前面的挤下深渊，而后面的又在重力的拉扯下不由自主地前仆后继地坠落下去，凄厉的惨叫在半空中回荡，又在瞬间后戛然而止。

火山深渊底部的岩浆其实更像是一锅热粥，不断翻腾涌动，咕嘟咕嘟冒着黑烟，奴隶俘虏们不断掉落下来，像是一颗颗小石子，在半空中就已经燃烧起来，然后在坠入岩浆后的一瞬化为尘埃，这里是生命的禁区，是血红色的地狱，坚硬的钢铁、致密的岩石都在它的熬煮之下化为液体，还原为纯粹的本源物质。

突然之间，这片暗红的岩浆海洋中波涛翻卷，神魔巨人那庞大的头颅和山脉般的肩膀露出海面，它舒畅而惬意地在奴隶们落下的地点附近游弋，大口吞噬着含有奴隶尘埃的岩浆，这里是它的乐园，它的游泳池。

与奴隶起义军的决战并没有神魔巨人预料中那般轻松，也并非毫发无伤，奴隶士兵悍不畏死的冲锋在他的身上留下一道道伤痕，每道伤痕都很微小，但是叠加在一起，却让他坚不可摧的身体遭到了严重破坏，更可恶的是，不可或缺的本源物质在这个宇宙中存量微小，而体内的这种本源却无时无刻不在耗散之中，这该死的战争更让耗散的速度加快了许多，它必须尽快补充本源物质来修复身体，否则伤情会不断加重，身体会像无根的树木一样快速腐朽。

幸好，人类的体内也含有这种本源物质，当然含量少得可怜，不过数量大到一定程度时是可以弥补质量的，这也是它允许人类在这颗星球上大量繁衍而不是将其毁灭的原因，它扶植奴隶主来控制人类种群，奴隶主再献祭大量奴隶供它们补充本源的逸散，于是，这两种你死我活的生物竟然形成了一种奇妙的共生状态。

这一次在秋国即将覆灭之际挽狂澜于既倒，让留王感激涕零，恨不得拿亲生儿子来献祭，更别提俘虏的奴隶士兵了，几万人的数量大概可以短期内弥补损失的本源了，人类的繁殖能力是极为旺盛的，不久之后就会补充更多数量的，况且通过这次战争展现一下力量，也会让那些奴隶主更加死心塌地供奉了吧。

它在岩浆里悠闲地游动着，吞噬着岩浆里裹挟的奴隶们化成的尘埃，这些尘埃里含有的极微量的本源物质，在它的胃里被解析出来，缓缓渗入它的身体，让那些微小的伤口缓缓愈合，让强大的力量重新凝聚。

忽然，它心底感应到留王的祈祷声，它纵身从岩浆中跃起，在火山岩壁上蹬了两下，便跃出了火山口，重重落在山顶的广场处。

等候在此的奴隶主们纷纷匍匐在地，一个个战战兢兢，面色惶恐。

“伟大的神明啊。您对这些祭品可还满意吗？”留王小心翼翼地问道。

它瞥了一眼正在走向火山口的奴隶们，那些奴隶虽然表情木然，但是看到自己降临，身体都在微微颤抖，这让它心头产生一丝快感，人类这种该死的生物曾经一度将它逼至绝境，谁想到现在变得这般愚昧和弱小，以至于成了自己的食物。

它低头看着留王，哼了一声，道：“还不够。”

“我已经派出大量军队追捕奴隶溃军,很快就会有更多的祭品送来，而且……”留王连忙道，“我们找到了叛军的大本营，并且已经将那里合围，很快就会展开围剿，您需要的那个叫羿的叛军首领，这一次肯定插翅难飞了。”

“唔，在哪里？我亲自去走一趟。”

它想起那个人类，极为特殊的人类，他体内蕴含的本源物质含量之高，更像是……曾经的人类，那种让它感到威胁甚至恐惧的人类。幸好这个人类似乎失去了很多传承，根本不会运用那些强大的能力，不过这个危险因素必须消除，尽快消除，可不要产生什么变数。

夜色更深。

现在已经是后半夜了，军营里一片寂静，只有巡更的梆子声偶尔响起，连日来疲惫不堪的士兵们都已进入梦乡。

军事会议进行到傍晚才结束，羿在大帐里宴请了诸位将领，宴席并不丰盛，甚至有些简陋，也没有酒水，但是大家并不在意，都是多年生死与共的老兄弟，这顿饭吃的更多是兄弟间的情谊。天亮之后，大家将各自率领兵马分头突围，今生恐再难相见。

众将散去，大帐里显得冷冷清清，羿的表情由从容自信一下子变得痛苦而虚弱，一整天毫无间歇地与将领们商谈和聚餐，对重伤未愈的他无疑是一场严峻的挑战，宴会进行到一般的时候，下半身就失去了知觉，全身冷汗淋漓，他不过是在苦苦强撑而已。

崔万连忙上前，准备搀扶羿王去寝帐休息，羿王却挥了挥手，崔万有些迷惑，难道还要接见什么人吗？

服侍羿王饮了汤药，卸去盔甲，用温水擦拭了身体，换上一身黑色常服，羿王坐在王座上岿然不动，他的面前是会议时使用的沙盘，山川与河流缓缓铺展开去。

崔万就垂手侍立在王座旁边，他注意到羿王的目光并没有落在沙盘上，而是久久注视着大帐对面的角落，那里什么也没有，只有一支牛腿蜡在突突地燃烧，明暗光影微微晃动。

正在疑惑间，崔万看到一条黑影突然在光影中如鬼魅一般凝聚出来，这是见到鬼了吗？他大惊失色，正欲高声呼喊，羿却摆了摆手制止了他。

在崔万惊恐的注视之下，黑影逐渐凝实，化为一位头发花白的垂暮老者。

“我已经等您多时了。”羿说道。

老者一怔，道："知道我要来？"

羿摇头，笑道："只是感觉罢了，如果您不来，大概我们就永远不会见面了。"

老者慢慢走上前，坐在羿左侧的椅子上，说道："你认识我？"

羿再次摇头："我知道您，当我在决斗场上茫然四顾的时候，当我在大帐里秉烛谋划的时候，当我在战场上领军冲杀的时候，我都能感觉到您在旁边注视着我，只是您从不现身，也始终沉默着，以至于我一度认为是自己的错觉，请问，为什么呢？"

老者缓缓道："不止这些，极北冰原，你的箭射入夜影刺虎咽喉的时候，我在；部落，你在残垣断壁间绝望咆哮的时候，我在；你忘我的奔跑，不觉间跨越了洪荒与神州两个世界的时候，我也在。"

听着老者的话，羿的呼吸逐渐急促起来，两眼放射出异样的光彩："您……您是我洪荒部落的同族？"

"是，也不是。"老者想了想说，"因为某种无法解释的原因，我几乎可以观察到部落的每一个人，但是你们却无法察觉我的存在，就好像我们生活在同一片天空下互相叠加的两个时空之中，或者说我们之间隔着一层单面透明的玻璃，恐怕我的答复不能让你满意。不过这不重要，重要的是，我终于来了，你可以称呼我为姬武。"

"姬先生。"羿苦笑道，"您来的可不是时候，如今形势岌岌可危，我尚且自身难保，恐怕难以护您周全。"

"夜影刺虎决死前的反击，决斗场上野兽的围攻，汤城战役的反复攻杀，与神魔巨人的悬殊交锋，又有哪一次不是危在旦夕呢？这一次，我相信既不是第一次，也绝不会是第二次。”姬武露出自信的笑容。

“您知道……那是什么东西吗？”羿忽然问道。

“还记得极北冰原上那些冰封的雕像吗？”姬武反问道，“没错，就是它们，天地间的变化让它们摆脱了束缚，活了过来。”

“它们……真的是神吗？”

“如果这世间真的有神的话……也应该是我们人类。”姬武说道，“它们则是黑暗深渊里来的恶魔，它们存在的唯一目的就是毁灭，让这片天地间化作荒芜，而且……它们一度接近成功。”

“难道就没办法了吗？”

姬武的到来让羿在乌云中看到了一线曙光，现在又暗淡下去。

姬武没有直接回答，而是继续说道：“它们的强大是毋庸置疑的，它们的寿命几乎是无穷的，而且很难被杀死，我们与它们战斗了无数年，差不多每一段人类文明都是一部与其艰苦斗争的战争史。好消息是，绝大多数的时候，我们都赢了，坏消息是，赢得胜利的方法已经湮灭在时光之中，我们并没有继承下来，不过我相信……我们一定能找到办法。”

羿回想着与神魔巨人战斗的情景，苦苦思索了很长时间，最终无奈地摇摇头，说：“那办法，恐怕要付出大量的牺牲才有找到的可能。”

姬武从衣兜里拿出一张纸条，说道：“我这里有个办法，可以试一试。”

七日后，龙潭涧。

留王的军队在三日前完成了对龙砀山的包围，继而从四面八方展开攻击，奴隶起义军大部已在此前分头突围，坚守大营的不足 2000 人，因此留王军的攻击在前期进展顺利，没有遭到有力的抵抗，但是随着不断向龙砀山深入，他们进入了人类几乎从未涉足的区域，这里到处是浓密的原始森林，常年笼罩在雾瘴中的沼泽以及犬牙交错、悬崖峭壁迭起的奇峰怪石，非战斗减员开始大量增加，并且因为山势的阻挡，呈包围态势的部队分裂为数股，最终会聚在龙潭涧前。

龙潭涧地势险要，两道高耸入云的峭壁夹着一道峡谷，两端入口狭小，中间部位是一个近乎圆形的深潭，这是坚守龙砀山的最后一道天堑，此后经过一道平缓的山坡就是起义军大营。

留王军本就对龙砀山地形了解甚少，对龙潭涧更是一无所知，加之连日来攻击顺利，未遇抵抗，第一支到达的队伍没有等待后续部队，径直冲入龙潭涧，然后就像被某个不知名怪兽一口吞下一般，诡异地消失了。第二支部队亦不知情，同样步了后尘，不过这次两千人的部队里终于逃回来一个，将覆灭的消息告诉了后面抵达的部队。

王城决战的胜利让留王的军队一扫之前的悲观和绝望，收复汤城更让他们产生了奴隶起义军大势已去的错觉，听过逃回士兵的汇报之后，领军的将领并没有派出侦察的斥候，而是等后续部队集结到万人规模的时候再次发动了攻击。

部队以密集队形进入龙潭涧峡谷，前方并没有敌军阻挡，但是头顶两侧的峭壁上不断有落石坠下，造成了一定伤亡，领军将领于是命令加快进军速度，以图快速穿越峡谷，谁知道峡谷幽长曲折，好似没有尽头一般，头上落石虽然稀疏却一直没有停止，待到将领发现情况不对，传令撤军的时候，部队已经进入了四分之一，前后军相互冲撞，哪里还撤得下去，无奈之下，将领只得催动部队继续攻击，当部队冲击到峡谷中部的深潭时，部队的伤亡已经超过 3000 人。

领军将领怒火中烧，相当郁闷，原想着一鼓作气荡平敌寨，擒拿匪首，头功即将到手，谁知道一路来损兵折将，要命的是到现在竟然连一个敌人还没见到，现在即使能够撤退也不能撤了，损失这么多兵将，如果不能取得大胜，恐怕不仅是乌纱帽，就连项上这颗脑袋也不知道能不能保住了。

好在深潭周围地势豁然开朗，峭壁上的落石已不能造成威胁，而且，在深潭对面的峡谷里，他隐隐看到了奴隶军队的战幡，曾经的留王军远远见到这杆战幡就会望风而逃，现在却代表着可能跻身奴隶主行列的天大功劳，留王将领一边命令后续抵达的部队在深潭周围的空地上整军集结，一边带领身边的 500 名铁甲骑兵，朝着对面峡谷冲去。

羿王的战幡并没有设在谷口，而是向后退了 40 米，从谷口到战幡树立的地方形成了一个三角形，留王的骑兵从谷口蜂拥而入，但是在接近战幡的时候只能够并排容纳五骑。

羿王一身重甲，右手持刀左手携盾，站立在战阵的第一排，多年戎马生涯让他隐隐散发着王者的威严与彻骨的杀气，仿佛战神重生。

留王铁骑呼啸而至，近了，更近了，他们举起闪着寒光的马刀，但是在刀光落下之前，从羿王的身后伸出了十几支长达三米的长矛，留王铁骑连人带马被瞬间洞穿，当留王骑兵滚落在羿王脚前的时候已经成了尸体。

片刻工夫，后面督阵的将领再次看到了飘扬的羿王战幡，而他的500铁骑都已经陈尸在这短短的30米距离内，堆成了一座小山。

将领的心思由胜券在握化为惊恐万状，调转马头向深潭附近逃去。没关系，还没有失败，深潭边上已经有5000名士兵集结完毕，数量上占有压倒性优势，奴隶军队一定在刚才的冲杀中损失惨重，也许，只需要再来一次冲锋就会大获全胜。

刚刚排列整齐的部队突然之间炸了营，几十条史前巨鳄从深潭里爬了出来，张开血盆大口冲入队列之中，它们身上的鳞片如钢铁般坚硬，刀砍枪扎根本毫无影响，而那长满利齿的大嘴轻轻一咬，就会有一个全身盔甲的士兵断为两截。人类心底对史前巨兽始终怀着极度的恐惧心理，士兵们顿时四散奔逃，几个试图约束队伍的将官也被逃散的士兵撞倒、践踏……看着眼前的混乱景象，领军将领意识到，完了，中了敌人的圈套，全军覆灭恐怕已无法挽回。

就在这时，一声咆哮如雷鸣般响彻山谷，两边的峭壁上落下无数石块，在这些石块之中还夹杂着几十名奴隶士兵的尸体，峡谷上方的一线蓝天突然黑暗下来，一个巨大的身影从峭壁上跃下，落在深潭之中，激起冲天的水花，接着神魔巨人那庞大的身体出现在深潭之中，幽深的潭水也只到其大腿部位，只见他抡起双臂一阵横扫，潭边的史前巨鳄和留王士兵无差别地飞向半空，在两边的峭壁上留下一摊摊血迹，峡谷里一下子陷入死寂。神魔巨人扭过头望着远处峡谷里立于战幡之下的羿王，眼神里充满戏谑。

消灭留王骑兵之后，战幡仍矗立在原地未动，奴隶起义军的战阵也保持着战斗队形，丝毫没有松懈，仿佛在等待什么。

羿同样望着神魔巨人，目光如一面平静的湖水，没有出乎意料，没有惊慌失措，没有一丝微澜。

看着这目光，神魔巨人反而疑惑起来，与人类无数年的战争中，他多次看到过这样的目光，每一次看到之后就会面临各不相同的阴谋、陷阱、出乎意料的打击，甚至灭顶之灾。

果不其然，两侧的峭壁上突然升腾起一片片的火海，无形的冲击波夹杂着海量的石块劈头盖脸倾泻下来，震耳欲聋的爆炸声此起彼伏，如同一连串的惊雷滚滚而过，然后，仿佛幻觉一般，两侧高耸入云的悬崖伴随着弥漫的尘埃坍塌下来。

过了很长一段时间，尘埃散去之后，龙潭涧的地形已经彻底改变了，除了两头的峡谷基本保持原貌，在它的中部开阔地带，深潭消失了，大片的空地消失了，两边陡峭的悬崖也消失了，取而代之的是一个刚刚形成的巨大山丘或者说坟茔，神魔巨人几乎没有来得及做出什么躲避动作，就被铺天盖地的山体埋葬了。

羿缓缓走到山丘前，这么简单就结束了吗？姬武的纸条上记述的并不复杂，只是几种常见的物品，没想到按照一定比例混合在一起之后竟然制造出毁天灭地的可怕武器。

然而事情还没有完，就在羿的心神刚刚放松下来的一刻，眼前的山丘一阵晃动，继而如同火山爆发一般崩裂开来，一只巨手从山丘内部伸出，一把将羿抓在手中。

第十五章
沧海

关键词：
地底洞窟　苏醒　无人见证
诞生与未来　沧海

姬武久久站立在黑暗之中。

他确定自己已经离开了地球，跨越无尽岁月来到了云星，身处于云中站失事的洞窟之中，但是他的心情却忐忑而惶恐，眼前的黑暗遮盖了一切，他不知道云中站是否已腐朽为骨架，不知道娲是否还活着。

他真实地来到了云星，而不是出于虚无缥缈的隐形状态，更不是只能出现在娲的梦境里，但同时他也失去了如天神般俯瞰万物，勘破虚妄的能力，他现在只是一个普通的人类。

当他义无反顾坐上行者联盟那台超现实的机器时，眼前全是娲绝望而不舍的表情，他的心里只想着赶快见到娲，有什么困难与绝境都去共同面对，即便前面是万丈深渊，也要与她相拥着一同跳下去。

现在，他来了，心里却陷入极度害怕之中，自己来晚了吗？还能见到娲吗？即便见到了，又能够怎么样，自己有能力挽救她吗？

过了好一阵，姬武的心情才渐渐平复下来，命运这个东西是无法选择的，所以只要去面对就好了。如果娲还活着，就共同闯出一片天地来，如果她不在了，就为她立一座坟。

姬武从口袋里拿出一只手指大的手电筒，这是他携带的少数几件小工具之一，微弱的光线并没有照亮周围的黑暗，只是在黑暗中勾勒出一些轮廓。

他发现自己仿佛处于一个巨大套娃的夹心部位，外层是黑黝黝的洞窟，能够辨认的地方大约有百余米高，空旷、宽广，犹如一个死亡的地心世界，绝大部分细节都隐藏在黑暗中，只有大致的轮廓一直延伸进黑暗的虚无之中，透着幽暗、深远的气息。内层则是近在眼前的云中站，姬武第一次感到它是如此的庞大，几乎紧贴着洞窟的四壁，从轮廓上看，它还是当初的样子，如同一只钢铁巨兽蛰伏于黑暗之中。

姬武挪动了脚步，脚下并不平整，许多大小不一的碎石堆积在地面，他跌跌撞撞的靠近了云中站。

他伸出手，轻轻抚摸着云中站的外壳，这片外壳是平整的，证明岁月还没有留下太多的痕迹，也意味着可能还来得及，姬武的心里轻松了一些，但同时也感觉手上沾染了一层滑腻腻的东西，在电筒的照射下也看不出是什么，洞窟里并不是干燥的，四处都能够听到滴滴答答的滴水声，他猜测手上的东西是潮湿的积尘或者锈迹，如果是第二种可能，情况就不太妙了。

继续向前走，回忆着脑海中云中站的结构，姬武找到了一处应急出口，输入开启密码，意料之中的没有任何反应，好在应急出口是有手动装置的，双手同时拉动钳状解锁环，舱门发出刺耳的金属摩擦声，然后缓缓开启了。并没有气体泄漏的嘶嘶声，可见云中站一定破损严重，早就失去了密封。这时，姬武才忽然想起来，云星的大气环境对人类来说是无法呼吸的，可是来到这里之后，自己并没有窒息的感觉，可见洞窟内的空气成分与地球无异，这是为什么呢，他没有答案，也顾不得细想这些事情，他迈步走了进去。

现在的云中站与记忆中的样子已经没有丝毫相似之处，姬武更像是走进了一座错综复杂的天然迷宫，又或是一座充满着死亡、破败、阴冷气息的坟墓。

走过一段通道，再次手动开启了一道舱门，这一次不太顺利，连续两次，门竟然无法打开，第三次他几乎用尽了力气，舱门竟然向后倒了下去，“哐”的一声在静谧中响起，接着门后面的黑暗中连续响起物体掉落的声音，乒乓之声响了好几下，滚滚的尘埃涌动而出。

电筒向里面照射，这里是云中站的指令舱，依稀还能看出曾经的样子，但是激起的浓密尘埃是无数岁月积累而成，一声震动都可以让曾经安装牢固的设备坠落，说明这里已经锈蚀不堪。

在能源分配盘旁边，姬武找到了应急电源刀闸，合拢之后，几道火星闪过，隐隐地似乎从云中站的其他部位传来几声异响，然后一切都沉寂下来，没有亮起的灯光，也没有设备启动的声音，在这个深埋地下的洞窟之中，没有电力或者其他能源就意味着没有了一切希望。他记得云中站失事之前虽然损失了动力舱，但是应急能源仍在运转，那是一个小型聚变反应器，如果状态良好的话，应该可以运转几千年，难道……它已经熄灭了吗?

姬武不断重复着，黑暗中传来刀闸一次次咬合的咔嗒声，但始终什么反应也没有。

他终于放弃了，呆呆地站在指令舱里，一颗心似乎沉入无底的深渊，没有能源，也就意味着娲永远都不会醒来了，血肉之躯的她说不定早已化为尘埃，消散在这个世界里。

他离开了指令舱，向云中站后部走去，一路上脚步踉跄而沉重，无论如何，他要去看看她。

穿过会议室，经过信息中心、任务准备舱、生活舱，前面就是冬眠舱的舱门，远远看过去，舱门的密封完好，上面的观察窗落满了灰蒙蒙的尘埃，就在他手动开启舱门的时候，突然感到一丝异样，耳边传来轻微的嗡嗡声，像是有只蚊子飞过，接着一个红色的光点从侧后方投射过来，落在姬武的太阳穴上，一个冰冷的声音响起："别动，举起手来。"

姬武缓缓举起双手，扭头想去看声音的来源。

"别动！"那声音提高了几个分贝，显得越发凄厉和冰冷，"报上你的身份和目的，如果有一个字谎言，我就会开枪。"

姬武犹豫了一下，道："我是姬武，我来找你。"

"姬武，找我？"那声音有些困惑，但接着就厉声道："你是火星人！"

"我不是火星人，芸娘，别开枪，我来救娲。"姬武一口气说道。

身后一时没了声音，姬武慢慢转过身，借助手电筒微弱的光线，看到一个破损严重的机器人站在舱壁上一道开启的人形凹槽内，手中的枪平举着，激光瞄准的光斑落在姬武的胸前。

"我不是退化的野蛮人，相信我，芸娘，你一定想知道娲的来历吧，我们来自同一个地方。"

"你……怎么知道我的名字？"

"我还知道你是云中站的守护者、娲的老师，以及抚养她长大的另一个母亲，在娲十五岁的那年，你们遭到了火星人的袭击，被迫潜入深海甚至地层深处，结果云中站受损严重，你们被困在这洞窟之中，哦……不知你能否理解，那些年我一直通过某些方法关注着你们，你可以认为是某种超现实科技或者我们这些人类特有的能力。”姬武道。

“你怎么现在才来？”沉默了一阵，芸娘放下了枪，问道。

“要知道，到这里来是一件非常困难的事。”姬武苦笑，接着问道，“哦，你相信我了？”

“不相信，但是通过对你的扫描评估，我可以在五秒之内制服你，你几乎对我没有威胁。”芸娘道。

“娲……她还好吗？”姬武紧张地问道。

“冬眠系统始终维持在最低功率，有过两次故障都被及时排除了，但是……”芸娘与姬武擦身而过，伸手打开了舱门走了进去，“现在已经远远超过了冬眠系统的设计寿命，所以，无法确认娲处于什么状态。”

“从云中站失事到现在，过去了多长时间？”姬武跟上芸娘，问道。

“18752 年 7 个月零 2 天。”

“……”姬武。

芸娘头灯射出的光芒比姬武手里那支袖珍手电明亮得多，冬眠舱内同样一团漆黑，一座座茧状的透明荚舱排列两旁，在朦胧的黑雾中逐次显露出阴冷的轮廓，看上去反倒像是医院的太平间。

在中间部位一座普通的荚舱前，芸娘停了下来，姬武知道，这就是娲沉睡的地方了。荚舱虽然是透明的，但是上面落着厚厚的灰尘，根本看不清内部的情况，姬武用力擦拭着玻璃，但仍然什么也看不到。

由于无线网络早已崩溃，芸娘伸出拇指，插入荚舱下面的数据接口，荚舱一下子亮了起来，娲的面孔就那样突然出现在姬武眼前，远山般诗意的眉梢，观音般微阖的双目，婴儿般细腻灵巧的鼻翼，火焰般灵动的红唇。娲看上去就像是沉睡中的天使，姬武的眼睛忽然间就红了，两滴泪水无声地落在荚舱的玻璃上，自从古旧油灯熄灭之后，再也梦不到童话般的洪荒世界，再也无法见到娲的身影，他承受着无法形容的压力与痛苦，他真的快疯了，他愿意用自己的生命来换取再看娲一眼，现在，他做到了。

芸娘在旁边默默看着姬武，手中的枪关闭了保险。

“大概多久可以醒来，很快吗？”姬武的声音有些颤抖。

“……苏醒过程不超过五分钟，如果她能够醒来的话。”芸娘沉默了一下说道，“我还没有发送复苏指令，实际上我无法计算出成功概率，如果五分钟不能……”

“等一下。”姬武像是想起什么，突然打断芸娘，“我先去下卫生间。”

说罢，姬武扭头跑向冬眠舱附属的卫生间。在卫生间里，姬武拼命擦着一面化妆镜，值得庆幸的是经过漫长岁月，化妆镜竟然没有失去基本功能，借助着电筒的光线，姬武仔细端详着自己，那是一张二十岁青年的脸。

姬武回来的时候，脸上明显带着喜色，他看了看芸娘，说道：“我们开始吧，让娲醒来……哦，刚才您说什么来着？好啦，等娲醒来再说吧，我们开始吧。”

“我刚才说，我的系统无法确认娲是否还能醒来。”芸娘奇怪地看着姬武，坚持把自己的话又说了一遍。

“放心吧，她会醒来的，要相信奇迹。”姬武挥了下手说道。

冬眠荚舱的亮度陡然增加了一万流明，绽放出五颜六色的耀眼光芒，而后迅速减弱，凝聚在荚舱之中，看上去像是一块晶莹剔透的钻石，接着光芒像是海浪一样，在荚舱里不断涌动。过了有一分钟时间，乳白色的光晕笼罩之下，荚舱稳定下来，似乎有透明的液体无声回落到荚舱底座中，娲的身体清晰地呈现在姬武面前。

姬武目不转睛地望着她，经过一万多年的沉睡，娲还是产生了一些细微的变化，看上去比实际年龄大了四五岁，到了和姬武一样的年龄。

一分半钟过去了，娲像是一座雕塑，没有任何变化，周围的气氛渐渐紧张起来，两分钟，姬武忽然注意到娲的胸膛有了微弱的起伏。检测到心脏起搏，芸娘的声音里一下子轻松了许多，继而，娲的睫毛好像微微抖动了一下，姬武正在仔细观瞧，娲的眼睛睁开了，静静地与姬武对视。

姬武的心神一下子被吸走了，那是一个多么神奇的世界，他仿佛看到了波澜壮阔、鱼群洄游的海洋，看到了万物复苏、生命绽放的大地，看到了星光灿烂、神秘深邃的宇宙，他感受到了细碎春雨后的迷蒙，风儿拂过湖面的涟漪和生命重生之际的呢喃。

娲的目光由涣散凝聚为迷茫，然后似乎想起了什么，又变为惊惶，接着她认出了姬武，目光出现了刹那的恍惚，但马上就流露出惊喜，只是那惊喜之中还带着些许的忐忑。

“姬武哥哥。”娲轻声说道。

“是我。”姬武连忙回答。

娲无力地抬起手，姬武一把将其握在手中，娲的皮肤苍白得几乎没有血色，手也是冰冷的，像是融化中的冰，姬武紧紧捂着娲的手，然后他俯下身把娲轻轻抱在怀里，两个人的体温渐渐接近。

“我们这是在梦里吗？”娲虚弱地问道。

“不，这不是梦，我们就在云中站里，我来找你了。”姬武道。

娲似乎没有明白姬武的话，刚刚从万年的沉睡中复苏，她的身体虚弱到极点，她的眼睛像是蒙了一层薄雾，神志处于时而清醒时而模糊的状态。

“好困啊，我想再睡一会儿。”娲说道。

“我去收拾房间。”芸娘回答着，扭头朝前面的休息舱跑去。

姬武小心翼翼地抱起娲，慢慢向休息室走去，他的目光始终没有离开娲的脸庞。娲像是一只乖巧的猫咪，顺从地蜷缩在姬武的怀中。

走到休息室的时候，芸娘已经收拾出一个小小的单人隔间，云中站在岁月的侵蚀之下早已徒剩其表、腐朽不堪，而这个小隔间里竟然还保持着基本功能，大概这里就是芸娘专门为娲准备的，每隔一些年头就会维护一番。

姬武轻轻地把娲放在床上，正欲离去的时候，娲却拉住了他的手：“别走，陪着我。”姬武扭头看了看芸娘，又看了看狭窄的单人床，这个时候，娲的身体往一边侧了侧，姬武没有再犹豫，贴着娲躺了下去。隔间里其实只有一张单人床，仅容一个人休息，现在两个人几乎是头朝一侧紧紧搂抱在一起，一点缝隙也没有。

芸娘默默地停留了几秒，关闭了舱门，转身离去。

隔间里一团黑暗，但是并不冰冷，反而隐隐流溢着安详和温情，娲很快就睡熟了，呼吸悠长而稳定，体温也逐渐恢复正常。姬武的一只手搂着娲的腰，随着她的呼吸微微起伏，几缕发梢落在他的脸上，有些微痒的感觉，这是姬武一生中从未有过的经历，虽然与娲在梦境中度过了十年，但是现在他才感觉到真实，真实的与娲在一起，他脑海里不断闪现着曾经的那些画面，纷乱繁杂，不知道在胡思乱想什么，只觉得心里全是甜滋滋的味道。

寂静之中，娲忽然如呓语般慢慢说道："我记得我们困在地层里面了，通道坍塌了，动力舱也失去了，我们陷入绝境之中，芸娘给我看了一些人类的纪录片，然后让我开始冬眠，但是从她的话语中，我能感觉到，云中站和我们……一点儿希望都没有了，都要葬身在地底了，我永远都不会再醒来，也永远失去你了……姬武，记得你曾经说过，只能在我的梦境里出现，可是，现在是怎么回事，这里应该是云中站啊，你怎么会出现在我身边？"

"当时的危急情况我看到了……我也以为见不到你了。"姬武的嘴唇就在娲的耳边，他的声音有些颤抖，搂在娲腰间的手不禁更用力了一些。

"所以你来找我了。"似乎是感受到姬武的情绪，娲的声音多了一丝柔情。

"我一定要来的，只是……晚了一些，好在，还是见到了你。"

"……我睡了多久？"

"……很久，芸娘告诉我，已经过去了一万八千年。"

"……这么久了啊！你来到云星一定经历了很多困难吧？"

"这不重要，重要的是见到了你。"

……

沉默了一阵，娲又说道："我想去洪荒看一看，我想念那里的蓝天、绿野和部落了。"

"我不能进入你的梦境里，也不能虚拟出洪荒世界了，我已经失去这个能力了，抱歉。"

"这么说，你是为了救我才来到云星？"

"我的确是为了你才来到这个地底洞窟，可是，我恐怕没有办法救你出去，我……只是一个普通人，其实……在我的预料中，见到活生生的你，大概不足万分之一的概率，更多的，我是想来到这里，与你死在一起。"

娲没有再说话，两个人陷入沉默之中，不知道各自在想什么。忽然，娲困难地将身体翻转过来，两个人脸对脸对视着，周围是绝对的黑暗，即使这么近的距离，也无法看到对方，但是这并不妨碍两个人无形之中的交流，体温、心跳、呼吸、情绪……

娲的嘴唇碰到了姬武的嘴唇，然后她用力吻了下去，姬武的身体顿时陷入僵硬状态，但是下一刻，他开始同样热烈地回应，抱着娲的手也越发用力，似乎要把娲的身体完全融入自己的身体之中。

会议室的角落里亮起一条照明灯带，光线昏黄且忽明忽暗，电力供应明显不足，这已经是芸娘忙碌两个小时的成果了。隐在黑暗之中，云中站还保持着原有的轮廓，一旦暴露在光照之下，雪白的墙壁，泛着金属光泽的地板，或柔和或绚烂的照明系统，极具艺术气息的办公家具，智能化的信息系统……这些统统都不见了，或者变得丑陋不堪，根本看不出是什么东西，或者只留下一些斑驳的痕迹，又或者干脆化为厚厚的尘埃，无论从哪个角度看，一万八千年后的云中站都像是烧透了的火灾现场。

借着暗淡的灯光，姬武、娲和芸娘围坐在一个碳纤维的小圆桌前面面相觑。

姬武首先说道："首先要解决的是生存问题，我们身处地层之下，无法利用外部资源，只能利用云中站自身物资。"

芸娘说道："能够运转的聚变反应炉还有两座，包括我身上这具，它们远远超出了设计寿命，零配件也几乎没有。生命维持系统已无法修复，好在洞窟是完全密封的，云中站停止运转之前已经释放了充足的大气，够你们两个人用很久。仿生农场也完了，不过我在土壤里竟然检测到活的菌落，也许还有修复的可能吧……总之，这里的环境极为恶劣和脆弱，也许一个小问题就会要了你们两个的命。"

"对于云中站，我几乎像自己家里一样熟悉，可是有一个地方却从未去过。"娲说道，"芸娘你曾经告诉我，时光凝固舱内封存着用于重新启动人类文明的物资和设备，我觉得现在就是启封的时候了。"

"这里？"芸娘诧异道，"不，这里还不如云星的地表呢，完全是一片死地，根本没有一点儿希望，连第一代人类都无法孕育。"

“我们只需要开启一小部分物资，解决生存问题就可以。”姬武说道。

“时光凝固舱具有特殊的密封结构，一旦启封，密封结构就将遭到不可逆的破坏，时光凝固特性将成几何级数下降。”芸娘回答。

“如果我们两个人死了，就等于宣告人类文明灭亡了，时光凝固舱的存在还有什么意义呢？”姬武道。

“还有我呀！我还可以生存很多年，当云星适合人类生存的时候，我会释放时光凝固舱，孕育新一代人类，我会教他们说话、写字和所有人类的知识，我会看着他们繁衍生息……”芸娘有些喋喋不休地说道，当她发现娲和姬武都在默默看着她的时候，她似乎意识到什么，叹息道，“好吧，这确实没有什么意义，我只是人类制造的人工智能，并不是人类的神，况且，我已经有了一个女儿，如果连她都没法照顾好，又怎么能养育更多的人类儿女呢，最重要的……即便万物毁灭，我也不会允许她出现一点儿意外。”

她把目光投向娲，目光中依稀闪烁着人类才有的母性的爱怜。

新的生活开始了。

时光凝固舱是云中站最为重要的舱室，它采用类似琥珀一样的凝固封存技术，拥有独立的能源维持系统，处于层层保护之中，在时光的流逝之下，可以维持十万年之久，因此它几乎完好无损地保存下来。诚如芸娘所说，它的密封结构一旦打破，如果不能在一百年之内重启人类，其中的活性物质就会化为尘埃。

他们获得了一套水净化与处理设备，一台氢氧发电机，以及一些作物种子和基本工具。

洞窟里是不缺乏水资源的，很多岩石缝隙都在渗水，甚至在洞窟后部积蓄成一个水潭，也许再过多少年之后，这里会被水灌满。

水可以分解为氢和氧，氧气能够补充洞窟空气的损失，氢氧燃烧之后可以产生电力，燃烧的产物还是水，净化之后可以饮用或者灌溉，一个简单的循环系统就这样建立了。

洞窟里几乎是暗无天日的，太阳永远不会升起，即使有一些照明设备也只是把黑暗减弱几分。洞窟内的生活也是艰苦而单调的，没有音乐，没有书籍，没有任何娱乐设施，但是，姬武与娲却是快乐的，他们出入总是手拉着手，一起从时光凝固舱里挑拣设备，一起搭建居住营地，一起维修温室农场……他们的笑声时而响起，把快乐洒遍寂静的洞窟，仿佛过去的每一天、每一分、每一秒都是他们生命中最美好的日子。芸娘则形单影只，总是在单独活动，看向他们的目光暗含着孤独、无奈和嫉妒，酷似一位正在失去女儿的母亲。

三十天之后，一座能够自我循环运转的地下基地初具雏形，他们在云中站前部空地上仿照部落的样子建造了一座圆屋，尽管都是云中站里拆卸下来的可用材料，简单甚至丑陋，在两个人眼中却是一个温馨的家了。温室农场有一小部分也恢复运转，有充足的电力光照和水源滴灌，他们已经收获了第一批蔬菜和土豆，终于不再为食品担心。水处理系统和发电机被安装在水潭附近，与圆屋隔着庞大的云中站，洞窟虽大，其实被云中站塞得满满当当，只有首尾两端才有较大的空地，于是在云中站的侧面还安装了几十盏路灯，不仅为了照明，当路灯亮起的时候，洞窟里顿时显得生机盎然。

时间一天天过去，这一天，娲拉着芸娘说道："还记得当年我昏倒在云星的迷雾里，是你把我抱回了云中站，并且一天天照顾我长大，我从来没有说过感谢的话，因为我知道不需要，你是在把我当女儿一样抚养，其实我同样没有认为你是人工智能，到后来……我已经把你当成了妈妈。"

"是啊！虽然我不知道'怀念'这个词是什么感觉，但是我的数据库里保存着曾经的全部数据，一点儿也没有删除。"芸娘回答道，"可是你现在与我相处的时间越来越少了，反而整天和那个男孩黏在一起，是我做错了什么吗？我并不是真正的人类，虽然我渴望并且努力模仿着，但是从你的态度来看，我似乎失败了。"

娲的脸上泛起一抹娇羞，摇晃着芸娘的胳膊说道："不是这样啦，你仔细检索一下数据库，人类女孩儿长大之后都要离开父母去寻找自己的另一半嘛。"

芸娘怔了一下，惊愕道："是姬武？你们才认识几天，这也太草率了吧！真是女儿大了不由娘。"

娲认真道："如果我说，来到云星之前，我们就认识了，即便在云中站度过的这些年，我们也用某种无法形容的方法保持着紧密联系，你相信吗？"看着芸娘无动于衷，娲抱着芸娘的胳膊，急切道："哎呀，你好好想一想，他跨越了无尽星空来到地底深处寻找沉睡中的我，是不是比数据库里某些童话故事还要浪漫，到哪里还能找到这么好的女婿啊？”

圆屋虽然简陋，但收拾得很是整洁，几条彩色灯带挂在屋顶，五颜六色的灯光让屋里透着神秘、朦胧的童话气息，姬武和娲穿着洗干净的衣服，手拉着手站在一起，脸上洋溢着喜悦。芸娘站在对面，拿着一块打磨平整，刻着字迹的石板，她的人造皮肤原本可以模拟人类表情甚至变换容貌，但是早被岁月侵蚀掉了，露出本来的机器构造，不过两个人都习惯地把她当作女性，现在她却发出了浑厚的男性声音：

“男方，姓名姬武，年龄二十五岁，籍贯地球（注：此地球非彼地球）；女方，姓名娲，年龄二十岁，籍贯洪荒部落。经确认，二人系正统人类后裔，经自由恋爱，双方均认为对方为自己的终生所爱，自愿走进婚姻殿堂，组建家庭，洪荒部落与云中站联合民政办公室特发此证以为见证。希望你二人今后相亲相爱、互相帮助、不离不弃，并且早生贵子，为人类文明的繁衍生息做出贡献。”把石板郑重交到二人手中，芸娘继续说道，“第二项，拜见先祖和双亲。”而后转身端坐在一把椅子上。

姬武和娲并肩恭敬地朝着门外的云中站三鞠躬，然后对芸娘三鞠躬。

“第三项，介绍恋爱经过。”芸娘站起身，好像是他们的同事一样，发出年轻女性的声音。

两个人有些害羞的样子，支吾半天也没说出什么，姬武不好意思地摆摆手道：“鉴于没什么观众，这项还是取消吧。”

“第四项，闹洞房。”芸娘说道。

姬武诧异：“还有这个环节？”

娲回答："部落里的传统。"

芸娘拿出一个刚从温室农场采摘的西红柿，用红绳悬在半空，姬武和娲拥抱着，踮起脚尖，一起去咬西红柿，西红柿不断摇晃，两个人必须配合默契才能成功，尝试了好几次，他们终于用嘴唇夹住了西红柿，姬武正待咬下去，芸娘提了下红绳，西红柿又滑了开去，两个人噘起的嘴唇亲在一起。

幸福的日子总是过得飞快，转瞬间一年过去了。

担心的事情还是发生了，娲病了，连续几天不吃不喝，身形明显的消瘦下去，小脸儿蜡黄，一双大眼睛楚楚可怜地望着姬武："别离开我，就陪在我身边，我是不是病了，很严重吗？"姬武心头沉重，这里没有任何药物，西药、中药或者草药一概没有，一旦生病，只能依靠自身免疫力，假如控制不住，即使平时的小病也会后果严重："我就在这儿，永远不会离开你，放心，会好起来的。"虽然这样安慰娲，姬武的脸上却无比严峻。娲似乎察觉到情况不妙："好难受啊！我是不是要死了，其实……能和你幸福地走过一年时间，我已经很知足了。"

芸娘把眼睛瞪得像一对探照灯，不耐烦道："你们俩叽叽歪歪在这里公然调情，有没有考虑我的感受。"她收回给娲把脉的手，接着道，"没病，你只是……怀孕了。"

这真是一个惊天动地的大消息，把两个人震撼得一整天都处于魂不守舍的眩晕之中。一对初涉人生的少男少女，只知道书本里讲述的生理卫生知识，没有任何经验，也没有长辈的指导和帮助，两个人相对茫然，生活在他们毫无准备的情况下，即将巨变。

休息的时候，娲小猫儿一样伏在姬武怀里，说：“……我知道应该高兴才对，可是……为什么，我却感到害怕。”

“你是世界上最坚强的女性，我亲眼看到的，你只是没有心理准备罢了。别怕，有什么困难，我们一起克服。”姬武安慰道。

“十月怀胎，一朝分娩，这都是女人的事，哪有男人什么事啊！怎么一起克服，都怪你，总欺负我。”娲捶了姬武肩头一拳，埋怨道。

“好吧，我错了，接下来就让我做牛做马，用一生来偿还吧。”姬武道。

“……”

“怎么，又不舒服吗？”姬武问。

“我想念洪荒了，万里蓝天，白云缥缈，我们的孩子在绿色的原野上自由地奔跑，他会是最强大的武士，可以猎杀最凶残的异兽；她是最有智慧的女孩，让部落人丁兴旺，日益强盛……我们俩就坐在小河边，看着河水哗啦啦流淌，看着孩子们一天天长大……”说着说着，娲的眼睛里渐渐绽放出母性的光辉。

“……”姬武。

又过了几天，娲好了，而且像变了一个人，吃起饭来狼吞虎咽，比姬武饭量都大了，性格也似乎成熟了许多，不再像个小尾巴一样总缀在姬武身边，很多时候，她就坐在一个地方发呆，不知道心里在想什么，脸上一会儿露出喜悦的表情，一会儿又眉头紧锁，轻声叹息。

姬武也变得沉默起来，除了每天照料温室农场，操作水处理器和发电机等设备，他开始忙碌其他事情，要么在芸娘的数据库不断检索，要么埋头计算着什么。

芸娘不动声色地观察着两个人，她终于发现人类这种两性生命的奇妙之处，从他们诞生、长大，直至结合，男性与女性的区别几乎只在于生殖系统，其他方面具有高度的同一性，直到一个孩子的出现，即便还未出生，男性与女性便开始逐渐产生巨大差异。娲不断找芸娘询问，内容几乎全部围绕腹中的孩子；姬武在芸娘的数据库中检索的却是关于云星的各种相关资料，这种行为模式上的差异让他们看起来更像是两种完全不同的生物。

“现在召开云星人类的第二次全体会议。”姬武看了看娲，又看了看芸娘，说道，“第一次会议，我们讨论了地底生存问题，如今这个问题基本得到了解决。那么第二次会议，我们来探讨一下重返云星表面的问题。”

“重返云星表面？这不可能！”娲不假思索地摇头道，她终于知道姬武这段时间在忙什么了，但这是个不可能完成的任务，她接着说道，“我们几乎丧失了所有工具，难道用双手来挖掘出一条隧道，我们头上可是顶着500米厚的岩层，况且岩层上面还有几百米深的海水。”

姬武向芸娘点了下头，芸娘额头上的全息投影镜头亮了起来，在半空中形成一个地质剖面的立体图形，由于时光凝固舱里找到了新的配件，芸娘才恢复了这个功能。

姬武道：“这是云中站失事时的地质剖面，云中站的位置距离地表确实有500余米的厚度，但是在它的前方，我们与海底火山的距离非常近了，几乎是一墙之隔，这段时间我们感受到频繁的地质活动了吗？没有，这说明火山已经进入休眠时期，那么在它的内部就可能形成较大的空腔，如果我们能够打通这面墙，就有可能到达地面。”

“等等！”娲说，“你忘了海水，我们可是在几百米的海底，即使能够打通火山，迎接我们的会是几十万吨的海水。”

姬武示意芸娘更换了几幅图形，道：“这是从云中站失事以及更早期的中南海域的地质和气象资料，对比之后你会发现，中南海域的地质板块始终在不断抬高之中，而相邻的东部平原板块则在持续降低。在一千五百年的时间里，中南海域的海平面下降了160米，如今已经过去了一万八千年，如果地质变化没有异常的话，中南海域现在应该是一片陆地了。”

“可是，这些只是猜测而已……”娲喃喃道。

“是的，我说的都仅仅是猜测，我们成功的概率微乎其微。”姬武充满柔情地望着娲，说道，“但是，无论什么样的困难，也要给我们的孩子一个未来！”

第十六章

涅槃

关键词：

梦醒　弄错了

没有希望的战争　等待将来

涅槃与信息的传递　重生

姬武睁开眼睛，便看到了光明，一团火在天空中肆意燃烧，似乎无尽远，又似乎近在眼前，他下意识地侧过头，躲避炽烈的光线，于是他看到了绿野，翠绿、深绿、浅绿混杂在一起的，和缓起伏一直蔓延向天边的绿色原野。

他坐起身，望着这片无尽的绿色原野发呆，他的大脑还处于眩晕之中，他记得自己坐上了行者联盟那台神秘的机器，当他第一眼看到那机器的时候，本能地就联想到黑色大屋，联想到古旧的油灯，它们散发着同样的气息，只有他能够感知到的气息，它就是它，只不过变换了形态，就像是一个人的童年、青年和暮年，虽然这么比喻并不贴切，但是这不重要，重要的是他可以借此重回洪荒。

现在，他回来了，按照大屋的经验，意识决定目的，那么现在，他应该在鲲的世界。

他还依稀记得，在古旧油灯熄灭的那个夜晚，鲲在星云深处与 X 发生了你死我活的战斗，在即将被 X 侵染的一刻，鲲选择了与 X 一同毁灭，惊天动地的大爆炸使星云开始了聚变反应，诞生为新的恒星，残破的洪荒世界也被推往宜居带的行星轨道，那么自己此刻置身的就是洪荒世界吗？

他用手支撑着试图站起身来，但是竟然失败了，他注视按在地面上的自己的手，爬满皱纹、青筋凸显，他这才想起来，自己已经是七十多岁的老人了，青春年华已经在平凡中默默度过，他的生命即将走到尽头，他不后悔，甚至感到庆幸，庆幸自己在有生之年见到了那台被称为时光回路的机器，它被行者联盟制造出来，本是为了进行物质与能量转化的前沿研究，但其实，它还有一些只有姬武知道的功能，虽然姬武不知其原理，但操作起来驾轻就熟。

他体味着那种熟悉的感觉，发现时光回路与黑色大屋、古旧油灯还是有很大区别的，他不能再进入洪荒遗民的内心世界，不能再随心所欲地变换各种视角，不能再轻易洞悉整个世界的来龙去脉，他失去了仿佛创世神一般的种种神奇能力，他作为一个普普通通的人类，真实地来到了曾经只能在梦境中徜徉的洪荒世界。

他终于站起身来，长长地伸了个懒腰，身上的酸软和麻木都减轻了一些。他迈着有些蹒跚的脚步向前走去，周围是高到膝盖的绿草，五颜六色的野花点缀其间，远处可见一丛丛茂密的灌木。走了一段距离，他来到一条小河旁，河道很窄，流速缓慢，蹲下身，用双手捧着，他喝了几口清冽的河水，全身上下立刻清爽了许多，可是另一个问题出现了，他饿了。

他现在是一个来到异世界的普通老人，饥饿感是肌体的本能，半路上，他看到过一些不知名的小动物在草丛里露出头来，又警觉地消失了，远处的原野上还逡巡着几只大型的食草动物，但是这些生物无论从体型或者敏捷性来说，都不是他这个老人能够捕获的目标。人类超凡的生存能力是基于其强大的工具制造和使用能力，而他的口袋里只有一把多功能军刀和一支袖珍手电筒。

更加不妙的是，姬武曾经看到过一头野兽，有着锋利的犬齿和凶光毕露的眼睛，这些都是肉食动物的特征，虽然对方出于谨慎，一闪就消失了，可是谁也不知道它会不会下一刻就跳出来。

姬武隐隐意识到了生存危机，他不得不沿着小河继续向前走去，终于在太阳落山之前遇到了一株果树，上面挂着一些红彤彤的果实，他观察了一下，树下还有一些散落的果实，其中一些有明显被啃食的痕迹。他放下心来，捡起一枚咬了一口，入口酸涩，果肉像压缩饼干一样坚硬干涩，口感与鲜红的外表落差巨大，难怪其他动物都不爱吃，但是它终于解决了饥饿问题。

借着黄昏的余晖，姬武找到了不少干柴，用军刀中的金属火柴点燃了一堆篝火。

夜幕仿佛一下子就降临了，大地陷入黑暗之中，篝火的红光成了这一半球唯一的光亮，姬武坐在篝火旁，费力地啃着红色果实，一些野兽从黑暗中探出头来，又慑于篝火的光芒退入黑暗。他终于吃饱了，为篝火加了些木柴，舒服地仰面躺在篝火旁，眼前就是一天灿烂的群星，抬手可摘。

姬武恍然间回到了年轻的时候，他和考古队长刘先举在罗布泊楼兰遗址附近野营，就是这样的一天星辰，他们在星空下一边喝着烈酒，一边纵情谈论着历史，从文天祥说到屈原又说到姜子牙，从唐宋说到秦汉又说到春秋，酒干了，话尽了，夜深了，两个人肩并肩仰望星空，浩渺的银河系，明亮的天蝎座，顶天立地的射手座……

刘先举有些醉了，大声感慨着，每个人就像历史中的一只蚂蚁，星空里的一粒尘埃，渺小而无足轻重。姬武在一边听着，心里泛起一丝优越感，只要他进入梦乡，他就会踏入星海与时间的长河，在无数神奇的世界经历一段段传奇，这是他一个人的秘密，这般想着，他忽然心中一动，自己又怎么知道，刘先举没有他自己的秘密呢，没有属于他自己的神秘世界呢？

想着想着，姬武沉沉睡去，没有古旧油灯，他无法再进入洪荒遗民的世界，只是，他来了，真实地沉睡在曾经梦中出现的世界里。

他睡得并不安稳，沉静一阵之后，他翻了个身，像是遇到什么不好的事情，眉头紧皱，牙关紧咬，身体都在微微发抖，然后他像个孩子一样蜷缩起来，脸色苍白如纸，生命的气息越来越微弱。

一只剑齿虎敏锐地感知到猎物即将死亡，从黑暗中探出身来，对食物的渴望战胜了对火焰的恐惧，它小心地向姬武靠近，就在它低下头想叼住猎物的脚把他拖离篝火的一刻，姬武的身体猛然爆发出强大无比的气势，仿佛一头洪荒怪兽仰天怒吼。剑齿虎心中大骇，打了个滚儿，不要命地向远处落荒而逃，黑暗中原本还有几只凶兽伺机而动，也顿时作鸟兽散。

天亮了。

姬武坐起身望着天际线发呆，他的心情不好，非常不好，他感知到一些事情，不是梦境，但感同身受，就好像还有几个真实的他在不同的世界亲身经历着一些事：他看到神州世界的巨人原本被压在山峰之下，却突破了千万吨的巨石，一把将羿抓在手中；他看到自己和娲被困在地底洞窟之中，而在云星的表面，仍是浓雾笼罩；他看到黑星在宇宙深空中飞逝，目标直指地球，而自己呆坐在安定医院的花园里无能为力。难道自己所有的努力最终都要归于失败吗？他不甘心，他还有着一线希望。

他拿起一枚红果，牙齿因为昨晚的进食而隐隐作痛，不过他没有犹豫，再次使劲咬了下去，连续吃了两枚，又走到河边喝了些水，终于获得了足够的体力，他折下了几根果树的树枝，连果实都这么坚硬，树枝的强度和韧性一定差不了，他用军刀给自己做了一支长矛、一把弓和几支箭，然后又往口袋里塞了几枚红果，蹒跚着向远处走去。

他来到这里有两个目的，一个是找到洪荒世界里的部落，无数梦境中的经历以及一生中获得的知识，让他隐隐感觉到洪荒世界与地球的联系。昨晚的星空，那些星座的位置也佐证了他的想法，洪荒世界是一个充满了种种神奇伟力的星球，它独立于宇宙之外，又在宇宙爆发中幸存，一旦找到洪荒世界的奥秘，自己以及洪荒遗民面临的困境必然能够解决，而洪荒部落也绝不是看上去那样的一个原始部落，他们的祖先具有难以想象的文明，或许只有他们才能解开洪荒的秘密。另一个原因，他看着鲲一天天长大，这个最不像人类的人类后裔一直是姬武最为牵挂的，虽然看到他与 X 同归于尽，但是姬武始终抱着一丝侥幸，认为鲲还活着。

他相信自己的感觉不会出错，多少个夜晚的休戚与共，让他与洪荒遗民融为一体，他对时光回路的意识操作抱有信心，他此时一定就在距离洪荒部落不远的地方，最差的情况也会找到部落的遗迹，然而他失望了。

他在草原上寻找了二十天，找遍了方圆几十公里的地域，这些天他赶上了连续下了三天的暴风雨，险些葬身于在草原上肆意流淌的季节河，他还遭遇了三只剑齿虎的围攻，在一棵大树上躲了两天，他筋疲力尽，几乎无法支持，然而他什么都没找到，他预感到，也许哪里出了差错。

他又回到了曾经的那棵红果树下，点燃篝火，仰望星空，枯坐于此。两天之后，他恍然大悟，鲲用自己的死亡点燃了星云的聚变反应，太阳就此诞生，洪荒星被能量风暴推向宜居带，但是它到达的轨道原本是另一颗行星的，形成的太阳系因为洪荒星的加入改变了原来的构成，另一颗行星被推到了火星与木星之间的位置，自己现在来到的就是这颗星球——地球，而真正的洪荒星则处于火星内侧的轨道上，白雾迷茫，人类无法存活。

他发现自己处于令人绝望的境地，假如去往的是云星，在充满毒气的大气层中大概坚持不了五分钟，哪有时间去寻找洪荒的秘密，而在太阳系原生的原始地球上，作为一位普通的老人，又能做什么，跨越几十亿千米的宇宙空间前往云星吗？在剧毒的大气层里如履平地吗？

他找到了问题所在，却无能为力。

他冥想于红果树下，一动不动，不吃不喝，时间流逝，一天过去了，两天过去了，十天过去了，他早就没有了生息，仿佛与果树融为一体。一只长颈龙走到树下，吃了几枚果子，又走开了，一只剑齿虎从树旁走过，去河边喝水，暴雨中的闪电击中了果树，果树燃烧了起来，又在暴雨中熄灭，留下黢黑的树干，旁边的小河一夜间河水暴涨，淹没了果树，退去之后，姬武仍然像雕像一般倚靠着果树的树干，不死不活，不生不灭。

“它们已经找到了银河系，在银河系中心的超大型黑洞群中出现了X的斥候，警戒舰队虽然捕获了它，但是不知道信息是否被传递出去。”

“……”

“我已经命令部队回撤到第三道防线，并制造荒芜伪装，但是根据以往的经验，它们很快就会大举来袭的，我的部队支撑不了多久，留给我们的时间不多了。”

“目前有三个计划进入到最后阶段，首先是暗日计划，这项计划的内容就是把人类转化为X，我们已经对X完成了全面研究，解析了它的构成和奥秘，第一批志愿者已经转化完毕，只有一个被认出，其他11位都成功融入了X的群落，有一位还成为一片星域的主脑，不过在实验中也出现了一个问题，那位成为主脑的转化者与我们失去了联系，种种迹象表明，是他主动与我们中断了通信。”

“我对此抱有疑问，转化之后的人类还是人类吗？他们不会被X物质侵蚀而变成真正的X吗？假如真的如此，我们不是自取灭亡吗？这会成为宇宙文明间的一个笑话。”

“我们已经意识到了这个问题，正在进一步观察中。”

“既然完成了对X的研究，就不能找到消灭或者克制它的办法吗？”

“这不就是我们研究的方向吗？但是这么多年过去了，诸天星域的陷落证明我们失败了，也许有这种办法，但留给我们的时间肯定不够了。”

“如果我们的X强化技术可以把人类强化得与X一样强大，而又拥有人类的本性与优势，能扭转颓势吗？”

“这不正是暗日计划的目的吗？”

“我们就不能把人类进化成比 X 更为强大的生物吗？”

“此前的研究主要在这个方向上，但是无一例外都失败了，一点儿成功的希望都没有，虽然我不想承认，但是，X 恐怕是宇宙中最强大的生物了。”

“……”

“第二个项目是逐日计划。对 X 物质的最终研究表明，它是一种纯天然的物质，并不是被制造出来的，或者在 X 体内合成的，但是宇宙中并没有这种物质，所以我们猜测 X 来自宇宙以外的某个世界，通过黑洞对我们进行了入侵，那么人类有没有可能反其道而行之，进入它们的世界呢？如果可行的话，说不定可以让人类柳暗花明，闯出一片新天地呢！

早在战争之初，发生大战的地点多在黑洞附近，经常存在失去动力的星舰被黑洞吞噬的情况，我们接收到了许多吞噬发生前的信息，其中有的甚至接近黑洞视界，这说明只要足够坚硬是有可能在黑洞中生存下去的，而 X 出现在黑洞附近时都是以陨石形态出现也似乎佐证了这一点。

在此后的计划中，我们发射了小石子系列黑洞探测飞船，开始是经过加固的小型探测飞船，后来基本是全固体的，只加装了必要的传感器，最后两艘我们融合了从 X 体内分离出的 X 物质。”

“成功了吗？”

“没有成功……但是也没有失败，事实上，所有的探测飞船在进入黑洞之后都失去了联系，不过最后两艘成功以完整形态进入了视界之内。”

“这……这能说明什么，难道我们最终全体都进入根本不知道命运结局的黑洞吗？要么是自投罗网，要么是自取灭亡，还不如与X战至最后一兵一卒，至少还能捍卫人类最后的尊严！这叫什么计划，还有比这更糟糕的计划吗？”

“恐怕是有的……第三个项目叫作末日计划。你也看到了，目前实施的计划并没有关于消灭X的机会，从开战至今，文明的范围从广袤星海只剩下一隅之地，几乎所有的办法都试过了，甚至占到了研究经费的99%，但是没有一个项目或者武器是行之有效的，所有的超算模拟结论都指出，以现在的科技水平和所剩时间，发展出消灭X的方法或科技，可能性为零，末日计划可以说是一个同归于尽的计划。”

“这不是最糟糕的计划，如果让我来选择，能够在人类毁灭的同时拉上X一起，我宁愿这么做，这比什么狗屁逃跑计划强多了，只是……怎么才能做到呢？”

“这个计划执行起来其实是最容易的，这就回到我们对X的定义，它们从黑洞里蜂拥而来，攻占了人类文明的一片又一片星域，但是它们并没有建立起属于它们的独特文明，所以我们断定X并不是一种智慧生命，它们在占据每一个星系之后，通过侵染、啃食、分裂等方式把星系内的行星和恒星都毁灭掉了，将其制造成了新的黑洞，我们曾经认为，这种做法是为了让更多的X进入宇宙之中，但是经过长时间的分析确定，这么做恐怕是出于它们自身的本能，它们生命存在的意义就是为了毁灭，有没有想起来这像什么？病毒！这就是最终对X的定论，它们是一种毁灭宇宙的病毒，吞噬宇宙中的物质，制造一个个黑洞。”

“假设一个人感染了致命的病毒，那么这个人不幸死亡后，病毒会怎么样？”

“人都死了，病毒的死活还重要吗？”

“……结合天文研究和超算演算，我们可以知道，宇宙在膨胀到临界点之后，开始进入收缩期，大量星体还是坍塌为黑洞，这一过程已经进行了几十亿年，超大型黑洞群几乎在宇宙随处可见，而X的破坏导致这一进程的速度大大增加，即使我们什么也不做，任由宇宙收缩与X吞噬的双进程进行下去，最终的结果就是宇宙重新塌陷为质量无穷大，而体积无限接近于零的原点，到那个时候，宇宙与X便一同毁灭了，就好像一个人感染病毒身亡，没有宿体提供能量，病毒也会随之消亡，如果人类想要与X同归于尽，只要助推一把就可以了。”

“也就是说，一切都归于零，没有一丝一毫文明的遗迹，没有我们曾经在星海中扬帆远航的事迹，也没有纪念人类与异界X进行生死之战的记载，人类、X、文明、宇宙，这些都从来没有存在过，都变成毫无意义的零……好吧，如果能彻底消灭X，我愿意。”

“我想我们没有必要再联系了吧。如果没有什么重要事情的话就挂了吧。临死之前我想静一静。”

“战况怎么样了？”

“还能怎么样？大半个银河系都陷落了，你在星空中也能看到吧。这是最后一道防线了，跨过我的尸体之后，它们与太阳系之间就是一片坦途了，你不会告诉我有什么奇迹发生了吧？”

“的确有了一些重大突破，也许我们还来得及。”

“算了吧。这样的话我已经听得太多了，多少次我和将士们升起新的希望，但是随之而来的就是某某星系被吞噬了，某某舰队全军覆没了，没有一个好消息，我不想再听了，你想做什么就去做吧。没有人在乎了。”

“我确实让你失望了。”

“……不，也包括我，是我们让人类文明失望了……好了，永别了……”

“不，先不要挂断，你听我说，虽然可能没什么用了，你还是听一下吧。”

“好吧。你说。”

“应用能量跃迁理论的强化技术终于完成了，强化地球的工程已进入尾声，不过超算给出的成功概率不超过10%……即使成功了，人类在能量风暴之中幸存的概率更低，而且会给幸存者带来什么影响还无从知晓，他们的智力可能会大幅度退化，甚至退化为茹毛饮血的野兽，身体也会产生不可预测的变异……也许已经不能称为人类了。”

“还有吗？”

“基因进化技术也获得了实质性的突破，在一次激进性的实验中，人类甚至获得了超越X的能力，但实验者只生存了七秒钟，要知道基因进化研究是最为变幻莫测的科学，需要大量的时间和奇迹般的运气，我们可能只是找对了方向，距离真正诞生出超X战士还遥遥无期，不过在最后一刻，我会把研究成果和人类文明的信息库注入执行逐日计划的人类基因之中，假如有幸存者的话，经过漫长的进化，或许会诞生奇迹。”

“说完了吗？士兵们已经集结完毕，我们即将前往最后的战场。”

“等一下，还有，我们此前可能想错了，想要消灭 X，以人类文明的科技是不够的，因此我们被逼无奈选择了同归于尽，即便这样也是利用了整个宇宙才可能做到，有一项研究，此前因为过于虚无缥缈，也没有扎实的理论支撑，只是作为原理性探索而存在着，但是，它最近取得了进展，我们已经看到了这项研究的前景，或许它才是消灭 X 的真正武器。”

“是什么研究？”

“时间，通过改变时间的流速、方向等办法可以使 X 物质快速湮灭，然而我们只是取得了一些进展而已，假如一开始我们就在这个方向全力投入的话，或许……”

“这是人类文明的回光返照吗？这是命运在跟我们开一个残忍的玩笑吗？不要多想了，我们已经尽力了，如果人类注定要毁灭的话，就让我们的鲜血成为她最后绽放的花朵，如果真的还有希望的话，我们留下的种子也终究能够在历经坎坷之后涅槃重生。”

“我去了，末日计划就绪的话便启动吧，不必再等我的消息。”

姬武还没有死，但是也可以说曾经的姬武已经死亡了，这位七十多岁的老人身体机能已然大幅度退化，时光回路机器又使他全身细胞受到了大剂量的高能辐射，他的生命已然缩短到以天来计算，再加上在原始地球连日来的奔波劳累，以及长时间的冥想，老人的身体器官已经在无声无息中停止运转，然而就在濒死之际，沉睡于细胞深处基因螺旋之上的某些东西被激活了，这很像鲲身上曾经发生的事，但是又截然不同。

鲲是新一代人类的婴儿，天生具有强大的生命力，以及无与伦比的进化可塑性，而姬武已经进入垂暮之年，在他身上发生的事情更像是回光返照，来自基因层面的改变只能暂时恢复他身体的机能，而不能让他真正的起死回生，他真正的生命可能只剩下几分钟。

姬武进入到一种玄之又玄的状态，大量信息如山呼海啸一般涌入大脑，他对自己、对星球、对宇宙、对过去、对未来产生了一种顿悟般的清明。

他想起了许许多多本已遗忘的事情……

他睁开眼睛，看到了广场上燃烧的篝火，许多人手拉着手围着篝火跳舞，在火光的映衬下如梦如幻；他看到了母亲满是慈爱的脸庞，也看到了父亲那张宽大憨厚，胡子拉碴的脸，可是恍惚间父母的相貌又发生了改变，那是很多不同的脸，就好像他在不同的人生中拥有不同的父母，这些感觉都是真实的。啊！脑子都要炸掉了，不用再想了，反正他是人类的后裔。

从山村中走出的少年，一个人来到繁华的大城市，得到史学泰斗孙秉祥教授的赏识，成为他的关门弟子，他坐在阶梯教室里接受人类文明的顶尖教育，他进入国家考古研究所，在档案库房里从事文史资料的整理，辅助刘先举队长进行保护性的古墓发掘，一边是默默无闻、看似枯燥的工作，另一边却是在人类文明的历史长河中畅游，与绝大多数普通人一样，他在平静中走过了自己平凡的一生。

他是一个孤儿，不知道自己的父母是谁，从小在孤儿院长大，侵略者引发的战火烧红了半个中国，孤儿院不得不随着难民一起不断南迁，在一次大轰炸中，他与大家失散了，从此过起了颠沛流离的生活，多次面临濒死的绝境，后来他被一支路过的军队救活了，他参加了这支军队，与侵略者进行不屈不挠的战斗，直到一颗子弹射入他的胸膛。

人类的历史就是一部苦难史，疾病、饥饿、天灾、战争，无论哪个因素都曾经引发人类的大规模灭绝。怎样才能让人们摆脱这种苦难，他行走在世间，寻找办法。一个普通的晚上，他在江边明悟，他面见君主，阐述他的变法构想，结果被纵情声色的君王轰了出来，他在诸侯之间行走，到处传播自己的思想，却根本无人理会，一个普通的晚上，他来到明悟的地方投江而死。

他是一个奴隶，实在无法忍受奴隶主的压迫，带着兄弟们揭竿而起，与奴隶主的军队进行了艰苦卓绝的战斗，几度面临残酷的镇压，身边的兄弟一个个死去，又几度在蛰伏数年后再次崛起，奴隶起义军的战幡飘扬在一座又一座城市，一个又一个奴隶主上了绞刑架，在血与火的洗礼中，他终于建立起强大的帝国，但是在这个时候，一位奴隶主女儿身份的妃子在他酣睡的时候，用一把夹带在头发中的刀片划过了他的咽喉。

他是部落里最强大的猎手，在那个漫长的冬季，是他前往千里之外的南方沼泽，九死一生猎杀了龙首巨蟒，才让部落的人们摆脱了饥饿的威胁，他成了部落的新一任首领，在他的带领之下，部落度过了严酷的冬季，一个人也没有死，反而增加了 14 个婴儿，他领着猎手们一次次获得丰盛的猎物，部落的生活越来越好，人们恢复了在篝火前舞蹈的庆祝习俗，然而就在春季来临之际，在一次看似普通的狩猎之中，一只普通的猎物，绿魔豪猪，把有毒的刺射了他一脸，挣扎了几天几夜之后，他活了下来，但是他的脸从此变得坑坑洼洼，更要命的是他成了一个盲人。

部落里没有老人也没有残疾人，当一个人由于伤病或年纪的问题，不能生活自理或者不能为部落做出贡献，这个人就会默默离开部落，消失在危险重重的草原深处。他从来没想过，有一天自己也会面临这样的境地，他的身体还非常强壮，但是毫无疑问，他成了毫无作用的废物，既不能像以前那样捕捉猎物，也不会像女人们一样烹饪食物，他现在就面临同样的选择。

他摸索着，磕磕绊绊地离开了部落，他相信有人看到了他，但是没有人阻拦他，他不怪这些人，他没有什么可责怪的，这是部落的传统，冰冷、残忍、无情，但是能让部落延续下去。

他已经预感到自己的命运，可能在草原上冻饿而死，可能成为野兽们腹中的食物，也可能跌入深谷中摔死，真是不甘心啊！可这就是命运，捉摸不定的命运。

终于在第三天，他陷入了一条大河，好了，就到这里吧。他放弃了挣扎，任由冰冷的河水没过脸颊，然而经过最初的一阵窒息之后，死亡并没有随之而来，他的肺竟然适应了呼吸介质的改变，从河水中吸附了足够呼吸的氧。

从群星走来的人类先祖，他们在消失之前已经把关键的信息镌刻在后代的基因深处，遗传、进化、传承、历史、文化、科技和预测，这些信息无所不包，简短而清晰，以特殊的结构隐藏于基因双螺旋之上，在此后的漫长岁月中，人类一次次从星空中消失，又一次次从某个角落里站起来，他们失去了传承，失去了历史，失去了社会，失去了文明，他们沦落为茹毛饮血的原始人，但是，那些信息从来不曾失去，也不曾被篡改，它们只是沉睡着，在一代又一代人类后裔之间传递，它们成了最深层的隐形基因，触发它们的基因密码是一次次传递之间的基因碰撞，反转为显性基因的概率微乎其微，而他，就是第一个。

他回到了部落，走进圆屋的那一刻，他从一个英雄变成贪生怕死的懦夫，儿子和儿媳默默地接纳了他，但是生活是如此的艰难，原本就是饥一顿饱一顿，现在多了他这一张嘴，何况儿媳已经在怀孕中，他只好尽量少吃,或者不吃,原本强壮的身体迅速衰弱下去,看上去老了几十岁。

部民们在身后的闲言碎语的声音越来越大，他充耳不闻。快到大家吃饭的时候，他离开部落到附近的小河边静坐，多喝些水，摸索可以食用的野菜。夜深的时候，他会在篝火的余烬周围寻找吃剩的骨头。

他就这样屈辱地活着，如果可以选择，他宁愿在下一刻死去，但是，他不能，命运夺去了他的双眼，外面的世界从此陷入黑暗，但是人类先祖给了他另外一双眼睛，让他看到了人类文明曾经在星空中辉煌闪耀，看到了先祖们前仆后继慷慨赴死的一幕幕悲歌，也看到了数不清的信息宝库在自己的灵魂深处如群星般闪闪发光，这是源自人类先祖的馈赠，也是他们最后的期望。

他就这样屈辱地活着，枯坐在圆屋的门口，河边的草地，他的头微抬着，空洞的双眼望着虚空，他的心神却在一座座信息宝库中徜徉。

生命短暂，他的时间远远不够，他首先选择改变自己的身体，唯有活下去才能有更多的时间学习，他的身体在基因层面发生了改变，那是物质向能量转化的翻天覆地的改变。人类文明最先进的研究成果，属于人类进化层面的跃进，一旦突破理论之后，方法并不复杂，只是转化的过程极为痛苦，几度让他的精神濒临崩溃，多少年之后，他感觉自己成功了，可是他不敢尝试，因为这种超凡的能力需要大量的能量，一旦发动，恐怕他的身体会在瞬间脱水、枯萎、湮灭。

他的第二个困难是时间，这个真是太难了，即使人类文明的最前沿也不过得出了一个无法验证的猜想，它是人类重回文明巅峰所必须掌握的能力，宇宙间的终极真理。

好在那些含有文明信息的隐性遗传并不是在真的沉睡，它们就像是以人类基因为载体的计算单元，在无数年的漫长岁月中不断演算，近乎无穷无尽的演算、试错、重组。

正确的、经过验证的，就进入序列库遗传下去。错误的，就进入重组，继续试错，如此细微的、点滴的进化一刻都不曾停止。

但是，即便如此，还是太难了啊！无所不在，却又无法触摸，他不断地感悟，渐渐从纷乱中有了一丝头绪，他继续探索下去，就像一个在黑暗的世界中独行的旅人，一路行走，一路收集微弱的荧光，期待着有一天能把这暗无天日的世界洒满星光。

大概没有人会想到，人类最后的希望竟然会落在一个失明的原始人肩头。

终于有一天，他的学习已经停止，他感知到了不祥的气息，这股毁天灭地的气息来自洪荒世界之外的虚无之中，新宇宙诞生的大爆炸发生了。

他根本来不及思考，在大爆炸波及洪荒世界之前的一刻完成了身体的转化，他燃烧了自己，压榨了身体内每一粒细胞的能量，变成蕴含着特殊信息的超能量体。

他如同造物者一般出现在虚空中，面对着正在以光速膨胀的宇宙，他的身边就是湛蓝的、灵韵的、充满亲切气息的洪荒世界，他还远远没有准备好，作为超能量体生命的生存时间只有短短几秒，对时间的掌握也仅仅只是皮毛，如同魔法一般，灵不灵光还是未知数，但是，没有时间了。

在宇宙爆炸产生的能量大潮吞没洪荒世界之前的千分之一微秒，他把自身的全部能量注入了时间线，让时间在那一刻产生了微弱的多维闪叠，于是，洪荒世界与部落的生命被分别送往不同的时间维度。

而他，这位掌握了人类顶尖文明的、原始部落的失明老人，他彻底失去了知觉，无意识地在宇宙洪流与时间长河的交错中漂流……

姬武恢复了意识，他记起了全部的记忆，他知道自己是谁了，他也恢复了全部的能力，这些能力原本就蕴含在他的身体之内，只不过他忘记了运用方法，而且经过无数个人生的磨炼，他的能力也愈发完善和强大，但是很不巧，他的身体已经进入死亡的不可逆进程，这个星球也过于普通，虽然能够诞生智慧生命，但是层级太低了，缺少大量关键物质，真是奇妙的命运因果线啊！那一定属于与时间一个维度的宇宙真理吧。

红果树下，姬武那如同雕塑的身体忽然发出朦胧的微光，然后像是萤火虫一般在天空飞舞，逐渐消散。

姬武转化为能量态，他出现在大气层中，抬头仰望着天空，太阳在那里放射着炽烈的万道光芒，自己已经老去，人类真正的希望在于新生的后者。

鲲，你还活着吗?

这个时候，姬武的生命还剩三秒。

第十七章

时光之翼

关键词：

时光之翼　劫后余生

毁灭的雕像　沧海桑田

姬武一步迈出了原始地球，站在宇宙虚空中瞭望这颗深蓝色的星球，晶莹剔透，充满着灵性，仿佛它本身就是星空中一个纯洁的天使，不过从星球上海洋和大陆的分布，他可以断定，这里是芸娘口中的地球，那么自己的故乡地球呢？他明白了，嘴角不禁露出一丝微笑。

他抬起头环视星空，太阳系的全貌在脑海中缓缓展开，太阳当空燃烧，行星循着无形的轨道环绕着它，像是相貌各异的子女围拢在父亲身旁，或荧荧如火，或沉静似水，或在飞旋舞蹈，或执手拱卫，或瞭望远方……

这景象让姬武想起了洪荒部落的人们，如今大家都已身各一方，真想念那些团聚一堂的日子啊。

他又走出一步，掠过火星，来到了云星，浓重的白雾层层包裹着它，使它看起来几乎大了一倍，那么严重的损伤，经过这么长时间，不知道恢复得怎么样了，有一天云雾散去之时，它一定会展现出完美的身姿吧。

多少年以后，另一个自己会与娲相遇，开始一段艰苦但美好的生活，多么令人期待啊！

这个时候，时间过去了一秒。

姬武把目光投向了太阳，它曾是一团凝聚的星云，经过无数年的积累与压缩，却始终不能引发聚变反应，这片空域也始终处于黑暗笼罩之中，是鲲的自我牺牲才让太阳得以诞生，因此，看着太阳活力四射，感受着它热烈的温度，姬武心底有说不出的亲切感，你还活着吗？是否在像黑海中那样休养生息，为什么感觉不到你的存在？

他再次迈步，一步进入了太阳的核心，环境骤变，2000万摄氏度高温、每立方米15万千克的密度同时降临，在这里每秒有400多万吨的物质被聚变反应转化为能量，严酷程度无法想象，但是能量状态对姬武却没有影响，那几乎是两个维度的事情。

他在这物质与能量混杂的熔炉中查找，每一粒原子的状态，每一丝能量的异动。

终于，他得到一份熟悉的回应，或许说回应并不确切，那是一团混合在一起的像是煤球儿一般的东西，在剧变熔炉里勉强维持着形态，似乎下一刻就会烟消云散，它回应姬武的仅仅是一小段与人类脑电波频率相似的辐射片段，不过姬武还是立刻确定，这就是鲲，或者说鲲留下的东西，虽然作为生命已经粉身碎骨，化为虚无，但它确实留下了一些东西。

姬武伸出一段像是触须般的意识轻轻抚摸着这团物质的表面，然后他感知到一段更加活跃的辐射片段，姬武再次笑了，如同长辈慈祥地看着拿到糖果而欣喜若狂的孙儿。

他把意识触须伸入它内部，仔细探查着，他的心情渐渐沉重起来。“煤球儿”的内部是一种类似钻石的碳原子物质，结构坚固但构成单一，它一定曾经有很大的体积，只是在核聚变的熔炼之下一层层烧结，一层层减少，如今只剩下拳头大小，这种单纯的构成是不可能蕴藏什么的，更别提像是生命那样复杂的东西了，或者它就是一种类似蛋壳的保护结构，而它所保护的，也仅仅是一段人类的辐射片段。这是鲲，人类文明最为强大的后裔所留下的唯一痕迹。

姬武思考了很久，大约花了一微秒的时间，他确定，鲲作为生命确实已经死亡了，但是也留下了一些东西，虽然极为微小，在微观层面也仅是一道波，却是属于他特有的标志。那么有没有可能将鲲起死回生呢，答案是不可能，鲲留下的东西太少太简单了，连遗传基因的片段也算不上，根本无法克隆培育，况且这道辐射波又太脆弱了，稍有移动就会湮灭于周围复杂的电磁环境之中。

然而，有没有其他可能呢？

姬武小心翼翼地用意识触须将那段辐射片段包裹起来，然后注入了一点能量，能量的强度很微弱，像是一缕涓涓细流滋润着干枯的禾苗。

担心的事情没有发生，辐射片段遇到能量涓流的时候不但没有受到侵蚀，反而像是极为饥饿的样子，一下子就把能量吸干了，接着震动的幅度大幅增加，就像是……噎着了，然后又恢复原状一动不动，什么都没发生过一样。正在姬武有些担心的时候，这个如同细丝一般的辐射片段开始伸展延长，同时扭曲成弹簧般的形状。

姬武放下心来，又注入更多的能量，弹簧状片段继续伸展，达到一定长度，它停了下来，似乎酝酿了一下，然后就如同变魔术一般变成两个一模一样的片段，它们互相缠绕在一起，竟然形成了人类基因最原始的双螺旋结构，接着一对对碱基形状的光影依次附着在双螺旋之上。

当然，如果姬武看到的是真实的碳基人类基因，在如此严酷的环境之下，大概还未成形就会化作一缕青烟。实际上，姬武感知到的完全是一种能量形式的改变，鲲的那段辐射片段吸收了姬武输送的能量，从而以能量形态模拟出了人类的基因构成。

这种演化的速度越来越快，第二个双螺旋出现了，接着四个、八个、十六个……姬武感到演化的速度有所减慢，连忙不断注入能量，到后来姬武感到身体内的能量如同大坝决堤一般疯狂涌出，之后，第一个能量细胞出现了，完全模拟了人类的细胞形态，眨眼之间，一个透明的受精卵形成。

接下来，姬武看到了一段人类从受精卵到胚胎生长发展的全过程，到这个时候，时间又走过了一秒，能量状态的姬武，他短暂的生命已经过去了三分之二，不过他没有忘记了这件事，全神贯注地关注着这个能量胚胎的成长，与自己不同，这将是人类文明出现以来诞生的第一个能量后裔，这让姬武欣喜若狂，如醉如痴。

原来那团煤球儿一样的物质似乎失去了内在支撑，很快在高温高压之下碎裂瓦解，燃烧殆尽。出现在原地的是一个蜷缩着的生物胚胎，它完全是由能量构成的，在恒星核心的烈焰之中，在高密度物质的挤压之下，酣然沉睡着，它是完全透明的，散发着柔和但清晰的微光，内部复杂精巧、浑然天成的形态让漫天星火黯然失色，这是宇宙间最为完美的精灵与天使。

那原本是大头长尾的蝌蚪形状，身子越来越大，尾巴快速缩小，四肢生长出来了，蜷缩着，楚楚可怜，完全是一个人类儿童的模样了，但是变化并没有停止，这个人类儿童不断长大，远远超出了正常儿童的大小，成了十几米高的巨婴，当然在庞大的恒星核心还是显得那么渺小，但无疑是最为瞩目的。看起来，太阳都因此灵动了很多，如果这份灵动被记录下来的话，不排除几亿年后太阳也会转化为某种生命。

鲲终于停止生长，不过他的形态却始终没有固定下来，虽然大部分时间在人类婴儿状态，可是下一刻，他就转化为一条大鱼的形态，不知不觉间又变成一头大鸟的形态，它就在这三个形态之间来回演化着，始终没有固定下来。

这是鲲的特殊经历决定的，他在出生的一刻被送往太阳系早期星云，与亲生父母都从未谋面，更对人类的个体与群落一无所知，独自一人流落黑海，原本不可能生存下来，然而从血缘关系来讲，鲲是姬武的直系孙辈，也恰恰遗传了人类文明传承的显性基因，也就是说，他是比姬武还要强大的新一代人类，与此同时，无知和年轻在这一时刻反而成了鲲的优势，让他摆脱了传统观念的束缚，展开了具有无限可能和无限想象力的进化翅膀。

在危险的黑海里，他变成一条鱼，一条无比巨大的鱼，吞噬黑暗，抗击黑星。在风云突变的云海中，又成了搏击长空的大鹏，于闪电间舞蹈，在风暴中穿梭。而在向星云核心飞翔的过程中，在与 X 生死搏斗的过程中，他的生命潜能进一步激发，化成了可以在准恒星的致密核心畅通无阻的强大生物，并且在与人类文明宿敌X的决战中一度占据上风。可以说，如果任由鲲进化下去，不用姬武的帮助和点化，他最终一定可以进化为无与伦比的能量生命。

鲲不再汲取姬武身体内堪称本源、富含人类传承的精纯能量，他现在需要那些强大到狂暴的宇宙力量，他开始鲸吞太阳聚变产生的恐怖能量，吞噬的能量之大，使太阳表面的温度瞬间降低了 0.5 摄氏度。

不需要姬武再做什么了，该倾注的、该传承的、该点化的都已经给了鲲，剩下的就看他将来的感悟了。姬武收回意识的触手，静静地望着这个尚未出生的代表人类未来的婴儿，太阳就是孕育他的子宫，他的身形不断膨胀，渐渐长成顶天立地的巨人。

此时，姬武的生命即将走到尽头，需要以微秒来倒计时了，但是他的心中一片平静，甚至带着一丝欣慰。生死罔替岂非就是人类繁衍传承的规律，不需要欣喜也不需要悲伤，多少个岁月，多少世人生，他在时间的长河中颠沛流离，不就是为了寻找拯救部落的办法？当他终于从纷乱的世间找到真我，恢复了强大的能力，他的生命却变得如朝闻道而夕死般的短暂，很多事情来不及做了，好在他已经告诉了孕育中的鲲，这个如自己一般坎坷的年轻人会代替自己去完成夙愿。

他可以消散了。

一个人是很难独立生存的，一个能量生命虽然强大，生命则更是短暂，不过掌握了时间能力的能量生命呢，也许会有无数可能。

就在姬武的意识变得模糊的时候，他突然发现了一丝异样，一个比原子还要微小的黑色物质不知道从哪儿飘了出来，一头扎进了鲲的胚胎之中，鲲这时候仍然酣睡着，蜷缩起来也有 100 米高。这个不起眼的小黑点儿看起来微不足道，但是姬武却如同心头被锥子猛地扎了一下，他对那个黑色的物质简直太熟悉了，简直刻骨铭心——X 物质，异宇宙最可怕的物质，凭它一己之力几乎毁掉了人类的整个文明甚至物种，同归于尽的大爆炸杀死了鲲和 X 生物，却没能摧毁 X 物质，现在，在鲲重生之际，它又出现了。

鲲还在孕育之中，对 X 物质的侵入丝毫不觉，而姬武的生命力即将耗尽，也对此无能为力。鲲已经是人类最后的希望了，无论如何也不能让异类得逞，姬武催动意识，同样一头扎入鲲的身体，而后开始燃烧最后的一点儿生命能量，在璀璨的光芒照耀之下，X 物质显露出鬼鬼祟祟的原形。

鲲像是感觉到姬武的呼唤，猛地抽搐了一下，眉头皱了起来，很是痛苦的样子，睫毛微微颤动着，似乎下一刻就会睁开眼睛，X 物质如同吓傻了一般，在姬武的生命光芒下瑟瑟发抖，由于原生对人类的心理优势，它的行动有些冒失了，它目前还太过弱小，一旦被鲲发现，虽然不能消灭它，确实很容易把它清除出去，它已经在太阳中心蛰伏了亿万年，一度蠢蠢欲动却无计可施，现在有了这个千载难逢的好机会，难道要功亏一篑吗？

然而，鲲并没有醒来，他还在孕育之中，离诞生还有一段时间，他更需要在沉睡中不断发育，于是他在太阳子宫里翻了个身，很是惬意地吧唧吧唧嘴，又美美地睡去。

X 物质放下心来，姬武用生命点亮的光芒已经暗淡，再没有什么威胁了，它大摇大摆地沿着鲲的手臂朝着他的心脏部位移动，与此同时，又一粒 X 物质不知从哪里飘过来，进入鲲的身体，接着，就像是听到了呼唤一般，越来越多的 X 物质聚集过来，争先恐后地进入鲲的体内。

鲲继续长大，他的高度已经超过了 1000 米，一些不祥的事情也在同时发生。鲲的胸膛中，一颗透明的心脏有力搏动着，将如同血液的能量送往全身各处，这里也是 X 物质聚集的地方，这颗心脏起初像是蒙了一层阴影，而后颜色越来越深，最终变得漆黑如墨，随着心脏的搏动，更多的 X 物质像是墨汁一般渲染开来，原本是金色透明的胚胎渐渐失去了光泽，变得漆黑一团，就好像在太阳的中心出现了一个吞噬周边物质的黑洞。

某一时刻，鲲诞生了，他睁开眼睛，迷茫地环视四周，我是谁？不知道。

他凝神回忆着记忆中的片段，想起来了，我是……X。

最开始的时候，他是一段虚无缥缈的意识，更早之前的事情就没有记忆了，也许曾经是某种强大的文明生物，也许只是宇宙中飘散的细菌，无所谓了，他现在置身于黑洞深处，被无法抗衡的压力固定在某处，一动不动，时间在这里没有意义，许是过了几年，或是亿万年，所有的物质在这里都被粉碎压缩为能量状态。他能够保持一段意识已经是非常幸运的事了，然后有一天，X 物质出现了，不知道这种物质是被黑洞吸进来的还是黑洞自身产生了，不过无所谓了，这种物质是那么强大，居然在黑洞深处也能保留着物质形态，况且它对他也很感兴趣的样子，几乎没有什么隔阂，他们很自然地结合在一起成为 X 生物。

他感觉自己获得了新生，变得强大无比，比进入黑洞之前不知强大了多少倍，不过，也就这样了，一切并没有变得更好，他还是困在黑洞之中无所事事。

他不安分了，觉得不能这样下去，有了这么强大的身体总要做些什么，首先就是要离开黑洞，他像是一个凝固在琥珀中的小虫子一点一点向黑洞边缘挪动，这一远征极为艰辛，他几次都准备放弃，只是由于太过无聊，过了一些时候又重新上路。

终于，他爬出了黑洞视界，展现在眼前的是黑暗中的满天星海。许是在黑洞里待久了，又许是受了 X 物质的影响，他不喜欢光，很不喜欢，甚至无缘由地仇恨，而且他发现，越是炙热，越是光芒万丈的存在，被他吞噬之后，就越容易转化为 X 物质，这真是他的最爱，他迫不及待地朝着群星扑去。

他很快遇到了敌人，那些自称人类的生物早已在群星上繁衍生息，他们掌握着各种强大的武器，数量又极为庞大，几乎每一个星域都有他们的存在，他们不自量力地向他不断发起攻击，虽然并不致命但却让他头疼不已，不得已暂时退回了黑洞。

没用多长时间，越来越多的同类纷纷爬出了黑洞，他们——X 生物，开始了大反攻，与人类在群星之上展开了一场荡气回肠的星际战争，一支支人类舰队全军覆没，一个个星域被吞噬，他们也付出了惨重代价，不断有千辛万苦爬出黑洞的老一代 X 因为受伤过重，不得不被新生的 X 吞并。好在随着吞噬的星域越来越多，X 物质的产生提高了几个台阶，新一代诞生于宇宙星空中的 X 加入了战斗的行列。

他们终于取得了压倒性的优势，人类不断败退，四分五裂，已经不能组织起大规模会战，只是偶尔搞些小偷小摸的破坏活动，不过他们也隐约感到一些不祥的征兆，人类这种生物不仅繁殖能力很强，科技发展也极为迅速，经过生化改造的人类士兵其单兵作战能力越来越接近 X，而不同人类的免疫力也大幅度提升，被 X 感染的概率也大幅度下降，同时越来越多的信息表明，人类在全力研发新的专门针对X的大规模杀伤性武器，一旦被人类真的捣鼓出什么，不排除被其翻盘的可能性。

X加紧了进攻，一面剿灭躲藏在各个星空角落的抵抗组织，一面全力向人类生物的发源地展开攻势。

终于，这场持续了几千年的两族大战接近尾声，X的大军包围了太阳系，人类起源的母星，那颗被称为洪荒星的蓝色行星第一次袒露在人眼前。谁知道，就在最后关头，变故发生了，人类动用了最后的武器，到现在也想不通他们是怎么做到的，整个宇宙坍塌了，迅速转化为无数个超大型黑洞，又最终收缩为一点，星辰、黑洞、生物、所有的物质都被吸收压缩为一点，他们选择与X同归于尽。

不，人类还是给自己留了一条后路，他们的洪荒星竟然逃脱了宇宙大塌陷，独立于虚空之中，几个X手疾眼快，扑入了洪荒星的大气层，却在刚刚抵达地表的时候被冻结为石头一样的雕像。

没想到战争的结局会是这样，双方两败俱伤，到了灭族的境地，不过，一切都还没有结束，人类显然留下了传承者。而X呢，虽然X生物湮灭在宇宙原点之中，但X物质却是永恒不灭的，那岂非也代表着X生物同样是永生不灭的？好吧，就等着下一次宇宙膨胀吧，星空终是属于X的！

鲲，不，是X，完全想起了自己的前世今生，他的嘴角微微翘起，露出似是而非的笑容，宇宙再度膨胀了吗？这是新的宇宙吗？这个新诞生的恒星多么富有活力啊！吞噬之后一定可以产生更多X物质，从而让自己更加强大。

想到这里，脑海里忽然冒出一个微小而缥缈的念头：不，我不是X，我是……

他一怔，什么意思，自己不是X，还能是谁呢！他扫描身体各处，发现在大脑深处存在一丝异常，他凝聚意识沉下心神，仔细观察异常之处，那是与X截然不同的一团能量波动，如果把他的大脑按比例放大，就好像整个宇宙之中，群星都已熄灭，只有一点星光在寂寞地闪烁着，再把视线无限放大，那是一颗泛着蓝色光芒的行星。“洪荒星！”他一下子认出这颗人类的母星，“它怎么跑到自己的大脑里来了。”

“不，你是鲲，你是人类的后裔，你被X物质浸染了，快醒来吧！”一道意识从星光中发出，在黑暗中回荡。

“不要听他蛊惑，那是人类的阴谋诡计，你是X，我们在黑暗中历尽苦难，如今我们终于重生，我们的目的就是吞噬整个星空，就从它开始吧。去吞了它。”另一个震耳欲聋的声音响起，坚定而决绝，不容置疑。

他不再怀疑，凝聚X的强大能量幻化出一张吞食天地的巨口，一口把那点星光吞了下去，然而在X物质的冲刷熔炼之下，那星光虽然微弱了许多，却迟迟不肯熄灭，看来人类在这些日子里也在不断进化，具备了更强大的能力，他不得不把全部意识汇聚成一颗坚硬无比的陨石，拖着长长的尾焰，向洪荒星猛烈撞去。

预想中惊天动地的撞击没有发生，自己的意识反而一下子融入了星光之中。

他突然沐浴在一片金色的光明里，一道道光影开始在他的意识中闪过，黑海里畅游，云海中振翅翱翔，星云核心里的同归于尽的战斗，烈焰中重生……

不知何时，光影消失了，洪荒星的星光也消散了，周围归于无边的黑暗。

“你没事吧？洪荒星终于被消灭了！好吧，让我们再次踏上征程，把人类的余孽全部杀光，然后尽情地吞噬星空。”

“我没事，我很好，你怎么样？”

“什么你呀我的，我们是一个，我们是宇宙间最强大的生物X。”

“不，你是X……而我是鲲，我是人类的后裔，我们……是生生世世的死敌。”

“胡思乱想什么，别听信人类的谗言，冷静一下，哎！你在做什么？住手，快住手……”

在太阳的中心，已经全面黑化的鲲猛然绽放出金色的光芒，比太阳还要耀眼的光芒，身上的黑色在快速消退，露出原本晶莹而透明的身体。

“该死的人类，你这个物种马上就要灭绝了，变成强大的X有什么不好？好吧，既然你选择了战争，我便给你战争！杀了你之后，我会走遍宇宙的每个角落，把所有的人类一个个找出来，让他们尝尝最残酷的手段。”

无数X物质主动退出了鲲的身体，在他不远处，一个与他酷似的巨人迅速凝结成形。

鲲笑了笑：“我们曾经在这里进行过一番大战，我承认你的强大，如果不是选择同归于尽，恐怕还会被你吞噬掉，不过，那是以前了，我刚刚在星光里学会了一些新的本事，你要不要看一看？”

说话之间，他伸展身躯，从人类形态变化成一只遮天蔽日的大鸟，双翼在阳光中如同幻影一般，好像不断在真实与虚幻之间切换，一会儿像是真实存在的，散发着七彩微光，下一刻又像是不存在一样，无迹可寻。

看着那双透明的翅膀，X感到从未有过的恐惧，他的心神不可抑制地颤抖起来，那是什么，为什么透出这么可怕的气息，这是人类进化出的新的能力吗？不，我们才是最强大的，没有什么能够……

这个时候，鲲的双翼在太阳烈焰中挥动了一下，似乎没有什么特别，周围好像没有什么改变，但是黑色巨人X却如阳光下的积雪一般快速融化，不可摧毁的X物质瞬间失去了活性，像灰尘一般洋洋洒洒地飘散。

“这是第一个。”鲲自语道，“没想到，时间才是宇宙间最强大的武器！”

忽然之间，鲲的心口没来由地一阵酸痛，一股莫名的悲伤像洪水一般涌入脑海，他的眼角滑下一滴透明的能量凝结的泪水，为什么，为什么会莫名其妙地感到悲伤，就好像……失去了一位至亲之人，是谁在自己的大脑深处留下了一抹蓝色的故乡的幻影，是谁教会了自己时间的奥秘，是谁让自己最终变成人？他似乎看到一个熟悉的身影，却是模模糊糊，无法看清……

第十八章

洪荒起源一

关键词：

接踵而至　火山口上的掠影

手中剑王朝　金钗刺

神州。

羿在空中飞翔，山川河流大地在身下很远的地方缓缓延展……

此情此景他曾经多次在梦里见到过，然而他此刻的心情却难掩沮丧，在两道山崖轰然倒下，神魔巨人被压在乱石下的那一刻，他为姬武弄出的那个叫作炸药的武器感到震撼,也真的以为自己终于战胜了巨人，可是电光火石间的逆转却让他如坠深渊，巨人的手臂伸出废墟，一把将他死死攥在手心的瞬间，他一点儿没有感到身体的疼痛，他只是觉得有些无力和不甘，为什么上天把人类塑造得这般弱小，为什么自己手中没有一把削铁如泥的剑。

那声天崩地裂的爆炸响起的时候，神魔巨人同样吓了一跳，看着千万吨巨石劈头落下，他甚至有了大难临头的感觉，好在他及时明白过来，那不过是人类刚刚产生文明时发明的化学能，雷声大雨点小，根本不能对自己造成什么伤害。

他伸出手，终于把羿攥在手中，在这个世界里，他唯独需要惧怕的就是这个人类，这个人类身体里蕴藏着毁天灭地的力量，好在对方似乎根本不会使用，现在总算实实在在落在自己手心，再也插翅难逃，这唯一的忌惮、唯一的变数终于消除了，他总算感到一阵轻松。

他纵身腾空而起，抛下双方仍在争斗的士兵，激活体内的 X 物质活性，开启反重力器官，变得身轻如燕，然后重新分配动力至推进器官，向活火山的方向飞去。

羿忍不住都有些嫉妒对方，庞大无比的身体，固若金汤的血肉，无可阻挡的力量，竟然还能像大鹏一样灵巧地飞翔，真是完美无缺的生物啊。上天一定偏心地把所有垂爱都加于他一身，难怪他被人类尊为神魔。

从高空看，大地似乎静止不动，但飞行的速度其实非常快，仅仅一个时辰便跨越了千万里，羿看到天边像是烟囱一般升起一股巨大的烟柱，又近了一些，他看清了，那是一座覆盖着皑皑白雪的活火山，在积雪的映衬下，山顶上浓烟滚滚，当中隐约可见暗红色的岩浆湖。

神魔巨人开始降低高度，进入俯冲，喷吐烟柱的火山逐渐变得巨大，羿看到在雪白的山体上蜿蜒着一条黑线，更近了，羿发觉那是一支从山脚一直延伸上山顶的队伍，神魔巨人抓着他从队伍头顶掠过，他清楚地看到那些人穿着奴隶起义军的装束，被绳索捆绑着，在留王军队的押解下行进，他甚至看到了几个熟悉的面孔，他心里有了不祥的预感，不禁一阵酸楚。

未及多想，巨人突然提升了高度冲上山顶，一个花岗岩铺就的广场出现在眼前，巨人的双脚重重落在广场中央，砸出两个大坑，羿这才注意到广场边缘站立着许多贵族，见巨人从天而降，连忙跪倒一片，当首一个依稀可见，他便是留王。

神魔巨人毫不理会这些人，迈步走到火山口，伸出手，于是羿就悬在火山湖的上空，暗红的岩浆在身下翻涌沸腾，炙热的温度让他头晕目眩……这便结束了吗？这便是自己以及征战多年的兄弟们最后的命运吗？真的不甘心啊！这世界本该是我们的，为什么，为什么……

神魔巨人捏着羿的手指却迟迟没有松开，他感觉到了什么，把头抬向空中，在被浓烟涂抹得有些灰沉沉的天空上出现了几个黑点，并且在急速扩大着，最终猛烈撞击在广场上，激荡起冲天的灰尘和碎石。

烟尘散去，四个庞然大物露出身影，让偌大的广场都显得拥挤，靠近广场中央的贵族和护卫士兵死伤大半，地面上一片狼藉，到处是碎石和尸体。留王等贵族死里逃生，目露惊恐，他们在奴隶面前颐指气使，面对神魔却毫无尊严，这些人见势不妙，一边连连施礼，一边屁滚尿流滚下广场。

“见过三哥。”一个牛首人身的神魔伸手抓起一个跑得慢些的贵族，咔嚓咬掉一半，嚼了两口，嘴里含混不清地说道。

“老三,兄弟姐姐们听说你这里有些麻烦,就不远万里赶过来帮忙,你该怎么谢我们呀？”这个神魔操着女性特有的尖细嗓音，胸前鼓鼓囊囊，但是看一身疙疙瘩瘩的肌肉和刀削斧砍般的脸庞，哪里有一点儿女性的痕迹。

“三哥，你手里抓的什么东西，很好吃的样子。”一个胖得像是在横向生长的神魔痴痴地盯着羿，嘴里流着黑色的黏液，向前走了两步，却被抓着羿的神魔拦了下来。

“老三，我们兄弟历经无尽岁月的战斗而幸存下来，凭的就是有难同当，有福同享。”最为庞大魁梧的那个神魔闷声闷气地说道，仿佛耳边滚过一串惊雷。

“大哥说得对，这个人类非常特殊，身体似乎蕴含着大量本源物质，对我们的恢复裨益良多，我这里正准备招呼大家来共享。”神魔老三赔笑说道，不情愿地把羿拿到身前，却紧紧攥着不肯松手。

羿感到撕心裂肺的疼痛，却根本动弹不得，他仰头打量着几个神魔，看来神魔不止一个，这一定是另外一种远远凌驾于人类之上的生物。既然上天创造了这样完美的生物，为什么还要产生弱小的我们呢，难道这世间本就没有公平和平等？

忽然之间，在几个神魔巨人的空隙间，在那湛蓝的天空之上，亮起一道七彩的霞光，像是时空的涟漪一般，掠过整个天空，然后，一只蓝色的蝴蝶出现在羿的眼前，围着羿上下飞舞着，它有着神秘玄奥的花纹，散发着群星一般梦幻的辉光，它那渺小而脆弱的身体与周围的神魔比较起来简直像是一粒微尘。

多么美丽的生物啊！虽然渺小，却可以在自己的世界里自由自在地飞翔，羿有些羡慕地想着。正在出神间，一个男孩儿稚嫩清脆的声音在耳边响起：“你的情况不妙啊！嘻嘻，这些傻大个在讨论怎么分配你呀，哎哟，这个说把你扔进火山口，那个说要把你大卸八块。啧啧啧，真是太血腥了。”

羿一怔，他不懂神魔的语言，但想来大差不离，他觉得自己产生了幻觉，疑惑地看着蝴蝶：“是你在说话吗？你……是谁？”

“我？我是人类的后裔啊！哦，虽然看上去不怎么像，我从你心里感受到愤怒和不甘心，嘻嘻，你……想报仇吗？”

羿确定自己出现了幻觉，竟然把一只蝴蝶当作救命稻草，他心里有些鄙视自己，便不再言语。

蓝色蝴蝶却围着羿飞个不停，喋喋不休，见羿不理不睬，恍然道：“我明白了，嘻嘻，你是看我太弱小了，要知道生命的强大倚靠的是体形或力气大，嗯，我想了想，为了让你印象深刻，还是由你自己来体会一下吧。”

蝴蝶离开羿，向上飞去，神魔们正围拢在一起不断争论着，眼看着蝴蝶升到了他们眼睛的高度，神魔老三被其他几个围攻，正面红耳赤，竭力争辩，心浮气躁，见到蓝色蝴蝶飞来飞去很是不耐烦，伸出大手一巴掌拍去。羿心中有若针扎，眼看着这个柔弱的生命就要四分五裂，然而蓝色蝴蝶在神魔的指缝间猛然绽放出炽烈夺目的光芒，这光芒越来越盛，掠过广场，掠过火山，向整个神州世界辐射开来。

光芒散去，蝴蝶消失了，几个神魔还在愣神，神魔老三眨巴眨巴眼睛，捻了捻手指，好像什么也没有发生，又好像发生了极为重要的事，这片天地看似如常却似乎发生了翻天覆地的变化，他的身体似乎也发生了某种改变，只是一时有些说不清楚。

正寻思着，他突然感到另一只手传来剧烈的疼痛，低头一看，只见手心里攥得紧紧的人类，正在掰自己的手指，这个此前一刻还弱不禁风的人类支棱着牙签儿般的胳膊竟然把自己那铜浇铁铸般的手指一个个掰开了，而他用尽了力气居然无法抗衡，疼痛来得如此猛烈，他龇了龇牙，将这个该死的人类狠狠掼在地上。

不可思议的事情发生了，广场坚硬的花岗岩地面出现一个洞，本应摔成肉饼的人类居然毫发无损地从洞里爬出来。

神魔老三瞪大眼珠，另外几个也停止争吵，疑惑地看过来，当然更吃惊的莫过于羿了，爬出破洞之后，伸了伸胳膊，活动活动腿儿，拍了拍嗡嗡直响的脑袋，发了一会儿呆，然后他抬起头仰望五位神魔，露出意味深长的微笑。

“刚才有一个声音在我耳边说，现在不是从前那个世界了，该变天了。”羿说道，“我本来还不明白是什么意思，但是在那道神奇的光芒扫过这片天地之后，我发现我的身体发生了一些有趣儿的变化，好像……好像有一些本来就属于我的东西终于又回到我身体里了，又好像……”他歪着头想了一下，接着说，“原本冻结在我身体里的东西解冻了，和我完美地融合在一起，我试了试，果然效果显著，那根如擎天铁柱般的手指竟然轻易掰开了，如果我愿意，甚至可以掰断它，然后我的身体重重落在石板上，没想到，石板竟然被砸碎了，我却啥事儿没有，于是我明白了，真的有一些事情发生了，不过这对你们可不是什么好消息。”

几个神魔耐着性子听完，脸色变得铁青，一个小山一般的拳头落了下来，他们可没心思和一个人类交流，那就让拳头说话吧。然后一声惨叫冲破云霄，牛首人身的神魔老五哆嗦着抬起拳头，只见小指和无名指齐根断掉了，黑色的血液流得到处都是。

羿收回高高举起的拳头，身上被神魔血液喷了一身墨点儿，他抹了一把脸，反而像是给自己画了一个狰狞的鬼脸。

“咦，真的不是做梦！”羿的声音有些兴奋，“人类与你们这些所谓神魔的清算，就从这一拳开始吧。嗯，我的话有点儿多，你们一定不耐烦了。”

羿微微躬身，而后像一枚炮弹般一跃而起，神魔老五只觉眼前一花，接着门牙上一阵剧痛，两颗白花花的有如门板大小的门牙应声而落。神魔老五急中生智，张开血盆大口，一口把撞上来的羿吞入口中，之后一伸脖儿咽下肚去。

神魔老三一见急了眼，掐住老五脖子拼命摇晃：“快吐出来，这是我的。”

神魔二姐尖声叫道：“小五，你竟然想独吞，不怕大哥收拾你！”

神魔老大沉声道：“小五子，你若不顾兄弟情谊，莫怪大哥翻脸无情。”

神魔老四流着口水，道：“哥哥姐姐们，这些年天地变化，本源物质越来越稀薄，咱们的体质也越来越弱，你们都瞧见了吧，连虫蚁般的人类都敢反抗我们了，不如……不如我们把小五一起吃了吧。”

神魔老五被兄弟几个团团围住，脸色很是不好看，一会儿铁青一会儿苍白，突然一头向老四撞去，试图从老四的身边夺路而逃。老大手疾眼快，抬腿一脚踹在老五屁股上，老五与老四顿时撞在一起，翻滚在地。老四一骨碌从地上爬起来，老五却仍旧捂着肚子在地上打滚，嘴里发出杀猪般的惨叫声。

几个神魔正有些莫名其妙，却见老五干呕了几下，哇地吐出一口黑血，胸口高高凸起，好似多长出一个脑袋，而后如气球一般越胀越大，“砰”的一声炸裂开来，半边胸口赫然出现一个大洞，一个浑身漆黑的小人儿从大洞里爬出。

老五难以置信地看着这个犹如鬼魅的小人儿，右手颤巍巍地抬起，想去捂住胸口的破洞，抬到半途便颓然落下，腿一蹬，气息全无。

“什么神魔，简直太脏了，令人作呕，实在忍……忍不住了。”

满身黑血的羿嘟囔两句，弯下腰旁若无人地干呕起来，这一次，其他神魔面面相觑，脸色都变得凝重起来。

“我忽然想起一些很久远的事情，久远得我几乎快忘记了，那还是上一次宇宙周期的事情。战争已经接近尾声，我们终于抵达太阳系边缘，在围歼最后一支人类舰队的时候，遇到了一个人类特战小组，这个小组只有三个人，但是每一个的个体战力几乎与我们相当，个别技能甚至有所超出，虽然这个小队最终被全歼，但他们给我留下了深刻印象，那一定是人类在生物科技领域获得了重大突破，从而基因改造出的新一代人类战士，我甚至觉得，如果战争初期人类便拥有这样的士兵，战争的结局或许会出现诸多变数，现在……咱们眼前这个小人儿，让我想起了当时的情景，他和那三个人类士兵太像了。”

“这怎么可能呢？”神魔二姐瞟了羿一眼，紧皱眉头，“当时我们一起降临了人类的母星，只是突然之间天地变色，我们几个都被冻结在极地高原，熬过无数岁月之后，才终于复苏，虽然我们的身体在岁月的侵蚀之下虚弱不堪，能力也十不存一，但人类则付出了更加惨重的代价，他们只剩下一个小小的群落，不过百余人，并且他们的智慧急剧退化，几乎成了茹毛饮血的野兽，已不能称为智慧生物，这一个宇宙周期里，我们一直在放牧这些愚昧的人类，从他们的身体里吸收微薄的本源物质，几千万年过去了，也从来没有见过一个人类基因突变产生什么强大能力啊？”

“我同意二姐的说法。”神魔老三道，“这个人类虽然是这些年来最强大的，也确实给我带来些麻烦，差点儿就把我们扶植的傀儡干掉了，但也就是脑袋好使点儿，身体却孱弱不堪，更没什么超能力，这不，被我轻而易举就抓来了。”

“老三，你没说实话，大概还做着偷偷独享的打算吧。看看老五，小心落得一样下场。”神魔老大瞪了老三一眼，“这个人类身体里的本源物质含量如此之高，如果我猜测得没错的话，这个人类绝不是那些愚昧的人类后代，而是和我们一样，来自上一个宇宙周期的人类遗传，这该死的人类文明既然选择了同归于尽，就绝不可能不留后手，比如……把那些强大的能力隐藏在看似智力退化后裔的基因深处。”

“可是……可是我明明随便一只手就把这个小人儿抓来了啊！我能感到他的愤怒，他却一点儿反抗能力也没有。”老三分辩道，“老五就横尸在眼前，难道你看不见吗？这就是你说的毫无反抗能力吗？”神魔老大怒道。

“难道，是那道光？”神魔二姐恍然道，“那个蓝色的蝴蝶在消失的一瞬绽放开的那簇光芒，在它的冲刷之下，我感觉自己一下子苍老了一亿年，而这个孱弱的人类似乎获得了新生，神奇地具有了可怕的能力，谁能解释是怎么回事？”

几个神魔相互对视，俱都一脸茫然，没法解释。神魔老四则有些心不在焉，流着口水，向神魔老五的尸体走了两步道：

“反正老五已经死了，我好久没吃饱了，不如……”

羿站在一边始终默默听着这些神魔交谈，蓝色蝴蝶的能力果然无比神奇，让他基因深处蕴藏的能力爆炸般地充满全身，甚至能完全理解这些异类的交流方式了，而对方交谈的内容牵涉诸多远古秘闻，正是羿感兴趣的，个别词语甚至在他的脑海里如同秘钥一般不断去解锁大量尘封的记忆。

正在羿陷入沉思之际，神魔老四以一个胖子不应有的敏捷突然蹿上来，闪电般一把抓住羿，扬手向热气升腾的火山口扔去，羿手疾眼快，同样死死抓住对方的手指，神魔老四的反应同样迅速，索性一纵身，抓着羿一同跳下火山口。

其他神魔纷纷冲到火山口，扒着峭壁向下张望，只见双方在半空中扭打着，那个人类有两次接近挣脱，幸好被老四纠缠住，最终双双落入沸腾的岩浆湖，一道涟漪过后，湖面恢复平静，一如既往地缓慢涌动，同时喷吐着浓重的黑烟。

过了一会儿，羿和神魔老四都没有动静，仿佛被岩浆融化了一般。

“老四不会有事吧？这个该死的人类一定被烧死了吧？”神魔二姐说道。

几个神魔当然知道老四没事，岩浆湖是他们平时安眠的温床，由于这里的环境越来越不适合他们生存，而他们又在漫长的岁月中伤痕累累，而炙热黏稠的岩浆则是他们休养生息的好地方，因此绝大部分时间里，他们都各自占据一座火山湖，深藏在岩浆之中躲避天地的侵蚀。

他们想确定的是，这个叫作羿的人死了没有。按理说，人类的体质在落入岩浆湖的一瞬间就会化作几根枯骨，绝无幸存之理，可是现在他们却有些惴惴不安，不祥的预感阴影般笼罩心头。

又过了一会儿，还是一片寂静，几个神魔暗自松了一口气。

“大哥，二姐，我们也下去吧。不然的话，那个人类的神性物质恐怕就被老四一个人吸收完啦。”神魔老三说道。

话音未落，只见岩浆湖突然沸腾起来，岩浆像海浪一般咆哮汹涌，猛烈撞击着周围的火山岩，一个巨大的漩涡在湖心形成，并且急速旋转着，越来越大，越来越深，一个银色的亮点儿从漩涡深处升起，划着一条弧形银线，直落众神魔身后的广场。

没有猛烈的撞击，而是如蜻蜓点水一般，轻轻地站在地面上，羿平静地望着几个回过身来望着自己发呆的神魔，如液体金属般的身体迅速凝固，恢复人类正常的古铜色皮肤，他弯腰撕下神魔老五衣服上的一截衣袖，披在身上，成了一件红色的披风。

“嗯，原来你们一直躲在岩浆湖里面，我本以为那里是生命的禁区，谁知却是淬炼身体的好所在，并且，在那里我还想起了很多事情，那些深埋在基因里，无尽岁月之前的事情。”羿缓缓说道，他的目光变得愈加深邃，“你们不是高高在上的神魔，你们是来自黑洞的异类，我们人类的死敌。”

神魔二姐笑道：“好吧，看来你果真遗传了一些东西，不过你口中的人类已经在上一个宇宙周期被灭亡了，他们被我们一路追杀，从整个星海一路龟缩回母巢，直至随着宇宙一同毁灭，也许你勉强算是一个漏网之鱼吧。而那些，已经不能再称为人类了，他们只是我们圈养的牲畜。”

神魔二姐朝着山路上的人们努了努嘴，此刻的山路上，无论奴隶俘虏还是负责押解的留王士兵，乃至在远处猬集一团的留王等贵族都被广场上的争斗吸引了，目光不约而同地向这里聚集，奴隶俘虏们认出了自己的王，沮丧与消沉正在散去，希望和兴奋的情绪快速蔓延，押解的士兵则慌了神，再也不敢像之前那样飞扬跋扈，而那些秋国的贵族们则如同屠刀下的绵羊一般瑟瑟发抖。事已至此，广场上争斗的双方无论谁获胜，他们恐怕都会有无妄之灾。

羿并不动怒，反而露出轻蔑的微笑："不可否认你们确实非常强大，也不可否认你们差一点儿就成功了，不过你们大概没有料到，在选择同归于尽的同时，人类的先人把他们的传承留在了后裔的基因深处，现在新的世界诞生了，这是人类的世界，你们一定感觉到了，在这个世界里，你们处处受到排斥，而我们人类终将在涅槃中重生，就像现在，你们看到了我，以后还会有更多的人发现先人的传承，成为越来越多的我，在更久以后，我们也会重新走向星海。"

神魔老三挺起胸膛，重重地哼了一声道："你这个不知天高地厚的小辈，难道你想起的那些记忆里，没有人类士兵丢盔弃甲的狼狈相吗？没有整支舰队被凌空打爆的惨状吗？也没有几十亿人在黑暗中哀号的绝望吗？你所谓的先人就是我们刀下的亡魂，没有一点儿赢的希望，从来没有。那么你告诉我，即便你继承了这些亡魂的传承，即便我们伤痕累累，你便自认为能与我们抗衡吗？"

"不能，我不否认你们的强大，也不否认人类曾经一败涂地，我承认，即使继承了先人的传承也不是你们的对手。"羿点头道，不过他的眼中反而亮起更加自信的光芒，"但是，我还被赠予了另外一些东西，记得刚才那只蓝色的蝴蝶吗？记得那道辐射了整个世界的光芒吗？在那道光芒里蕴含了时光的奥妙，有若无形却无比强大，在它的冲刷之下，你们的身体本源被大幅度削弱，而我则获得了一部分它的力量，你们知道它来自哪里吗？知道这个答案，你们恐怕会陷入绝望的深渊。”羿露出了神秘的微笑，“它来自未来，这是遥远未来，人类后裔跨越时光送来的馈赠。”

他弯下腰，从一个贵族尸体的腰间抽出一把青铜剑，这是一把镶金嵌玉的装饰用剑，分量太轻、剑身太短，甚至没有开刃，根本不能用于战斗，羿似乎毫不在意，拿在眼前看了看，伸出手指在剑脊上缓缓拂过，然后青铜剑起了变化，金属的剑身如同水波一样缓缓涌动起来，并且散发出似有若无的微光，像是从剑身延展出了锋利的剑刃。

没有什么可说的了，仇恨已经积蓄了无尽岁月，星海虽大，人类与X却只有一个物种能够存活下来。

神魔老三抡起战斧冲了上来，不过首先降临的是一块小山般巨大的花岗岩，神魔老大早就看好了火山口这块儿岩石，在羿的那把青铜剑露出锋芒的同时，他猛然举起这块石头，奋力扔了过来，但是巨石并没有击中目标。明明所有的角度都被封死，不知道羿用了什么方法，竟然如穿墙术一般越过了巨石，与神魔老三战在一起，神魔老大也随之加入战团，他用的是拳头，很多时候，拳头才是最有效的武器，何况是重达一吨的拳头，而神魔二姐站在原地没动，她的手上拿着一张长弓，一支乌黑的箭矢搭在弦上，下一刻便出现在羿的眼前。

这是一场极为悬殊的战斗，羿的身高不到X的十分之一，被两个巨人围在当中，陨石一般的拳头雨点般落下，战斧划过的乌光在周身缭绕，不时还有巨矛般的箭矢突兀而至，看上去只要实打实挨上一下，都会要了羿半条命，但是几个 X 的表情却越来越凝重，羿像极了一只轻盈的蝴蝶，捉摸不定地在刀光剑影中上下翻飞，看似速度不快却总能以意想不到的角度避开攻击，而他手中那柄看似普通的青铜剑却在两个巨人身上留下一道深于一道的伤口。

战斗瞬间进入白热化，广场上飞沙走石，尘土弥漫，战斗双方都隐没在浓重的尘雾之中，没人知道战况如何。

突然之间，传来一声惨叫，一把巨大的战斧飞出，斧柄上还抓着一只断手，接着又是一声闷哼，一个齐腕断裂的拳头高高飞起，之后惨叫声不绝于耳，残肢断臂不断飞出，留王等贵族看得肝胆俱裂，他们认出那都是神魔的肢体。

突然之间一声呼啸，神魔二姐已然一脸惊慌，顾不得射箭，也顾不得同伴的安危，纵身向空中跃去，拖着一缕黑烟仓皇逃窜，接着，神魔老大和老三也跌出战团，他们浑身浴血，四肢不全，身上布满巨大的创口，已然奄奄一息，但旺盛的生命力支撑着他们搂抱在一起，化作一块儿坑坑洼洼的陨石，摇摇晃晃向空中腾去，但是刚刚进入五六十米的低空，羿从尘雾中电射而出，迅速接近他们，剑光交错，陨石分裂为数十块，纷纷落入火山口内。

羿当空站立，仰望着远去的神魔二姐，甩手掷出了手中的剑，宝剑像是具有了灵性，划出一道弧光，迅速追了上去，在对方绝望的惨叫声中透胸而过，但是神魔二姐并没有就此毙命，坠落了几十米之后重新晃晃悠悠升起来，越升越高，逐渐穿过大气层，飞入漆黑冰冷的太空。

羿没有再次出手，那一剑凝结了 X 的生命本源，即使能够逃得一命，也不会给人类带来什么威胁了，让她在残酷的星海中受尽折磨也是个不错的选择。

羿低下头，俯瞰着火山，巨大的欢呼声从山脊传来，一声高过一声，是他的旧部在欢呼雀跃，留王的士兵跪在他们脚下求饶不断，留王和贵族们则被奴隶们一拥而上，纷纷抛入火山口。

半年后，王城。

这座拥有一百万居民的秋国都城看上去与往日无异，但是各个城楼上飘扬的“羿”字王幡则昭示着黑夜已经过去，奴隶制被扫入了历史的垃圾堆，人类文明将迎来曙光。

城市里热闹非凡，人们都来到街道两侧，挥舞着彩旗和花束，欢声笑语如同过年一般，一队队盔明甲亮的士兵迈着整齐的步伐从王宫中走出，穿过人群聚集的街道，穿过王城的四个城门，向秋国的边境开去。

王宫大殿前的广场上已经空了大半，只有左侧还有大约一万名士兵列队肃立。

混江一身戎装手按剑柄来到大殿前，撩起战袍拾阶而上，然后走进有些昏暗的大殿，抬头看了看，快步走了几步，在一条黑色的长案前单膝跪倒。

“羿王，姬老，末将混江前来领命。”

条案后面并肩盘腿坐着两个人，正是羿与姬武。

羿拿起一支兵符，说道：“四弟，命你带本部兵马攻略越国，切记约束部卒，沿途不可骚扰百姓，对归顺者以礼相待，待灭亡越国后，弟即为越王。”

“末将遵命，大哥放心，弟定为大哥打下这片国土，并为吾王永镇之。”

混江躬身退了出去，大殿里一片肃静，羿伸了个懒腰，道：“好了，各路大军已尽数开拔，我也要动身助将士们一臂之力。”

“急什么，我看你是不愿意在王宫里老实待着。”姬武道。

羿笑了笑：“您也看到了，在这里整天除了吃就是睡，好不无聊。”

“你当初揭竿而起，不就是为了这样的日子吗？”姬武也笑了，“此刻国家百废待兴，你可别想抽身世外，四处逍遥去，至少，有一件事需要先定下来。”

“什么事？姬先生看着决定就好。”羿站起身来。

“这件事必须由你亲自做主。”姬武一把拉住羿。

羿一怔，没明白姬武此话的意思，姬武拍了下巴掌，只见崔万从门外走了进来，在他的身后传来环佩叮当的细响，一个盛装的女子跟了进来。

“阿雅。”

看到女子的脸庞，羿失声叫道，尘封的记忆豁然开启，那个与自己月下定情的洪荒女孩儿一下子出现在脑海里。

“这不是阿雅，她的名字叫作吴幻娇，她的父亲是一位奴隶主，她愿意成为羿王的女人，以换取其父的特赦。”姬武说道。

羿似乎没有听到姬武的话，仍然痴痴地望着这个女子，像是沉浸在洪荒世界的回忆中没有醒来，女子发髻间一枚金钗泛着淡淡的微光。

离国。

羿王军杀入离国境内，一路势如破竹，十日内连克十城，兵锋直指离国都城。

战局恶化的战报如雪片一般飞入王宫，离国宰相李仁府拿着厚厚的文书在大殿门口焦急万分，却被卫士拦在殿外不得而入，大殿内传来歌舞乐曲的声音，不时夹杂着女子的娇笑。

李宰相长叹一声，暗道："离国，完啦……"

正这时，殿内突然传来一声惊呼，接着一个黑乎乎的东西飞出殿外，李宰相依稀看到那是一个戴着王冠的头颅。

烈国。

烈国是一个小国，但烈国传统崇尚武力，许多国家有名的决斗奴隶都是出自烈国的斗士训练营，烈国的王亦是一位雄主，在位八年发动了四次战争，每战必胜，接连获得了邻国大片土地和城池，使烈国一跃成为头等强国。

羿王军对烈国的攻略并不顺利，两军在摩天岭一线对垒，陷入苦战，一时交战双方都无可奈何。

烈国都城的教练场上，8 万士兵整装待发，烈国国王顶盔贯甲坐在战马之上，正在发表最后的演说。

羿王身着便装，持一柄无鞘宝剑，从天而降，与烈王战于当下，仅一回合，斩烈王于马下。

越国。

越国王城一面靠海，羿王军的先锋已经到达王城城郊，但是城内仍然井井有条。王城的百姓已经得到消息，这是一场王与王的战争，羿王军入境以来秋毫无犯，只诛首恶，不问其余。

后半夜时分，一支船队靠近王城，装载了大量人员和货物后，离岸远航，原本满天繁星的天空突然间划过一道犀利的闪电，船队中最大的一艘被劈为两半，瞬间沉入海底。

汤城。

句苟照例在汤神殿祈祷。

这些年来汤城迭遭兵灾，羿王和留王的大军在汤城反复攻杀，汤城百姓十室九空，苦不堪言，被大家不看好的羿王竟然奇迹般地取得了最后的胜利，感念当年汤城百姓的支持，羿王赦免了汤城的税负，还赐给汤城百姓大量财物，一时间，汤城百姓家家张灯结彩，无不感念羿王的仁厚。

句苟无疑是这些百姓中的一位，但是他的心里却还存着一丝疑虑，当年他几次觐见羿王，陈述神魔的可怕，力阻羿王出兵，谁知羿王强大如斯，竟然砍了神魔的脑袋，这件事，羿王不会生了别的心思吧？

怕什么来什么，邻里街坊们开始在他背后议论纷纷，一些小道消息也传到他耳朵里，说是羿王在朝会上提起过自己渲染神魔如何如何的事，看来不日就会降罪。起初老人还是不信，自己只是一介草民，哪里能让羿王记得，可是流言越来越甚，弄得他也六神无主，疑神疑鬼起来。

“是句苟吗？”一个声音在背后传来。

回过头，见是一位佩剑的军士，连忙道：“是，是草民。”

“跟我走一趟吧，羿王要见你。”

听到这话，句苟腿一软，瘫倒在地，完了，完了，该来的还是来了，自己一生多嘴，没想到这条老命就丢在这张嘴上。

“草民知罪了，还请羿王施恩，让我在家中自尽吧。”老人哀求道。

军士一怔，不禁笑了，道：“老先生，您弄错了，羿王感念您当年的直言，邀请您去参加羿帝的登基大典，还要请您担任太学的老师呢！”

第十九章

洪荒起源二

关键词：

云开　洪荒　部落

云星，地底洞窟。

隧道的挖掘工作进行了一个月，隧道的掘进深度为……40 厘米。

作业面的选择是极为重要的，尽管姬武曾经为此花费了大量时间学习，也在发掘古墓的工作中有所实践，但是真的干起来，还是让他犹豫不决，地下洞窟是云中站在潜行形态临时掘进出来的。虽然芸娘的电脑里还有当时的地质资料，但是这么多年过去了，谁也不知道出现了什么变化，他只能凭这些过时的资料选择了可能最靠近火山的岩壁，然后还要考虑这面岩壁的断层和碎裂带。

当姬武终于下定决心在一面看似坚固异常的岩壁上画了一个两米直径的圆圈时，已经十天过去了。

可以开始隧道的挖掘了，地下洞窟里最大的挖掘设备就是云中站，它头部的特种钻头开动起来，可以保持云中站以每小时 1 公里的速度在地下潜行，但是很可惜，云中站已经成了一堆废墟，那一簇一簇金属森林般的钻头虽然看上去完好如初，却永远不可能再旋转起来了，倒是有一些小型工具可以使用，只是做一些辅助清理工作可以，用来让姬武或者芸娘进行大面积开凿则是天方夜谭。

姬武选择的是另一种办法，时光凝固舱里存储着两种物质，都是为人类文明在云星展开初期拓荒准备的，一个叫作“绿色生命”，这不是植物，实际上是一种超级细菌，具有极强的腐蚀性，可以迅速将岩石分解为土壤，而它们的尸体又为形成的土壤增添了养分，其作用与地衣相似，只不过速度极快。另一个称作“液体墙”，其实是一种强力黏合剂，可以将土壤瞬间凝固在一起，具有高强度、防火、防水的特性，可以使人类快速修筑居住点和防御工事。姬武的方法是使用“绿色生命”侵蚀作业面，然后用“液体墙”巩固洞壁，这样做的优点是保险，不会有塌方等意外发生，缺点是速度未知，想来肯定快不了，不过……还是先试试吧。

第一批“绿色生命”在培养皿中培育好之后，涂抹在作业面上，第一天，作业面的岩石颜色开始明显变深，但是第二天、第三天没有什么变化，第四天，姬武用挖掘工具试了试，岩石果然松软了许多，但是也仅限于表面薄薄的一层，并且岩石的硬度还是较高。姬武忍不住又涂抹了更多的“绿色生命”，为了防备超级细菌失控，他在作业面周围涂上了一圈抑制剂，然后就是等待。第十天，岩壁表面如粉尘般簌簌落下，用铁锹清理之后，形成了一个 10 厘米深的圆洞，整整一个月的时候，深度到了 40 厘米。

虽然看上去只是一个圆坑，但看来这种方法可行，并且随着“绿色生命”繁殖速度的上升，将来的速度只能越来越快。

娲的小腹已经微微隆起，预示着一个新的生命正在孕育形成，这一切都跟做梦似的，娲本来还是一个年轻的女孩子，不久的将来却要做妈妈了，这让她有些不知所措，又有了无形的紧迫感，她整天缠着芸娘学习生育和育儿的知识，只是很久以后她才知道，即使有了再丰富的知识，在实际用到的时候都是不够的，不过许多与生俱来的本能却会发挥意想不到的作用。

两个月过去了，隧道的长度达到了20米，这个速度大大出乎姬武的意料，两个人和芸娘举行了一个小型的庆祝仪式，虽然没有美食和酒，但大家还是其乐融融。睡觉的时候，姬武把娲搂在怀里，抚摸着她的腹部，不断畅想着将来美好的、有阳光和绿野的生活。

然后又是两个月，隧道超过50米了，这个时候，姬武对自己的计划产生了怀疑，根据原有地质资料分析，50米就是地下洞窟与火山口相隔的距离，但是隧道根本没有即将贯通的迹象，作业面后面仍旧是厚厚的岩层，没人知道有多厚。

姬武反复查阅了所能找到的所有资料，再次对隧道的角度和方位进行测量，但最终也没有得到确切答案。

姬武恢复了挖掘，但是他的心里却越来越没底。

从隧道挖掘开始，七个月过去了，隧道达到150米，仍旧没有贯通，在姬武心里濒临绝望的时候，新的情况出现了，作业面上开始渗水，起初是一片细密的水珠，一天后便有小股的水流顺着岩缝流淌下来。

姬武不敢再挖了，芸娘对作业面后面进行了探测，表明两米之外有一个巨大空间，这是一个好消息，证明姬武的假设是正确的，隧道的挖掘方位也是正确的，很快就可以和火山口贯通了，但同时也是一个坏消息，他们对外面的环境一无所知，基本全靠猜测，现在最大的可能是海洋并没有消失，他们仍处于海底之下。另一种可能，海洋虽然消失了，但火山口因为降雨而成了湖泊，这两种情况下一旦隧道贯通，地下洞窟会在瞬间被倒灌淹没。当然还有一种可能，作业面出现的渗水只是地层结构性蓄水，但是，即使有这个可能，也无疑是一场豪赌，生命的豪赌。

大家商量了整整一天也没什么结果，到了休息的时候，姬武和娲却根本睡不着，姬武仍在喋喋不休地分析着各种可能性，他甚至说出了地球秦岭古墓下的那个洞窟，那里曾经是海底，如今已是山脉，而且与这里有着说不清却极为紧密的联系，可是到后来，他说不下去了，因为成功的概率实在太低了，而失败的后果就是死亡。

娲本来一直沉默着，这时忽然说道："不用犹豫了，我支持你，挖！"

这个来自洪荒的女孩儿骨子里带着坚忍不屈、野性而决绝的性格，她短暂的生命里充斥着分离、孤独、杀戮和绝望，但是都被她那副看似柔弱的肩膀承担下来，她得到了爱情，有了爱人和家庭，她已经很知足了，现在又即将得到一个孩子，就当是命运对新生命的一次洗礼吧，何况这一次有她和他一起拉着手共同面对。

很多时候，最可怕的不是死亡，而是死前的恐惧，"绿色生命"侵蚀岩石的速度堪称恐怖了，但是放在宏观层面，却慢得像是没有变化，尤其是看着数条细小但可怕的水流顺着岩缝蜿蜒而下，脑海里却被岩壁后面庞大空间重压的情况之下。

姬武举起十字镐，重重敲击在作业面上，一下、两下……岩壁上的裂缝蛛网般延伸，水流开始激射而出，一块石头滚落下来，然后岩壁轰然碎裂，一米粗的水柱喷涌而出，一下子淹没了姬武。

完了，最害怕的事情还是发生了！这一刻，姬武心里有一点儿后悔，继而是绝望与悲哀，但是，水流在狂涌了片刻之后，突然小了下去，很快变成涓涓细流。姬武喜出望外，他们赌中了最好的结果，作业面后面只是一个小小的蓄水层，或是一个水洼，他爬起身来，举着手电张望，只见一个黑洞洞的洞口出现在岩壁上，他惊喜的脸一下子呆住了，因为，浓浓的白雾如同一条看似无害的毒蛇施施然钻进来。

姬武的计划本就是绝境中寻找那一丝虚无缥缈的生机，其中有太多的猜测、估计和赌博，好在命运不可思议地对他青睐有加，地下洞窟果真与火山口近在咫尺，隧道有惊无险地贯通了。中南海域由于地壳变动真的抬升为陆地，对与错，一比十亿或者更低概率的轮盘赌竟然次次压中，然而姬武并不是神仙，关键的一点，他预计错了，即便火星人类有过系统的预测，即便已经过去了一万八千年，即便有几十万台行星冷却塔在日夜不停地改造云星的大气环境，也许云星大气确实稀薄了十分之一，但是，这没什么实际意义，人类仍然无法在云星表面生存，一天也不行。

地下洞窟与外界的压力基本相同，芸娘及时用薄膜材料将隧道密封，使地下洞窟的大气成分得以保持，他们开了很长时间的会，决定由姬武携带呼吸设备前往外界探索，也许云星的雾气已经消散了呢，只有火山口还有少量淤积，又或许虽然雾气弥漫，但某些特殊地形导致那里的环境可以让人类生存呢？他们心底都知道这些可能性微乎其微，但是他们已然踏上一条不归路，只能一路向前。

姬武携带一个可供十二小时使用的呼吸器和一个装着工具和给养的背包出发了。

重新走进隧道，他淹没在白雾之中，走了100多米，跨过作业面，进入一个陌生空间，能见度非常低，强光电筒的光芒显得昏黄暗淡，逡巡了一圈，他发现自己的后背是一道不知多高的峭壁，而前面是一个同样不知多大的湖泊，他暗自庆幸，只要隧道的出口再低一两米，就会被湖水淹没。

他无法确认所在的环境，但是通过呼吸器传来的硫黄气息和头顶上一团淡淡的微光，他判断自己处于火山口底部，于是他在峭壁上找到一座倾斜向上的山峰，开始攀登，大约过了两个小时，他终于登上了死火山的锥形顶端，周围仍然是白茫茫的一片，什么也看不见，但是与地下洞窟完全不同，他感受到了光线，感受到了风，感受到清凉的气息，感受到世界的宽广。

从某种角度来说，他终于成功了，从地层深处成功回到了地表，但他也是绝望的，死火山的海拔应该很高了，即使在这里，大气也浓郁得跟牛奶一般，平原上可想而知，也许这里会成为适宜生命存活的星球，但那一定是很久很久以后的事情了。

姬武颓然坐在山顶，望着茫茫白雾，无计可施，时间不知不觉过去，呼吸器的使用时间已经接近一半，必须要返回了。可是他怎么回去呢，怎么去面对娲呢？告诉她云星的雾还在，他们还没出生的孩子根本没有未来？不，他做不到。

姬武的一生几乎是活在梦里的，那个奇异却无比真实的洪荒宇宙，他在一个个异世界里奋斗与挣扎，体味着一段又一段人生，但那只是一个无法触及的梦，真实的他只是一个默默无闻而又性格孤僻的普通人，他没有伴侣、没有子女，也几乎没有朋友，甚至亲生父母也只在童年的记忆中存在，他的生命在平凡中接近终点，他像是一直在准备着，为洪荒宇宙准备着，现在，他终于降临了，真正来到了洪荒，但是他发现，自己还是改变不了什么，这让他绝望，让他无助。

冥冥中，他的心绪一动，像是与无尽距离、无尽时光之外产生了某种奇妙的联系，接着，一束光从头顶的迷雾中投射下来，他站了起来，然后他的身体像是失去了重量，循着那束光向上升去，直至没入雾气之中。

下一刻，他穿过了层层白雾，来到了云星大气层之外，他看到在雾气弥漫的云星之上，在繁星点缀、漆黑无比的太空之下，一只比云星还要巨大的生物正悬浮在那里，那不是真正的生物，而是由光影凝聚而成的一只展翅翱翔的神鸟的形象。

“你来了。”姬武露出微笑。

“我来了。”一道意识在真空里回荡。

姬武张开双臂，他的身体也发出光芒，光芒越来越盛，最终与大鸟完全融合在一起。

那只星球般巨大的神鸟原本只是光影勾勒出的轮廓，现在他几乎凝聚为真正的生物，每一根羽毛的细节都栩栩如生。

他开始飞翔，环绕着云星，在云星充满云雾的大气层中飞翔，速度越来越快，到后来只能感到一道道浮光掠影在云雾中闪过。

起初是缓慢的，而后越来越快，不是大鸟的飞行速度，而是另一个存在却无法触及的东西——时间，从云星地表到1000千米高度，从对流层到电离层，云星大气层的时间超越了宇宙规律，开始飞快变化，一年、两年、十年、千年、万年……当然，这是无法感知到的。而云星那浓得化不开的白雾逐渐变得稀薄，风起云涌，全球性的雷电交加，暴雨倾盆，无数云团剧烈旋转与碰撞，终于在某一时刻，云雾消散，一颗宁静美丽的蓝色星球展现在太空之中。

二十年后。

太阳当空照耀，蓝宝石般纯净的天空飘浮着朵朵白云，海洋占据了星球的绝大部分，海水已经不再混浊，在阳光下泛着粼粼波光，陆地上几百万座死火山都已沉寂，化为一座座山脉，辽阔的平原上流淌着无数条河流。

云星，这个名字已经不适合它了，这里的环境已经适宜人类生存了，不过它还是一派原始风光，刚刚进化出一些简单的多细胞生物，从宏观层面来看，海洋仍然空空荡荡，陆地上除了奔腾的河水，一片沉寂。

这是一座连绵不绝的山脉，山脉的主峰是一座巍峨高耸的死火山，山脚下，经过一片起伏的丘陵，便是一望无际的大平原，几条大河从山脉汇集而下，从平原上咆哮而过，蜿蜒流向远方的海洋。

在一座丘陵平坦的顶部，这里与陆地上光秃秃的其他地域截然不同，这里有着一块绿茵茵的原野，其间点缀着几丛灌木和十几棵果树，在原野中部则坐落着一个由七八栋圆屋组成的小村落，村落中央的场院上耸立着两个白色的风车。

娲站在一排八个透明的保育箱前认真观察着，每个保育箱里都有一个几个月大的婴儿，他们吃完了奶，相继进入熟睡中。

这是最后一批孩子了，虽然现在还懵懂无知，但是在几年以后，他们就会加入哥哥姐姐们的行列，让人类族群在这个新生的世界里愈加壮大。

一个看似熟睡的小女孩儿忽然睁开了眼睛，忽闪忽闪地与娲对视，娲笑了，伸出双手轻轻把她抱了起来，小女孩儿并不害怕，反而跟着娲笑了起来，两只小胳膊欢快地晃动着，眼睛离开了娲的脸庞，向周围好奇地观望着。

“好吧，既然你这么好奇，就带你看看新世界吧。”娲没有把她放回保育箱，而是抱着她转身走出了圆屋。广阔的蓝色天空一下子展现在小女孩儿的视野里，她的视力发育还不完善，这让她觉得很是刺眼，于是她低下头，就看见了一栋一栋蘑菇造型的圆屋和远处绿色的原野，更让她开心的是，屋前的场院里坐着几个哥哥姐姐。

六个男孩，六个女孩，大约七八岁年纪，正围坐在场院里，每个人手里捧着一本书，正在认真学习，见到娲走出来，都抬起头笑了笑，然后接着埋头学习，其中一个小男孩放下了书本，跑过来，拉着女婴的小手摇晃道：

“这个小妹妹好漂亮呀，跟瓷娃娃似的，让我抱抱好不好？”

娲并没有同意，小男孩年纪还小，又有些莽撞，担心摔着女婴，她笑道：“现在还不行，要是喜欢的话，长大以后让她给你做媳妇，你可要好好照顾她哟。”

男孩女孩们一下子哄笑起来，小男孩的脸一下子变得像红布一样，扭头跑回座位上，把头埋在书本里。

一个小女孩站起来，问道："妈妈，芸娘奶奶什么时候回来呀？她已经走了九天了啊！羲哥哥他们没事吧？"

"芸娘快回来了吧。羲他们不会有事的。"

娲回答，但是她的声音里有着隐隐的担心，她把眼睛望向远方的地平线，在那里是一片苍茫的原始洪荒景象。

二十年前的记忆还是那样清晰，就像是昨天发生的一样。

姬武走了，带着简易的装备前往云星地表探索，但是再没有回来。

娲在焦急中等待了十个小时，这已经接近呼吸器的工作时间了，姬武不会出什么事吧？按说无论结果好坏，他都该回来啦！

芸娘穿过隧道前去接应姬武，但是一走也没了音讯。又过了六个小时，芸娘回来了，带回的消息有些不妙，她一路寻找，从隧道出口，沿着山壁向上，一直到火山口顶端，甚至火山口附近的地表，但是都没有找到姬武的踪迹，好消息是云星表面的浓雾已经消散了，现在那里正下着瓢泼大雨，昏暗的天空里电闪雷鸣，姬武不必依赖呼吸器也可以在外面生存，也许，他由于什么原因到更远的地方去了吧。

这让娲安心了一些，云星荒无人烟，基本没有什么威胁，说不定姬武过不了多久就会出现呢。然而半个月过去了，姬武仍然不见踪影，他携带的食物只能坚持三天，而云星上根本不存在可以作为食物的物质。一个难以接受的事实浮现出来，虽然没有见到尸体，但是姬武存活的可能已经没有了。

这些天，芸娘三番五次前往外界寻找，几乎找遍了每个角落，搜索范围也扩大了几倍，但是姬武就像是融化在空气中了一般，一点儿痕迹也没有留下。作为人类文明的顶尖成果，芸娘的智能程序对人类的情感了解颇深，看着娲整天魂不守舍的样子，眼睛里逐渐流露出的悲伤和绝望，她知道娲在默默承受着失去挚爱的煎熬，几乎已经到了崩溃的边缘，她想劝劝娲，却知道这个时候什么语言都是苍白的，只有姬武的归来能让娲瞬间破涕为笑，但是她做不到。

地下洞库里似乎更加阴冷黑暗，芸娘不知道该怎么让娲振作起来，她无法面对娲那双越来越空洞的眼睛，她只得一次次外出进行毫无意义的寻找，或者躲在自己的维修舱里想着根本想不出来的办法。

这一天，娲却来找芸娘。

“姬武不会回来了，对吗？”娲问道，她的声音虽然低落，却出奇的平静。

“……准确地说，他是失踪了……好吧，在我的逻辑判断里，他已经没有生存的可能。”芸娘吃惊地看着她，断续说道。

“我永远失去他了，我的爱人，”娲的眼圈红了起来，但是下一刻却恢复了正常，“但是生活还要继续，不是吗？”

“……”芸娘不明白娲的心思，一时不知怎么回答。

娲低头抚摸着变得浑圆的腹部，眼中流露出母爱的柔情，然后那目光变得坚定起来：“他给我留下了孩子，我会把我们的孩子抚养成人，让人类族群源远流长传承下去。”

一个月后，娲临盆，生下一个男孩儿，羲，这是娲给男孩儿起的名字，不知道为什么，仿佛冥冥中有种奇妙的联系，在给孩子起名的时候，娲的脑海里浮现出姬武的脸庞，然后这个名字就自然而然地浮现在心头。

洪荒人类的体质或许真的充满神奇之处，生下羲的第三天，娲的身体似乎完全恢复了，她做了一个襁褓，将羲背在身后，和芸娘一起开始了云星重启计划。

芸娘的工作是在地表寻找一个合适的地点，并建立一个可以用于生活生产的营地，而娲负责养育新的孩子，人类本是群居生物，只有羲一个孩子是远远不够的。

时光凝固舱中存储人类胚胎的舱段被开启，里面存储着68颗人类胚胎，出于谨慎起见，第一批只开启了八颗胚胎进行培育，存储胚胎的密封箱本身就是一具人造子宫，启封的指令发出之后，被中断的胚胎发育再度延续，这一过程几乎是全自动的，一天之后，八具胚胎都开始进入正常的发育。

这些存储在时光凝固舱中的胚胎……其实叫作胎儿更为准确，他们并不是胚胎初期如同蝌蚪一般的奇怪形态，而是已经生长了五个月左右，头颅、身体、四肢，甚至性别都已发育完成，完全是人类婴儿的形态，这个时候的胎儿处于相对稳定状态，不容易受到外界因素干扰，接下来只需要通过脐带和胎盘汲取足够的养分就可以了。

人工繁殖是一项非常成熟的技术，但如何经受以万年计算的时光冲刷，却无疑是个严峻的挑战，胎儿在漫长时间停顿之后再次进入正常发育，各项生理指标的监控和药物介入，可控核能源维持稳定输出，营养液和羊水的重新培养……这些因素都要密切关注，否则一个微小的差错都可能导致功亏一篑。

开始几天，人工繁殖舱里险象环生，时不时就会亮起警示红灯，接下来就是娲的一番手忙脚乱，不过总的来说，没出什么大的纰漏，八个胎儿都在茁壮成长，这让娲很是欣慰，这应该是预料中最好的情况了吧。

刚刚清闲了一些，羲又病了，简单来说就是不吃奶，或者吃了几口，一歪头又将奶头吐了出来，起初娲并没在意，可是过了一天，一点儿没有好转，这才慌了神，几种医疗检测做下来也没查出什么问题，按说这个时候的小孩儿身体里还有母体带来的强大免疫力，不该生什么病啊！试着用了两种药，还是不见起色。

看着孩子在怀里哇哇大哭，原本红润的脸蛋儿明显变得蜡黄消瘦，娲再度陷入绝望，这是她和姬武的爱情结晶，是她生命中的唯一希望了，难道命运把他也要带走吗？

或许娲内心的呼喊真的被命运感知到了，又过了一天，羲竟然奇迹般的好了，抱着娲饱胀的乳房嘬个不停，间或冲着娲发出咯咯的笑声，娲喜极而泣。正这时，繁殖舱内再度警铃大作，出事了，一个男性胎儿的生理指标全部归零，本来前一刻还好好的，所有的设施也都运转良好，但是突然之间，没有任何征兆，胎儿的生命像是一下子被什么吸走了。看了看怀中仍在吃奶的羲，娲的心头被什么触动了一下，那一刻，她似乎真的感觉到冥冥中有一股奇妙的力量在拨动命运的琴弦。

经过这次事件之后，一切都变得顺利起来，人工繁殖舱的系统经过磨合，运转越加稳定，胎儿们几乎是以肉眼可见的速度一天天长大，这里甚至不需要娲花费太多的精力来照料了。

娲终于有时间前往云星地表，刚走出隧道，还处于火山底部的时候，她就远远看到火山口上空那一片圆形的蓝色天空，爬上火山口的那一个刻，娲一阵恍惚，蓝天、白云、阳光、苍茫的大地，她以为自己回到了洪荒世界，回到了离别已久的家乡，不过她很快回过神来，这里并没有绿色，没有莽莽的森林，没有无际的草原，山脉和平原都呈现出岩石特有的青灰色。

芸娘将地表营地选在一个山丘上，这里地势较高，不会受到山洪或降雨的威胁，而山丘顶部开阔平缓，有足够的面积用于基础建设。

此前，芸娘已经在山丘上喷洒了大量“绿色生命”，娲来的时候，山丘的岩石表面已经形成了一层薄薄的土壤，“绿色生命”自身的绿颜色让这里看上去像是一片草地，山丘顶部也规划好了一片区域，芸娘就地取材，使用这里的岩石切割成标准大小的石块，然后使用“液体墙”将石块黏合起来，构筑成需要的建筑，现在有两座圆屋已经完工，采用圆屋的造型是娲特地叮嘱的，虽然芸娘的存储器里有更合适的建筑图纸，但是她很人性化地尊重了娲的意见，她是人类的造物，娲长大了，芸娘要退回到原有的位置了，她很忠实地恪守着自己的职责。

第一批人类婴儿诞生了，娲将保育箱搬迁到了地表的圆屋中，她要让这些孩子和羲一起从小在阳光下长大，同时照料八个嗷嗷待哺的婴儿是一件极为烦琐又需要极大耐心的事。

孩子们咿呀学语了，孩子们蹒跚学步了，孩子们围着娲争先恐后地喊着："妈妈，妈妈。"看着这些可爱至极的孩子，娲的笑容一天比一天多了，眉眼深处那失去姬武的忧伤也渐渐淡去了。

转眼间，孩子们四岁了，他们的身体都很健康，尤其是羲，他是吃娲的奶长大的，又比其他孩子大了半岁，明显比其他人高了半头，他们也有了群体的概念，具备了一定的组织纪律性，于是人类在云星的第一个班级诞生了。羲被选为班长，而娲又化身为老师，语文、数学、体育、美术、音乐……要学的东西太多了，只有掌握这些知识之后，他们才真正能够代表人类文明，也才能在这颗星球繁衍生息，发展壮大。

教学是繁重的，但比起照顾不能自理的婴儿，娲反而清闲了一些，于是，培育第二批胎儿之事提上日程。

这一次娲和芸娘调换了位置，营地的开发可以基本告一段落。这几年时间里，12 座圆屋修建完毕，风车和太阳能电池板也架设完毕，可以为营地提供稳定的电力供应，一条供水管道也从山丘下的河中引至山顶，由一台超导泵将水抽至山顶用于日常生活和灌溉，营地周围的地域也改造完毕，由"绿色生命"侵蚀而成的土壤已经可以生长植物了，首先种植的是草，这种植物虽然没有食用价值，但是生命力极为旺盛，从而使土壤稳定下来。

目前来看，营地可以初步运转起来了，至于更大的发展要等到孩子们加入到生产行列中来了，由于时光凝固舱不可能移至地表，就由芸娘来进行第二批胎儿培育，而娲则留在营地照料孩子们。

半年之后，第二批 19 个孩子来到了营地，娲再次忙碌起来，但即使不吃不睡，也同样照顾不过来，芸娘只好停下培育第三批的计划，帮娲一同照料，但还是忙不过来，好在第一批孩子们能够帮一些忙了，他们一边好奇，一边笨手笨脚地帮妈妈照顾弟弟妹妹们，这样的生活是紧张忙碌但是又充满快乐的。

过了十五年后，时光凝固舱存储的68颗人类胎儿成活了62人，分为六批培育，年纪大的十五岁，小的四岁，最后一批出生之后，娲开始了受精卵的培育工作，但是四年过去了，却没有一次成功，也许，算上羲，一共69个人类就将是云星人类的起源族群，但是就在这一年发生了一件大事！

大孩子们之间发生了第一次战争，没有人死亡，只有三个孩子受了轻伤，其实称为争吵或许打架更合适，但这岂非就是人类战争的雏形吗？

事件的起因竟然是因为羲，孩子们中间不知从什么时候开始流传一个流言：羲在小的时候本来得了重病即将死去，娲妈妈为了照顾他而疏忽了第一批孩子，导致另外一个男孩死去了。

弄不清是谁传出的流言，娲从来也没把那个事故对谁说起过啊！她不得不承认，这些年来专注于受精卵的培育工作，无意中疏忽了对孩子们的管理和教育，在她眼中的这些孩子其实已经渐渐长大成人，社会的雏形不知不觉中悄然形成，这是一件好事，是人类走向文明所必须具备的组织结构，但分化与竞争乃至争斗等负面的东西也随之而来。

这场冲突很快就平息了，但影响是深远的，大孩子们分成了两批：第一批七个孩子中两个支持羲，四个支持一个叫作周舟的孩子；而第二批十九个孩子里十三个支持羲，六个支持周舟。双方针锋相对互不相让，吓得年纪小的孩子们不知所措，之后虽然在娲的训诫之下握手言和，但娲能感觉到明显的敌意仍在暗流涌动，她知道，虽然自己把这些孩子都视如己出，但羲毕竟是自己的亲生儿子，一旦这个事情处理不好，恐怕会在将来酿成自相残杀的惨剧。

正在娲伤脑筋之际，羲独自来找母亲，两人谈了很长时间之后，羲带着十五个支持他的孩子和一批生产资料离开了，在距离山丘六千米外的一处高地重新建立了营地。

娲虽然伤心，但是她知道孩子长大了总要离开母亲身边的，这或许是最好的结果了。

出于担心，娲让芸娘去帮助孩子们，不知不觉一年过去了，芸娘回来告诉娲，孩子们生活得很好也非常勤奋，他们修建了居所，安装了动力和灌溉设施，开垦了农场，完全能够自给自足了，羲成了首领，还有两个孩子结婚了。

娲还是不放心，亲自去住了几天，发现羲管理得很好，有些地方比自己做得都好，大家也都非常团结，这个小小的村落完全具备了自我发展的能力。

时间继续前行，不知不觉又是五年过去了，两个人类村落都发展顺利，说来也怪，一旦分开，原来冲突的两拨孩子的关系竟然好了起来，起初是在一年一度的聚会中有说有笑起来，到后来开始互相串起门儿来，羲和周舟竟然成了惺惺相惜的好朋友，两边的男女有的还谈起了恋爱，想起这些孩子当初剑拔弩张的架势，娲真的想不通孩子们的心思，不禁摇头苦笑，但是，一切都在向好的方向发展，不是吗？

还有一个好消息，第一批受精卵培育的孩子终于健康诞生了，这意味着人类族群可以再度迅速扩大了。

就在这一年，一场灾难突然而至，大雨，从未有过的瓢泼大雨连续下了三天三夜，山洪暴发，平原变成一片泽国，山丘营地周围也被大水包围，好在由于地势较高，并没有受到什么损失，但娲却忧心忡忡，不知道羲的营地怎么样了，千万不要出什么意外。

大雨过去，芸娘立刻动身前往羲的村落查看，但是这一走就是两天，从距离来算，芸娘用两个小时就能赶到啊！难道，难道出了变故吗？

娲禁不住胡思乱想，两天来茶不思饭不想，夜里也屡次被噩梦惊醒，如果不是新生儿们离不开照顾，她恐怕早不顾一切赶过去了。

第三天夜里，仍然毫无音信，娲辗转反侧直到黎明时分才昏沉睡去，她梦见羲在河水中浮浮沉沉，自己在岸边一边呼喊一边追逐，羲却一动不动，越漂越远……忽然，她似乎听见了羲的声音从很遥远的地方传来，她睁开眼睛就看到了羲的脸庞，自己还在梦里吗？她有些眩晕，但是下一刻她猛地坐起来，一把抱住了儿子。

“羲，真的是你吗？是你，是你，真的太好了！”

“妈，我没事，营地毁了，但是我们都没事。”

“没事就好，没事就好，”娲看了看左右，发现许多孩子围在自己床前，但是只有羲一个人是来自另一个营地的，担心道，“怎么只有你一个人，你的弟弟妹妹们呢？”

“妈，我和您说件很重要的事……”羲的表情很严肃，“我们可能找到爸爸了。”

“你说什么？”娲一怔，问道。

羲回忆道：“我们没想到雨下得这么大，当洪水淹没营地的时候，已经来不及向高处转移了，幸好我们在以前沿河探险的时候建造过几条船，于是大家都上了船，顺着洪水向下游漂去，四周都被大水淹没了，过了一天一夜，我们才漂到一座像是被劈成两半的山脉脚下，在那里弃舟登岸，我们在山上探索的时候，发现了一块陨石，它的形状是椭圆形的，通体黑色，与周围的岩石截然不同，我们也看不出是不是天然形成的。陨石的另一面缺了一块，但是被一种透明的玻璃一样的材料密封住了，但是我们能隐约看到陨石里面躺着一个人，这个时候，雨停了，大水也很快退了，可是我们已经找不到回来的路了，于是在夜里，我们点燃了一艘船，希望火光能够被你们看到，然后过了一夜，芸娘奶奶就找到了我们，她也观察了陨石里的那个人，觉得他像是父亲，但是不敢确认，所以我赶回来，想请妈妈去看一下，芸娘奶奶担心出现意外，还带着弟弟妹妹们守在那里。”

听着羲的话，娲感觉自己像是在做梦一般。当初姬武只是失踪，只是根据各种常识判断他已经不在了，但是娲的心底始终存着一线希望，然而这么多年过去了，那么一点希望也早已泯灭，没想到在二十年后，儿子竟然带来了新的希望，她几乎不敢相信自己的耳朵。

发现黑色陨石的山峰距离山丘营地足有30公里，这一路并不好走，但是娲根本不知道是怎么走过来的，她看见了芸娘，看见了孩子们，也看见了那块黑色陨石。

娲再次把探寻的目光投向芸娘，芸娘微微点了点头，没有过多的表示，娲快步走向陨石后面，但是在接近陨石的时候，她再次犹豫了起来，她的手在微微发抖，呼吸凌乱起来，她俯下身从陨石透明的部位向里面仔细张望……看着看着，她的眼睛湿润了，泪水断线一般淌落下来，是的，真的是姬武，他还保持着二十年前的样子，像是在沉睡一般。

第二十章

洪荒起源三

关键词：

植物人　世界级警报

无计可施　静静陪伴

岳红烈在沉默中长长出了一口气，说道：“在这件事情上，我觉得我们太急于求成了，失去了研究者应有的严谨，无论如何不该拿老先生冒险。”

“时光回路项目进行了九年，这些年耗费了行者联盟一半的资金和多少天才的青春年华，而它却没有带来任何收益或回报。”苏一帆像是在回忆什么，喃喃道，“可是我们都知道我们做得没错，而且，你也看到了，姬老先生一看到时间回路，眼睛立刻亮了起来，他一定知道什么，说不定比我们都要了解，所以，他那么义无反顾要开启装置，应该……不会有事吧……”他沉吟了一下，忽然双手狂抓头发，“好吧，这都是借口，我们太着急了。”

两个人陷入沉默。

岳红烈脑海里想着不久前的画面，一切都来得那么突然，细想起来又不出预料。他按下了开关，澎湃的电力涌入地下基地，又在各种设备，尤其是那个不能说的东西的转化之下成为粒子洪流，其中的构成虽然解析了大部分，但有一些东西还是始终没有头绪，这股粒子洪流瞬间汇入核心球舱，或者说汇聚于姬武老人身上，球舱内的监控摄像头顿时一片雪花。

粒子洪流的能级是如此之高，以现有科技理论来推断，不可能有生物可以在它的照射下幸存，然而在此前的实验中，一窝蚂蚁、三只小白鼠、四只猴子全部存活，这也是他们答应姬武的原因，谁知道……

不足一微秒的时间，粒子洪流消失，就好像球舱是一个通往宇宙的无底深渊，粒子洪流被这深渊一下子吞噬了，摄像头重新显示画面，姬武老人坐在实验座椅上，看上去没什么变化，岳红烈暗自松了口气。

他打开舱门，和苏一帆走进球舱，老人似乎在安详地看着他们，可是他的目光落在老人眼睛上的时候，心里咯噔一下，那双眼睛空洞无神，生命所特有的灵动和神采都消失了。

他轻声呼唤老人，一边轻摇他的肩膀，老人毫无反应，苏一帆摸了摸老人的脉搏，冲他点了点头，老人还活着，只是呼吸和脉搏都变得缓慢，并且对外部的刺激毫无反应，像是处于深度睡眠之中，又好像变成一个……植物人。

接下来，基地一片慌乱，医疗组匆忙赶来，简单检查一番便将老人送往基地附属医疗中心，此刻，岳红烈和苏一帆就坐在ICU外面的走廊上面面相觑。

“我总觉得，那个不能说的东西……”

岳红烈的话刚说到一半，他手腕上的腕带突然闪烁起红光，发出急促的提示音，接着，苏一帆的腕带也闪烁起来，两个人的脸色同时变了，真是屋漏偏逢连夜雨，腕带是行者联盟成员保持联系的随身紧急通讯器，没有重大事件根本不会启用，而现在的警报级别明显是关乎世界安全的最高级别。

两个小时后，行者联盟总部。

这座位于京城远郊，建筑面积为八万平方米的X形建筑平时的对外身份是国家前沿科学理论研究所。

6层的阶梯礼堂里几乎座无虚席，远程视频会议系统还在不断连接新的成员，一张张不同肤色的面孔出现在大屏幕上，其中有很多世界著名的科学家和政治家，不过即使是面生的也一定是某个领域的顶尖人物。

礼堂内的气氛紧张而凝重，众人还不知道出了什么事，不时窃窃私语。

一位满头白发但精神矍铄的老人走上讲演台，房间里立刻安静下来，老人看了看众人，缓缓说道："大家一定知道了，此刻在某个地方正在发生一件足以改变人类命运的大事，我不多说了，先请大家看一段视频，这是不久前从'拓天号'探测飞船上发来的，当时该飞船正在执行对太阳系外缘柯伊伯带的科考任务。"

老人身后的大屏幕上出现视频画面，那是一个飞船指令舱内的监控画面，三个宇航员都在各自的岗位上忙碌着，看上去有条不紊，控制台上的仪表也都工作正常，舷窗外是漆黑的宇宙深空。"奇怪，这片区域怎么一下子乱了起来，好像……好像所有的陨石都在向一个方向汇聚，这……这怎么可能？"一个宇航员突然惊呼道，接着，他将雷达探测三维结果投射在中央显示区域，只见在一个方圆100公里的区域内，陨石碎片、尘埃、冰晶等全部物质似乎受到某个无形的引力源的吸引，都在向中心靠拢。"区域坐标是哪里？"一个宇航员问道。"10点钟方向，距离我们1000公里。”发现异常的宇航员回答。“调整航向，我们过去看看。”指令长命令道，接下来监控视频暂时中断了。

一个短暂的黑屏之后，画面再次出现，看上面显示的时间，是上段视频的三小时之后，还是飞船的指令舱，中央显示区域的全息三维影像上出现了一个非常明显的物体，虽然还很模糊，但是从外形上看，竟然像是一个……人。

礼堂内顿时响起一阵惊呼声，老人抬起手摇了摇，房间里再次安静下来，但是震惊、不可置信、惊喜、慌张、恐惧等各种情绪开始在众人的脸上和目光中展现。

“拓天号”飞船指令舱内同样一阵慌乱。

“不明物体长度320米，宽度78米，主要成分是硅，对，72小时前刚刚对这一区域进行过精确扫描，肯定不存在这么个庞然大物，一定是由周围物质汇集凝结而成的。”一个宇航员声音颤抖地说道。

“距离18公里，还需要靠近吗？探测到强引力源，飞船已经受到影响。”

“继续接近，打开船首探照灯组，严密监视各传感器动态。”

舷窗外突然亮起三道明亮的光束，但是在光束照亮的范围内空无一物，并且光束延伸出不远的距离之后就被无尽的黑暗所吞噬。

“10公里……9公里……应该可以目视识别了……”

一位宇航员站起身趴到舷窗上向外张望，视频也切换到“拓天号”船首的摄像头，漆黑无比的太空，三道探照光束在移动扫描，突然间一个黑色的物体出现在其中一道光束中。

“找到……”一个宇航员只说了两个字，视频突然中断了，画面上一片雪花。

“收到这段视频之后，我们与‘拓天号’便失去了联系，海王星附近的深空六号中继站还在尝试恢复通信，但至少现在，我们还不知道那里究竟发生了什么，以及‘拓天号’和成员们的命运如何。”老人回过头把视频倒进了一下，定格于显露在探照光束下的那个黑影，“我们现在的任务是弄清楚这究竟是什么，以及它可能会给我们带来什么影响？”

联盟会议开始进入讨论阶段，由于与会人数众多，首先进行十五分钟自由交流，而后将各自意见输入云端系统，经超算分析归类，去重减杂，统一为四个阶段，132 个问题，然后进入讨论环节，最后进行投票表决后续行动方案。

首先要解决的问题，那个物体究竟是什么？全部资料就只有那张模糊不清的视频截图，讨论后形成三个意见：第一，那只是一颗天然的陨星，只不过形状与人类酷似，诸如星舰、人造建筑等造型的陨星历史上也不乏先例。第二，这是非自然产物，或许是史前文明的遗迹也可能来自地外文明。第三，属于某种未知的宇宙生物，从与人类酷似的外形来看应该具有一定的智慧，对人类的影响尚无法判断。

这三个意见都属于猜测，在获得进一步资料之前根本无法得出结论，至于视频里提到的不明引力源问题更没有答案，于是会议形成一致决定，派遣正在海王星深空站进行补给作业的“蓝鲸号”货运飞船立即停止作业，前往事发星域进一步探索真相，土卫六泰坦星轨道上的星际远航前进基地派遣“时光一号”和“时光二号”探测飞船后续跟进。

获知事态进一步发展之前，宇航与深空观测单位密切监测相关星域，其他专家在各自领域内进行可行性分析并制订相关应对预案。

会议进行了将近六个小时才结束，专家们都有些疲惫，视频里那道模糊的黑影在众人心中投下一道无形的阴影，但是即使是最为悲观的人也没有想到真相远比预计中的更加残酷。

回到基地的时候已经凌晨五点，这个时间比较尴尬，既不够休息一阵，大家又都没有起床，岳红烈和苏一帆索性来到行者俱乐部的地面餐厅，简单吃了顿早餐，然后要了一壶茶，闲坐在沙发上消磨时间。

“你有什么想法？”发了一阵呆，岳红烈问苏一帆。

“我有一种很奇妙的感觉。”苏一帆想了一下说道，“一看到那道黑影，我竟然莫名其妙地联想到咱们那个不能说的东西。”

岳红烈立刻激动起来：“咱俩的想法竟然一样，看着那酷似人类的黑色轮廓在浩瀚星空里漂流，我脑海里却出现了当初在地底挖掘出那个不能说的东西时的画面，心里的感觉与望着镶嵌在岩石深处的那抹银色流光如出一辙。”

苏一帆点点头：“所以细细想来，我认为星空黑影和不能说的东西都来自某个不可知但文明程度远超我们，却又与人类有千丝万缕联系的超级文明，现在它来了，只是不知道会给人类带来什么。”

“你注意到一个巧合没有？”岳红烈问道，“‘拓天号’观测到星空黑影的时间和姬老先生进行时光回路实验的时间非常接近，你说……

有没有可能，实验舱内的高能粒子流并没有湮灭，而是通过不可知的方式投射到了宇宙深空，从而导致柯伊伯带的神秘物体被唤醒。”

“虽然没什么理由，不过我的想法和你差不多。”苏一帆有些迷惘，“可是我们之前进行过多次类似实验啊，也没出现过这种事，难道……还与姬老先生有关吗？”

岳红烈叹息一声：“这些事情，即使老先生清醒过来大概也没法解释吧……我总感觉……要变天了，要么是人类飞越的机遇，要么是一场生死攸关的浩劫。”

岳红烈抬起头看着白色的天花板，乳白色的吸顶灯显得有些刺眼。他又想起六年前，基地还是一口即将倒闭的小矿井，他和苏一帆坐着简易的小矿车下到矿井的最底层，那个不能说的物体出现在眼前，它深陷在岩石之中，乍一看像是一个银色的金属球体，但是仔细观察的时候，又会发现更像是一颗水滴，晶莹剔透，光线流转，既坚固无比，又柔滑似水，你甚至无法确定它存在的形态，它似乎无时无刻不在固体、液体、气体甚至幻影之间切换，之所以叫它“不能说”的东西，是因为无论谁在它面前谈论或者说到它，它立刻像是感知到一般，进入影像形态，仿佛随时都会消失，从周围的岩石判断，它已经埋藏在这里几亿年了，而且明显不属于自然产物。他和苏一帆都被震惊了，一扇史前超级文明的大门在他们眼前轰然打开。

于是，围绕这个不能说的东西，时光回路项目建立，庞大的地下基地开始建设，然而这些年过去了，他们似乎一直在原地踏步，几乎没有一点儿进展，现在好了，巨变在即。

星空黑影事件继续发酵，然而在三天以后，形势急转直下，每一个行者联盟人类专家的心一步步滑向无底的深渊。

事发第三天，“蓝鲸号”货运飞船突然失去联系，海王星深空站在所在区域观测到一次爆炸，距离星空黑影汇聚地点6000万公里。

第五天，海王星深空站失去联系，前往支援的“时光一号”和“时光二号”探测飞船接收到深空站发来的信息，但只是一团乱码。

第六天，“时光一号”和“时光二号”飞船发来信息，他们竟然在天王星与海王星中间空域观察到星空黑影，那巨大的黑色物体第一次清晰地出现在视频中，但是两艘飞船也随之失踪，从此前的事件来看，应该同样凶多吉少。

行者联盟再次召开紧急会议，会议中确定，星空黑影被证实为非自然产物，即便不对人类抱有明显敌意，也具有高度危险性，更重要的是，它正在以很高的速度向太阳系核心移动，考虑到其降临地球的可能性正在不断升高，人类文明必须立刻行动起来。

星空危机应急预案启动，大当量定向爆破核武器从戒备森严的月球核武库提取出来，紧急运往环月轨道的陨石袭击应对中心，三艘无人撞击飞船装载核武器之后，前往星空黑影预计轨道迎击。

火星轨道的深空探测网和泰坦基地监测站全功率开启，严密扫描星空黑影可能出现的空域，力图准确探测其精确轨道。

又过了半个月，噩耗传来，泰坦基地瞬间失联，此前一刻发送的信息显示，星空黑影已经极度逼近泰坦基地，不是一个，而是两个。

再过一个月，火星探测网传来信息，星空黑影从两个变成五个，并且这五个并不是由一个分裂而来，反而一个比一个巨大，分别来自柯伊伯带的不同空域，但是在接近火星的时候已经处于同一轨道，相隔10万至60万公里不等。

仅隔了三天，火星基地连同附近的殖民城市与矿场，以及轨道上的空间站尽遭毁灭性打击，即使在地球上也能观测到火星上强烈的地质变动。

再过一天，无人撞击飞船在距火星不远的轨道上设伏成功，准确对第一个和第二个星空黑影进行了撞击，然而猛烈的核爆炸之后，对方既没有分裂，也没有偏离轨道，甚至连速度也没有丝毫降低，它们的轨道也终于确定下来，目标直指地球。

为了避免人类世界陷入恐慌，星空黑影事件被严密封锁，只有少数人知情，这些人无不是各个领域的人类精英，他们目睹人类文明蒸蒸日上，正在一步步走向星海，然而仅仅时隔两个月，便即将坠入毁灭的深渊，原来宇宙是那么的冰冷和黑暗，文明、科技、奋斗、牺牲、爱情、愤怒、苦恼，在这无边的黑暗面前原来根本就没有一点儿意义。

夜晚，看上去是地球上一个普通的夜晚。

岳红烈穿过京城安定医院的走廊，推开418号病房的门走了进去，里面放着两张病床，一张病床上躺着姬武老人，由于长时间没有苏醒，而且前往基地时并没有办理出院手续，所以老人又被送回了这里。看着老人那红润的脸庞，就像睡着了一样，随时会睁开眼睛醒来。

另一张病床上则躺着苏一帆，一周前，他不顾岳红烈反对，亲自进行了时光回路实验，结果……结果与姬武一样陷入了沉睡。

岳红烈坐在两张病床中间的一个木凳上，看了看姬武，又看了看苏一帆，喃喃道："你们两个倒是轻松，眼睛一闭呼呼睡去，管他外界天崩地陷，现在已经到了最后关头，要是有什么办法的话，就赶紧醒过来吧。不然就再没有机会啦。"

两个人浑然不觉，似乎永远也不会醒来。

一个……两个……五个泛着幽光的黑影在宇宙中穿行，它们没有拖着尾焰，也没有无形的粒子喷射或射线扰动，但是移动极快，远远超过了人类飞船的推进速度，就像五个阴森恐怖的鬼影从深空中浮现出来。

无形的轨迹伸向远方，尽头处正是泛着蓝色微光的地球，悬浮于星空之中，显得那么的孤单与弱小。

月球也显露出坑坑洼洼的身影，两艘无人飞船拖着橘红色的尾焰从月球基地升起，向黑影发动最后的攻击，但是在毁天灭地的爆炸中，黑影丝毫无损，黑色大理石一般的表面甚至连一个小小的裂纹也没有出现。

它们已经非常接近月球，其中一个黑影分离出去，落向月球表面，片刻之后，灭世般的撞击发生，月球背面赫然出现有史以来最大的陨石坑，爆炸的冲击险些导致这颗卫星四分五裂，激荡的尘埃弥漫了半个星空。

其余四个黑影不为所动，速度进一步提升，掠过月球，继续朝着地球进发，那抹蓝色的如宝石般晶莹剔透的星影在快速扩大，地球毁灭进入三分钟倒计时。

终于等来了人类最虚弱的时期，经历了一个宇宙周期的战争马上要被终结，星空黑影深处忍不住泛起一道意识的涟漪，他们用人类无法理解的方式沟通着，兴奋之情难以抑制。

还有两分钟，地球门户大开，所有的防御手段都已用尽，没有什么再能够阻挡他们了。

最后十五秒，他们马上就要接触地球的大气边缘，在无数年的战斗中，无论付出了什么样的代价，他们从未突进到这么近的距离，波澜壮阔的海洋，灯火辉煌的陆地扑面而来。

四川盆地南缘，小县城内的国家级古生物博物馆。

老高是博物馆的夜间值班员，曾经当过兵的他性格耿直，得罪了不少人，退伍之后回到小县城，虽然在政府部门任职，却一辈子一事无成，都快退休了，反而越混越小，成了博物馆的管理员，因为与老伴儿也不融洽，索性把铺盖卷儿都搬到宿舍里，以博物馆为家了。

今天晚上他一个人自斟自饮喝了半瓶白酒，看着挂钟的时针接近子夜一点，便拎了把长筒手电，开始到馆内各个展室巡视。

前半截一切正常，那些古生物的巨大骨骼在电筒照射下依次显露出轮廓，看上去很是阴森吓人，不过老高却早习以为常，甚至还有了份道不明的亲切呢，可是当他来到后面的仓库，刚刚打开角门走进去，原本伸手不见五指的仓库内猛然间一片雪亮，亮度之高导致老高的眼睛瞬间失明，接着他感觉到一道无形却极度危险的能量大潮将其吞没，不过他无法确定是不是自己白酒喝多了，导致出现了幻觉，因为这一切在不足一秒的时间内又恢复正常，他揉了揉眼睛，仓库里仍然一团漆黑，周围一点儿声音也没有，他晃了晃熄灭的电筒，大概是接触不良吧。电筒重新射出光线。

老高在仓库里仔细巡查了一番，也没发现有什么异常，最后来到仓库深处的角落里，那里放着一块灰扑扑的岩石，半人多高，两人多长，靠着墙壁随意放着，登记册上记载着是个很古老的珍贵化石，前些年还被某个保密单位借走研究过，听说也没研究个什么出来，送回来之后就一直放在这里无人问津。

老高仔细打量着这块化石，总觉得它发生了某种变化，可是左思右想却无法断定哪里出了问题。

那道像是翅膀一般的浮光掠影在博物馆中激发，下一刻就出现在漆黑的太空之中，下面就是地球湛蓝色的大气层，此刻它绝大部分处于黑暗之中，只在远方勾勒出一道蓝色的月牙状弧线。

光影在这里稍稍停顿了一下，幻化为一只流光溢彩的巨大飞鸟，翅膀伸展开足有几百千米之遥，然后那翅膀似乎轻轻颤动了一下，下一刻，便以肉眼不可见的速度出现在更加遥远的深空。

在那里，冲在最前面的星空黑影像是刚刚从黑暗中探出头来，他的速度虽然已提至极限，但是与光影构成的大鸟比较起来简直是在蹒跚学步。

黑影似乎立刻就知道了大鸟的身份，战意瞬间高昂，朝着大鸟迎头撞去，但是大鸟似乎毫不在意，双方高速相撞，相信此前月球、火星、泰坦基地就是在这样的撞击下毁灭的，但是这一次，感觉什么也没有发生，大鸟的身体像是一道柔若无物的光影，从黑影的表面掠过，再次出现时，已经在十几万公里之外的另一个星空黑影面前。

第一个星空黑影没有料到会是这个结果，明显迟疑了一下，然后便散发出一道意识流，其中包含着迷惑和惊惧，立刻又转为惊喜与骄傲，最终化为轻蔑与更强的战意，他犹豫着是继续冲向地球还是回身支援同伴。就在这时，他感到一丝异样，然后他的身体在高速运动中开始不断解体，就像是燃烧后遗留的灰烬被微风拂过一般，消散开来，瞬间便湮灭于虚无，只留下一股蕴含着极度惊恐的意识流，在其他星空黑影间回转。

第二个星空黑影接收到这道意识流之后，立刻对迎面而来的大鸟如临大敌，他降低了速度，调整着姿态，变成一个高达 100 千米，孔武有力、坚不可摧的黑色巨人，从虚空中站立起来，双腿微弯，左手护在胸前，右手上凝结出一把车轮状的战斧。

“这个场景感觉好熟悉啊。”光影大鸟的意识流感叹道，“是了，无数年前，在太阳还没有形成之前，我们在那里展开搏斗，结果好像是互有胜负，我们都付出了惨重的代价。好吧，就让我们把那场战斗进行完吧。”

大鸟收回翅膀，身体蜷缩为卵形，再次舒展的时候，伴着夺目的光芒，同样变成一个由光影构成的巨人。

两个巨人无声对峙着，一个漆黑如墨，由宇宙间最致密最坚固的材料铸成，一个流光溢彩，像是缥缈的彩烟，犹如晶亮的流水。

战斗随之打响，黑色巨人抡起战斧一下子劈开了光影巨人的半边身子，而光影巨人出乎意料的没有抵挡，而是蹂身而上，一下子与对方纠缠在一起，黑色巨人奋力厮打，但是没用，光影巨人竟然融入了对方那致密无比的身体内，就像是溪水渗入了干旱的沙漠一般。

光影巨人消失了，虚空中就只剩下黑色巨人茫然不知所措。

一声轻笑忽然在黑色巨人体内响起："过了这么多年，你的身体被时间长河冲刷得千疮百孔了……已经不配做我的对手……还记得上一次交手吗？险些被你的X物质同化，逼得我引爆了自身，陷入永恒的沉睡，现在……你也尝尝这滋味儿吧！"

一把由白色光芒凝聚而成宛若实质的利剑突然从黑色巨人的胸口探出，他身体战栗，仰天发出无声的咆哮，未几，第二把光剑又从腹部伸出，接着第三把、第四把……黑色巨人已经没有力气嘶喊了，只剩下止不住地痉挛，全身如刺猬一般插满了夺目的光芒之剑。

那千万道光芒越来越盛，最终联结一片，黑色巨人被割裂为无数碎片，最终完全湮灭于光芒之中。

"真是不堪一击啊！"这道意识还在原地飘荡，光影闪过，还原为大鸟形态，瞬间跨越80万公里，出现在后面两个星空黑影的轨道上。

同类的接连覆灭让剩下两个惊惧不已，一遍又一遍扫描对手："这熟悉的气息，明明就是在星云里毁灭的那个人类后裔啊！怎么会变得这般可怕，行云流水般的动作，砍瓜切菜般的犀利，不着痕迹的速度……人类的终极进化竟然这么强大吗？"

他们迅速断定，单打独斗无论如何不是对手，他们相互靠近融为一体，并且形状不断伸展变化，当光影大鸟降临的时候，看到的是一艘庞大的恒星际星舰，从外观上看，正是上一个宇宙周期，人类向星海进军，把文类文明洒遍宇宙时，无数支星海舰队中最强大的星海级战列舰。

然而那只是外观罢了，出现在光影大鸟面前的这艘硕大无朋的战舰不过徒有其表，它表面如黑洞般漆黑一团，散发着阴损狠戾的气息，像是刚从坟墓里爬出的异鬼，哪里有一点儿人类文明的气息。

X 生物天生具有高度智慧，拟真能力便是其天赋异禀之一，既然他们拟真为星海级战列舰，就说明曾经真的有这样一艘战舰折损在他们手上，这让光影大鸟怒火中烧。

“你们这些黑色的蝗虫，把宇宙当作美味的树叶了吗？以为人类弱小可欺吗？当年欠下的累累血债，就用命来偿还吧！”

大鸟挥动双翼，宇宙间就像立起了两把光影闪烁的战刀，刀影晃动，在黑色战舰的庞大躯体上不断交错，那些刚刚还烟雾般缥缈，流水般柔弱的光影竟然真的凝聚成实质的战刀，无比坚硬，无比犀利，轻而易举地将黑色战舰砍切为数不清的碎块，两个 X 生物的意识呜咽一声，那几乎永生的生命便烟消云散。

大鸟并没有停手，像是疯了一样把那些黑色碎块一次又一次分割，过了好一阵，他像是终于出了一口恶气，才把头抬向月亮的方向。

月亮上的爆炸已经平息，遮天蔽日的尘埃正在快速散去，露出朦胧的月影，模糊的月影边缘上，一个不起眼的黑影正鬼鬼祟祟地向远处的深空溜去。

“站住！”大鸟轻飘飘发出一道意识。

黑影立刻僵立在原地，身体似在微微颤抖，丝毫没有片刻之前横扫月球基地时的生猛与霸气。

“嗯，这么多年过去了，地球让你们祸害得依然贫瘠，就留下你吧。”

大鸟的意识说道，然后翼尖的一根羽毛电射而出。黑影的心底正如蒙大赦，黑暗深渊一般的自我意识中突然多了一根光彩夺目的羽毛，惊愕间，羽毛光芒大放，X 生物的自我意识在光芒中瞬间粉碎，接着，羽毛拂过黑影的每一处身体，蕴含其间的 X 物质随之失去活性。

没有自我意识和 X 物质的支撑和凝聚，星空黑影分裂开来，化作数万块残骸，被羽毛的光晕裹挟着，朝着地球的方向坠去。

病房里一团静谧，岳红烈左边看看姬武，右边看看苏一帆，他们都还沉睡着，一脸安详，岳红烈的心却在渐渐滑向黑暗的深渊。就在刚刚，通信腕带传来了月球基地毁灭的信息，从星空黑影的速度来看，三分钟后就该轮到地球了。

他缓缓闭上眼睛，享受着这地球上最后的宁静，他的脑海里想起了那间明亮的小学教室，他和许多小伙伴们在里面高声朗诵；想起了那道碧波荡漾的海岸，小雨拉着他的手奔跑在沙滩上；想起了豆豆那张红扑扑的小脸儿，趴在他的怀里笑个不停；想起了……

他忽然惊醒过来，似乎过了有一会儿了，他看了看表，已经五分多钟了，世界还是安静的，好像什么也没有发生。

正在疑惑间，突然感觉有人拍他的腿，岳红烈吓了一跳，低头去看，只见姬武老先生不知什么时候醒来了，正在有些迷糊地看着他。

“您醒了？”

“醒了，真是一场好觉啊！感觉一身轻松，好像年轻了十几岁。”姬武伸了个懒腰，一脸惬意。

岳红烈伸出手，想把老人扶起身来，大地突然间微微晃动起来，似乎有隐隐的雷声从天际滚滚而过，他的心咯噔一下，脸色变得惨白，该来的终究还是来了，他顾不得姬武，起身跑到窗边，一把拉开窗帘。

夜空静谧而深邃，繁星在夜幕上明灭，一道流星划着长长的银线，掠过星空，接着第二条、第三条……流星越来越多，在天幕上化作一片美丽的流星雨。

“别看啦，别担心，没事啦，都过去了。”姬武微笑道。

岳红烈似乎从姬武的话里体味到什么，回过头疑惑地望着老人，然后又把目光投向另一边的苏一帆。

“他没事儿，让他多睡一会儿，别打扰了他的好梦。”姬武说道。

第二十一章

疯者自述

关键词：

指向　老人与孩子

休息一会儿　重返洪荒

三个月后。

汽车穿过京城安定医院的大门，停在停车场，岳红烈和苏一帆一左一右从车上下来，不约而同仰头望了一眼湛蓝宁静的天空，又都轻轻松松叹了口气，默契地对视一眼，并肩向后面的住院部走去。

这段时间，两个人可谓忙得焦头烂额，星空黑影入侵事件无疑是人类历史最为重要的事件之一，行者联盟密集召开了一系列会议，用以对星空黑影的来历、目的，以及后续影响进行讨论、研究和预测。

在会议上，这些人类的顶尖精英第一次清晰地看到了那场惊心动魄又不可思议的战斗，由于事发地处于地球轨道，数量众多的人造卫星和月球上残存的观测站都从各个角度记录下了神秘光影与星空黑影的战斗场景，与会的地球精英们目瞪口呆，那些展现在宇宙中的画面完全突破了他们对宇宙的原有认知，也颠覆了人类文明的科学体系。

围绕着这些记录，联盟会议进行了事关人类未来命运的多次讨论：

星空黑影是什么？

现在看来应该是一种外星生命，具有强大的生命力和毁灭能力，可以在宇宙中远航，人类在其面前根本不堪一击，而且其对人类具有明显的敌意，至于他的生命形态，科技水平，从何处而来，由于缺乏进一步的资料，尚且无法获知，但有一点可以肯定，这是和人类一样的群体生物，袭击地球的五个星空黑影大概只是先头部队，未来一定会有更多的星空黑影降临太阳系，它成了一把悬在人类头顶的达摩克利斯之剑。

不过也有一个好消息，人类似乎也拥有一个守护者，那只光影大鸟明显强大得多，与星空黑影战斗起来简直如砍瓜切菜一般，当然，人类对这个神秘守护者的其他信息同样一无所知。

由于担心引起社会动荡，这些战斗影像是绝密的，只有少数人类精英知晓，但是事件发生一周后，不知道是哪个渠道泄露了出去，全世界各大媒体纷纷播出了这些影像记录。

人类社会一片哗然，不过人们担心的社会动乱、邪教横行等事件只在小范围发生，在外星生命的强大压力之下，在地球面临毁灭的危难关头，人类社会反而体现出奋发图强的韧性与雄心，人类的科技水平在世界大战之后已经陷入很长时间的停滞，可控核聚变技术，太阳系内行星资源开发，星际远航这些科学探索几经坎坷一直未能取得突破，加之耗资巨大，人类社会本已无人问津，大家把注意力转向了自己的家庭和日常生活。现在，星空黑影入侵事件使人类社会重新团结起来，把目光一同投向深邃的宇宙。

还有一个附带事件，看似不大，但是对人类文明的影响恐怕更为深远，一个星空黑影死去时候，残骸碎裂为无数碎块，化作一场流星雨，坠落在东起贵州，向西北，经过西藏、阿富汗，直达里海等长条状区域。经过对一些残骸的化验分析，当中发现了多种地球上没有的物质，而且含量极高，即使稍加研究，在应用这些物质之后，多个困扰科技界多年的前沿项目都出现了突破的征兆。

星空黑影的残骸大部分坠落在华夏境内，政府随即宣布，科技发展是人类文明的共同事业，发掘的外星物质将与全世界共享。行者联盟原本是一个相对封闭的由全世界各领域精英组成的半官方半民间组织，现在终于走上前台，接受各国政府的委托，成为世界科技领域的统筹者和领头羊。

就这样忙忙碌碌了两个多月，岳红烈和苏一帆才稍稍安定下来，虽然这段时间的工作一直围绕着星空黑影事件，但是两个人相信，他们只是看到了浮在表面的现象，但其中的诸多谜团仍然无法解开，甚至毫无头绪。

岳红烈直觉中感到，姬老先生与这件事有着极为密切的联系，至于为什么，他说不出来，但是那直觉是如此的强烈。在影像中看到那只光影大鸟的时候，岳红烈和苏一帆都在瞬间认出了那双翅膀，他们连夜坐飞机赶往四川的古生物博物馆，但是在博物馆库房里只看到了一块平淡无奇的岩石，其中飘浮的翅膀化石不知为何神秘地消失了，两个人后悔不迭，他们曾经将这块化石借到了地下基地，只是一番研究之后没有什么发现，又还了回来。不过岳红烈清楚地记得，姬武老先生对它也是非常感兴趣的，而星空黑影袭击的那天晚上，姬武老人从昏睡中醒来时，表现出一副胸有成竹的样子，更坚定了岳红烈的判断。

亲身经历过时空回路实验的还有苏一帆，岳红烈问他昏睡之后都经历了什么，苏一帆揉着额头竭力回忆："我好像看到了人类的历史，也好像是未来，那些画面都掺杂在一起，实在分不清楚，就好像人类一下子具有了几十亿年乃至更久远的历史，历史和未来被时光压缩在一起，不分彼此，相互影响，一会儿是规模庞大的星际舰队在群星中远航，一会儿又是人类部落于蛮荒中艰难迁徙。”

亲历者说不清楚，岳红烈就更听得云遮雾罩。“我还多次见到一位老者，虽然相貌不同，但我感觉到姬老先生的气息。”苏一帆突然回忆道。岳红烈的眼睛一亮：“果然，那个光影大鸟，人类的守护者，不能凭空出现，一定与人类有着千丝万缕的联系，也许，不，姬武老先生一定知道些什么。”

这是岳红烈和苏一帆共同的想法，所以稍稍空闲下来，两个人就来到了医院。

穿过住院部的走廊，苏一帆手里捧着一束花，岳红烈推开了418号病房的门，房间里非常整洁，像是刚刚收拾过，但是空无一人。

医院后面的小花园里，李曲云坐在一张长椅上，长椅的另一头还坐着一个十二三岁的男孩儿，小男孩儿的对面，姬武坐在一把轮椅上，正在不慌不忙地对男孩讲述着什么，而男孩则全神贯注地聆听着。

李曲云的心情很好，男友陈子辉终于回到了京城，虽然一脸疲惫，好像对什么都打不起精神，却对李曲云表现出了孩童般的依赖，扬帆出海与风浪搏击的男人终于回到平静的港湾了，两个人住到了一起，相濡以沫，如胶似漆，仿佛开启了第二次恋爱。

所以，在李曲云的眼中，世界上的一切都变得那么美好。

她静静注视着姬武，她还记得，大约两年前，老人刚到医院时的情景。

护士长分配她专门护理，病历卡上记录的是深度精神自我封闭症，有强烈攻击倾向，听说发起狂来曾经一口气杀了六个盗墓贼，见到本人的一刻，李曲云就知道那是谣传。虽然姬武的身材很高大，但就是个七十多岁的普通老头儿，还是个高级知识分子，一辈子恐怕连鸡都没杀过，照顾了一年多，老人没有说过一句话，他们甚至连一次眼神的对视都没有过，老人始终像个无知无觉的木偶，偶尔有一次，她把手机落在病房，突然推开房门的一刹那，他看见了老人蜷缩在病床上，一副绝望而无助的样子。

那段时间，男友远在异地，双方冷战不断，也是李曲云生活中一段灰暗的日子，因此老人生无可恋的状态触动了她的心绪，看来老人一定失去了生命中的挚爱，是老伴儿，还是他的子女？

不过很快她就知道自己猜错了。一个叫作岳红烈的帅哥来找老人，没提起亲人或家属，而是说了什么实验、什么时光回路，然后老人就突然振奋了起来。

老人跟着帅哥走了，她很欣慰，一位老人终于痊愈出院了。谁知没出一个月，老人又被送回来了，这一回更严重，始终昏迷不醒，过了段时间，又一个同样昏迷的帅哥被送到老人的病房。

不知道发生了什么，但是直觉告诉她，老人可能再也醒不过来了。可是事情再次出乎她的意料，在流星雨掠过华夏的那天夜里，姬武老人和另一个昏迷的患者竟然先后苏醒了。

不仅苏醒了，而且从那以后，老人一扫从前的颓废状态，目光稳定而温和，说话温文尔雅，嘴角总是带着微笑，衣着看似随意却收拾得干净整洁，简直像是换了一个人似的，并且看上去年轻了十岁，而且，从那时起，自己和子辉的关系也竟然迅速回暖，她忍不住寻思是不是和老人有什么奇妙的联系。

是啊，似乎所有的事情都在不知不觉中变得美好起来。

李曲云又望向身边的男孩儿，有些瘦弱的身体，宽宽的额头，明亮的眼睛里带着与年龄有些不相称的深邃，一看就知道是个聪明的孩子。李曲云还知道这可是某省的中考状元，但是他父亲把他送来的时候却是一脸的焦虑和失望，男孩儿本来是一家人的骄傲，暑假和同学去游泳，出了溺水事故，人虽然抢救过来，但脑子不知出了什么问题，对学习一点儿都不再感兴趣，整天望着天空发呆。

这一老一少是在小花园里偶然相遇的，不知怎么的就聊了起来，这一聊就是三天，每天吃过早饭就在花园的长椅边开始聊，一直到午饭，吃过午饭接着聊，一转眼又到了晚饭，吃过晚饭再到夜里，直到被李曲云再三催促才去睡觉，第二天接着开始。

其实叫聊天不太确切，主要是老人在讲，讲述那个关于洪荒的故事，什么洪荒世界啊，宇宙重启啊，还有什么神魔巨人，一生之敌，云星计划，鲲的翅膀，等等，李曲云听得云里雾里，不知所云，但是男孩却听得聚精会神，眼睛不时亮起精光，一副如醉如痴的样子，完全不是他父亲所描述的痴呆的形象。

“关于洪荒世界的故事，到这里就讲完了。”姬武看了看男孩儿说道。

男孩儿似乎还沉浸在姬武描述的那神奇的世界里，过了一阵才意犹未尽地问道："这么说……洪荒部落的人们就是人类的先祖？"

"可以这么认为。"老人回答。

"那么曾经遍布宇宙的星海文明也是人类的先祖吗？"

"是的。"

男孩儿有些神往："人类的文明曾经先进到那般难以想象的程度吗？可是……我们如今都在地球上生活，连太阳系都飞不出去啊？"

"我们曾经无比辉煌过，但万物有生有灭，文明的发展是螺旋状的，有时候甚至是倒退的，就像星海文明，他们遭到了X生物的侵略，到了灭亡的边缘，无奈之下毁灭了宇宙，与X生物同归于尽。他们虽然花费了难以承受的代价，留下了洪荒星，但是幸存的洪荒部落却倒退回原始状态。不过不要怀疑，只要我们一步步走下去，终究会再次踏入星海。"老人抬头瞭望蓝色的天空，感慨道。

"羿建立了自己的王朝吗？娲的后代在云星生存下去了吗？"男孩儿又问。

"你认为神州在哪里，又认为云星是哪里？"老人反问道。

男孩儿有些迷惑，继而眼睛一亮，恍然道："神州、云星和地球……还有洪荒世界都是一个星球。"

老人笑了，欣慰地点点头，道："是，也不是，这里面的区别用现在的科学理论是没法解释的。"

"一定是的！"男孩儿却肯定地挥了下拳头，然后接着问道，"X

生物已经彻底灭亡了，对吗？”

这一次姬武缓缓摇了摇头，声音有些低沉：“X生物的强大远远超出了我们的想象，虽然与之战斗了无数年，烽火曾经遍及宇宙，但是一直没有找到彻底消灭他们的办法，他们一定蛰伏在某个不为人知的角落，在暗中窥探着我们，等待着下一次机会……还记得鲲吗？那个无比强大的人类后裔。未来掌握在人类后代的身上，他们会不断进化，最终成为更强大的存在，对于这一点，我无比坚信。”

男孩儿却有些兴致不高，撇了一下嘴角，说：“我总觉得鲲不是人类，倒像是神话传说里既是鱼又是大鹏的怪兽。”

老人的脸色有点儿不高兴，有些严肃地说道：“人类依靠石块和木头打造的武器战胜了地球上的全部竞争者，并随着不断发展的科学技术，打造出庞大的星际舰队，让人类的足迹遍及宇宙的各个角落。但是，凡事总有好与坏的两面，比如，没有那颗撞击地球的陨星，就不会造成恐龙的大规模灭绝，尚且弱小的人类也就没有了从容发展的时间，而科技力量的强大也导致人类自身进化的停滞。在X生物从黑洞中蜂拥而出的时候，人类发达的科技却无法抗衡这些强大无比的生物，我们的先人探索了各个研究方向，发明了数不清的新型武器，却无一例外地失败了，繁星一颗颗熄灭，即便人类的母星也即将沦陷，这个时候，先人们突然意识到，或许是人类进化的方向出现了偏差。

老人继续说：“他们将注意力投向了自身，几乎把可用资源都用来研究人类自身的进化，他们取得了巨大突破，但是已经来不及了，他们只能把进化的密码融入后裔的遗传基因中，等待着在无数年以后，人类的重新崛起。而鲲，也许他的外形有些怪异吧，可是谁又能说，未来的人类一定是现在这个样子。你不知道他的生命中经历了多少苦难，只有超人的忍耐力和想象力才能坚持下来，也让他完成了一次又一次进化，当他轻而易举地斩灭X生物的时候，岂非说明他没有辜负先人的期望，已经成为人类最伟大的后裔。”

男孩儿默默点了点头，表示他虽然有些勉强，但是同意老人的说法。思考了一阵，他突然抬起头，呼吸有些急促，声音微微颤抖着说道：“您是说，我们每个人身体里都隐藏着进化的奥秘？”

“是的，每一个人。”

“您愿意向我谈起这些，是不是因为我有一些特殊？”男孩儿希冀地望着老人，不等老人回答便接着说道，“我一直就觉得自己是个与众不同的人，只要您稍微点化一下，我一定可以进化成鲲一样的存在！”

老人犹豫了一下，说道：“鲲的进化有着太多的偶然性，可以说他只是一个另类，并不具有人类整体进化的普遍性。虽然每个人都蕴藏着进化的密码，但先人们的研究并没有完成，准确地说，那只是一个进化的契机，况且经历了太久的岁月，这个契机在人类身体里已经极为稀薄。比如在你的身上，产生本质进化的可能性，无限接近于零。”

“哦。”男孩儿一下子蔫了下来，垂着头无精打采。

老人鼓励地拍了拍男孩儿的肩膀，说道：“孩子，不要灰心，我们人类原本就是由一个个普通个体组成的伟大文明，我们应该为此骄傲，并默默努力。”

男孩儿点了点头，不过看上去仍然情绪不高。

老人接着说道：“比起远大的理想，一步一步脚踏实地走下去更为重要。好啦，人老了总容易犯困，我要去休息一会儿啦。年轻就是好呀！”

老人再次拍了拍男孩儿，看了看李曲云。李曲云会意，起身推着老人，向住院楼慢慢走去。

男孩儿目送老人渐渐走远，在拐角处消失了，又低下头想了想，脸上露出倔强的表情，自言自语道：“这位老人家的病一定很重啊！竟然能讲出这么荒诞的故事……不过他一定弄错了，像我这么优秀的人，怎么可能默默无闻呢？等着瞧吧，拯救人类的使命，说不定就会落在我的肩头呢。”

推开418号的房门，李曲云便看见等候的岳红烈二人，冲对方点点头，她搀扶着老人躺到床上。

“姬老先生，我们想和您聊聊。”岳红烈说道。

“老人家该休息了。”李曲云说道。

姬武指着李曲云，打趣儿地说道：“这里都得听她的。”

“姬先生，有件事很急。”苏一帆有些着急地说道，“那个不能说的东西近来状态十分不稳定，我们担心……”

“没事，不用担心，等我睡醒再说吧。”姬武摆摆手。

“那个东西到底是什么？”岳红烈追问了一句。

“你可以称它为本源物质，那是，我们人类强大的源泉……”说着，说着，老人合上双眼，沉沉睡去。

神州，羿帝国，帝国大学。

句苟本是汤城大儒，但是现在他和其他 127 名学生一起，坐在课桌前，安静地听着老师讲课。

这是一个叫作阶梯教室的地方，神州以前还从来没有过这样的建筑，一排排的课桌椅被摆放在逐渐升高的台阶上，布满了整个大殿，而老师的讲台却在地势最低的地方，学生们稍一抬头就可以一览无余。

句苟心里总觉得有些别扭，这样的布局于理不合，为人师者，承天之意，布道世间，不就该如王者般高高在上，获得世人的尊敬与仰慕。不过他不得不承认，这样的布置无形中消除了繁杂的礼节，让学习的氛围更加浓郁和纯粹，而大殿的设计者就是他现在的老师，姬武。

今天是一堂大课，讲的是史学，同时也是一次结业仪式。这堂课结束之后，这 128 名学生将成为帝国大学的第一届毕业生，之后，他们也将成为大学的第一批讲师，开始教授各自的学生，将一生所学呈几何级数地向神州世界传播下去。

作为大儒，史学是句苟最为擅长的。从前，与各地的学者引经据典激辩于堂前是他的强项，不过现在姬武所讲的那些典籍、诗词和道理都是他闻所未闻的，但是仔细体味下来又极富哲理，这让他真是佩服得五体投地。

他不禁想起了初次见到姬武时的情景，自己充满着大儒的自信和倨傲，对这位帝师怀着审视和怀疑的态度，但是一番辩论下来，句苟瞠目结舌，结结巴巴，无言以对，后背上冷汗涔涔，当即心甘情愿执弟子礼，拜姬武为老师。

作为亲传弟子，其实他们只参加了所谓速成班，便要结业。在姬武的心里，时间太紧迫了，神州人类停滞了太长时间，他一刻也不愿多等。知识是人类文明的基础，只有各个门类的知识广泛传播，人类才能在广泛的合作下推动文明之轮滚滚向前。

在六个月的速成班学习中，三分之一的时间用来学习理论，三分之二的时间则用来进行实践，沉甸甸的稻谷开始结穗，削铁如泥的宝剑逐渐成形，高耸入云的建筑矗立起来，句苟看得激动不已。

农业，高产的农作物可以快速解决饥饿问题，只有解决了这个最基本的问题，人类才有可能形成稳定团结，万众一心的社会。冶金，社会的进步离不开工具，而冶金是制造各种工具的基础。建筑，最低的成本最快的速度建造最坚固的建筑，它的重要性无须多提。

这些学科看似简单，但一旦探究下去，每一个都如地下的树根一般错综复杂，深奥无比。句苟早就收起了恃才傲物的心性，在老师面前，他肚子里的那点儿墨水简直什么都不是，他实在想不通，老师那瘦弱衰老的身体里怎么能蕴藏着浩如烟海的知识，在他的眼中，姬武已如天人一般，神魔巨人的可怕、羿帝的勇武无敌，均不及老师万一。

句苟有些遗憾，他觉得自己虚度了一生，现在年纪大了，不能跟随老师一路走下去，姬武的年龄虽然看上去与自己相仿，但是无论从精神或身体来看，老师的寿命还远远没有尽头，不过相比老师渊博的学识，这已经不能引起句苟惊讶了。

正在句苟有些走神的时候，一个人忽然匆匆走进了阶梯教室，他认出，那是崔万，羿帝身边的近臣。

一定出了什么大事，崔万神情慌乱，脚步虚浮，走上讲台的时候脚下绊了一下，险些摔倒，姬武伸手扶住他。

“怎么了，如此慌张？”

“您……您快去吧，羿帝他遇刺了。”

两个人只在轻声耳语，教室里百余学生还都正襟危坐，姬武冲句苟招招手，让其代为主持仪式，拉着崔万匆匆向皇宫走去。

“究竟怎么回事？”姬武边走边问道。

“是吴贵妃，本来都好好的，吴贵妃生下小皇子才两个月，正得羿帝的宠爱，可是不知怎么的，吴贵妃突然就用头上的金钗刺了羿帝的心口。”崔万回答。

“羿帝情况怎么样？”

“羿帝当然不会有事了，那可是神州的神啊！就是很不高兴，把所有人都轰出了大殿，就剩下他和吴贵妃了，不知道后面会怎么样呢。大家都没了主意，我才跑来找您啊。”

崔万虽然慌乱，但是神色间并没有紧张和惊恐。姬武却知道没那么简单，羿并不是神，还是有一些东西能够伤害他的，姬武的心中莫名有种不祥的感觉，不禁加快了脚步。

远处，皇宫那金碧辉煌的建筑正笼罩在一片阴云之中。

云星。

正是深夜，天空如巨大的瞳孔般乌黑深邃，万点繁星在其间闪烁，大地上万籁俱寂，有一点微弱的灯光在黑暗中燃亮。

这是营地里面积最大的圆屋，原本是孩子们的教室，现在圆屋的中央放着一块巨大的卵状陨石，陨石的一角像是被什么削下去一块，露出玻璃一样透明的平面。

一盏吊灯从屋顶上伸下来，散发着昏黄的灯光，一把椅子摆在陨石旁边，靠近玻璃平面的地方，娲坐在椅子上，终于禁不住浓重的睡意，趴在扶手上睡着了。

把黑色陨石从几十公里外运回营地可是费了九牛二虎之力，不过孩子们群情激昂，争先恐后，那场面比平时的劳动可要热火朝天得多！是啊，他们终于找到爸爸了，妈妈的心里一定是最开心的吧。现在，他们要带爸爸回家。

回到营地，已经一个多月过去了，在这段时间里，黑色陨石始终没有什么变化，虽然没有人提起，但是大家心里都有些嘀咕，爸爸什么时候醒来呢，爸爸还会醒来吗？已经这么多年了，爸爸也该睡够了吧？

孩子们的天性原本就是活泼好动的，他们开始不断向母亲献计献策，有的说应该把陨石砸开，有的说这是个卵，应该像鸡蛋一样把爸爸孵化出来，当然，各种千奇百怪的办法都被娲拒绝了。

渐渐地，孩子们对爸爸的关注越来越少，他们的心里接受了一个事实：爸爸可能不会醒来了，他们只是带回了爸爸的雕像。

除了刚见到姬武的脸庞时，娲因为激动有些失控，此后她一直很平静，不是因为时间久了有些陌生，也不是要在孩子们面前保持矜持，她的目光几乎一刻都没有离开姬武的脸庞，她只是担心一个不留神，这一切就都像是易碎的玻璃一样破灭了。

回到营地之后，这间放置陨石的圆屋就成了娲的卧室，孩子们的学习，农田的耕耘，牲畜的喂养，工具的维修，都由芸娘来完成，娲几乎很少走出房间了，她一天的大部分时间都在默默陪伴着姬武。

灯光照射在陨石的透明平面上，姬武的脸庞栩栩如生，忽然，他的睫毛似乎颤动了一下，然后，在透明平面上泛起了一道涟漪，比金刚石还要坚硬的固体表面像是水波一样晃动起来。

姬武睁开了眼睛，透过这片水波，他看到了椅子上熟睡的娲，这感觉是那样的熟悉，仿佛是在梦中一般，他从水波中坐起身，双臂用力，离开了卵状陨石，站立在地上，他轻轻靠近娲，仔细地打量着娲，倾听着她平缓的呼吸，然后他伸出手，充满爱怜地轻抚着娲的脸庞。

娲醒来了，但是她没有睁开眼睛，她只是把脸颊在姬武的大手上摩挲着，露出眷恋的神情。

“这是在梦里吗？如果是的话，还是不要醒来了吧。”娲低声呢喃道。

“这不是梦，娲，我回来了。”姬武轻声说道，他的声音有些哽咽。“你知道吗？云星的雾终于散了，我们回到了地表，建立了营地，我们的孩子在蓝天下长大，而且，我们有了很多孩子……哦，一共有127个孩子，大的已经结婚了，小的还在襁褓里，还不会叫妈妈……我知道你一定会回来的，可是，这么多年了，总是不见你的身影，哪怕……哪怕就像从前那样，只出现在我梦里也好呀。”

泪水从姬武的眼中扑簌簌落下，他一把将娲紧紧抱在怀里。

娲睁开了眼睛，看着近在眼前的姬武，目光逐渐清明，她伸出手指轻轻擦去姬武脸上的泪水，那湿润的感觉是那么真实。

鲲伸展开翅膀在黑暗中飞翔。

他现在的位置处于宇宙的某个未知区域，远远超过了人类的认知极限，作为人类的后裔，他的目标就是向前，向前。

另一道光影追上了他，与他的身影完全融合，让他在深邃的虚空中更加凝实，像是一只五彩斑斓晶莹剔透的大鸟，以优美的姿态从黑暗中划过，朝着宇宙的尽头飞去。

年轻的人类，他们没有缅怀，没有留恋，没有遗憾，他们的目标在前方，他们永远飞翔在前往目标的路上！

全书完